正訳源氏物語

本文対照

第九冊

中野幸一 訳

早蕨・宿木・東屋

勉誠出版

目次

全巻構成

凡例

一、本書の現代語訳が基とした物語本文は、主に底本に大島本を用い、新編日本古典文学全集（小学館刊）や日本古典文学大系（三条西実隆筆青表紙証本、岩波書店刊）の本文を参照しました。ただし、句読点、ふりがな、漢字仮名の別などは、適宜手を加えました。

一、登場人物の会話や詠歌には、それが誰のものであるかを小字で示しました。ただし前後の文章から自明の場合は、略したところもあります。

一、物語中の和歌は、物語の展開の中で大切なものですので、特に現代語訳の中にも本文のまま掲出し、後の（　）内にその訳を示しました。

一、ふりがな（ルビ）は、現代語訳は現代仮名遣い、物語本文は歴史的仮名遣いですから、同じ語句でも異なる場合があります。

更衣《こうい》―更衣《かうい》　命婦《みょうぶ》―命婦《みやうぶ》　蔵人《くろうど》―蔵人《くらうど》　宿直奏《とのいもうし》―宿直奏《とのゐまうし》

一、各巻初の中扉に、『源氏物語扇面画帖』（早稲田大学図書館九曜文庫蔵）の各巻の色紙と画面を掲載しました。極め札にそれぞれ「備前少将光政朝臣」（備前藩主池田光政）、「住吉法眼如慶真跡」とある尤品ですのでご鑑賞下さい。なおこの画帖は、勉誠出版よりオールカラー版が出版されています。

一、本書執筆の意図や、全訳を試みるに当たっての留意点は、特に第一冊の「『源氏物語』の全訳に当たって」に述べましたのでご覧下さい。

48 早《さ》蕨《わらび》

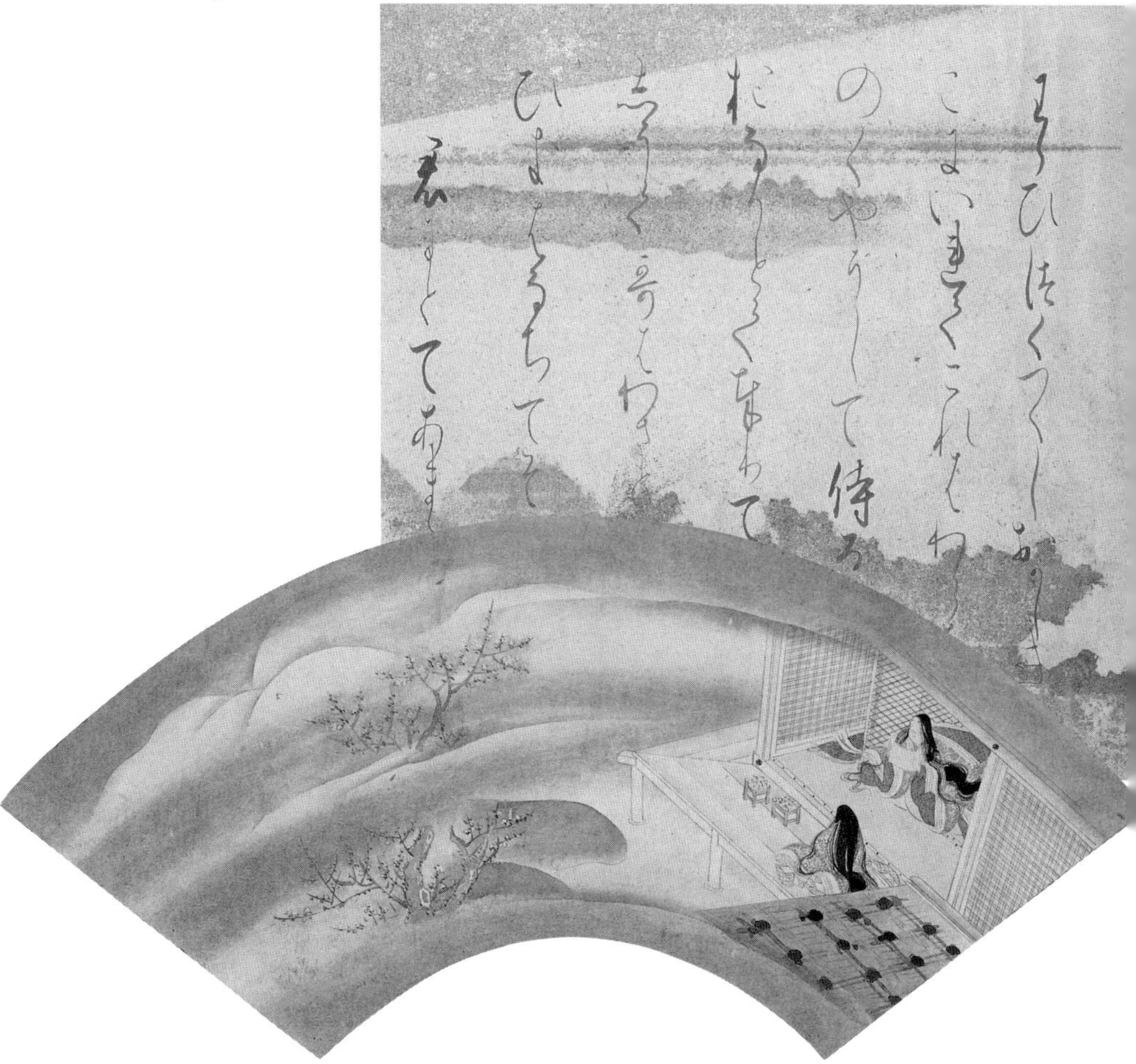

中の君、山の阿闍梨《あざり》から蕨《わらび》を贈られる

「早蕨」小見出し一覧

［一］中の君、年改まるも悲しみ尽きず　阿闍梨《あざり》、蕨《わらび》を贈る
［二］薫、亡《な》き大君を偲び、嘆きを匂宮に訴える
［三］匂宮、薫に中の君を京へ迎え取る相談をする
［四］中の君、宇治を離れ難く、亡き姉君の喪明けを悲しむ
［五］薫、中の君の上京の準備に配慮　転居の前日宇治を訪れ、昔を偲ぶ
［六］薫、中の君と亡き大君を偲び、紅梅に託して歌を贈答
［七］薫、弁の尼を呼んで互いに世の無常を嘆き、歌を詠《よ》み交わす
［八］中の君、宇治に残る弁と別れを惜しみ、歌を詠み交わす
［九］中の君、京へ出立　不安な心情と晴れやかな女房たち
［一〇］中の君、二条院に到着　宮、懇切に迎える　薫、秘かに後悔
［一一］匂宮、六の君を避ける　夕霧、薫を婿にと望むが断られる
［一二］薫、二条院を訪れ中の君と物語　匂宮、二人の仲を危ぶむ

［一］ 中の君、年改まるも悲しみ尽きず　阿闍梨《あざり》、蕨《わらび》を贈る

日の光は藪もどこも（藪しわかねば）「日の光藪しわかねば石上《いそのかみ》ふりにし里に花も咲きけり」（古今・雑上布留今通）。

阿闍梨　宇治山の寺の阿闍梨。

日の光は藪《やぶ》もどこも区別なく照り射すものですから、宇治の里でも春の日射しをご覧になりますにつけても、中の君はどうしてこうも生き長らえて来た月日なのだろうかと、ただ夢のようにばかりお思いになっていらっしゃいます。四季折々の移ろいのままに、花の色も鳥の声も、姉君（大君《おおいきみ》）と同じ心で朝夕に見聞きしては、ちょっとした歌をも上句《かみのく》と下句《しものく》とを分けて詠《よ》み合い、心細いこの世の憂さもつらさもお互いに語り合って来たからこそ、慰めることも出来たのですが、今は興趣あることも心にしみる事も、分かってくれる人もいないままに、何事につけても悲しみにくれ、独り心を傷めて、父宮のお隠れになられた悲しさよりも少し勝《まさ》って、姉君が恋しくわびしくて、これから先どうしようかと、日の明け暮れも気づかず途方にくれていらっしゃいますが、この世に生きていられる寿命には定めがあるものですので、死ぬこともままなりませんのも、何ともいえず情《なさ》けなく思われます。

阿闍梨《あざり》のもとから、

阿闍梨「年が改まりましたが、いかがお過ごしでいらっ

藪しわかねば、春の光を見たまふにつけても、いかでかくながらへにける月日ならむと、夢のやうにのみおぼえたまふ。行きかふ時々に従ひ、花鳥の色をも音をも、同じ心に起き臥し見つつ、はかなきことをも本末をとりて言ひかはし、心細き世のうさもつらさもうち語らひあはせきこえしにこそ、慰む方もありしか、をかしきこと、あはれなるふしをも、聞き知る人もなきままに、よろづかきくらし、心ひとつをくだきて、宮のおはしまさずなりにし悲しさよりもややうちまさりて恋しくわびしきに、いかにせむと、明け暮るるも知らずまどはれたまへど、世にとまるべきほどは限りあるわざなりければ、死なれぬもあさまし。

阿闍梨のもとより、

「年改まりては、何事かおは

しゃいますか。御祈禱《きとう》は怠りなくお勤《つと》め申しております。今となりましては、あなた様お一人のことだけが気がかりで、お祈り申し上げております。」

などと申し上げて、蕨《わらび》や土筆《つくし》を風情《ふぜい》ある籠に入れて、

阿闍梨「これは寺の童子《どうじ》たちが仏にお供えしました初穂《はつほ》でございます。」

と書いて献上して来ました。筆跡は大層悪筆で、歌はわざとらしく一字一字放ち書きに書いてあります。

阿闍梨「君にとてあまたの春を摘みしかば常を忘れぬ初
蕨なり

（亡《な》き宮様にと毎年春ごとに摘んでさし上げましたので、今でもそのならわしを忘れずお届けする初蕨です。）

姫君のお前でお詠《よ》み申し上げて下さい。」

とあります。大事なことと思案して詠み出したのであろうとお思いになりますと、歌の趣もまことに身にしみて感じられて、いいかげんにそれほど深くは思って下さらないらしいと見えるお言葉を、立派に人の気に入るように書き尽くしてい

しますらむ。御祈禱《いのり》はたゆみなく仕うまつりはべり。今は、一ところの御事をなむ、やすからず念じきこえさする」

など聞こえて、蕨《わらび》、つくづくし、をかしき籠《こ》に入れて、

「これは童べの供養じてはべる初穂なり」

とて奉れり。手はいとあしうて、歌は、わざとがましくひき放ちてぞ書きたる。

「君にとてあまたの春を摘みしかば常を忘れぬ初蕨なり

御前に詠み申さしめたまへ」

とあり。大事《だいじ》と思ひまはして詠み出だしつらむ、と思せば、歌の心ばへもいとあはれにて、なほざりに、さしも思さぬなめりと見ゆる言の葉をめでたく好ましげに書き

初穂　その年に最初にみのった穀物などで、まず神仏や朝廷にたてまつるもの。

君にとて　「君」は亡き八の宮。「摘み」に「積み」を掛ける。

この春は
「かたみ」は「形見」「筐《かたみ》」（籠）の掛け詞。「なき人」は父八の宮。

らっしゃる宮（匂宮）のお手紙よりは、格段と目が留まって涙がこぼれますので、ご返事を女房にお書かせになります。

中君この春は誰にか見せむなき人のかたみに摘める峰の早蕨《さわらび》

（今年の春は一体誰にお見せしたらよいのでしょうか、亡《な》き父君の形見として籠に摘んで下さった峰の早蕨を。）

お使いに祝儀をお与えになります。

まことに、今が盛りでつややかに美しくいらっしゃいます中の君が、いろいろな御もの思いのために少々面やつれしておいでになりますのは、本当に気高く優艶なご様子が勝《まさ》って、亡き姉君の面影にも似ていらっしゃいます。お二人がお揃いでおいでの時は、それぞれにお美しくて、全く似ていらっしゃるようにもお見えになりませんでしたのに、姫宮がお亡くなりになったのをつい忘れては、ふとあのお方かと思われるまで似通っていらっしゃいますので、

女房「中納言様（薫）がせめて亡骸《なきがら》だけでもあとに残して拝見できるのであったらと、朝夕恋い慕い申していらっ

つくしたまへる人の御文よりは、こよなく目とまりて、涙もこぼるれば、返り事書かせたまふ。

この春は誰にか見せむなき人のかたみに摘める峰の早《さ》蕨《わらび》

使に禄とらせさせたまふ。

いとさかりににほひ多くおはする人の、さまざまの御もの思ひに、すこしうち面痩《や》せたまへる、いとあてになまめかしき気色まさりて、昔人にもおぼえたまへり。並びたまへりしをりは、とりどりにて、さらに似たまへりとも見えざりしを、うち忘れては、ふとそれかとおぼゆるまで通ひたまへるを、

「中納言殿の、骸《から》をだにとどめて見たてまつるものならましかばと、朝夕に恋ひきこえ

しゃるようですのに。同じことならこの君とご一緒におなりになる御宿世《すくせ》ですのに、そうおなりにならなかったことですよ。」

と、お側《そば》にお仕えする女房たちは残念がっています。

あの中納言にお仕えする者がこちらにやって来ます機会に、それぞれのご様子はいつもお互いに聞いていらっしゃるのでした。中納言がいつまでもぼんやりと気が抜けたようにしていらっしゃって、新年を迎えても涙ぐんでいらっしゃるとお聞きになりますにつけても、本当に仮りそめの心浅さではなかったのだと、中の君は今になって一層そのお情《なさ》けを深く思い知らされます。

宮はこちらにお通いになることが、全く御不自由でめったにお出かけになれませんので、中の君を京にお移し申し上げようとお思い立ちになりました。

［二］ 薫、亡《な》き大君を偲び、嘆きを匂宮に訴える

内宴 正月二十日頃宮中仁寿殿で催される宴。詩文を作る。

内宴《ないえん》などで何かと気ぜわしい頃をやり過ごしてから、中納言の君は、胸一つに思い余ることもほかにまた誰と語り合え

たまふめるに。同じくは、見えたてまつりたまふ御宿世ならざりけむよ」

と、見たてまつる人々は口惜しがる。

かの御あたりの人の通ひ来るたよりに、御ありさまは絶えず聞きかはしたまひけり。尽きせず思ひほれたまひて、新しき年とも言はず、いやめになむなりたまへる、と聞きたまひても、げに、うちつけの心浅さにはものしたまはざりけりと、いとど、今ぞ、あはれも深く思ひ知らるる。

宮は、おはしますことのいとところせくあり難ければ、京に渡しきこえむと思したちにたり。

内宴など、もの騒がしきころ過ぐして、中納言の君、心にあまることをも、また、誰にかは語らは

ようか、と思い悩んで、兵部卿《ひょうぶきょう》の宮（匂宮）の御方に参上なさいました。しんみりした夕暮れですので、宮はぼんやりともの思いに沈まれて端近《はしじか》な所においでになりました。箏《そう》の琴を掻き鳴らされては、例によってお気に入りの梅の香を愛《め》でていらっしゃいます。中納言はその下枝《したえだ》を手折《たお》ってお側《そば》においでになります匂いが、まことに優雅で素晴らしいのを、折が折とて興趣深くお思いになって、

匂宮 折る人の心に通ふ花なれや色には出でずしたに匂へる

（この梅の花は手折る人の心と通い合っているのでしょうか。外に色には現わさないで、内に美しく匂っているとは。）

とお詠《よ》みになりますと、

薫「見る人にかごとよせける花の枝を心してこそ折るべかりけれ

（ただ梅を愛でている人に言いがかりをつけるような花の枝なら、もっと用心して折るべきでした。）

煩《わずら》わしいことですね。」

む、と思しわびて、兵部卿宮の御方に参りたまへり。しめやかなる夕暮なれば、宮、うちながめたまひて、端近くぞおはしましける。箏《さう》の御琴掻き鳴らしつつ、例の、御心寄せなる梅の香をめでおはする。下枝《しづえ》を押し折りて参りたまへる、匂ひのいと艶にめでたきを、をりをかしう思して、

折る人の心に通ふ花なれや
色には出でずしたに匂へる

とのたまへば、

「見る人にかごとよせける
花の枝を心してこそ折るべ
かりけれ

わづらはしく」

折る人の 「折る人」は薫。「花」は白梅。「下に匂へる」は、薫が秘かに中の君を慕っていることをいう。

見る人に 「見る人」は薫。「かご と」に「香」を掛ける。

と冗談をおっしゃり合っていらっしゃいますのは、まことに仲の良い御間柄です。

　いろいろと打ち解けたお話などになってからは、あの山里のご事情をまずは「どうしておいでか」と宮はお尋ねになります。中納言も姫宮（大君《おおいきみ》）の亡《な》くなられたことがいつまでも悲しいこと、その当初から今日に至るまで姫宮への思慕の情が絶えないこと、また折々につけて感動したり興味を持ったりしたことを、泣いたり笑ったりとかいうようにお話し申し上げますので、ましてあれほど多感で涙もろい宮のご気性《きしょう》は、人のお身の上のことでさえ袖も絞るばかりお泣きになって、まことに話しがいがあるように相手になっていらっしゃるようです。空の風情《ふぜい》もまたいかにもあわれを知っているかのように、一面に霞み渡っていました。

　夜になって烈しく吹き出す風の様子は、まだ冬めいていてひどく寒々としており、灯火《ともしび》も時々吹き消されて、暗くて見えない心もとなさですけれど、お互いにお話を途中でお聞きやめになるわけにもいかず、尽きないお話を心ゆくまでなさ

と、戯れかはしたまへる、いとよき御あはひなり。

　こまやかなる御物語どもになりては、かの山里の御ことをぞ、まづは、「いかに」と宮は聞こえたまふ。中納言も、過ぎにし方の飽かず悲しきこと、そのかみより今日まで思ひの絶えぬよし、をりをりにつけて、あはれにもをかしくも、泣きみ笑ひみとかいふらむやうに聞こえ出でたまふに、まして、さばかり色めかしく、涙もろなる御癖は、人の御上にてさへ、袖もしぼるばかりになりて、かひがひしくぞあひしらひきこえたまふめる。空のけしきも、また、げにぞあはれ知り顔に霞みわたれる。

　夜になりてはげしう吹き出づる風のけしき、まだ冬めきていと寒げに、大殿油も消えつつ、闇はあやなきたどたどしさなれど、かたみに聞きさしたまふべくもあらず、

暗くて見えない心もとなさ（闇はあやなきたどたどしさ）「春の夜の闇はあやなし梅の花色こそ見えね香やはかくるる」（古今・春上　躬恒）。

らないうちに、夜もすっかり更《ふ》けてしまいました。
この世にまたと例がなさそうでした中納言と姫宮の仲の親しさを、

匂宮「さあ、いくら何でも本当にそれだけの関係ではなかったでしょう。」

と、いかにもまだ隠してでもいるかのようにお尋ねになりますのは、宮の日頃の怪《け》しからぬお心からなのでありましょうよ。そうはいっても宮は物をよくわきまえておいでになって、中納言の悲しいお心の中も晴れるばかりに、一方では慰めたりまたその悲しみを忘れさせたりと、さまざまにお話しなさいます、そのお話しぶりの好ましさになだめられ申し上げて、中納言は本当に心に余るまで思い塞いでいました事どもを、少しずつお話し出しになりますと、すっかりお胸の支《つか》えが下《お》りた心地におなりになります。

［三］　匂宮、薫に中の君を京へ迎え取る相談をする

宮も、あの中の君を近々京にお移し申し上げようとする準備などについて、あれこれご相談申し上げますと、中納言は、

尽きせぬ御物語をえはるけやりたまはで夜もいたう更けぬ。
世に例あり難かりける仲の睦びを、

「いで、さりとも、いとさのみはあらざりけむ」

と、残りありげに問ひなしたまふぞ、わりなき御心ならひなめるかし。さりながらも、ものに心えたまひて、嘆かしき心の中もあきらむばかり、かつは慰め、また、あはれをもさまし、さまざまに語らひたまふ、御さまのをかしきにすかされたてまつりて、げに、心にあまるまで思ひむすぼほるることども、すこしづつ語りきこえたまふぞ、こよなく胸のひまあく心地したまふ。

宮も、かの人近く渡しきこえてむとするほどのことども、語らひきこえたまふを、

いはせの森の呼子鳥
「恋しくは来てもみよかし人づてにいはせの森の呼子鳥かも」（源氏釈）。

薫「本当に嬉しいことでございますね。今のままですと、不本意ながらわたしの過《あやま》ちと思わずにはいられません。諦《あきら》め切れない昔の人の形見《かたみ》としては、他《ほか》にまた尋ねるべきお方もいないのですから、大概のことは何事につけても、わたしがお世話申し上げなくてはならないお方と思っておりますが、もしやそれを不都合なこととお思いになっておられるのでしょうか。」

とおっしゃって、あの亡《な》きお方（大君《おおいきみ》）が中の君を他人と思わないでほしいとお譲りになりましたご意向をも、少しは宮にお話しになりますけれど、「いはせの森の呼子鳥《よぶこどり》」めいて、人伝《づ》てでなく直接中の君と語らった一夜のことは、お話しになりませんでした。ただお心の中では、こんなにも慰めようもないあのお方の形見としても、いかにもあのお言葉通り、このお方をこのようにお世話申し上げるべきであったと、悔《くや》しい思いもしだいにつのって行きますけれど、今となってはいたし方もありませんので、「いつもこんなことばかり思っていたら、とんでもない気を起こすかも知れない。そうなっ

「いとうれしきことにもはべるかな。あいなくみづからの過ちとなむ思うたまへらるる。飽かぬ昔のなごりを、また尋ぬべき方もはべらねば、おほかたには、何ごとにつけても、心寄せきこゆべき人となむ思うたまふるを、もし便なくや思しめさるべき」

とて、かの、他人《ことひと》とな思ひわきそ、と譲りたまひし心おきてをも、すこしは語りきこえたまへど、いはせの森の呼子鳥《よぶこどり》めいたりし夜の事は残したりけり。心の中には、かく慰めがたき形見にも、げにさてこそ、かやうにもあつかひきこゆべかりけれと、悔しきことやうやうまさりゆけど、今はかひなきものゆゑ、常にかうのみ思はば、あるまじき心もこそ出でくれ、誰がためにもあぢきなくをこがましからむ、と思ひ離る。さても、おは

ては誰のためにも面白くなく愚《おろ》かしいことになろう」とお思い諦《あきら》められます。それにしても中の君が京へお移りになるにつけても、親身《しんみ》になってお世話申し上げるのは、ご自分の他《ほか》に誰がいようか、とお思いになりますので、お引越しの準備の事どもも、いろいろと用意をおさせになります。

しまさむにつけても、まことに思ひうしろみきこえむ方は、また誰かは、と思せば、御渡りの事どもも心まうけせさせたまふ。

［四］中の君、宇治を離れ難く、亡き姉君の喪明けを悲しむ

宇治でも、器量のよい若い女房や女《め》の童《わらわ》などを雇い入れて、女房たちは満足そうな顔付きで支度をしていますけれど、中の君は今はいよいよとこの里を荒れるに任《まか》せてしまいますのも、ひどく心細いお気持ちで、お嘆きになるばかりですが、そうかといってまた、強情を張って強いて宇治に閉じ籠《こも》っても、それが一番良いわけではなく、宮が、

匂宮「浅からぬ夫婦のご縁も絶えてしまいそうなお住まいですのに、どういうおつもりなのですか。」

とばかりお恨み申されますのも、少しはもっともと思われますので、どうしたものだろうかとお思い悩んでいらっしゃいます。

かしこにも、よき若人童など求めて、人々は心ゆき顔にいそぎ思ひたれど、今はとてこの伏見を荒らしはてむも、いみじく心細ければ、嘆かれたまふこと尽きせぬを、さりとても、また、せめて心ごはく、絶え籠りてもたけかるまじく、

「浅からぬ仲の契りも絶えはてぬべき御住まひを、いかに思しえたるぞ」

とのみ、恨みきこえたまふも、すこしはことわりなれば、いかがすべからむ、と思ひ乱れたまへり。

お移りの日取りは二月の初め頃ということですので、その日が近づくにつれて、花の木々の蕾《つぼみ》がふくらむのも心残りがして、峰の霞の立つのを見捨てて立ち去るのも、その行き先はご自分の常の住処《すみか》ではない旅寝で、どんなにか体裁《ていさい》悪くもの笑いになるであろうと、全てにつけて気が引けて、心一つに悩みながら明けても暮れても過ごしていらっしゃいます。

服喪《ふくも》も決まりのあることですので、お脱ぎになるにつけても、川原の禊《みそぎ》も亡《な》き人に対して心浅い気持ちがします。母君のことはお顔も存じ上げておりませんので、恋しいとはお思いになりません。その御代わりにもこの姉君の喪には衣の色を深く染めたいと心ではお思いになり、またおっしゃりもなさいましたが、さすがにしかるべき理由もないことですので、それも出来ず、どこまでも尽きせず悲しいことはこの上もありません。

二月《きさらぎ》の朔日《ついたち》ごろとあれば、ほど近くなるままに、花の木どものけしきばむも残りゆかしく、峰の霞のたつを見棄てむ事も、おのが常《とこ》世《よ》にてだにあらぬ旅寝にて、いかにはしたなく人笑はれなる事もこそなど、よろづにつつましく、心一つに思ひ明かし暮らしたまふ。

御服も限りあることなれば、脱ぎ棄てたまふに、禊《みそぎ》も浅き心地ぞする。親一ところは、見たてまつらざりしかば、恋しきことは思ほえず。その御代りにも、このたびの衣を深く染めむ、と心には思しのたまへど、さすがに、さるべきゆゑもなきわざなれば、飽かず悲しきこと限りなし。

峰の霞の立つ　「春霞立つを見すてて行く雁は花なき里に住みやならへる」（古今・春上　伊勢）。

服喪も　姉妹の服喪は三か月の軽服。

川原の禊　川原に出て身を浄めて除服をする。「浅い」は禊の川の縁語。

［五］　薫、中の君の上京の準備に配慮　転居の前日宇治を訪れ、昔を偲ぶ

中納言殿（薫）からは、御車や御前駆《ぜんく》の人々、それに陰陽《おんよう》博士《はかせ》などをお遣わしになりました。

中納言殿より、御車、御前の人々、博士など奉れたまへり。

はかなしや 「霞の衣」は喪服。「裁ち」「立ち」は掛け詞。「衣」「裁ち」「ひもとく」は縁語。

薫　はかなしや霞の衣裁《た》ちし間《ま》に花のひもとくをりも来にけり

（はかないことですよ、あなたが喪服を裁ち縫いお召しになっていた間に、もう花の咲く季節が来て、常のお召物を着る時が来ました。）

いかにも色とりどりに、実に美しい衣装を整《ととの》えてお贈り申し上げました。お移りなさる時の供人にお与えになる賜わり物なども、大げさではありませんものの、身分に応じて細《こま》かくお心遣いなさりながら、まことに沢山お贈りになります。

女房「何かの折につけて昔をお忘れにならないお心寄せは、ご奇特なことで、ご兄弟などでもなかなかこうまではなさらないものですよ。」

などと、女房たちは中の君にお聞かせ申し上げます。見栄えのしない老女たちの心には、こうした配慮が身にしみて、そのことを申し上げます。若い女房たちは、時々でもお姿をお見馴れ申して来て、今はいよいよその人になっておしまいになりますのを寂しく思い、

はかなしや霞の衣裁《た》ちし間《ま》に花のひもとくをりも来にけり

げにいろいろいときよらにて奉れたまへり。御渡りのほどのかづけ物どもなど、ことごとしからぬものから、品々にこまやかに思しやりつついと多かり。

「をりにつけては、忘れぬさまなる御心寄せのあり難く、はらからなども、えいとかうまではおはせぬわざぞ」

など、人々は聞こえ知らす。あざやかならぬ古人《ふるびと》どもの心には、かかる方を心にしめて聞こゆ。若き人は、時々も見たてまつりならひて、今はと異ざまになりたまはむを、さうざうしく、

女房「どんなにか恋しくお思い申すことでしょう。」

と、お互いにお噂《うわさ》し合っています。

中納言ご自身は、お移りになるのが明日という日のまだ朝早くに、宇治にお越しになりました。例によって客間の方においでになりますにつけても、「姫君（大君《おおいきみ》）がご存命なら、今頃はだんだんと親しくなって、自分こそ宮（匂宮）より先にこのように京へお迎えしようというつもりになっていたのに」などと、ありし日の面影や仰せになったお気持ちのほどをお思い出しになっては、「さすがに疎遠になったり、格別に恥ずかしい思いをおさせ申すこともなかったのに、自分の心一つでどうしたわけか隔たってしまったのだなあ」と、胸が痛いほどにお思い続けになります。あの覗き見をした襖《ふすま》の穴も思い出されますので、近寄ってご覧になりますが、部屋の中は御簾《みす》を下《お》ろして閉めきってありますので、全くかいのないことです。

部屋の中でも女房たちが、亡《な》き人を思い出してはお互いに涙ぐんでいます。中の君はましてとめどなく流れる涙の川に、

覗き見をした襖の穴
「椎本」の巻［一七］（第八冊二五一〜二五四ページ）。

「いかに恋しくおぼえさせたまはむ」

と聞こえあへり。

みづからは、渡りたまはむこと明日とての、まだつとめておはしたり。例の、客人居《まらうどゐ》の方におはするにつけても、今は、やうやうもの馴れて、我こそ人よりさきに、かうやうにも思ひそめしかなど、ありしさま、のたまひし心ばへを思ひ出でつつ、さすがに、かけ離れ、ことのほかになどははしたなめたまはざりしを、わが心もて、あやしうも隔たりにしかなと、胸いたく思ひつづけられたまふ。かいばみせし障子《さうじ》の穴も思ひ出でらるれば、寄りて見たまへど、この中をばおろし籠《こ》めたれば、いとかひなし。

内にも人々思ひ出できこえつつ、うちひそみあへり。中の宮は、ま

明日のお移りのこともお思いになれず、放心なさったようにぼんやりと臥していらっしゃいますと、中納言が、

薫「この数か月に積もったもの思いも、どうということもございませんけれど、憂うつに思っておりますことを、せめてその片端なりとうち明け申し上げて、気持ちを慰めとう存じます。いつものようにきまり悪く他人扱いになさらないで下さい。ますます知らない世界に来た心地がいたします。」

と申し上げますので、中の君は、

中君「きまりが悪いと思わせ申し上げようとは思いませんが、さあどうでしょうか、気分もいつものようではなく、取り乱していましては、ますますはっきりとしない失礼なことも申し上げるのではないかと気が引けまして。」

などと、心苦しいようにお思いでいらっしゃいますけれど、

女房「お気の毒です。」

などと誰も彼もが申し上げて、中の襖《ふすま》の戸口でご対面になられました。

して、もよほさるる御涙の川に、明日の渡りもおぼえたまはず、ほれぼれしげにてながめ臥したまへるに、

「月ごろのつもりも、そこはかとなけれど、いぶせく思ひたまへらるるを、片はしもあきらめきこえさせて、慰めはべらばや。例の、はしたなくなさし放たせたまひそ。いとどあらぬ世の心地しはべり」

と聞こえたまへれば、

「はしたなしと思はれたてまつらむとしも思はねど、いさや、心地も例のやうにもおぼえず、かき乱りつつ、いとどはかばかしからぬひが言もや、とつつましうて」

など、苦しげに思いたれど、

「いとほし」

など、これかれ聞こえて、中の障子の口にて対面したまへり。

〔六〕 薫、中の君と亡き大君を偲び、紅梅に託して歌を贈答

中納言（薫）は、全く気遅れしてしまうほど優美で、また今度は一段とご立派におなりになったと、目も見張るばかりお美しく、人とは違うお心遣いなど、まあ何とすばらしいお方かとばかりお見えになりますので、中の君は片時も面影を離れぬ姉君の御事までもお思い出しになられて、しみじみとこの君を拝見なさっています。中納言は、

薫「尽きることのないお話なども、今日はご遠慮申すべきでしょうか。」

などとお言いさしになって、

薫「お渡りなさいますお邸《やしき》の近くに、今しばらくしましてから、わたしも引き移ることになっておりますので、親しい者同士は夜中暁と行き来するものと、世俗に通じた人が言うようですが、何事の折にもお心安くご相談なさって下されば、この世に生き長らえております限りは、申し上げもし承《うけたまわ》りもして過ごしたいと存じておりますが、どうお思いになられますか。人の心はさまざまなこ

いと心恥づかしげになまめきて、また、このたびはねびまさりたまひにけり、と目もおどろくまでにほひ多く、人にも似ぬ用意など、あなめでたの人や、とのみ見えたまへるを、姫宮は、面影さらぬ人の御ことをさへ思ひ出できこえたまふに、いとあはれ、と見たてまつりたまふ。

「尽きせぬ御物語なども、今日は言忌《こといみ》すべくや」

など言ひさしつつ、

「渡らせたまふべき所近く、このごろ過ぐして移ろひはべるべければ、夜《よ》半《なか》暁とつきづきしき人の言ひはべるめる、何ごとのをりにも、うとからず思しのたまはせば、世にはべらむ限りは、聞こえさせ承りて、過ぐさまほしくなむはべるを、いかがは思しめすら

の世の中ですので、かえってご迷惑か、などとも存じまして、一方的に決めかねております。」

と申し上げますと、
中君「この住まいを離れたくないと思う気持ちが深うございますが、お近くになどと仰せになりますにつけても、いろいろと心が乱れまして、ご返事の申し上げようもございません。」

などと、とぎれとぎれに言いよどんで、大層もの悲しくお思いでいらっしゃるご様子など、まことによく姉君に似ていらっしゃいますので、中納言は自分からこのお方を他人のものにしてしまったのだと思われますと、ひどく悔《くや》しくお思いになっていらっしゃいますけれど、今となっては仕方もありませんので、あの一夜のことは少しもおっしゃらず、忘れておしまいになったのかと思われるほどさっぱりと振る舞っていらっしゃるのでした。

お前近い紅梅の色も香も親しみ深く咲いて、鶯まで見過ごし難げに鳴いて渡るようですので、ましてや「春や昔の（わ

む。人の心さまざまにはべる世なれば、あいなくやなど、一方にもえこそ思ひはべらね」

と聞こえたまへば、

「宿をば離れじ、と思ふ心深くはべるを、近く、などのたまはするにつけても、よろづに乱れはべりて、聞こえさせやるべき方もなく」

など、所どころ言ひ消ちて、いみじくものあはれと思ひたまへるけはひなど、いとようおぼえたまへるを、心からよそのものに見なしつると思ふに、いと悔しく思ひゐたまへれど、かひなければ、その夜のこと、かけても言はず、忘れにけるにや、と見ゆるまで、けざやかにもてなしたまへり。

御前近き紅梅の色も香もなつかしきに、鶯だに見過ぐしがたげに

春や昔の
「月やあらぬ春や昔の春ならぬわが身ひとつはもとの身にして」（古今・恋五　在原業平）。

が身だけがもとの身で)」と、亡《な》き人を偲んでお心を惑わしていらっしゃる同士のお話は、折が折とてしみじみとしています。風がさっと吹きこむにつけても、花の香りもお客人の薫物《たきもの》の御匂いも、あの「五月待つ花橘(昔の人の袖の香がする)」ではありませんが、昔の人を思い出さずにはいられないようすがです。「姉君は所在のない寂しさを紛《まぎ》らわすのにも、この世のつらさを慰めるのにも、いつもこの紅梅にお心を留めてもてはやしていらっしゃいましたものを」などと、中の君は悲しみがお胸にあふれますので、

中君 見る人もあらしにまよふ山里にむかしおぼゆる花
の香ぞする

(花もそれを見る人も嵐に吹き迷わされているこの山里に、
亡き人を思い出させる花の香がすることです。)

お詠《よ》みになるともなくかすかなお声で、とぎれとぎれに申し上げましたのを、中納言はいかにも親しげに口ずさまれて、

薫 袖ふれし梅はかはらぬにほひにて根ごめうつろふ宿
やことなる

うち鳴きて渡るめれば、まして、「春や昔の」と、心をまどはしたまふどちの御物語に、をりあはれなりかし。風のさと吹き入るるに、花の香も客人《まらうど》の御匂ひも、橘ならねど昔思ひ出でらるるつまなり。つれづれの紛らはしにも、世のうき慰めにも、心とどめてもてあそびたまひしものをなど、心にあまりたまへば、

見る人もあらしにまよふ山
里にむかしおぼゆる花の香
ぞする

言ふともなくほのかにて、絶え絶え聞こえたるを、なつかしげにうち誦じなして、

袖ふれし梅はかはらぬにほ
ひにて根ごめうつろふ宿や
ことなる

五月待つ花橘 「五月待つ花橘の香をかげば昔の人の袖の香ぞする」(古今・夏 読人しらず)。

見る人も 「見る人」は中の君。「あらし」は「あらじ」「嵐」の掛け詞。

袖ふれし 「袖ふれし梅」にかつて一夜を過ごした中の君を暗示。「根ごめうつろふ宿」は二条院。

（かつて袖をふれた梅は、今も変わらぬ美しさに匂っていますのに、根こそぎ移っていかれるお住居は、わたしの宿とは違う所なのですね。）

こらえきれない涙を体裁《ていさい》よく拭い隠されて、言葉少なく、

薫「これから後《のち》も、やはりこのようにしてお目にかかりましょう。何事も申し上げやすく存じますので。」

などと申し上げておいて、その場をお立ちになりました。

お移りに際して準備すべきことどもを、中納言は女房たちに仰せ置きになります。ここの留守居の者にはあの鬚がちな宿直人《とのいびと》などが居残るはずになっていますので、このあたりの近くの荘園《しょうえん》の者たちに、そのお世話などもお託しになるなど、こまごまとした実生活のことどもまでお取り決めになります。

［七］薫、弁の尼を呼んで互いに世の無常を嘆き、歌を詠《よ》み交わす

弁《べん》は、

弁「このような京へのお供をいたしますにも、思いがけず長生きをしましたのがまことにつらく思われますし、どなたもさぞ忌まわしく思うでしょうから、今はもうこ

たへぬ涙をさまよく拭ひ隠して、言多くもあらず、

「またもなほ、かやうにてなむ。何ごとも聞こえさせよかるべき」

など聞こえおきて立ちたまひぬ。

御渡りにあるべき事ども、人々にのたまひおく。この宿守《やどもり》に、かの鬚がちの宿直人《とのゐびと》などはさぶらふべければ、このわたりの近き御庄どもなどに、その事どものたまひ預けなど、まめやかなる事どもをさへ定めおきたまふ。

弁ぞ、

「かやうの御供にも、思ひかけず長き命いとつらくおぼえはべるを、人もゆゆしく見思ふべければ、今は、世にある

の世に生きている者とも知られたくございません。」

と言って、姿を変えて尼になってしまったのですが、中納言は強いてお呼び出しになって、実に不憫《ふびん》な者とご覧になります。例によって昔物語などをおさせになって、

薫「こちらにはこれからもやはり時々は参るつもりですが、ひどく頼りなく心細いだろうと思っていましたのに、あなたがこうして残っておられますのは、本当に心にしみて嬉しいことと思われます。」

などと、全てをおっしゃれずお泣きになります。

弁「この世を厭《いと》えば厭うほど、長生きをしております命が情《なさ》けなく、またどうせよというおつもりで、私《わたくし》を後《あと》に残して逝《い》ってしまいになったのかと恨めしく、全ての世をつらく思って嘆きに沈んでおりますが、罪もどんなにか深いことでございましょう。」

と、思っていたことの数々を愁え申し上げますのも、愚痴《ぐち》っぽく感じられますが、中納言はまことに上手におっしゃって、慰めておやりになります。

ものとも人に知られはべらじ」

とて、かたちも変へてけるを、強ひて召し出でて、いとあはれ、と見たまふ。例の、昔物語などせさせたまひて、

「ここには、なほ時々参り来べきを、いとたづきなく心細かるべきに、かくてものしたまはむは、いとあはれにうれしかるべきことになむ」

など、えも言ひやらず泣きたまふ。

「厭ふにはえて延びはべる命のつらく、またいかにせよとて、うち棄てさせたまひけむ、と恨めしく、なべての世を、思ひたまへ沈むに、罪もいかに深くはべらむ」

と、思ひける事どもを愁へかけきこゆるも、かたくなしげなれど、いとよく言ひ慰めたまふ。

弁《べん》はひどく年をとっていますけれど、昔美しかった名残《なごり》の髪を削ぎ落としていましたので、額のあたりの様子が変わって少し若返って、それなりに上品な感じがします。中納言は「あの思いに悲しんでいた折、姫宮（大君《おおいきみ》）をどうしてこのような尼姿にでもしてさし上げなかったのだろう。その功徳《くどく》で生き長らえることが出来たかも知れないのに。そうなられたらどんなに心深くお話し申すことも出来ただろうに」などと、一方ならず悔《くや》しくお思いになりますので、この弁までが羨ましく感じられて、隠れている几帳《きちょう》を少し引きのけて、懇《ねんご》ろにお話しになります。弁はなるほどひどく老い惚《ほ》けた有様ながら、ちょっと物を言う感じや心遣いは好感が持てて、嗜《たしな》みのある人の名残と見えました。

弁　さきにたつ涙の川に身を投げば人におくれぬ命ならまし

（先立って流れ出る涙の川にわが身を投げていたら、あのお方に死に遅れて嘆くこともない命だったでしょうに。）

と泣き顔で申し上げます。中納言は、

いたくねびにたれど、昔、きよげなりけるなごりをそぎ棄てたれば、額のほどさま変れるにすこし若くなりて、さる方にみやびかなり。「思ひわびては、などかかるさまにもなしたてまつらざりけむ。それに延ぶるやうもやあらまし。さても、いかに心深く語らひきこえてあらまし」など、一方ならずおぼえたまふに、この人さへうらやましければ、隠ろへたる几帳をすこし引きやりて、こまやかにぞ語らひたまふ。げに、むげに思ひほけたるさまながら、ものうち言ひたる気色用意口惜しからず、ゆゑありける人のなごりと見えたり。

さきにたつ涙の川に身を投げば人におくれぬ命ならまし

と、うちひそみ聞こゆ。

さきにたつ　「人におくれぬ」の「人」は大君。

薫「それも実に罪深いことになるでしょう。彼岸《ひがん》にたどりつくことなどどうして出来るでしょうか。そうした大それたことまでして、深い地獄の底に沈んで過ごすのもつまらないことです。万事おしなべて空しいものと悟るべきなのがこの世の中なのですよ。」

などとおっしゃいます。

薫「身を投げむ涙の川に沈みても恋しき瀬々に忘れしもせじ

（身を投げようとする涙の川に沈んでみても、わたしは、恋しいと思う度ごとにあの方を忘れることは出来ないでしょう。）

いつの世になったら、少しでも悲しみが思い慰められる事があるのだろう。」

と、果てもない心地がなさいます。京へ帰る気にもなれず、もの思いに沈んで日も暮れてしまいましたけれど、わけもなくここに旅寝をするのも、人が怪しみはしないかと具合いが悪いので、お帰りになりました。

身を投げむ　「瀬々」は折々の意で、「川」の縁語。

「それもいと罪深かなることにこそ。彼岸に到ること、などか。さしもあるまじき事にてさへ、深き底に沈み過ぐさむもあいなし。すべて、なべてむなしく思ひとるべき世になむ」

などのたまふ。

「身を投げむ涙の川に沈みても恋しき瀬々に忘れしもせじ

いかならむ世に、すこしも思ひ慰むることありなむ」

と、はてもなき心地したまふ。帰らむ方もなくながめられて、日も暮れにけれど、すずろに旅寝せむも人の咎むることや、とあいなければ、帰りたまひぬ。

［八］中の君、宇治に残る弁と別れを惜しみ、歌を詠み交わす

人はみな 「たつ」に「発つ」と「裁つ」、「うら」に「浦」と「裏」、「あま」に「海人」と「尼」を掛ける。「浦」「藻塩」「海人」は縁語。

塩垂るる 「あま」に「海人」と「尼」、「浮きたる」に「憂き」を掛ける。

中納言（薫）のお気持ちやお言葉を中の君にお話しして、弁《べん》はますます慰めようもなく涙にくれています。ほかの人は皆満足した様子で縫い物などをしては、老いて醜《みにく》くなった容貌も忘れて、身繕《づくろ》いをあれこれとしていますが、弁は一層粗末な尼姿で、

弁 人はみないそぎたつめる袖のうらにひとり藻塩を垂るるあまかな

（人はみな引越しの準備をして晴れ着を裁ち縫いしているようですが、私《わたくし》は袖の浦で藻塩をたれて涙にくれている尼でございます。）

と悲しみを訴え申し上げますと、中の君は、

中君「塩垂るるあまの衣にことなれや浮きたる波に濡るるわが袖

（塩たれて悲しみの涙に濡れる尼の衣と違うでしょうか、不安な波に濡らしている私の袖は。）

京に住みつくことも本当に難《むずか》しいことのように思われますので、事情によってはこの宇治をすっかり離れますま

思ほしのたまへるさまを語りて、弁は、いとど慰めがたくくれまどひたり。皆人は、心ゆきたる気色にて、物縫ひいとなみつつ、老いゆがめる容貌《かたち》も知らず、つくろひさまよふに、いよいよやつして、

人はみないそぎたつめる袖のうらにひとり藻塩を垂るるあまかな

と愁へきこゆれば、

「塩垂るるあまの衣にことなれや浮きたる波に濡るるわが袖

世に住みつかむことも、いとあり難かるべきわざとおぼゆ

いと、思いますが、そうなればお会いすることもあるでしょうが、しばらくの間でもあなたが心細い思いでここにおとどまりになるのを、そのままにして行きますのがいよいよ気が進まないのです。尼姿になった人でも、必ずしも一途《いちず》に引き籠《こも》っていることもないようですから、やはり世間並みにお思いになって、時々は京にお会いにいらして下さい。」

など、まことに親しみ深くお話しになります。

亡《な》き姉君がお使いになっていらしたしかるべきお道具類は、全てこの弁《べん》のためにお残し置きになられて、

中君「このように他《ほか》の人より深く嘆き沈んでおられるのを見ますと、前世でも姉君とは特別のご縁がおありであったのかと思われまして、それさえ懐かしくしみじみと感じられます。」

とおっしゃいますので、弁はいよいよ幼な子が親を慕って泣くように、気持ちを押さえようもなく涙におぼれて座っていました。

れば、さまに従ひてここをば散れはてじ、となむ思ふを、さらば対面もありぬべけれど、しばしのほども、心細くて立ちとまりたまふを見おくに、いとど心もゆかずなむ。かかるかたちなる人も、必ずひたぶるにしも絶え籠らぬわざなめるを、なほ世の常に思ひなして、時々も見えたまへ」

など、いと懐かしく語らひたまふ。

昔の人のもて使ひたまひし、さるべき御調度どもなどは、みなこの人にとどめおきたまひて、

「かく、人より深く思ひ沈みたまへるを見れば、前《さき》の世もとりわきたる契りもやものしたまひけむ、と思ふさへ、睦しくあはれになむ」

とのたまふに、いよいよ童べの恋ひて泣くやうに、心をさめむ方なくおぼほれゐたり。

〔九〕中の君、京へ出立　不安な心情と晴れやかな女房たち

あたりを皆掃き清め、全てを取り片付けて、御車どもを寄せて、御前駆《ぜんく》の人々は四位五位の者がまことに大ぜいおります。宮（匂宮）ご自身もぜひお迎えにおいでになりたいのですけれど、あまり仰山になってはかえって具合いが悪かろうと、ただ目立たぬようにお取り扱いになって、ご到着を待ち遠しくお思いになっていらっしゃいます。中納言殿（薫）からも御前駆の人数を大ぜいお遣《つか》わしになりました。大よそのことは宮の方でお指図なさったようですが、こまごました内々のお世話は、ただこの中納言殿から手ぬかりないようにお世話申し上げます。

もう日が暮れてしまいそうです、と内からも外からもおせき立て申し上げますので、中の君は心も慌《あわただ》しく、どこへ行くのだろうとお思いになるにつけても、実に頼りなく悲しいことばかりお思いになっていらっしゃいますと、御車に同乗します大輔《たいふ》の君という女房の申しますには、

大輔　あり経《ふ》れば嬉しき瀬にも逢ひけるを身をうぢ川に

みなかき払ひ、よろづとりしたためて、御車ども寄せて、御前の人々、四位五位いと多かり。御みづからも、いみじうおはしまさまほしけれど、ことごとしくなりて、なかなかあしかるべければ、ただ忍びたるさまにもてなして、心もとなく思さる。中納言殿よりも、御前の人数多く奉れたまへり。おほかたのことをこそ、宮よりは思しおきつめれ、こまやかなる内々の御あつかひは、ただこの殿より、思ひ寄らぬことなくとぶらひきこえたまふ。

日暮れぬべしと、内にも外《と》にももよほしきこゆるに、心あわたたしく、いづちならむと思ふにも、いとはかなく悲し、とのみ思ほえたまふに、御車に乗る大輔《たいふ》の君といふ人の言ふ、

あり経《ふ》れば嬉しき瀬にも逢

大輔の君　中の君付きの老女房。

あり経れば　「身を憂し」に「宇治川」を掛ける。「瀬」「川」は縁語。

投げてましかば
(生き長らえていればこんな嬉しいことにも逢いましたものを、もしわが身を憂く思って宇治川に身を投げていましたら、どんなに後悔したでしょうか。)

ほほ笑《え》んでいますのを、弁《べん》の尼の心根とは大変な違いであるよと、不愉快にお思いになります。もう一人の女房は、

女房 過ぎにしが恋しきことも忘れねど今日はたまづもゆく心かな
(亡《な》くなったお方を恋しく思うことを忘れたのではありませんが、今日はまた、まずは晴れやかな気持ちになりますよ。)

どちらも古くから仕えて来た女房たちで、皆あの姉君(大君《おおいきみ》)に心をお寄せ申していたはずですのに、今はこのように思いを改めて亡くなった人を口にするのを憚《はばか》っていますのも、薄情な世の中よとお思いになりますので、中の君は何もおっしゃいません。

道中遥か遠く険しい山道の様子をご覧になりますにつけて

過ぎにしが
「過ぎにし」は亡き大君のこと。「ゆく心」に「心ゆく」(満足する)と京へ「行く」を掛ける。

ひけるを身をうぢ川に投げてましかば

うち笑みたるを、弁の尼の心ばへに、こよなうもあるかなと、心づきなうも見たまふ。いま一人、

過ぎにしが恋しきことも忘れねど今日はたまづもゆく心かな

いづれも年経たる人々にて、みなかの御方をば、心寄せきこえためりしを、今はかく思ひあらためて言忌《ことい み》するも、心憂の世や、とおぼえたまへば、もの言はれたまはず。

道のほどの、遥けくはげしき山

七日の月
二月七日の月。前に京へ移るのは「二月の朔日ごろ」とあった（一二ページ）。

ながむれば
「すみ」に「澄み」と「住む」を掛ける。

［一〇］中の君、二条院に到着　宮、懇切に迎える　薫、秘かに後悔

三棟四棟と建て並んだ中に（三つ葉四つ葉なる中に）
催馬楽「此殿《このとの》」による表現。「三枝の　三つば四つばの中に　殿づくりせりや」。

も、つらいお方とばかりお思いこんでいらした宮のお通いぶりを、無理もない途絶えだったのだと、少しばかりお分かりになるのでした。

七日の月の清らかに射し出た月光が美しく霞んでいますのをご覧になりながら、まことに遠い道のりで、初めてのことでとてもお苦しくて、ぼんやりともの思いを続けられて、

中君　ながむれば山より出でて行く月も世にすみわびて
　山にこそ入れ

（空をぼんやりと眺めていますと、山の端から出てゆく月も、
この世に住みわびてまた山に入《はい》っていくことです。）

境遇が変わって結局はどうなるのだろうと、そればかりが案じられて行く末が不安なのにつけても、これまでの年月は何を思い悩んでいたのか、どれほどのもの思いでもなかったのだと、昔を今に取り返したいお気持ちがなさることですよ。

宵《よい》が少し過ぎた頃に、二条院にお着きになりました。見たこともない豪華さで目もまばゆいばかりの御殿造《とのづく》りの、三棟《みむね》

道のありさまを見たまふにぞ、つらきにのみ思ひなされし人の御仲の通ひを、ことわりの絶え間なりけりと、すこし思し知られける。

七日の月のさやかにさし出でたる影、をかしく霞みたるを見たまひつつ、いと遠きに、ならはず苦しければ、うちながめられて、

ながむれば山より出でて行く月も世にすみわびて山にこそ入れ

さま変りて、つひにいかならむ、とのみ、あやふく行く末うしろめたきに、年ごろ何ごとをか思ひけむとぞ、とり返さまほしきや。

宵うち過ぎてぞおはし着きたる。見も知らぬさまに、目もかかやく

四棟《よむね》と建て並んだ中に御車を引き入れて、宮（匂宮）は今か今かと待ちかねていらっしゃいましたので、御車の側《そば》にご自身でお近付きになって、中の君を降ろしておあげになります。殿の内のしつらいなども善美を尽くして、女房の局々《つぼね》に至るまでお心を配《くば》られたご様子がはっきり分かって、全く理想的なお住まいです。どのようなお人を得てお身をお固めになるのか、とお見えであった宮のご様子でしたのに、急にこのようにお定まりになりましたので、並一《ひと》通りでなくご寵愛なのだろうと、世間の人も奥ゆかしいお方よと思い、目を見張るのでした。

　中納言（薫）は、この二十日《はつか》過ぎに三条の宮にお移りになろうとして、この頃は毎日お出かけになっては、ご視察になっていらっしゃいますが、この二条院は近い所ですので、中の君のご様子も聞きたいとお思いになって、夜が更《ふ》けるまで三条の宮においでになりますと、お遣わしになりましたお前の人々が帰参して、その有様などをご報告申し上げます。宮が大層お気に召して、中の君を大切にお扱いになってい

やうなる殿造りの、三つ葉四つ葉なる中に引き入れて、宮、いつしかと待ちおはしましければ、御車のもとに、みづから寄らせたまひて下《お》ろしたてまつりたまふ。御しつらひなど、あるべき限りして、女房の局々まで、御心とどめさせたまひけるほどしるく見えて、いとあらまほしげなり。いかばかりのことにか、と見えたまへる御ありさまの、にはかにかく定まりたまへば、おぼろけならず思さるることなめりと、世人《よひと》も心にくく思ひおどろきけり。

　中納言は、三条宮に、この二十余日のほどに渡りたまはむとて、このごろは日々におはしつつ見たまふに、この院近きほどなれば、けはひも聞かむとて、夜更くるまでおはしけるに、奉れたまへる御前の人々帰り参りて、ありさまなど語りきこゆ。いみじう御心に入りてもてなしたまふなるを聞きた

らっしゃるらしいとお聞きになるにつけても、一方では嬉しいものの、さすがにご自分のお気持ちでしたこととはいうものの愚《おろ》かしく、胸のつぶれる思いがなさって、「ものにもがなや（取り返せるものならば）」と繰り返しつい独り言をおっしゃって、

薫　しなてるやにほの湖《みづうみ》に漕《こ》ぐ舟のまほならねどもあひ見しものを

（にほの海を漕ぐ舟の真帆ではないが、真実契ったわけではないけれど、あの方とは一夜を共に過ごしたことがあったのに。）

と、お二人の仲にけちをつけたい思いでいらっしゃいます。

右の大殿《おおとの》（夕霧）は、六の君を宮（匂宮）にさし上げますことを、この二月にとご予定しておられましたところ、宮がこのように思いがけない人を、このことよりも先にと言わんばかりに大切にお迎えになられて、こちらを避けておいでになりますので、大層不愉快に思われていらっしゃるとお聞きに

まふにも、かつはうれしきものから、さすがに、わが心ながらをこがましく、胸うちつぶれて、「ものにもがなや」と、かへすがへす独りごたれて、

しなてるやにほの湖《みづうみ》に漕《こ》ぐ舟のまほならねどもあひ見しものを

とぞ言ひくたさまほしき。

右の大殿《おほとの》は、六の君を宮に奉りたまはむことこの月にと、思し定めたりけるに、かく思ひの外の人を、このほどより前に、と思し顔にかしづきすゑたまひて、離れおはすれば、いとものしげに思した

ものにもがなや
「とりかへすものにもがなや世の中をありしながらの我が身と思はむ」（源氏釈）。

しなてるや
「しなてるや」は枕詞。「漕ぐ舟の」までは序詞。「まほ」は「真帆」と「まほ」（完全）の掛け詞。

［一一］　匂宮、六の君を避ける　夕霧、薫を婿にと望むが断られる

御裳着
女子の成年式。結婚を前提に行う場合が多い。

なりますにつけても、お気の毒ですので、宮はお便りは時々さし上げていらっしゃいます。六の君の御裳着《もぎ》の儀は、世の評判になるほど盛大にご準備なさいましたのに、今更延期なさいますのもの笑いになるに違いありませんので、この二十日《はつか》過ぎに裳をお着せ申し上げます。

右大臣は、同じ一族で新鮮味がなくても、この中納言(薫)を他人の婿に譲ってしまうのが残念ですので、「いっそこの君を婿に迎えてしまおうか。長年人知れず思いをかけていた人(大君《おおいきみ》)にも先立たれて、心細くもの思いがちに過ごしておられるようだから」などとお思いつきになって、しかるべき人を立ててご意向をお伺わせになりましたけれど、

薫「世のはかなさを目《ま》のあたりに見ましたので、とても情《なさ》けなく、わが身も忌まわしく思われますので、どうしてどうしてそのようなお話には気が進みません。」

と、そっけないご様子である由をお聞きになって、

夕霧「どうしてこの君までが、こちらが真剣に申し出る話を気の進まないようにあしらわれるのか。」

り、と聞きたまふも、いとほしければ、御文は時々奉りたまふ。御裳着《もぎ》のこと、世に響きていそぎたまへるを、延べたまはむも人わらへなるべければ、二十日あまりに着せたてまつりたまふ。

同じゆかりにめづらしげなくとも、この中納言をよそ人に譲らむが口惜しきに、「さもやなしてまし。年ごろ人知れぬものに思ひけむ人をも亡《な》くなして、もの心細くながめゐたまふなるを」など思し寄りて、さるべき人して気色とらせたまひけれど、

「世のはかなさを目に近く見しに、いと心憂く、身もゆゆしうおぼゆれば、いかにもいかにも、さやうのありさまはものうくなむ」

と、すさまじげなるよし聞きたまひて、

「いかでか、この君さへ、おほなおほな言出づることを、

とお恨みになりますけれど、親しい間柄とはいうものの、中納言のお人柄が実にご立派でいらっしゃいますので、とても無理じいしてまでもお勧《すす》め申すことは出来ないのでした。

花盛りの頃、中納言（薫）は二条院の桜をよそながら眺めていらっしゃいますと、主《ぬし》なき宇治の宿の桜がまず思い出されますので、「心やすくや（気兼ねなく風に散っているだろうか）」などと独り言を言い納めかねて、宮の御許《もと》に参上なさいました。宮（匂宮）はこちらにばかり居着いておいでになって、女君（中の君）と大層睦まじくお暮らしになっていらっしゃいますので、結構なご様子よと拝見しますものの、例によってどうかと思われるお気持ちが起こって来ますのは、何とも困ったことですよ。とはいえ実直《じつちょく》なお心からは、実にしみじみと一安心だとお思い申していらっしゃるのでした。

何やかやとお話をお交わしになって、夕方宮が宮中に参内されようとなさって、御車を調《ととの》えてお供の人々が大ぜい参集したりしますので、中納言はお立ち出でになって対《たい》の御方へ

［一二］薫、二条院を訪れ中の君と物語　匂宮、二人の仲を危ぶむ

心やすくや　「浅茅原主なき宿の桜花心やすくや風に散るらむ」（拾遺・春　恵慶）。

ものうくはもてなすべきぞ」と恨みたまひけれど、親しき御仲らひながらも人様のいと心恥づかしげにものしたまへば、え強ひてしも聞こえ動かしたまはざりけり。

花盛りのほど、二条院の桜を見やりたまふに、主なき宿のまづ思ひやられたまへば、「心やすくや」など独りごちあまりて、宮の御もとに参りたまへり。

ここがちにおはしましつきて、いとよう住み馴れたまひにたれば、めやすのわざや、と見たてまつるものから、例の、いかにぞやおぼゆる心のそひたるぞ、あやしきや。されど、実の御心ばへは、いとあはれにうしろやすくぞ、思ひきこえたまひける。

何くれと御物語聞こえかはしたまひて、夕つ方、宮は内裏《うち》へ参りたまはむとて、御車の装束して、人々多く参り集まりなどすれば、

参られました。山里の様子とはうって変わって御簾《みす》の内も奥ゆかしく暮らしておいでになり、かわいらしい童女の簾《すだれ》越しにほの見えるのを取り次ぎとしてご挨拶申し上げますと、中から御褥《しとね》をさし出して、昔の事情を知っている女房なのでしょう、出て来てご返事を申し上げます。中納言が、

薫「朝夕の隔てもあるまいと思われますほどお近くにおりながら、格別の用事もありませんのにお伺い申しますのも、かえって馴れ馴れしいというお咎《とが》めもあろうかと遠慮しておりますうちに、世の中がすっかり変わってしまったような気ばかりいたしますよ。お前の木々の梢も霞を隔てて見えますにつけても、感慨深いことが多うございます。」

と申し上げて、もの思いに沈んでいらっしゃるご様子が痛ましげですので、中の君も、「いかにも姉君がご存命ならば、気兼ねなく行き来して、お互いに花の色や鳥の声をもその折々に楽しみながら、少しは晴れ晴れとした気持ちで過ごすこともできた世なのに」などとお思い出しになりますにつけ

立ち出でたまひて、対《たい》の御方へ参りたまへり。山里のけはひひきかへて、御簾の内心にくく住みなして、をかしげなる童の透影ほの見ゆるして、御消息聞こえたまへれば、御褥《しとね》さし出でて、昔の心知れる人なるべし、出で来て御返り聞こゆ。

「朝夕の隔てもあるまじう思うたまへらるるほどながら、その事となくて聞こえさせむも、なかなか馴れ馴れしき咎めや、とつつみはべるほどに、世の中変りにたる心地のみぞしはべるや。御前の梢も霞隔てて見えはべるに、あはれなること多くもはべるかな」

と聞こえて、うちながめてものしたまふ気色心苦しげなるを、げにおはせましかば、おぼつかなからず往き返り、かたみに花の色、鳥の声をも、折につけつつ、少し心ゆきて過ぐしつべかりける世を、

ても、ひたすら閉じ籠《こも》っていらっしゃった山里の住まいの心細さよりも、どこまでも悲しく悔やまれますお気持ちが一層つのって来るのでした。

女房たちも、

女房「世間一般の人のように疎《うと》々しくお扱い申し上げなさいますな。この上ないお心の深さを今こそよくお分かりになっていらっしゃいますことを、お見せ申し上げなさるべきでございましょう。」

などとお勧《すす》め申し上げますけれど、人伝《づ》てでなくすぐに直接申し上げることはやはり憚《はばか》られますので、ためらっていらっしゃいますうちに、宮がお出かけなさろうとして、お暇《いとま》乞いにこちらにお渡りになりました。まことに美しく身繕《づくろ》いをなさりお化粧をなさって、見るかいのあるご容姿です。中納言はこちらにいらっしゃったのか、とお気付きになって、

匂宮「どうしてまるで他人扱いにして御簾《みす》の外にお座らせになっているのですか。あなたに対してはあまりにもどうかと思われるほど行き届いたご親切ですよ。わたしに

など思し出づるにつけては、ひたぶるに絶え籠りたまへりし住まひの心細さよりも、飽かず悲しう口惜しき事ぞ、いとどまさりける。

人々も、

「世の常に、うとうとしくなもてなしきこえさせたまひそ。限りなき御心のほどをば、今しもこそ、見たてまつり知らせたまふさまをも、見えたてまつらせたまふべけれ」

など聞こゆれど、人づてならずふとさし出できこえむ事のなほつつましきを、やすらひたまふほどに、宮出でたまはむとて御罷申《まかりまうし》に渡りたまへり。いときよらにひきつくろひけさうじたまひて、見るかひある御さまなり。中納言はこなたになりけり、と見たまひて、

「などかむげにさし放ちては出だしすゑたまへる。御あたりには、あまりあやしと思ふまで、うしろやすかりし心寄

とっては愚《おろ》かしいことになりはせぬかと思われるのですが、といってさすがに全く他人行儀のお扱いでは、罰《ばち》が当たりはしませんか。もっとお近くで昔の思い出話でもお話しなさいよ。」

などと申し上げなさいますものの、

匂宮「そうは言っても、余り気を許すのもまたどんなものでしょうか。疑わしい下心もありますからね。」

と、反対のことをおっしゃいますので、どちらにせよ面倒なこととお思いになりますけれど、ご自分のお心にも、「身にしみて深くありがたいと思っていらしたお方（薫）のお志に対して、今更よそよそしくもできませんので、あの方もお思いになりおっしゃいますように、亡《な》き姉君の御代わりになずらい申して、このようにありがたいお志はよく存じておりますとお分かりいただける機会でもあればよいのに」と、お思いになりますが、さすがに宮があれこれとお二人の仲について穏やかならず申し上げなさいますので、つらいお気持ちにおなりになるのでした。

せを。わがためはをこがましきこともや、とおぼゆれど、さすがにむげに隔て多からむは、罪もこそうれ。近やかにて、昔物語もうち語らひたまへかし」

など聞こえたまふものから、

「さはありとも、あまり心ゆるびせむも、またいかにぞや。疑はしき下の心にぞあるや」

と、うち返しのたまへば、一方ならずわづらはしけれど、わが御心にも、あはれ深く思ひ知られにし人の御心を、今しもおろかなるべきならねば、かの人も思ひのたまふめるやうに、いにしへの御代りとなずらへきこえて、かう思ひ知りけり、と見えたてまつるふしもあらばや、とは思せど、さすがに、とかくやと、かたがたにやすからず聞こえなしたまへば、苦しう思されけり。

49

宿《やどり》木《ぎ》

帝、菊をかけて薫と碁を打つ

「宿木」小見出し一覧

［一］藤壺《ふじつぼ》の女御《にょうご》、明石の中宮に圧倒されつつも、女二の宮の養育に専念
［二］藤壺の女御、逝去　帝《みかど》、女二の宮の不安な将来を案じられる
［三］帝、薫と碁を打ち、女二の宮との縁組を暗示　薫、心進まず
［四］夕霧、匂宮を六の君の婿にと望む　明石の中宮、匂宮を訓《さと》す
［五］薫、女二の宮との結婚を承諾するにつけ、亡き大君《おおいきみ》を想う
［六］匂宮、六の君と結婚　中の君、亡き姉君を想い後悔する
［七］薫、大君を想い中の君に同情　心惹かれる自らを嘆く
［八］薫、中の君と対面して懇切に慰め、朝顔の歌を贈答
［九］薫、宇治の様子を中の君に話す　薫の大君追慕の情深し
［一〇］薫、悲しみに堪え仏道に精進　母宮、不安に思う
［一一］匂宮、中の君をいとおしみつつも、夕霧邸に迎え取られる
［一二］中の君、過去現在を顧《かえり》みて嘆く　女房たちも同情
［一三］匂宮、六の君を気に入り、後朝《きぬぎぬ》の文を書く　女房たち、女君に同情
［一四］匂宮、傷心の中の君を懇切にいたわり慰める
［一五］匂宮、中の君のもとで六の君からの代筆の返歌を見る
［一六］中の君、匂宮の心遣いを受けつつも、改めてわが身の不運を想う
［一七］匂宮と六の君の三日夜の婚儀、盛大に催《もよお》さ

れる
［一八］薫、匂宮の婚儀を思い出しつつ、自らの心を省みる
［一九］薫、所在なさに按察《あぜち》の君と一夜を過ごし、歌を詠《よ》み交わす
［二〇］匂宮、六の君の容姿の美しさに魅せられ、情愛深まる
［二一］匂宮、六条院に逗留《とうりゅう》　中の君、夜離《が》れを嘆き薫に消息
［二二］薫、中の君を訪れ、対面を許されて懇《ねんご》ろに慰める
［二三］中の君、宇治への同行を願う　薫、中の君の袖を捉え添い臥す
［二四］薫、中の君へ後朝の文を贈り、募る恋情に悩む
［二五］匂宮、中の君を訪れ、薫の移り香を疑い女君を責める
［二六］薫、中の君への恋情を抑えて心細《こま》やかに後見する
［二七］中の君、薫の抑えきれぬ思慕に嘆き苦しむ
［二八］薫、中の君を訪れ、思慕の情を抑えて語り合う
［二九］中の君、亡き姉君に似ている異母妹のことを薫に話す
［三〇］薫、宇治を訪れて弁《べん》の尼に会い、思い出話をする
［三一］薫、阿闍梨《あざり》に寝殿を取り壊し御堂を建てることを語る
［三二］薫、弁の尼から亡父柏木や故姫君の思い出話を聞く
［三三］薫、弁の尼から浮舟のことを聞き仲介を頼む
［三四］薫、帰京に際し宇治の人々へ贈り物　弁の尼と歌を詠み交わす
［三五］薫、中の君と宇治の邸《やしき》の件で消息を交わす

匂宮の疑心
［三六］匂宮、庭の薄《すすき》を見て中の君と歌を詠み交わし、琵琶と箏《そう》を合奏
［三七］夕霧、宮中からの帰途匂宮を迎えに立ち寄る　中の君方の悲嘆
［三八］中の君の出産が迫り、明石の中宮はじめ諸方から見舞いあり
［三九］女二の宮の裳着《もぎ》の支度　薫、婚儀に気乗りせず、中の君の出産を心配
［四〇］薫、権《ごん》大納言兼右大将に昇進　御礼に二条院を訪れ、六条院で饗宴
［四一］中の君、男子を出産　三・五・七夜の産《うぶ》養《やしない》盛大に催される
［四二］女二の宮の裳着　帝のご意向通り薫、婿として参内
［四三］結婚後、薫、女二の宮を三条の宮に迎え取ろうと思う
［四四］薫、宮の若君の五十日《いか》の祝に心を尽くす
［四五］薫、中の君を訪ね不本意な結婚を嘆く　薫、若君に対面
［四六］藤壺の藤花の宴、催される　薫の晴れ姿　按察の大納言の羨望
［四七］女二の宮の降嫁を祝い、帝を始め人々和歌を詠む
［四八］薫、女二の宮を三条の宮に迎え、なおも大君を想う
［四九］薫、宇治を訪れ、偶然来合わせた浮舟と出会う
［五〇］薫、浮舟を垣間《かいま》見て、その姿に惹きつけられる
［五一］薫、浮舟を垣間見て、亡き大君の面影に重ね感動する
［五二］薫、弁の尼を呼び、浮舟への仲介を依頼する

［一］ 藤壺《ふじつぼ》の女御《にょうご》、明石の中宮に圧倒されつつも、女二の宮の養育に専念

女一の宮 明石の中宮腹の女一の宮。薫の憧憬の的でもある。

その頃藤壺《ふじつぼ》と申し上げましたお方は、故左大臣殿の姫君で、女御《にょうご》でいらしたお方ですが、そのお方は今上帝がまだ東宮《とうぐう》と申し上げました時に、ほかの女御方より先に入内《じゅだい》なさいましたので、睦まじくいとしいとの思し召しは格別でいらっしゃるようですが、そのご寵愛の証《あかし》と思われますこともなくて、何年かお過ごしになりますうちに、中宮（明石の中宮）には宮たちまでも大ぜいそれぞれに成人なさるようですのに、こちらはそのような御子も少なくて、ただ女宮お一方（女二の宮）をお持ちになっていらっしゃいました。ご自身のまことに残念にも人に押し負かされてしまわれましたご運勢を、嘆かわしく思われます代わりに、この女宮だけでも、何とかして行く先は気も晴れるほどの幸せなお身の上でお世話したいと、大切にお育て申し上げますこと並一《ひと》通りではありません。

この宮はご容貌も大層美しくおいでですので、帝《みかど》もかわいい方と思し召していらっしゃいます。帝は女一の宮を世に類《たぐ》いないものとして大切になさっていらっしゃいますので、世間一般の評判こそそちらに及ぶべくもありませんが、内《ない》々の

そのころ、藤壺と聞こゆるは、故左大臣殿の女御《にようご》になむおはしける、まだ、東宮と聞こえさせし時、人よりさきに参りたまひにしかば、睦ましくあはれなる方の御思ひはことにものしたまふめれど、そのしるしと見ゆるふしもなくて年経たまふに、中宮には、宮たちさへあまたここら大人びたまふめるに、さやうのことも少なくて、ただ女宮一ところをぞ持ちたてまつりたまへりける。わがいと口惜しく人に圧《お》されたてまつりぬる宿世嘆かしくおぼゆるかはりに、この宮をだにいかで行く末の心も慰むばかりにて見たてまつらむ、とかしづききこえたまふことおろかならず。

御容貌《かたち》もいとをかしくおはすれば、帝もらうたきものに思ひきこえさせたまへり。女一の宮を、世にたぐひなきものにかしづききこえさせたまふに、おほかたの世のおぼえこそ及ぶべうもあらね、

父の左大臣
藤壺の女御の父、故左大臣。

［二］藤壺の女御、逝去　帝《みかど》、女二の宮の不安な将来を案じられる

御裳着の儀
女子の成年式。通常結婚を前提として行われる。

お暮らしぶりはほとんど劣らず、父の左大臣のご威勢が盛んであった名残《なごり》が、まだそれほど衰えておりませんので、殊に不安なことなどもなくて、お仕えする女房たちの身なりや姿をはじめとして、心怠りなく折々に応じて好ましく整《ととの》え、華やかに奥ゆかしいご様子でお暮らしになっていらっしゃいました。

宮（女二の宮）が十四歳におなりになる年、御裳着《もぎ》の儀をしてさし上げようとなさって、春から早々に他《ほか》の事をさしおき準備をなさって、万事に並一《ひと》通りでないようにとお心づもりなさいます。左大臣家に昔から伝わっておりました宝物の数々を、こういう時にこそと探し出しては、熱心にお支度をなさっていらっしゃいましたところ、女御《にょうご》は夏頃物の怪《け》にお悩みになって、まことにはかなくお亡《な》くなりになってしまいました。何とも言いようもなく残念なことと、帝《みかど》もお嘆きあそばします。女御はお気立てが情《なさ》け深く、親しみやすい所のおありになるお方でしたので、殿上人《てんじょうびと》たちも、「すっかり寂

内々の御ありさまはをさをさ劣らず、父大臣《おとど》の御勢いかめしかりしなごりいたく衰へねば、ことに心もとなきことなどなくて、さぶらふ人々のなり姿よりはじめ、たゆみなく、時々につけつつ、ととのへ好み、いまめかしくゆゑゆゑしきさまにもてなしたまへり。

十四になりたまふ年、御裳着せたてまつりたまはむとて、春よりうちはじめて、他事《ことごと》なく思しいそぎて、何事もなべてならぬさまにと思しまうく。いにしへより伝はりたりける宝物ども、このをりにこそはと探し出でつつ、いみじく営みたまふに、女御、夏頃物の怪にわづらひたまひて、いとはかなく亡せたまひぬ。言ふかひなく口惜しき事を内裏《うち》にも思し嘆く。心ばへ情々しく、なつかしきところおはしつる御方なれば、殿上人ど

大蔵卿 大蔵省の長官。正四位下。

修理の大夫 修理職の長官。従四位下。

しくなってしまうことよ」と惜しみ申し上げます。一般の直接関わりのなさそうな下々《しも》の女官などまで、お偲び申し上げない者はおりません。

女宮は、なおさらお若いお心に心細く悲しくお思い沈んでおられますので、帝《みかど》がお聞きあそばされて気の毒に不憫《ふびん》なことと思し召されましたので、御四十九日が過ぎますとすぐに、内《ない》々に宮中へお召しになられました。毎日宮のお部屋へお渡りあそばされては、お世話申し上げていらっしゃいます。黒い喪服にやつしておられる宮のご様子の、一層かわいらしく気品の高い感じは、母上よりも勝《まさ》っていらっしゃいました。お気立てもまことに十分に大人びていらして、母女御《にょうご》よりも今少しもの静かで、重々しいところは優《すぐ》れておいでになりますのを、帝は頼もしいこととはご覧あそばしますが、実際には、御母方といっても後見《うしろみ》としてお頼りできそうな伯父《おじ》などのしっかりした人もおりません。僅かに大蔵卿《おおくらきょう》とか修理《すり》の大《か》夫《み》とかいう方々は、女御にとっても腹違いの兄弟なのでした。「格別に世間の信望が重いわけでもなく、身分の高くもない

もも、「こよなくさうざうしかるべきわざかな」と惜しみきこゆ。おほかたさるまじき際の女官などまで、偲びきこえぬはなし。

宮は、まして、若き御心地に心細く悲しく思し入りたるを、聞こしめして、心苦しくあはれに思しめさるれば、御四十九日過ぐるままに忍びて参らせたてまつらせたまへり。日々に渡らせたまひつつ見たてまつらせたまふ。黒き御衣にやつれておはするさま、いとどらうたげにあてなる気色まさりたまへり。心ざまもいとよくおとなびたまひて、母女御よりもいますこしづしやかに重りかなるところはまさりたまへるを、うしろやすくは見たてまつらせたまへど、まことには、御母方とても、後見《うしろみ》と頼ませたまふべき伯父《をぢ》などやうのはかばかしき人もなし。わづかに大蔵卿《おほくらきやう》、修理大夫《すりのかみ》などいふは、女御にも異腹なりける。「ことに世

人々を頼りの人としてお過ごしになるのでは、女の身として気苦労なこともきっと多いに違いないが、それがおかわいそうだ」などと、帝《みかど》はご自分のお心一つにご心配なさるようにいつもご案じあそばされますにつけても、お心が休まらないのでした。

［三］帝、薫と碁を打ち、女二の宮との縁組を暗示
薫、心進まず

お庭先の菊がすっかり色変わりして、ちょうど見頃の時分に、空の風情《ふぜい》もしみじみと時雨《しぐ》れていますにつけても、帝はまずこの二の宮のお部屋にお渡りあそばして、亡《な》き女御《にょうご》（藤壺《ふじつぼ》）のことなどをお話し申し上げますと、ご返事などもおっとりなさりながらも、幼なびてはおらず申し上げなさいますのを、帝はかわいらしくお思いあそばしていらっしゃいます。女宮のこのようなご様子を、よく理解することのできる人が大切にお世話申し上げるのも、何の不都合があろうかと、朱雀院《すざくいん》の姫宮（女三の宮）を六条院（源氏）にお譲り申し上げられた時の世間の評定《ひょうじょう》などを帝はお思い出されますと、「あの時はしばらくは、いやもうもの足りないことであった。そん

のおぼえ重りかにもあらず。やむごとなからぬ人々を頼もし人にておはせむに、女は心苦しきこと多かりぬべきこそいとほしけれ」など、御心ひとつなるやうに思しあつかふも、安からざりけり。

御前の菊うつろひはてて盛りなるころ、空のけしきのあはれにうちしぐるるにも、まづこの御方に渡らせたまひて、昔の事など聞こえさせたまふに、御答《いら》へなども、おほどかなるものからいはけなからずうち聞こえさせたまふを、うつくしく思ひきこえさせたまふ。かやうなる御さまを見知りぬべからむ人の、もてはやしきこえむもなどかはあらむ、朱雀院の姫宮を六条院に譲りきこえたまひしをりの定めどもなど思しめし出づるに、「しばしは、いでや飽かずもあるかな、さらでもおはしなまし、と

な縁組などせずにそのままおいでになればと申し上げたこともあったが、今は源中納言（薫）が人より抜きん出た有様で全てをお世話申し上げているからこそ、女宮も世のご声望も衰えず、ずっと高貴な状態でお暮らしを続けておいでのようだが、そうでなかったら思いも寄らないことどもが出て来て、自然と人に軽んじられることもあったかも知れない」などとお思い続けになって、とにかくご自分の在世中にはご縁を定めたいもの、とお思い寄りになりますと、そのままの順序通りに、この中納言より外《ほか》には婿《むこ》として適当な人はまだいらっしゃらないのでした。「中納言なら女宮たちの傍《かたわ》らに並べてみても何一つ不似合いなことはあるまいし、もともとお心を寄せる人があったとしても、外聞の悪いことがうちまじる事はまたないであろうし、結局は本妻というものがいなくては済むまい。そうならぬ先に、この宮との結婚をそれとなくほのめかしてみよう」などと帝《みかど》は折にふれてお思いあそばすのでした。

　帝は、女宮と御碁をお打ちあそばします。日が暮れてゆく

聞こゆる事どもありしかど、源中納言の人よりことなるありさまにてかくよろづを後見《うしろみ》たてまつるにこそ、その昔の御おぼえ衰へず、やむごとなきさまにてはながらへたまふめれ。さらずは、御心より外なる事どもも出で来て、おのづから人に軽められたまふこともやあらまし」など思しつづけて、ともかくも御覧ずる世にや思ひ定めまし、と思し寄るには、やがてそのついでのままに、この中納言より外に、よろしかるべき人、また、なかりけり。「宮たちの御かたはらにさし並べたらむに、何ごとも目ざましくはあらじを。もとより思ふ人持たりて、聞きにくきことうちまずまじく、はた、あめるを、つひにはさやうの事なくてしもえあらじ。さらぬさきに、さもやほのめかしてまし」など、をりをり思しめしけり。

　御碁など打たせたまふ。暮れゆ

につれて時雨《しぐれ》が風情《ふぜい》ある頃で、菊の花の色も夕明かりに映《は》えて美しいのをご覧になられて、帝《みかど》は人をお召しになり、

帝「ただ今、殿上《てんじょう》には誰々がいるか。」

とお尋ねになりますと、

供人「中務《なかつかさ》の親王《みこ》、上野《こうずけ》の親王、中納言 源 朝臣《みなもとのあそん》が伺候しております。」

と奏上します。

帝「中納言の朝臣をこちらへ。」

と仰せがありましたので、中納言が参上なさいました。なるほど、こうして特にお呼び出しになりますかいがあって、遠くから薫って来ます匂いを始め、ほかの人とは異なった風姿をしていらっしゃいます。

帝「今日の時雨はいつもより特にのどかであるが、喪中なので音楽の遊びなどもなく、興覚《ざ》めで全く所在ないので、無為に時を過ごす慰めにはこの碁がよいであろう。」

と仰せになって、碁盤をお取り寄せになり、御碁のお相手に中納言をお召し寄せになります。いつもこんな風にお側《そば》近く

くままに、時雨をかしきほどにて、花の色も夕映えしたるを御覧じて、人召して、

「ただ今、殿上《てんじやう》には誰々か」

と問はせたまふに、

「中務の親王《みこ》、上野《かむつけ》の親王、中納言 源 朝臣《みなもとのあそむ》さぶらふ」

と奏す。

「中納言の朝臣こなたへ」

と仰せ言ありて、参りたまへり。げに、かくとり分きて召し出づるもかひありて、遠くよりかをれる匂ひよりはじめ人に異なるさましたまへり。

「今日の時雨《しぐれ》、常よりことにのどかなるを、遊びなどすさまじき方にて、いとつれづれなるを、いたづらに日を送る戯れにて、これなむよかるべき」

とて、碁盤《ごばん》召し出でて、御碁の敵《かたき》に召し寄す。いつもかやうに、け

お召しになるのに馴れていますので、今日もそうなのだろうと思っていらっしゃいますと、

帝「よい賭物《かけもの》があるはずだけれども、そう軽々しくは渡すわけにもいかないから、さて、何が良かろう。」

などと仰せられるご様子が、中納言にはどうお見えになったのでありましょうか、いよいよ心遣いをして控えておいでになります。

さて碁をお打ちになりますと、帝《みかど》は三番のうち一番多くお負けになりました。

帝「いまいましいことよ。」

と仰せになって、

帝「まず今日はこの菊の花一枝を与えよう。」

と仰せられますので、中納言はご返事を申し上げず階下に下りて、風情《ふぜい》ある枝を手折《たお》ってお前に参上なさいました。

薫「世のつねの垣根ににほふ花ならば心のままに折りて
見ましを

（これが世の常の家の垣根に美しく咲いている花でしたら、

近くならしまつはしたまふにならひにたれば、さにこそはと思ふに、

「よき賭物《のりもの》はありぬべけれど、軽々しくはえ渡すまじきを、何をかは」

などのたまはする御気色いかが見ゆらむ、いとど心づかひしてさぶらひたまふ。

さて打たせたまふに、三番に数一つ負けさせたまひぬ。

「ねたきわざかな」

とて、

「まづ、今日は、この花一枝ゆるす」

とのたまはすれば、御答《いら》へ聞こえさせで、下りておもしろき枝を折りて参りたまへり。

世のつねの垣根ににほふ花
ならば心のままに折りて見
ましを

賭物
勝負ごとなどで勝者に与えられる賞品。ここは女二の宮の降嫁の件をほのめかす。

世のつねの
花を折る、という表現は、女を手に入れる意。

霜にあへず 「枯れにし園の菊」は亡《な》き藤壺の女御。「残りの色」はあとに残された女二の宮。

思いのままに手折ってみましょうものを。）

と奏上なさいますのは、行き届いたお心遣いが思われます。

帝　霜にあへず枯れにし園の菊なれど残りの色はあせずもあるかな

（霜に耐えられず枯れた園の菊だけれど、残された花の色香はあせずにあることよ。）

と仰せられます。

このように折々ほのめかされる帝《みかど》のご意向を、人伝《づ》てではなく承《うけたまわ》りながら、中納言は例の性分《しょうぶん》ですので急いでお受けしようともお思いになりません。「いや、女宮のことは自分の本意《ほい》ではない。今までもいろいろと気の毒に思われる方々の縁談をも、体《てい》よく聞き流して年月を過ごして来たのに、今更この女宮の婿になるのは、世を捨てた聖《ひじり》が俗世に還るような心地がするに違いないことだ」とお思いになりますのも、一方では「合点がいかない事よ。とりわけこの女宮に心を砕いている人さえいるというのに」とはお思いになりながらも、女宮が中宮腹でいらしたならまた別なのに、とお思いになら

と奏したまへる、用意あさからず見ゆ。

霜にあへず枯れにし園の菊なれど残りの色はあせずもあるかな

とのたまはす。

かやうに、をりをりほのめかさせたまふ御気色を人づてならず承りながら、例の心の癖なれば、急がしくしもおぼえず。「いでや、本意にもあらず。さまざまにいとほしき人々の御事どもをも、よく聞き過ぐしつつ年経ぬるを、今さらに聖《ひじり》よのものの、世に還り出でむ心地すべきこと」と思ふも、かつは「あやしや。ことさらに心を尽くす人だにこそあなれ」とは思ひながら、后腹におはせばしもとおぼゆる心の中ぞ、あまりおほけ

ずにいられないお心の中は、あまりに分不相応な高望みなのでした。

このようなことを右の大殿（夕霧）はちらとお聞きになって、「六の君は何としてもこの中納言（薫）に縁づけたいもの。たとえ気が進まなくてもこちらが誠意をもって頼んでみたら、しまいにはいやとは言いきれまい」とお思いになっていらっしゃいましたのに、「これは予想外のことが出て来てしまいそうだ」と妬《ねた》ましくお思いになりましたので、兵部《ひょうぶ》卿《きょう》の宮（匂宮）もまた特に熱心というのではありませんが、時々につけて風情《ふぜい》あるお便りを六の君にさし上げなさいます事なども絶えませんでしたので、「ままよ、一時の浮気《うわき》心ではあっても、しかるべきご縁があってお心に留まることもどうしてないことがあろうか。水も漏《も》らさぬほどにしっかりと婿を定めるとしても、平凡な者の妻になり下《さ》がったりするのは、また世間体《てい》も悪く不満な気持ちがするだろう」などというお気持ちになりました。

［四］夕霧、匂宮を六の君の婿にと望む　明石の中宮、匂宮を訓《さと》す

六の君 夕霧の娘、藤典侍腹。

予想外のこと 薫と女二の宮との縁談。

なかりける。

かかることを、右大殿《みぎのおとど》ほの聞きたまひて、六の君はさりともこの君にこそは。しぶしぶなりとも、まめやかに恨み寄らば、つひには、え否びはてじ、と思しつるを、思ひの外の事出で来ぬべかなり、とねたく思されければ、兵部卿宮、はた、わざとにはあらねど、をりをりにつけつつをかしきさまに聞こえたまふことなど絶えざりければ、さばれ、なほざりのすきにはありとも、さるべきにて御心とまるやうもなどかなからむ。水漏るまじく思ひ定めむとても、なほなほしき際に下《くだ》らむ、はた、いと人わろく飽かぬ心地すべし、など思しなりにたり。

夕霧「女子の将来が不安なこの末世で、帝《みかど》でさえ婿《むこ》をお探しになる世に、こうして臣下の娘が盛りを過ぎるのも具合が悪いことだ。」

などと非難がましくおっしゃって、中宮（秋好《あきこのむ》中宮）にも真剣に訴えられることが重なりましたので、中宮もお聞きになりお困りになって、宮（匂宮）に、

中宮「お気の毒に、あのように右大臣（夕霧）が懸命にあなたを婿にと望んで何年にもおなりですのを、意地悪くお逃げ申し上げなさいますのも、あまりに不人情でしょう。親王《みこ》たちは御後見《うしろみ》次第で良くも悪くもなるものです。帝も御治世が残り少なくなっていくとばかり思し召して仰せになっておられるようですが、臣下は妻が一人に定まってしまえば、他《ほか》に心を分けることも難《むずか》しいようでしょうけれど、それでさえあの大臣《おとど》は、真面目《まじめ》そうにしながらあちらこちら恨まれないように取り扱われていらっしゃるではありませんか。ましてあなたはかねて思い定め申し上げておりますことが叶いましたら、大ぜい

「女子《をむなご》うしろめたげなる世の末にて、帝だに婿求めたまふ世に、まして、ただ人のさかり過ぎむもあいなし」

など、そしらはしげにのたまひて、中宮をもまめやかに恨み申したまふことたび重なれば、聞こしめしわづらひて、

「いとほしく、かくおほなおほな思ひ心ざして年経たまひぬるを、あやにくにのがれきこえたまはむも情《なさけ》なきやうならむ。親王《みこ》たちは、御後見《うしろみ》からこそともかくもあれ。上の、御代も末になりゆく、とのみ思しのたまふめるを、ただ人こそ、ひと事に定まりぬれば、また心を分けむことも難げなめれ、それだに、かの大臣《おとど》の、まめだちながらこなたかなたうらやみなくもてなして、ものしたまはずやはある。まして、これは、思ひおきてきこ

かねて思い定め… 匂宮の立坊が実現したら。

の女性をお側《そば》にお置きになっても何のさし支えがありましょうか。」

などと、いつになくお言葉を続けられて、理路《りろ》整然と六の君のことをお勧《すす》め申し上げなさいますのを、宮（匂宮）のお心も、またもともと全く離れては思われておられないことですので、あえてどうしてとんでもないことのように申し上げなさるでしょうか。

宮はただ万事に格式ばった右大臣家に閉じこめられて、気ままに馴れていらっしゃった今までのお暮らしが窮屈になるかも知れないことを、何となく面倒にお思いになって気が進みませんけれど、「なるほど、この大臣《おとど》にあまり恨まれてしまうのも具合いが悪かろう」などとだんだんお気持ちが折れて来たようです。とはいえ浮気《うわき》のご性分《しょうぶん》ですので、あの按察《あぜち》の大納言の紅梅の御方（宮の君）のこともまだお諦《あきら》めにならず、折々の花紅葉《もみじ》につけてもお便りをお贈りになっては、どちらのお方にも会ってみたいと思われていらっしゃいました。けれどそのままでその年は改まりました。

按察の大納言の紅梅の御方
紅梅大納言の継娘、宮の君。蛍宮と真木柱の実娘。蛍宮の死後、真木柱が紅梅大納言に嫁した。

ゆることもかなはば、あまたもさぶらはむになどかあらむ」

など、例ならず言つづけて、あるべかしく聞こえさせたまふを、わが御心にも、もとよりもて離れて、はた、思さぬことなれば、あながちにはなどてかはあるまじきさまにも聞こえさせたまはむ。

ただ、いと事うるはしげなるあたりにとり籠められて、心やすくならひたまへるありさまのところせからむことをなま苦しく思すにものうきなれど、げに、この大臣にあまり怨ぜられはてむもあいなからむ、など、やうやう思し弱りにたるなるべし。あだなる御心なれば、かの按察《あぜち》大納言の紅梅の御方をもなほ思し絶えず、花紅葉につけてものたまひわたりつつ、いづれをもゆかしくは思しけり。されどその年はかはりぬ。

［五］薫、女二の宮との結婚を承諾するにつけ、亡き大君《おおいきみ》を想う

昔あったというあの香の煙
李夫人と死別した漢の武帝が、方士に霊薬をたかせると、香煙の中に夫人の姿が出現した（白氏文集「李夫人」）。

女二の宮も、母女御《にょうご》の御服喪がお済みになりましたので、いよいよ何の遠慮もされることがありましょうか。そのように結婚のお気持ちを申し出れば、と帝《みかど》も思し召しのご様子ですなどと、中納言（薫）にお知らせ申す人々もありますのを、あまり素知らぬ顔をしているのもひねくれているようで失礼なことだろう、と気をお引き立てになって、意中をそれとなく申し上げる折々もありますのを、帝がそっけないようにどうしてなされましょうか。婚儀の日取りもお定めになったようだと人伝《づ》てにも聞きますし、ご自身もそのように帝のご意向を拝しますが、内心ではやはりいつまでも亡くなってしまった人（大君《おおいきみ》）を思う悲しさばかりが忘れられそうにない気持ちですので、「情《なさ》けないこと。こうも宿縁《しゅくえん》深くおいでであったお方が、どうして他人のままで亡くなってしまわれたのだろう」と、納得《なっとく》のいかないままにお思い出されます。「賤しい身分であっても、あのお方の面影に少しでも似ている人だったら、きっと心も惹《ひ》きつけられるだろうよ。昔あっ

女二の宮も御服はてぬれば、いとど何ごとにかは憚《はばか》りたまはむ。さも聞こえ出でば、と思しめしたる御気色など告げきこゆる人人もあるを、あまり知らず顔ならむもひがひがしうなめげなり、と思しおこして、ほのめかしまゐらせたまふをりをりもあるに、はしたなきやうはなどてかはあらむ。そのほどに思し定めたなり、と伝《つて》にも聞く。みづから御気色をも見れど、心の中には、なほ飽かず過ぎたまひにし人の悲しさのみ忘るべき世なくおぼゆれば、うたて、かく契り深くものしたまひける人の、などてかはさすがにうとくては過ぎにけむ、と心得がたく思ひ出でらる。口惜しき品なりとも、かの御ありさまにすこしもおぼえたらむ人は、心もとまりなむかし。昔ありけむ香の煙につけてだに、いま一《ひと》たび見たてまつるものにもがな、

たというあの香の煙につけてでももう一度お目にかかりたいものだ」とばかりお思いになって、貴い宮との結婚を早くなどと急ぐお気持ちもありません。

とのみおぼえて、やむごとなき方ざまに、いつしかなど急ぐ心もなし。

［六］ 匂宮、六の君と結婚　中の君、亡き姉君を想い後悔する

右の大殿（夕霧）は、ご婚儀の準備をお急ぎになって、八月頃にと宮（匂宮）に申し上げられました。二条院の対《たい》の御方（中の君）は、このことをお聞きになりますと、「やはり案じていた通りだった。こうなってはどうして宮に添いとげられようか。人数《ひとかず》にも入《はい》らぬ身の上だから、きっともの笑いになってつらいことが起こるに違いないとは、いつも思いながら過ごして来た宮との仲であった。浮気《うわき》なお心と以前から聞いていたので、頼りにならないお方と思いながらも、直接お会いしては特につれないご様子も見えず、心をこめて深い約束ばかりなさっていたのに、急にお変わりになったらその時はどうして平静でいられようか。普通の臣下の夫婦などのように、すっかり縁が切れてしまうなどということはないにしても、どんなに不安なことが多いだろう。やはり本当に情《なさ》け

右大殿《みぎのおほとの》には急ぎたちて、八月ばかりに、と聞こえたまひけり。二条院の対の御方には、聞きたまふに、さればよ。いかでかは。数ならぬありさまなめれば、必ず人わらへにうき事出で来むものぞとは、思ふ思ふ過ぐしつる世ぞかし。あだなる御心と聞きわたりしを、頼もしげなく思ひながら、目に近くては、ことにつらげなることも見えず、あはれに深き契りをのみしたまへるを、にはかに変りたまはむほど、いかがは安き心地はすべからむ。ただ人の仲らひなどのやうに、いとしもなごりなくなどはあらずとも、いかに安げなき事多からむ。なほいとうき身なめれば、

ない身の上のようだったから、結局は山里に帰るべきなのであろう」とお思いになりますにつけても、「あのまま宇治で世に知られず身を隠している以上に、京から出戻って、山里の者が待ち受けてあれこれどう思うのか、何とももの笑いになるであろうよ」と、返す返す父宮のご遺言《ゆいごん》に背《そむ》いて草の庵《いおり》を出て来てしまった軽率さを、恥ずかしくも情《なさ》けなくもお悟りになります。

「亡き姉君（大君《おおいきみ》）は、まことにはっきりせず頼りなさそうにばかり何事もお思いになり仰せだったが、心の底の重々しいところは格別でいらっしゃった。中納言の君（薫）が今でもお忘れになれそうになくお嘆き続けていらっしゃるようだけれど、もし姉君が世に生きておいでだったら、またこのような悲しい思いをすることもあったかも知れない。それを心からどうかしてそんな目にあいたくないと思い詰められて、あれこれと中納言から離れようとお考えになって、尼になってしまおうとまでなさったのだ。ご存命ならば必ずそうなっておいでだったろう。今思うと何と思慮深いお心がけであったこ

つひには山住みに還るべきなめり、と思すにも、やがて跡絶えなましよりは、山がつの待ち思はむも人わらへなりかし、かへすがへすも、宮ののたまひおきしことに違《たが》ひて草のもとを離れにける心軽さを、恥づかしくもつらくも思ひ知りたまふ。

故姫君の、いとしどけなげにものはかなきさまにのみ何ごとも思しのたまひしかど、心の底のづしやかなるところはこよなくもおはしけるかな。中納言の君の、今に忘るべき世なく嘆きわたりたまふめれど、もし世におはせましかば、またかやうに思すことはありもやせまし。それを、いと深くいかでさはあらじと思ひ入りたまひて、とざまかうざまにもて離れむことを思して、かたちをも変へてむとしたまひしぞかし。必ずさるさま

とか。亡《な》きお方々も、私《わたくし》のことはどんなに格別に軽々しい者よとご覧になることとだろう」と、恥ずかしく悲しくお思いになりますが、「何の、今更かいもない事ながら、こんな様子を宮にお目にかけられようか」と、じっと我慢をなさって、何も聞いていないそぶりでお過ごしになっていらっしゃいます。

宮はいつもよりもしみじみと優《やさ》しく、寝ても起きても睦まじくお約束なさっては、この世ばかりか来世までもの変わらない心ばかりを頼みにおさせになります。実は女君はこの五月頃からただならぬお体《からだ》になられ、ご気分も優《すぐ》れないこともおありなのでした。ひどくお苦しがりなどはなさいませんけれど、いつもよりお食事も一段と進まず、横におなりになってばかりおいでになりますのを、宮はまだそのような身重《みおも》の人のご様子をよくご存知ありませんので、ただ暑い時分だからこうして弱っておいでなのだろう、とお思いになっていらっしゃいました。それでもさすがにおかしいと不審にお思いのこともあって、

匂宮「もしかしたら。どんなご気分ですか。身重の人はこ

にてぞおはせまし。今思ふに、いかに重りかなる御心おきてならまし。亡き御影どもも、我をば、いかにこよなきあはつけさと見たまふらむと、恥づかしく悲しく思せど、何かは、かひなきものから、かかる気色をも見えたてまつらむ、と忍びかへして、聞きも入れぬさまにて過ぐしたまふ。

宮は、常よりも、あはれになつかしく、起き臥し語らひ契りつつ、この世のみならず、長きことをのみぞ頼めきこえたまふ。さるは、この五月《さつき》ばかりより、例ならぬさまに悩ましくしたまふこともありけり。こちたく苦しがりなどはしたまはねど、常よりも物まゐることいとどなく、臥してのみおはするを、まださやうなる人のありさまよくも見知りたまはねば、ただ暑きころなればかくおはするなめり、とぞ思したる。さすがにあやし、と思しとがむることもありて、

のように気分が優《すぐ》れないそうだが。」

などとおっしゃいます折もありますけれど、女君は大層気恥ずかしそうになさって、さりげなく振る舞ってばかりおられますのを、さし出がましく申し上げる女房もおりませんので、宮は確かにもお分かりになりません。

八月になりますと、ご婚儀の日取りなどを女君はよそから人伝《づ》てにお聞きになります。宮は隠し立てをしようというのではありませんが、お口に出すのが心苦しくいたわしく思われて、そうともおっしゃいませんのを、女君はそのことまでも情《なさ》けなくお感じになります。「内密の事でもないし、世間に広く知られている事なのに、その日取りさえおっしゃって下さらないとは」と、どうして恨めしくないことがありましょうか。

女君がこうして二条院にお移りになってからは、特別なことがなければ宮中へ参られても夜お泊まりになることは殊になさらず、あちらこちらに外泊されることもありませんでしたが、女君が急にどんなお気持ちになられるだろうと、その

「もし。いかなるぞ。さる人こそ、かやうには悩むなれ」

などのたまふをりもあれど、いと恥づかしくしたまひて、さりげなくのみもてなしたまへるを、さし過ぎ聞こえ出づる人もなければ、たしかにもえ知りたまはず。

八月になりぬれば、その日など、外《ほか》よりぞ伝へ聞きたまふ。宮は、隔てむとにはあらねど、言ひ出でむほど心苦しくいとほしく思されて、さものたまはぬを、女君は、それさへ心憂くおぼえたまふ。忍びたる事にもあらず、世の中なべて知りたることを、そのほどなどだにのたまはぬこと、と、いかが恨めしからざらむ。

かく渡りたまひにし後は、ことなる事なければ、内裏《うち》に参りたまひても、夜とまることはことにしたまはず、ここかしこの御夜離《よが》れなどもなかりつるを、にはかにい

おいたわしさを紛《まぎ》らわすために、この頃は時々御宿直《とのい》といって参内なさっては、今のうちからお馴れになるようにしてさし上げますのも、女君にはただつらいお仕打ちとばかりお思い置きになるに違いありません。

［七］　薫、大君を想い中の君に同情心惹かれる自らを嘆く

このご婚儀　夕霧の六の君と匂宮との結婚。

中納言殿（薫）も、全くいたわしいことよ、とこのご婚儀をお聞きになります。「浮気《うわき》なご性分《しょうぶん》の宮（匂宮）のことだから、中の君をいとしいと思われていても、目新しい女君の方にきっとお心が移っていかれることだろうよ。女君の里方もれっきとしたお家柄だし、手ぬかりなく宮をお世話申して離さなかったら、この数ケ月そうしたこともなくお過ごしだったのに、空しく待つ夜を多くお過ごしになられるのが、いかにもおいたわしいことだ」などとお思い至りますにつけても、「我ながらつまらぬことを考えたことよ。どうしてあのお方を宮にお譲り申し上げたのだろう。亡き人に心を奪われてから、大よそのこの世をも思い離れて澄みきっていた心にも濁りが出て来て、ただあのお方のことばかりをあれこれと思い

かに思ひたまはむと、心苦しき紛らはしに、このごろは、時々御宿直《とのゐ》とて参りなどしたまひつつ、かねてよりならはしきこえたまふをも、ただつらき方にのみぞ思ひおかれたまふべき。

中納言殿も、いといとほしきわざかな、と聞きたまふ。花心におはする宮なれば、あはれとは思すとも、いまめかしき方に必ず御心移ろひなむかし。女方も、いとしたたかなるわたりにて、ゆるびなくきこえまつはしたまはば、月ごろも、さもならひたまはで、待つ夜多く過ぐしたまはむこそ、あはれなるべけれ、など思ひよるにつけても、あいなしや、わが心よ。何しに譲りきこえけむ。昔の人に心をしめてし後、おほかたの世をも思ひ離れてすみはてたりし方の心も濁りそめにしかば、ただかの御事をのみとざまかうざまには思

ながら、さすがに許しがなくて無理を通すのは当初の本意ではあるまいと遠慮しては、ただ何とかして少しでもあわれと思っていただき、打ち解けて下さるご様子をも見たいものと、将来の理想ばかりを思い続けて来たのに、姫宮（大君《おおいきみ》）の方はこちらとは同じお気持ちではなくお扱いになって、それでもさすがに一方的に突き放すわけにはいかない思いでいらした気休めから、同じ姉妹だからと言いなして、望まない妹君の方へさし向けられたのが、いまいましく恨めしかったので、まずそのお心づもりを変えようとして、宮に妹君をお逢わせしたことであったのだ」などと、むやみに女々《めめ》しく取り乱して、宮を宇治へお連れしていろいろ工面《くめん》申し上げた当時を思い出しますにつけても、全くとんでもない料簡《りょうけん》であったと、返す返す残念にお思いになります。

「宮も、いくら何でもあの頃の有様をお思い出しになられたら、こちらが耳にするようなことも少しはご遠慮なさるのではあるまいか」と思いますにつけて、「いやもう、今ではその当時のことなど少しもお口に出さないであろうよ。やは

ひながら、さすがに人の心ゆるされであらむことは、はじめより思ひし本意なかるべし、と憚《はばか》りつつ、ただいかにして、すこしもあはれと思はれて、うちとけたまへらむ気色をも見むと、行く先のあらましごとのみ思ひつづけしに、人は同じ心にもあらずもてなして、さすがに一方にもえさし放つまじく思ひたまへる慰めに、同じ身ぞと言ひなして、本意ならぬ方におもむけたまひしがねたく恨めしかりしかば、まづその心おきてを違へむとて、急ぎせしわざぞかし、など、あながちに女々《めめ》しくもの狂ほしく率て歩きたばかりきこえしほど、思ひ出づるも、いとけしからざりける心かなと、かへすがへすぞ悔しき。

宮も、さりとも、そのほどのありさま思ひ出でたまはば、わが聞かむところをもすこしは憚りたまはじや、と思ふに、いでや、今は、

り浮気《うわき》な性格に進んで心変わりしやすいお方は、女のためだけではなく、誰に対しても信頼できず、軽々しいこともありがちなもののようだ」などと、宮を憎らしくお思い申し上げます。ご自分が誠実にあまりにもお一方《ひとかた》（大君《おおいきみ》）に執着なさるご性分《しょうぶん》から、他《ほか》の人のことは何とも格別にもどかしく思われるのでありましょう。

あのお方をあえなくお亡《な》くし申し上げてから後《のち》に思いますことは、「帝《みかど》の二の宮を賜わろうというご配慮も嬉しくもないし、この女君（中の君）をお世話すればよかったと思う気持ちが月日とともに募るのも、ただもうあのお方のご血縁と思うので思い離れられないのであろうよ。ご姉妹という中でも、お二人はこの上もなく睦ましくしておいでだったのを、姉君がいよいよとおなりになった時も、後《あと》に残る妹を『私《わたくし》と同じに思って下さい』とおっしゃって、『全て何の不満もございませんが、ただあの私の思い定めておりましたことを取り違えなさいましたことだけが残念で恨めしいことで、その思いがこの世に残りそうです』とおっしゃったものを。亡

そのをりのことなど、かけてものたまひ出でざめりかし。なほあだなる方に進み、移りやすなる人は、女のためのみにもあらず、頼もしげなく軽々しき事もありぬべきなめりかし、など、憎く思ひきこえたまふ。わがまことにあまり一方にしみたる心ならひに、人はいとこよなくもどかしく見ゆるなるべし。

かの人をむなしく見なしきこえたまうてし後思ふには、帝の御むすめを賜はむと思ほしおきつるもうれしくもあらず。この君を見ましかばとおぼゆる心の月日にそへてまさるも、ただ、かの御ゆかりと思ふに、思ひ離れがたきぞかし。はらからといふ中にも、限りなく思ひかはしたまへりしものを、今はとなりたまひにしはてにも、とまらむ人を同じことと思へとて、よろづは思はずなることもなし、ただ、かの思ひおきてしさまを違《たが》

き御霊《みたま》が空からでも、妹君がこうしてお悩みになるにつけひとしお情《なさ》けないこととご覧になるだろう」などと、つくづくと自《みずか》ら求めての独り寝をなさいます夜な夜なは、かすかな風の音にも目をお覚ましになっては、過去将来のことや、このお方の身の上まで、思うにまかせぬ世の中をお思い廻《めぐ》らしになっていらっしゃいます。

一時の慰めにお言葉をおかけになったり、お側《そば》近くお召し使いになる女房たちの中には、自《おの》ずと憎からずお思いになる者もいるはずですけれど、本当には心を惹《ひ》かれる女《ひと》もいませんのは、実にさっぱりしたものです。とはいえ、あの宇治の姫君たちに劣るまいと思われる家柄の人々も、時勢の移り変わりにつれ、落ちぶれて心細い暮らしをしている者などを捜し出してはお仕えさせたりなど、実に大ぜいおりますが、いよいよ世を逃《のが》れて出家しようという時に、とりわけ執着して絆《ほだし》となるようなことのないように過ごそうと思う心が深かったのですが、さてこうも見苦しく悩もうとは、わが心ながらひねくれていることよなどと、いつもよりもそのまま寝られ

へたまへるのみなむ、口惜しう恨めしきふしにて、この世には残るべき、とのたまひしものを。天翔《あまがけ》りても、かやうなるにつけては、いとどつらしとや見たまふらむ、など、つくづくと、人やりならぬ独り寝したまふ夜な夜なは、はかなき風の音にも目のみ覚めつつ、来し方行く先、人の上さへあぢきなき世を思ひめぐらしたまふ。

なげのすさびにものをも言ひふれ、け近く使ひ馴らしたまふ人々の中には、おのづから憎からず思さるるもありぬべけれど、まことには心とまるもなきこそさはやかなれ。さるは、かの君たちのほどに劣るまじき際の人々も、時世《ときよ》に従ひつつ衰へて心細げなる住まひするなどを、尋ねとりつつあらせたまひなどいと多かれど、今はと世を遁れ背き離れむ時、この人こそと、とりたてて心とまる絆《ほだし》になるばかりなる事はなくて過ぐして

ずに夜をお明かしになった朝、霧が立ちこめている垣根から、色とりどりの花が趣深く見渡されます中に、朝顔がはかなげにまじっていますのを、やはり特にお目の留まる心地がなさいます。「明くる間《ま》咲きて（夜の明ける間だけ咲いて、すぐにしぼむ）」とか、無常の世に喩《たと》えられていますのが身につまされるのでしょうよ。格子《こうし》を上げたまま、ほんの仮りそめに横におなりになっただけでお明かしになりましたので、この花の開《ひら》く時もただ一人だけでご覧になるのでした。

人をお呼びになって、

薫「北の院（二条院）に参ろうと思うが、あまり人目に立たない車を引き出させよ。」

とお命じになりますと、

供人「宮様（匂宮）は昨日から宮中にお出でだそうです。昨夜《ゆうべ》供の者が車を引いて帰って参りました。」

と申します。

薫「構わない。あの対《たい》の御方（中の君）のお加減が良くなさそうだからお見舞い申し上げよう。今日は参内しなけ

明くる間咲きて　「朝顔は常なき花の色なれや明くる間咲きてうつろひにけり」（花鳥余情）。

む、と思ふ心深かりしを、いでさもわろく、わが心ながらねぢけてもあるかななど、常よりも、やがてまどろまず明かしたまへる朝に、霧の籬より、花の色々おもしろく見えわたる中に、朝顔のはかなげにてまじりたるを、なほことに目とまる心地したまふ。「明くる間《ま》咲きて」とか、常なき世にもなずらふるが、心苦しきなめりかし。格子《かうし》も上げながら、いとかりそめにうち臥しつつのみ明かしたまへば、この花の開くるほどをも、ただ独りのみぞ見たまひける。

人召して、

「北の院に参らむに、ことごとしからぬ車さし出でさせよ」

とのたまへば、

「宮は、昨日より内裏《うち》になむおはしますなる。昨夜《よべ》、御車率て帰りはべりにき」

と申す。

「さばれ、かの対の御方の悩

ればならない日だから、日が高くならないうちに。」
とおっしゃって、御装束をお召しになります。お出かけになるついでに庭に下《お》りて花の中にお入《はい》りになるお姿は、ことさら風流めいてあでやかにお振る舞いになっているわけではありませんが、不思議にただ何気なく見るだけでも優雅で、こちらが恥じ入るばかりで、ひどく気取った色好みの連中などとは比べものにならないほど、自然と風情《ふぜい》がおありのようにお見えになるのでした。

朝顔をお引き寄せになりますと、露がひどくこぼれ落ちます。

薫「今朝《けさ》の間《ま》の色にやめでむ置く露の消えぬにかかる
花と見る見る

（今朝の束の間の美しさを賞美しようか。置く露が消えずにかかっている間のはかない花と思いながらも。）

はかないことよ。」

と独り言《ごと》をおっしゃって、花を手折《たお》ってお持ちになりました。
女郎花《おみなえし》の方はお見過ごしになって、お出かけになりました。

今朝の間の はかない露が消えぬ間に咲く朝顔に共感。はかないこの世を実感する。

女郎花の方は 「女郎花」は女一般を暗示。薫の色めかしさを否定する。

みたまふなるとぶらひきこえむ。今日は、内裏に参るべき日なれば、日たけぬさきに」とのたまひて、御装束したまふ。出でたまふままに、下りて花の中にまじりたまへるさま、ことさらに艶だち色めきてももてなしたまはねど、あやしく、ただうち見るになまめかしく恥づかしげにて、いみじく気色だつ色好みどもになずらふべくもあらず、おのづからをかしくぞ見えたまひける。

朝顔をひき寄せたまへる、露いたくこぼる。

「今朝《けさ》の間《ま》の色にやめでむ置く露の消えぬにかかる花
と見る見る

はかな」

と独りごちて、折りて持たまへり。女郎花をば見過ぎてぞ出でたまひぬる。

［八］薫、中の君と対面して懇切に慰め、朝顔の歌を贈答

夜が明け離れていきますにつれて、霧が一面に立ちこめた空も風情《ふぜい》がありますので、「女たちはまだ気を許して朝寝をしておいでであろうよ、格子《こうし》や妻戸《つまど》などを叩いて咳払いするのも気がひけることであろう。朝まだ早いうちに来てしまったものだ」とお思いになりながら、人をお召しになって、中《ちゅう》門《もん》の開《あ》いた所から中を伺わせますと、

供人「御格子などはもう上げてあるようでございます。女房の御気配もしておりました。」

と申しますので、中納言は御車からお下《お》りになって、霞に紛《まぎ》れて姿美しく歩いてお入《はい》りになりますのを、女房たちは、宮(匂宮)がお忍び所からお帰りになったのかと思っていますと、露にお濡れになったお召し物の香りが、例によって尋常ではなく匂って来ますので、

女房「やはり目の覚めるようなすばらしいお方でおいでですよ。でもあまり取り澄ましておいでなのが憎らしいこと。」

明けはなるるままに、霧たちみちたる空をかしきに、女どちはしどけなく朝寝したまへらむかし。格子、妻戸などうち叩き声づくらむこそ、うひうひしかるべけれ。朝まだき、まだき来にけり、と思ひながら、人召して、中門の開きたるより見せたまへば、

「御格子どもまゐりてはべるべし。女房の御けはひもしはべりつ」

と申せば、下りて、霧の紛れにさまよく歩み入りたまへるを、宮の忍びたる所より帰りたまへるにやと見るに、露にうちしめりたまへるかをり、例の、いとさまことに匂ひ来れば、

「なほめざましくおはすかし。心をあまりをさめたまへるぞ憎き」

などと、わけもなく若い女房たちはお噂《うわさ》し合っています。あわてた様子もせず、程よく衣《きぬ》ずれの音をさせて御敷物をさし出しなどする様子もまことに難がありません。

薫「ここに控えなさいとお許し下さるのは、人並みのお扱いをいただいた気持ちがいたしますが、やはりこうした御簾《みす》の前にお隔てになりますのが嘆かわしくて、度々はとてもお伺いできません。」

とおっしゃいますと、

女房「それでは、どういたしたらよいでしょうか。」

などと申し上げます。

薫「北面《きたおもて》のような隠れた所がよいでしょうよ。わたしのような古なじみが仕候するのに適当な休み所は。それもまた、ただお心次第ですから、不平を申し上げる筋のことでもございません。」

とおっしゃって、長押《なげし》に寄りかかっていらっしゃいますので、

例によって女房たちが、

女房「やはりあそこまでお出ましになって。」

など、あいなく若き人々は聞こえあへり。おどろき顔にはあらず、よきほどにうちそよめきて御褥《しとね》さし出でなどするさまも、いとめやすし。

「これにさぶらへ、とゆるさせたまふほどは、人々しき心地すれど、なほかかる御簾《みす》の前にさし放たせたまへる愁はしさになむ、しばしばもえさぶらはぬ」

とのたまへば、

「さらば、いかがははべるべからむ」

など聞こゆ。

「北面《きたおもて》などやうの隠れぞかし、かかる古人《ふるびと》などのさぶらはむにことわりなる休み所は。それも、また、ただ御心なれば、愁へきこゆべきにもあらず」

とて、長押《なげし》に寄りかかりておはすれば、例の、人々、

「なほ、あしこもとに」

長押
簀子と廂《ひさし》の間を隔てる下長押。一段高くなっている。

などと、女君にお勧《すす》め申し上げます。

中納言は、もともと感じが、性急で猛《たけ》々しくなどはおいでにならないお人柄ですが、近頃はますますもの静かに振る舞っていらっしゃいますので、女君は今ではご自身でお話し申し上げますことも、以前は嫌《いや》で気詰まりでした点も、ようやく少しずつ薄らいでお馴れになっていらっしゃいました。

中納言は、

薫「ご気分悪くおいでになるとか、どうなさいましたか。」

などとお尋ね申し上げなさいますけれど、はきはきともご返事申し上げず、いつもより沈んでいらっしゃるご様子が痛ましいのも、しみじみとおいたわしくお思いになって、心細《こま》やかに夫婦の仲のあるべきさまなどを、いかにも兄妹《きょうだい》ならばこうもあろうかとばかりにお教え慰め申し上げます。

女君のお声なども、特に姉君と似ておいでとも思いませんでしたが、今は不思議なほどただその人と思われますので、人目さえ見苦しくなかったら簾《すだれ》を引き開《あ》けてさし向かってお

などそのかしきこゆ。

もとよりもけはひはやりかに男々しくなどはものしたまはぬ人柄なるを、いよいよしめやかにもてなしをさめたまへれば、今はみづから聞こえたまふ事も、やうやううたてつつましかりし方少しづつ薄らぎて面馴れたまひにたり。


「悩ましく思さるらむさまも、いかなれば」


など問ひきこえたまへど、はかばかしくも答《いら》へきこえたまはず、常よりもしめりたまへる気色の心苦しきもあはれに思ほえたまひて、細《こま》やかに、世の中のあるべきやうなどを、同胞《はらから》やうの者のあらましやうに、教へ慰めきこえたまふ。

声などもわざと似たまへりともおぼえざりしかど、怪しきまでただそれとのみおぼゆるに、人目見苦しかるまじくは、簾《すだれ》もひき開けてさし対《むか》ひきこえまほしく、うち

逢い申し上げたく、ご気分悪くおいでのお顔も拝見したくお思いになりますにつけても、やはり世の中にもの思いのない人はあり得ないのだろうか、と思い知らされなさいます。

薫「人並みに華やかな生活をするというのではありませんが、心に思う事があって嘆かわしく身を苦しめたりするようなことはなくて過ごすことができるような世の中だと、自分では思っておりました。それなのに、自《みずか》ら求めて悲しい目にあい、愚《おろ》かしく悔《くや》しいもの思いをして、あれこれ心休まる時なく悩んでおりますのは、まことに困ったことです。官位などといって、世間では大事にしているらしいもっともな心配事につけて嘆き悲しむ人に比べて、わたしの方がもう少し罪の深さは勝《まさ》っているでしょうか。」

などとおっしゃりながら、お手折《たお》りになった朝顔の花を扇に置いてご覧になっていらっしゃいますと、それがだんだんと赤みを帯びて行きますのも、かえって色合いが趣深く見えますので、そっと御簾《みす》の中へさし入れて、

悩みたまへらむ容貌《かたち》ゆかしくおぼえたまふも、なほ世の中にもの思はぬ人はえあるまじきわざにやあらむ、とぞ思ひ知られたまふ。

「人々しくきらきらしき方にははべらずとも、心に思ふことあり、嘆かしく身をもて悩むさまになどはなくて過ぐしつべきこの世と、みづから思ひたまへし。心から、悲しきことも、をこがましく悔しきもの思ひをも、かたがたに安からず思ひはべるこそいとあいなけれ。官位《つかさくらゐ》などいひて、大事にすめる、ことわりの愁へにつけて嘆き思ふ人よりも、これや、いますこし罪の深さはまさるらむ」

など言ひつつ、折りたまへる花を、扇にうち置きて見ゐたまへるに、やうやう赤みもて行くもなかなか色のあはひをかしく見ゆれば、やをらさし入れて、

薫よそへてぞ見るべかりける白露の契りかおきし朝顔の花

(白露によそえて見るべきでした。白露が契り置いた朝顔の花を――亡《な》きお方の形見としてお世話すればよかった、亡きお方が約束しておかれたあなたを。)

殊更そうなさったわけでもありませんが、露を落とさず持っておいでになることよと、女君は興趣深くご覧になりますが、花は露を置いたまましおれていく様子ですので、

中君「消えぬまに枯れぬる花のはかなさにおくるる露はなほぞまされる

(露が消えぬ間にしおれてしまった花のように、はかない姉君より後に残った露のような私《わたくし》の方が一層はかない身の上です。)

何を頼りにして。」

と、まことにひっそりと、言葉も続かずつつましやかに言いさしていらっしゃるご様子は、やはり姉君にとてもよく似ておいでのことよ、とお思いになりますにつけて、まず悲しさ

よそへてぞ見るべかりける
白露の契りかおきし朝顔の
花

ことさらびてしもてなさぬに、露を落さで持たまへりけるよ、とをかしく見ゆるに、置きながら枯るるけしきなれば、

「消えぬまに枯れぬる花の
はかなさにおくるる露はな
ほぞまされる
何にかかれる」

と、いと忍びて、言《こと》もつづかず。つつましげに言ひ消ちたまへるほど、なほいとよく似たまへるものかな、と思ふにも、まづぞ悲しき。

よそへてぞ 「白露」は大君《おおいきみ》、「朝顔」は中の君。

消えぬまに 「枯れぬる花」は大君《おおいきみ》、「おくるる露」は中の君。

が先立ちます。

薫「秋の空はもう少しもの思いが募るばかりでございます。その所在なさを紛《まぎ》らわすためにも、先日宇治へ行って参りました。庭も垣根もまことに一層荒れ果てておりましたので、悲しみに堪え難いことが多くございました。故六条院（源氏）がお亡くなりになって後《のち》は、二三年ばかりの晩年にご出家なさった嵯峨院《さがのいん》にしても、六条院にしても、ふと立ち寄る人は悲しみの抑えようもないものでございました。木草の色を見るにつけても、ひたすら涙にくれて帰るばかりでございました。

　あの六条院のお側《そば》にいた人々は、身分の上下の者はみな心の浅い人はございませんでしたが、お邸《やしき》の方《かた》々にお集まりになっていらした女君たちも、みなあちこちに散り散りになって、それぞれ世を捨てたお住まいをなさるようでしたが、身分の低い女房などはまして心を静めようもなく思うままに、分別もつかない気持ちに任《まか》せて、

「秋の空は、いますこしながめのみまさりはべる。つれづれの紛らはしにも、と思ひて、先つころ、宇治にものしてはべりき。庭も籬《まがき》もまことにいと荒れはててはべりしに、たへがたきこと多くなむ。故院の亡せたまひて後、二三年ばかりの末に、世を背きたまひし嵯峨院《さがのゐん》にも、六条院にも、さしのぞく人の心をさめむ方なくなむはべりける。木草の色につけても、涙にくれてのみなむ帰りはべりける。

　かの御あたりの人は、上下《かみしも》心浅き人なくこそはべりけれ、方々集《つど》ひものせられける人々も、みな所々あかれ散りつつ、各々思ひ離るる住まひをしたまふめりしに、はかなきほど

［九］薫、宇治の様子を中の君に話す　薫の大君追慕の情深し

庭も垣根も（庭も籬《まがき》も）「里はあれて人はふりにし宿なれや庭もまがきも秋の野らなる」（古今・秋上　僧正遍照）。

嵯峨院　源氏の造営した嵯峨野の御堂（「絵合」の巻［一〇］「松風」の巻［二］［一〇］第三冊二九二・二九七・三一七ページ）。

山や林に隠れ住んだり、つまらない田舎人になったりなど、気の毒に当てもなく散って行った者が多うございました。

そしてかえってすっかり荒らし果ててしまって、忘れ草を生やした後《あと》に、この右大臣（夕霧）もお移り住みになって、宮たちなども大ぜいお住まいになられましたので、また昔の盛りの頃に返ったようでございます。そのような世に類《たぐ》いない悲しみと思われましたことも、年月が経《た》てばその思いがさめる時がやって来るものだと思いますと、なるほど万事物事には限りがあるものだと思われるのでございます。

こうは申し上げながらも、あの昔の悲しさは、わたしもまだ幼うございました時のこととて、さほど深くは心にしみていなかったのでしょう。やはりこの最近の夢のような悲しさは、さましようもなく思われますのは、同じように人の世の無常の悲しみですけれど、罪の深さはこちらの方が勝《まさ》っているのではないかと、それまでが情《なさ》

の女房などはまして心収めむ方なくおぼえけるままに、ものおぼえぬ心に任《まか》せつつ山林に入りまじり、すずろなる田舎人になりなど、あはれに惑ひ散るこそ多くはべりけれ。

さて、なかなかみな荒しはて、忘れ草生ほして後なむ、この右大臣《みぎのおとど》も渡り住み、宮たちなども方々ものしたまへば、昔に返りたるやうにはべめる。さる世にたぐひなき悲しさと見たまへし事も、年月経《ふ》れば、思ひさます折の出で来るにこそは、と見はべるに、げに限りあるわざなりけり、となむ見えはべる。

かくは聞こえさせながらも、かのいにしへの悲しさは、まだ幼《いはけ》なくもはべりけるほどにて、いとさしもしまぬにやはべりけむ。なほこの近き夢こそ、さますべき方なく思ひた

けのう存ぜられます。」

とおっしゃって、お泣きになる中納言（薫）のご様子は、いかにも悲しみ深いお心のように見受けられます。

亡《な》き人をそれほどお慕い申し上げない人でさえ、この君がお嘆きになられるのを見れば、つい平静ではいられませんものを、まして女君（中の君）は、ご自分も何かと心細くお思い乱れなさいますにつけ、いつもよりも一層姉君（大君《おおいきみ》）の面影を恋しく悲しくお思い申し上げるお気持ちですので、一段と涙がもよおされて何も申し上げられず、こらえかねていらっしゃいますご様子を、お互いにしみじみといたわしくお思い合っていらっしゃいます。

中君「『世のうきよりは（煩《わずら》わしい俗世間よりは山里の方が住みよい）』などと昔の人が言いましたのも、そのように思い比べる心も格別なくて何年も過ごしておりましたのに、今はやはり何とかして静かな宇治の山里で暮らしたいと思うのでございますが、それもさすがに思うようにはならないようですので、弁《べん》の尼がとても羨《うらや》ましゅうござい

世のうきよりは 「山里はもののわびしきことこそあれ世の憂きよりは住みよかりけり」（古今・雑下 読人しらず）。

まへらるるは、同じ事世の常なき悲しびなれど、罪深き方は勝りてはべるにやと、それさへなむ心憂くはべる」

とて、泣きたまへるほど、いと心深げなり。

　昔の人をいとしも思ひきこえざらむ人だに、この人の思ひたまへる気色を見むには、すずろにただにもあるまじきを、まして、我もものを心細く思ひ乱れたまふにつけては、いとど常よりも、面影に恋しく悲しく思ひきこえたまふ心なれば、いま少しもよほされて、ものもえ聞こえたまはず、ためらひかねたまへるけはひを、かたみにいとあはれと思ひかはしたまふ。

「世のうきよりはなど、人は言ひしをも、さやうに思ひ比ぶる心も殊になくて年頃は過ぐしはべりしを、今なむ、なほいかで静かなるさまにても過ぐさまほしく思うたまふる

この二十日過ぎ 八の宮の命日（「椎本」の巻［七］第八冊二一五ページ）。

近くのお寺の鐘の音 八の宮が亡くなった阿闍梨の山寺の鐘の音。

ます。この二十日《はつか》過ぎごろは、あの近くのお寺の鐘の音《ね》も聞きたいものと思いますので、そっとお連れいただけないものかと、お願いしたく存じておりました。」

とおっしゃいますので、

薫「山里のお邸《やしき》を荒らすまいとお思いでも、どうしてお連れできましょうか。気軽な下々の男でさえ往き来しますのも険しい山道でございますから、わたしも気にかけながら月日も隔たっております。亡《な》き八の宮のご命日は、あの阿闍梨《あざり》にしかるべきことどもをみな頼んで置いてございます。あのお邸はやはり尊い仏様にお譲りなさいませ。時々拝見いたしますにつけて、悲しみに心の乱れるのが堪え難いのもどうしようもありませんので、罪ほろぼしになるようお寺にしたいと思っておりますが、あなた様はまたどうお思いでしょうか。ともかくもお決めなさるのに従おうと存じまして。あなたのご希望通りにおっしゃって下さい。何事もご遠慮なく承《うけたまわ》らせていただきますことこそ、わたしの本意も叶うことでございま

を、さすがに心にもかなはざめれば、弁《べん》の尼こそ羨ましくはべれ。この二十日あまりのほどは、かの近き寺の鐘の声も聞きわたさまほしくおぼえはべるを、忍びて渡させたまひてむや、と聞こえさせばや、となむ思ひはべりつる」

とのたまへば、

「荒さじと思すとも、いかでかは。心やすき男だに、往き来のほど、荒ましき山道にはべれば、思ひつつなむ月日も隔たりはべる。故宮の御忌日《きにち》は、かの阿闍梨《あざり》にさるべき事どもみな言ひおきはべりにき。かしこは、なほ、尊き方に思し譲りてよ。時々見たまふるにつけては、心まどひの絶えせぬもあいなきに、罪失ふさまになしてばや、となむ思ひたまふるを、またいかが思しおきつらむ。ともかくも定め

侍所の別当
二条院の侍所の長官。右京大夫を兼任。

しょう。」

などと、実務的な事どもを申し上げなさいます。経典や仏像などをさらに加えてご供養なさるようです。女君はこのような法会《ほうえ》のついでにかこつけて、そっと宇治に引き籠《こも》ってしまいたい、などとほのめかされるご様子ですので、

薫「とんでもない事です。やはり何事もお心をゆったりとお思いなさいませ。」

とお訓《さと》し申し上げなさいます。

日が高くなって、女房たちが参り集まって来たりなどしますので、あまり長居しますのも何かわけがありそうに思われますので、お帰りになろうとして、中納言は、

薫「どちらに伺いましても御簾《みす》の外には馴れておりませんのできまりの悪い気がいたしまして。いずれまたこうしたお扱いでも参りましょう。」

とおっしゃって、お立ちになりました。宮（匂宮）がどうして自分のいない時にやって来たのだろうとお思いになるに違いないご性分《しょうぶん》ですのも面倒で、侍所《さぶらいどころ》の別当《べっとう》の右京大夫《うきょうたゆう》をお

させたまはむに従ひてこそは、とてなむ。あるべからむやうにのたまはせよかし。何ごともうとからず承らむのみこそ、本意のかなふにてははべらめ」など、まめだちたる事どもを聞こえたまふ。経仏など、この上も供養じたまふべきなめり。かやうなるついでにことつけて、やをら籠りゐなばやなどおもむけたまへる気色なれば、

「いとあるまじき事なり。なほ何事も心のどかに思しなせ」と教へきこえたまふ。

日さしあがりて、人々参り集まりなどすれば、あまり長居も事あり顔ならむによりて、出でたまひなむとて、

「いづこにても御簾の外にはならひはべらねば、はしたなき心地しはべりてなむ。いま、また、かやうにもさぶらはむ」とて立ちたまひぬ。宮のなどかな

呼びになって、
薫「宮は昨夜《ゆうべ》ご退出なさったと聞いて伺ったのに、まだお帰りではないので残念だな。宮中に参った方がよいかな。」
とおっしゃいますと、
別当「今日はご退出になられるでしょう。」
と申しますので、
薫「それでは、夕方にでも。」
とおっしゃってお帰りになりました。

［一〇］ 薫、悲しみに堪え仏道に精進 母宮、不安に思う

中納言（薫）は、やはりこの女君（中の君）のご様子やご日常をお聞きになられますごとに、「どうして亡《な》き御方（大君《おおいきみ》）のご意向に背《そむ》いて思慮のないことをしてしまったのだろう」と、後悔の念ばかりが深まって、心を悩ませるのも煩《わずら》わしく、「どうして自《みず》ら求めて悩む性分《しょうぶん》なのか」と反省なさいます。姫宮亡き後もそのままに、まだご精進を続けられて、いよいよただ一途《いちず》に勤行《ごんぎょう》ばかりなさりながら、明かし暮らしておい

き折には来つらむ、と思ひたまひぬべき御心なるも煩はしくて、侍《さぶらひ》所の別当《べたう》なる右京大夫《うきやうのかみ》召して、

「昨夜まかでさせたまひぬ、と承りて参りつるを、まだしかりければ口惜しきを。内裏にや参るべき」

とのたまへば、

「今日は、まかでさせたまひなむ」

と申せば、

「さらば、夕つ方も」

とて出でたまひぬ。


なほ、この御けはひありさまを聞きたまふたびごとに、などて昔の人の御心おきてをもて違へて思ひ隈なかりけむと、悔ゆる心のみまさりて、心にかかりたるもむつかしく、なぞや、人やりならぬ心ならむ、と思ひ返したまふ。そのままに、まだ精進にて、いとど、ただ、行ひをのみしたまひつつ、

でになります。御母宮（女三の宮）が今もなおとてもお若くおっとりなさって、しっかりした所のないお心ながらも、こうした中納言のご様子を、まことに気がかりで不吉な事とお思いになって、

女三宮「私《わたくし》もそう長くはないでしょうに、こうしてあなたにお目にかかっております間は、やはり張り合いのあるお姿でいらして下さい。世を捨てようとなさいますのも、このような尼姿ではお引き止め申し上げるべき筋合いでもありませんが、もしそうなったら私はこの世に生きているかいもない気がして、心迷いで一層罪を作るのではないかと思われます。」

と仰せになりますのが、もったいなくもありおいたわしくもありますので、中納言はいろいろな思いをこらえて、母宮のお前では何の苦悩もないようにと、取り繕《つくろ》っていらっしゃいます。

[一二] 匂宮、中の君をいとおしみつつも、夕霧邸に迎え取られる

右の大殿《おおいどの》（夕霧）は、六条院の東の御殿を美しく飾り立て

明かし暮らしたまふ。母宮の、なほいとも若くおほどきてしどけなき御心にも、かかる御気色をいと危くゆゆし、と思して、

「幾世《いくよ》しもあらじを、見たてまつらむほどは、なほかひあるさまにて見えたまへ。世の中を思ひ棄てたまはむをも、かかるかたちにては、妨げきこゆべきにもあらぬを、この世の言ふかひなき心地すべき心まどひに、いとど罪や得む、と思ゆる」

とのたまふが、かたじけなくいとほしくて、よろづを思ひ消ちつつ、御前にてはもの思ひなきさまをつくりたまふ。

右大殿《みぎのおほいどの》には、六条院の東の殿磨

て、この上なく全てに支度を整《ととの》えて、宮のお越しをお待ち申し上げなさいますが、十六夜《いざよい》の月がようやくさし上がるまでお見えにならず待ち遠しいので、それほどお気乗りではないこととて、どうなることかと不安にお思いになり、お使いをお遣わしになりますと、

使者「この夕方、宮中から退出なさって、二条院においでだということです」

とお使いが報告します。お気に入りの人をお持ちだから、と不快に思われますけれど、今夜を過ごしてしまうのももの笑いになりますので、ご子息の頭《とう》の中将をお使いとしてこう申し上げなさいました。

夕霧大空の月だに宿るわが宿に待つ宵《よひ》過ぎて見えぬ君かな

（大空の月さえ宿っているわが家に、お待ち申し上げている宵《よい》が過ぎてもお姿をお見せにならない君ですね。）

宮は、「かえって女君（中の君）に今夜だと知らせないでおこう。不憫《ふびん》なことだから」とお思いになって、宮中においで

大空の
「大空の月だに宿にいるものを雲のよそにも過ぐる君かな」（元良親王御集）による歌。

きしつらひて、限りなくよろづをととのへて待ちきこえたまふに、十六日の月やうやうさしあがるまで心もとなければ、いとしも御心に入らぬことにて、いかならむ、と安からず思ほして、案内したまへば、

「この夕つ方内裏《うち》より出でたまひて、二条院になむおはしますなる」

と人申す。思す人持たまへれば、と心やましけれど、今宵過ぎむも人わらへなるべければ、御子の頭中将して聞こえたまへり。

大空の月だに宿るわが宿に
待つ宵《よひ》過ぎて見えぬ君かな

宮は、なかなか今なむとも見えじ、心苦し、と思して、内裏にお

になったのですが、女君にお手紙をおあげになりました、そのご返事がどうであったのでしょうか、やはり女君が実にいとしく思われますので、そっと二条院へお越しになったのでした。可憐《かれん》な女君のお姿を見捨ててお出かけになるお気持ちもなさらず、おいたわしいので、お言葉を尽くして行く末を誓いお慰めになって、ご一緒に月を眺めていらっしゃるところでした。女君は日頃もいろいろとお悩みになる事が多いのですけれど、どうかしてそれを顔色には出すまいと、いつも堪え忍んではさりげないご様子を装っておいでのことですので、お使いが来ても特に聞きとどめないようにして、おっとりと振る舞っていらっしゃるご様子は、全くいじらしく思われます。

宮は中将がお迎えに参られましたのをお聞きになって、さすがにあちらのお方もお気の毒ですので、お出かけになろうとして、

匂宮「今じきに帰って参りましょう。一人で月をご覧になってはいけませんよ。わたしの心も上《うわ》の空ですのでと

はしけるを、御文聞こえたまへりける、御返りやいかがありけむ、なほいとあはれに思されければ、忍びて渡りたまへりけるなりけり。らうたげなるありさまを見棄てて出づべき心地もせず、いとほしければ、よろづに契り慰めて、もろともに月をながめておはするほどなりけり。女君は、日ごろもよろづに思ふこと多かれど、いかで気色に出ださじと念じ返しつつ、つれなくさましたまふことなれば、ことに聞きもとどめぬさまに、おほどかにもてなしておはする気色、いとあはれなり。

中将の参りたまへるを聞きたまひて、さすがにかれもいとほしければ、出でたまはむとて、

「いま、いととく参り来む。独り月な見たまひそ。心そら

一人で月をご覧に… 女がひとり月を見るのを忌む俗信があった。

心も上の空 「空」は「月」の縁語。

てもつらいのです。」と申し上げ置かれて、やはりきまりが悪いので人目につかない所から寝殿へお渡りになります。その御後ろ姿をお見送りなさいますにつけて、女君はどうお思いになるのでもありませんが、ただもう涙で枕が浮いてしまうようなお気持ちがなさいますので、情《なさ》けないものは人の心なのであったと、我ながらお思い知られるのでした。

なればいと苦し」と聞こえおきたまひて、なほかたはらいたければ、隠れの方より寝殿へ渡りたまふ。御後手《うしろで》を見送るに、ともかくも思はねど、ただ枕の浮きぬべき心地すれば、心憂きものは人の心なりけり、と我ながら思ひ知らる。

[一二] 中の君、過去現在を顧《かえり》みて嘆く　女房たちも同情

中君「私《わたくし》たちは幼い頃から、心細く悲しい身の上の姉妹で、世間のことに執着をお持ちのようでもなかった父宮(八の宮)お一人をお頼り申し上げて、あのような山里に長年過ごしましたが、いつとなく所在ない寂しい生活ながらも、本当にこうまでも心にしみて世の中をつらいものとも思いませんでしたのに、引き続いてお二人の思いがけない悲しいご逝去を悲しんでいました時は、この世に一人残って片時も過ごせそうとも思われませんで、これほど恋しく悲しい事は他《ほか》にあるまいと思っておりまし

「幼きほどより、心細くあはれなる身どもにて、世の中を思ひとどめたるさまにもおはせざりし人一ところを頼みきこえさせて、さる山里に年経しかど、いつとなくつれづれにすごくありながら、いとかく心にしみて世をうきものとも思はざりしに、うち続きあさましき御事どもを思ひしほどは、世にまたとまりて片時経べくもおぼえず、恋しく悲

たのに、寿命があって今日まで生き長らえてみますと、世間の人が考えていましたよりは、人並みのような有様ですが、それも長く続くはずのこととは思われませんが、宮（匂宮）とお会いしている限りは、憎めないお心遣いやお取りなしですので、だんだんともの思いも薄らいで、今日まで来ましたのに、この度のわが身のつらさは、言いようもなく、今は限りの御縁と思われることなのでした。すっかりこの世からお亡《な》くなりになってしまったお方よりは、いくら何でも宮とは時々もお逢いできないことがあろうかとも思うべきですが、今夜こうして私《わたくし》を見捨ててお出かけになられるつらさ、過去のこと将来のこともみな分からなくなって、心細くてたまりませんのがわが心ながら思い慰めようもなく、何とも情《なさ》けなく思われますことですよ。でもこのまま生き長らえていれば。」

などと、お心を慰めようとなさいますが、なおさら悲しみを募らせる姨捨山《うばすてやま》の月が澄み上《のぼ》って来て、夜が更《ふ》けるままにあれこれとお思い乱れていらっしゃいます。

姨捨山の月
「わが心慰めかねつ更級や姨捨山に照る月を見て」（古今・雑上　読人しらず）。

しき事のたぐひあらじと思ひしを、命長くて今までもながらふれば、人の思ひたりしほどよりは、人にもなるやうなる有様を、長かるべき事とは思はねど、見るかぎりは憎げなき御心ばえもてなしなるにやうやう思ふ事薄らぎてありつるを、このふしの身のうさ、はた、言はむ方なく、限りとおぼゆるわざなりけり。ひたすら世に亡くなりたまひにし人よりは、さりとも、これは、時々もなどかはとも思ふべきを、今宵かく見棄てて出でたまふつらさ、来し方行く先みなかき乱り、心細くいみじきが、わが心ながら思ひやる方なく心憂くもあるかな。おのづからながらへば」

など、慰めむことを思ふに、さらに姨捨山《をばすてやま》の月澄みのぼりて、夜更くるままによろづ思ひ乱れたまふ。

山里の
「山里」は宇治。「秋」に「飽き」をひびかせる。

松風が吹いてくる音も、あの山里の荒涼とした山おろしの風に比べれば、全くのどかで好ましく結構なお住まいですけれど、今夜はそのようにも思われませんで、宇治の山里の椎《しい》の葉の音にも劣っているように思われます。

中君 山里の松のかげにもかくばかり身にしむ秋の風はなかりき

（宇治の山里の松の木陰にも、これほど身にしみて悲しい秋風はありませんでした。）

つらい昔のことは忘れてしまったというのでしょうか。

年配の女房たちは、

女房「もう中にお入《はい》りなさいませ。月を見るのは不吉なことでございますのに。何とまあ、ちょっとした御くだものさえお召し上がりになりませんでは、どうおなりになりますことか。ああ何とつらいこと。不吉なことを思い出されることもございますのに、本当に困ったことです。」

と溜《た》め息をついて、

松風の吹き来る音も、荒ましかりし山おろしに思ひ比ぶれば、いとのどかに懐かしくめやすき御住まひなれど、今宵はさもおぼえず、椎の葉の音には劣りて思ほゆ。

山里の松のかげにもかくばかり身にしむ秋の風はなかりき

来し方忘れにけるにやあらむ。

老人どもなど、

「今は入らせたまひね。月見るは忌みはべるものを。あさましく、はかなき御くだものをだに御覧じ入れねば、いかにならせたまはむ。あな見苦しや。ゆゆしう思ひ出でらるることもはべるを、いとこそわりなく」

とうち嘆きて、

女房「それにしても何というこの度のお仕打ちでしょう。でもこのまま冷淡にはまさかおなりにはならないでしょう。そうは言ってももともと深い思いで結ばれた仲はすっかり切れてしまうことはないものですよ。」

などと言い合っておりますのも、何かと聞きづらくお思いになって、「今はもうどのようにも少しも話題にしてほしくない。ただじっと宮のお心を見よう」とお思いになりますのは、人にはあれこれ言われまい、ご自分一人で宮をお恨み申し上げよう、というおつもりでありましょうか。

女房「それにしても中納言様（薫）があれほどおやさしくお心の深いお方でおいでですのに。」

など、古くからお仕えしている女房たちは言い合わせて、

女房「人の御運というのは、不思議なものですよ。」

と語り合っています。

［一三］　匂宮、六の君を気に入り、後《きぬ》朝《ぎぬ》の文を書く　女房たち、女君に同情

宮（匂宮）はこの女君（中の君）を本当にいたわしいとお思いになりながらも、当世風の華やかなご気性《きしょう》は、どうかして

「いで、この御事よ。さりとも、かうて、おろかにはよもなりはてさせたまはじ。さ言へど、もとの心ざし深く思ひそめつる仲は、なごりなからぬものぞ」

など言ひあへるも、さまざまに聞きにくく、今は、いかにもいかにもかけて言はざらなむ、ただにこそ見め、と思さるるは、人には言はせじ、我独り恨みきこえむ、とにやあらむ。

「いでや、中納言殿のさばかりあはれなる御心深さを」

など、その昔の人々は言ひあはせて、

「人の御宿世のあやしかりけることよ」

と言ひあへり。

宮は、いと心苦しく思しながら、いまめかしき御心は、いかでめで

すばらしい婿《むこ》として歓待されたいと、お心も改まったお気持ちで、えも言われぬ香をお焚《た》きしめなさったご様子は、言いようもないすばらしさです。宮をお待ち申し上げていらっしゃるお邸《やしき》の有様も、まことに風情《ふぜい》があるのでした。

六の君のご容姿は、小柄で弱々しいというのではなくて、ほどよく成人していらっしゃる感じですのを、宮は、「さてどんなお方だろう。もったいぶって気が強く、心遣いも優《やさ》しい所がなく、何となく高慢ぶっているのではないか。もしそうだったらさぞ嫌《いや》になるに違いない」などと想像なさいますが、そのようなお人柄ではなかったのでしょうか、御愛情も一通《ひと》りにはお思いにならないのでした。秋の夜長ですが、お越しになったのが夜も更《ふ》けていたからでしょうか、間もなく明けてしまいました。

二条院へお帰りになっても、宮は対《たい》にはすぐにもお渡りにならず、しばらくお寝《やす》みになって、お起きになってから後朝《きぬぎぬ》のお手紙を六の君にお書きになります。

女房「ご機嫌は悪くないようね」

たきさまに待ち思はれむ、と心げさうして、えならずたきしめたまへる御けはひ言はむ方なし。待ちつけきこえたまへる所のありさまも、いとをかしかりけり。

人のほど、ささやかにあえかになどはあらで、よきほどになりあひたる心地したまへるを、いかならむ、ものものしくあざやぎて、心ばへもたをやかなる方はなく、もの誇りかになどやあらむ、さらばこそ、うたてあるべけれ、などは思せど、さやなる御けはひにはあらぬにや、御心ざしおろかなるべくも思されざりけり。秋の夜なれど、更けにしかばにや、ほどなく明けぬ。

帰りたまひても、対へはふともえ渡りたまはず、しばし大殿籠《おほとのごも》りて、起きてぞ御文書きたまふ。

「御気色けしうはあらぬなめり」

とお前の女房たちは突つき合っています。

女房「対の御方（中の君）こそお気の毒です。宮様がどんなにお心広く公平になさるおつもりでも、自然とあちらに圧倒されることもあるでしょうよ。」

など、平静ではいられず、みな親しく女君にお仕え申し上げている女房たちですので、心穏やかならず恨みを言う者たちもあって、みなやはり妬《ねた》ましげに思っているのでした。宮はあちらからのご返事もご自分のお部屋で見たいとお思いになりますが、昨夜ご不在だったことの女君のご不安も、いつもの夜の隔てとは違ってどれほどかとおいたわしいので、急いで女君のもとへお越しになります。

［一四］匂宮、傷心の中の君を懇切にいたわり慰める

寝乱れの宮（匂宮）のお顔かたちは、まことにすばらしく見栄えのするご様子で、お部屋にお入《はい》りになりますと、女君（中の君）は横になっておられるのも具合が悪いので、少し起き上《あ》がっていらっしゃいますが、目元を少し赤くなさっていらっしゃるお顔の色つやなど、今朝《けさ》はまたいつもよりも格別

と、御前なる人々つきしろふ。

「対の御方こそ心苦しけれ。天の下にあまねき御心なりとも、おのづからけおさるることもありなむかし」

など、ただにしもあらず、みな馴れ仕うまつりたる人々なれば、安からずうち言ふどももありて、すべて、なほ、ねたげなるわざにぞありける。御返りも、こなたにてこそはと思せど、夜のほどのおぼつかなさも、常の隔てよりはいかが、と心苦しければ、急ぎ渡りたまふ。

寝くたれの御容貌《かたち》いとめでたく見どころありて、入りたまへるに、臥したるもうたてあれば、すこし起き上りておはするに、うち赤みたまへる顔のにほひなど、今朝しも常よりことにをかしげさまさり

夜居
加持のために夜の間詰めること。

に美しさが勝《まさ》っておお見えになりますので、宮は思わず涙ぐまれて、しばらくはじっと見つめておいでになりますのを、女君は恥ずかしくお思いになって、うつ伏しておいでになるそのお髪《ぐし》のかかり具合いや髪型など、やはり全く他《ほか》にありそうにない美しさです。宮も何となく気まりが悪いので、懇《ねんご》ろなお言葉などはすぐにはお口にお出しになれません、その照れ隠しでしょうか、

匂宮「どうしてこんなに、いつもお加減が悪そうなご様子なのでしょう。暑い間だけのこととかおっしゃいましたので、早く涼しくなればと待ちかねておりましたのに、やはり晴れ晴れなさらないのは、困ったことですね。いろいろとさせておりますご祈禱《きとう》なども、不思議に効き目がない気がします。それにしても修法《ずほう》はまた日延べをして続けた方がよいでしょう。験《げん》のある僧がいればよいが。あの某《なにがし》の僧都《そうず》を夜居《よい》に勤《つと》めさせればよかった。」

などといった実際的なことをおっしゃいますので、こうした方面でもお口上手なのはあまり快《こころ》よくなくお思いになります

て見えたまふに、あいなく涙ぐまれて、しばしうちまもりきこえたまふを、恥づかしく思してうつ臥したまへる、髪のかかり髪ざしなど、なほいとあり難げなり。宮も、なまはしたなきに、こまやかなることなどは、ふともえ言ひ出でたまはぬ面隠しにや、

「などかくのみ悩ましげなる御気色ならむ。暑きほどのことかのたまひしかば、いつしかと涼しきほど待ち出でたるも、なほはればれしからぬは、見苦しきわざかな。さまざまにせさする事も、あやしく験《しるし》なき心地こそすれ。さはありとも、修法はまた延べてこそはよからめ。験あらむ僧をがな。なにがし僧都をぞ、夜居《よゐ》にさぶらはすべかりける」

などやうなるまめごとをのたまへ

が、何もお答え申し上げませんのもいつもとは違いますので、

中君「以前もほかの人とは違っておりましてこうした折がよくありましたが、自然とすっかり良くなってしまうものですから。」

とおっしゃいますと、

匂宮「ほんとによくまあさっぱりとおっしゃいますね。」

とお笑いになって、親しみ深く魅力あるところは、この女君に並ぶ人はあるまいとはお思いになりながらも、やはりまた一方では、早くお逢いしたいお方（六の君）にじりじりするお気持ちが加わりますのは、そちらへのご情愛もおろそかではないのでありましょうよ。

しかしこうして女君にお会いしている間は、これまでと変わるところもないからでしょうか、宮が来世までもと誓ってお約束なさることが尽きませんのを、お聞きになりますにつけても、女君は、「全くこの世は短い命の尽きる間もつらいお心を見せられるのだから、せめて来世の約束だけでも違《たが》えぬこともあろうかと思えばこそ、やはり性懲《しょうこ》りもなくまた宮

ば、かかる方にも言よきは心づきなくおぼえたまへど、むげに答へきこえざらむも例ならねば、

「昔も、人に似ぬありさまにて、かやうなるをりはありしかど、おのづからいとよくおこたるものを」

とのたまへば、

「いとよくこそさはやかなれ」

とうち笑ひて、なつかしく愛敬づきたる方はこれに並ぶ人はあらじかし、とは思ひながら、なほ、また、とくゆかしき方の心焦られも立ちそひたまへるは、御心ざしおろかにもあらぬなめりかし。

されど見たまふほどは、変るけぢめもなきにや、後《のち》の世まで誓ひ頼めたまふ事どもの尽きせぬを聞くにつけても、げに、この世は、短かめる命待つ間も、つらき御心は見えぬべければ、後の契りや違はぬこともあらむ、と思ふにこそ、なほこりずまにまたも頼まれぬべ

をお頼みしないではいられないのだ」とお思いになって、懸命に我慢なさるようですが、とても堪えきれないのでしょうか、今日はお泣きになってしまいました。

日頃も何とかしてこのように悲しんでいたとはお見せしまいと、あれこれと紛《まぎ》らわして来られたのでしたが、さまざまにお思い悩まれることが多いので、そうばかりも隠しておけないのでしょうか、一度涙がこぼれ出すとすぐには抑えられませんのを、とても恥ずかしくつらいと思われて、無理にお顔を背《そむ》けられますと、宮は強いてご自分の方へお向かせになっては、

匂宮「わたしの申し上げる通りに信じて、かわいいお方と思っておりましたのに、やはりよそよそしいお心がおありだったのですね。そうでなければ一夜《ひとよ》のうちにお心変わりなさったのでしょうか。」

とおっしゃって、ご自分のお袖で女君の涙を拭《ふ》いてさし上げますので、

中君「宮様こそ夜《よ》の間《ま》の心変わりが、今おっしゃいました

けれとて、いみじく念ずべかめれど、え忍びあへぬにや、今日は泣きたまひぬ。

日ごろも、いかでかう思ひけりと見えたてまつらじと、よろづに紛らはしつるを、さまざまに思ひ集むることし多かれば、さのみもえもて隠されぬにや、こぼれそめてはとみにもえためらはぬを、いと恥づかしくわびしと思ひて、いたく背きたまへば、強ひてひき向けたまひつつ、

「聞こゆるままに、あはれなる御ありさまと見つるを、なほ隔てたる御心こそありけれな。さらずは夜のほどに思し変りにたるか」

とて、わが御袖して涙を拭ひたまへば、

「夜の間の心変りこそ、のた

ことにつけて、お心がよくお察しできそうでございます。」

とおっしゃって、少しほほ笑《え》まれました。

匂宮「ほんとにあなたというお方は、何と子供っぽいおっしゃりようなのでしょう。でも本当はわたしは隠し隔てがないので、とても安心なのです。どんなにもっともらしく弁解しても、心変わりしていたらはっきり分かるものですよ。一向に世間の常識をご存知ないのは、かわいいですけれど困ったものですね。まあよいでしょう。ご自分の身になっていろいろと考えてご覧なさい。わたしはこの身が心のままにならない有様なのですよ。もし思い通りの世になったら、誰よりもあなたを思っているわたしの心のほどをお知らせ申し上げるべきことが一つあるのです。軽々しく口に出すべきことではありませんので、それまで命だけは大事にして下さい。」

などとおっしゃいますうちに、あちらに遣わしたお使いの者がひどく酔い過ごしてしまったので、少しは遠慮すべきこと

まふにつけて、推しはかられはべりぬれ」

とて、すこしほほ笑みぬ。

「げに、あが君や、幼《をさな》の御もの言ひやな。さりとまことには心に隈のなければ、いと心やすし。いみじくことわりして聞こゆとも、いとしるかるべきわざぞ。むげに世のことわりを知りたまはぬこそ、らうたきものからわりなけれ。よし、わが身になしても思ひめぐらしたまへ。身を心ともせぬ有様なり。もし思ふやうなる世もあらば、人にまさりける心ざしのほど、知らせたてまつるべき一ふしなむある。たはやすく言出づべき事にもあらねば、命のみこそ」

などのたまふほどに、かしこに奉れたまへる御使いたく酔ひすぎにければ、少し憚《はばか》るべき事ども忘れ

誰よりもあなたを思っている…一つある 帝位についたら、その時は中の君を中宮にする、と暗に言う。

も忘れて、大っぴらにこの対《たい》の南面に参上しました。

　使いの者が海人《あま》の刈る玉藻《たまも》のような結構な装束を被《かず》いて埋もれるように帰って来ましたのを、後朝《きぬぎぬ》のお使いのようだと女房たちは見ています。宮（匂宮）があちらへのお手紙をいつの間に書かれたのだろうと思いますにつけても、女房たちは穏やかならぬ思いであったでしょう。宮もあえて隠すまでのことではありませんが、いきなり女君に見せてはやはりおかわいそうですので、使いの者が多少心遣いをすればよいのにと、きまりの悪い思いですけれど、今更仕方がありませんので、女房にお手紙を受け取らせなさいます。

　同じことなら隠し立てのないように振る舞い通そうとお思いになって、封をお開《あ》けになりますと、継母《ままはは》の宮（落葉の宮）の御筆跡のように見受けられますので、いくらかほっとなさって下にお置きになりました。代筆でも気がかりなことですよ。

落葉宮「さし出がましく筆を執りますのも気がひけますの

て、けざやかにこの南面に参れり。

　海人《あま》の刈るめづらしき玉藻にかづき埋もれたるを、さなめり、と人々見る。いつのほどに急ぎ書きたまひつらむ、と見るも、安からずはありけむかし。宮も、あながちに隠すべきにはあらねど、さしぐみはなほいとほしきを、すこしの用意はあれかしと、かたはらいたけれど、今はかひなければ、女房して御文とり入れさせたまふ。

　同じくは、隔てなきさまにもてなしはててむ、と思ほして、ひき開けたまへるに、継母《ままはは》の宮の御手なめりと見ゆれば、いま少し心やすくてうち置きたまへり。宣旨《せんじ》書きにても、うしろめたのわざや。

「さかしらはかたはらいたさ

［一五］　匂宮、中の君のもとで六の君からの代筆の返歌を見る

海人の刈る玉藻のような…　夕霧邸から贈られた使者への禄《ろく》（褒美）を美化。「玉裳」「玉藻」、「被《かず》き」「潜き」は掛け詞。「海人」「刈る」「玉藻」「潜き」は縁語。

女郎花
「女郎花」は六の君、「朝露」は匂宮。「おき」に「起き」と「置き」をかける。

［一六］中の君、匂宮の心遣いを受けつつも、改めてわが身の不運を想う

で、当人にご返事をお勧《すす》めしたのでございますが、とても気分が悪そうにしておりまして。

女郎花《おみなへし》しをれぞまさる朝露のいかにおきける名残《なごり》なるらむ

（女郎花がひとしおうちしおれております、朝露がどんな風においた名残なのでしょうか。）

上品に風情《ふぜい》あるようにお書きになっていらっしゃいました。

匂宮「何やら不平がましいのも厄介なことよ。実は気楽にあなたとしばらくは暮らそうと思っていたのに、思いがけないことよ。」

などとおっしゃいますが、他《ほか》に妻を二人と持たず、そういうものと思い馴れています普通の身分の夫婦仲でこそ、このような場合の妻の恨めしさなども見る人は同情するでしょうが、考えてみますと、宮の場合は本当に難《むずか》しいことです。結局はこうなるはずのことなのでした。宮たちと申し上げる方々の中でも、この宮は格別のお方と世の人も思い申し上げていま

に、そそのかしはべれど、いと悩ましげにてなむ。

女郎花《をみなへし》しをれぞまさる朝露のいかにおきける名残《なごり》なるらむ」

あてやかにをかしく書きたまへり。

「かごとがましげなるもわづらはしや。まことは、心やすくてしばしはあらむと思ふ世を、思ひの外にもあるかな」

などはのたまへど、また二つとなくて、さるべきものに思ひならひたるただ人の仲こそ、かやうなる事の恨めしさなども、見る人苦しくはあれ、思へばこれはいと難し。つひにかかるべき御事なり。宮たちと聞こゆる中にも、筋ことに世《よ》人《ひと》思ひきこえたれば、幾人《いくたり》も幾人

すので、妻を幾人も幾人もお持ちになっても、非難されることもないのですから、誰もこの女君を、お気の毒などとも思っていないのでしょう。むしろこんなにまで重々しく大切に扱われて、おいたわりになること一通《ひと》りでなくお思いですのを、幸運なお方でいらっしゃるとお噂《うわさ》申し上げているようです。

女君ご自身のお心にも、今まであまりに手厚いお扱いにお馴れ申して、急に体裁《ていさい》の悪い有様となってしまうのが嘆かわしいのでしょう。「男女の仲のことをどうして人は深く悩むのだろうと、昔物語などを見るにつけ、また人の身の上を聞くにつけ、疑問に思っていたのだが、なるほどいい加減にはすまされないことだったのだ」と、ご自分のことになってはじめて何事もよくお分かりになるのでした。

宮は、いつもよりもしみじみとくつろいだご様子にお振舞いになって、

匂宮「全く何も召し上がらないそうですが、とてもよくないことですよ。」

もえたまはむことも、もどきあるまじければ、人も、この御方いとほしなども思ひたらぬなるべし。かばかりものものしくかしづき据ゑたまひて、心苦しき方おろかならず思したるをぞ、幸ひおはしける、と聞こゆめる。

みづからの心にも、あまりに馴らはしたまうて、にはかにはしたなかるべきが嘆かしきなめり。かかる道を、いかなれば浅からず人の思ふらむと、昔物語などを見るにも、人の上にても、あやしく聞き思ひしはげにおろかなるまじきわざなりけり、と、わが身になりてぞ、何ごとも思ひ知られたまひける。

宮は、常よりもあはれに、うちとけたるさまにもてなしたまひて、

「むげに物まゐらざなるこそ、いとあしけれ」

とおっしゃって、結構なくだものをお取り寄せになり、またしかるべき調理人を呼んで、わざわざ料理をさせたりなどなさってはお勧《すす》め申し上げますが、とても召し上がる気にはなりませんので、宮は、

匂宮「困ったことですね。」

と溜《た》め息をおつきになっていらっしゃいますと、日も暮れてしまいましたので、夕方寝殿《しんでん》へお渡りになりました。

風も涼しく、一帯《いったい》の空のさまも風情《ふぜい》のあるころで、当世風な派手好みのご性分《しょうぶん》ですので、一段と華やいでおられますが、もの思いに沈む女君のお心の中は、何かにつけて堪え難いことばかりが多いのでした。

蜩《ひぐらし》の鳴く声に、宇治の山蔭ばかりが恋しくて、

中君 おほかたに聞かましものをひぐらしの声恨めしき
秋の暮れかな

（宇治に暮らしていたら、ただ一《ひと》通りの寂しさと聞いたであろうに、ここではあの蜩の声を恨めしい気持ちで聞く秋の暮れであることよ。）

とて、よしある御くだもの召し寄せ、また、さるべき人召して、ことさらに調ぜさせなどしつつ、そそのかしきこえたまへど、いと遥かにのみ思したれば、

「見苦しきわざかな」

と嘆ききこえたまふに、暮れぬれば、夕つ方寝殿へ渡りたまひぬ。

風涼しく、おほかたの空をかしきころなるに、いまめかしきにすすみたまへる御心なれば、いとどしく艶なるに、もの思はしき人の御心の中は、よろづに忍びがたきことのみぞ多かりける。

蜩の鳴く声に、山の陰のみ恋しくて、

おほかたに聞かましものを
ひぐらしの声恨めしき秋の
暮れかな

おほかたに
「まし」は反実仮想で、宇治を想定。「秋」に「飽き」をひびかす。

海人も釣りするほど 「恋をして音《ね》をのみ泣けばしきたへの枕の下に海人ぞ釣りする」（源氏釈）。

宮は今夜はまだ夜更《よふ》けにならないうちにお出かけになるようです。御先払いの声が遠のいて行きますにつれて、海人《あま》も釣りするほど泣けて来ますのも、我ながら厭《いと》わしい心よと思い思いお聞きになりながら、女君は横になっていらっしゃいます。ご縁の当初からつらい思いをおさせになった宮の御有様などをお思い出すにつけても、疎《うと》ましいまでに思われます。「この身《み》重《おも》な身体《からだ》もどうなるというのだろうか。ひどく短命な一族だから、私《わたくし》もこんな出産の機会に、死んでしまうのではなかろうか」とお思いになっては、「惜しくもない命だけれど、悲しくもありまたとても罪深くもあろうものを」などと、まどろまれぬままに一夜《ひとよ》をお明かしになります。

今宵は、まだ更けぬに出でたまふなり。御前駆《さき》の声の遠くなるままに、海人《あま》も釣すばかりになるも、我ながら憎き心かなと、思ふ思ふ聞き臥したまへり。はじめよりもの思はせたまひしありさまなどを思ひ出づるも、うとましきまでおぼゆ。この悩ましき事もいかならむとすらむ。いみじく命短き族なれば、かやうならむついでにもや、はかなくなりなむとすらむ、と思ふには、惜しからねど、悲しくもあり。また、いと罪深くもあなるものを、など、まどろまれぬままに思ひ明かしたまふ。

〔一七〕 匂宮と六の君の三日夜の婚儀、盛大に催《もよお》される

ご婚儀第三夜の当日は、后《きさい》の宮（明石の中宮）のご気分が優《すぐ》れずにいらっしゃるということで、どなたも皆宮中に参られましたけれど、お風邪《かぜ》でいらっしゃって、さほどたいしたことではおありにならないということで、大臣《おとど》（夕霧）は昼頃退出なさいました。中納言の君（薫）をお誘い申し上げて、

その日は、后《きさい》の宮悩ましげにおはしますとて、誰も誰も参りたまへれど、御風邪《かぜ》におはしましければ、ことなる事もおはしまさずとて、大臣《おとど》は昼まかでたまひにけり。中納言の君さそひきこえたまひて、

一つ御車でお出ましになりました。今夜の儀式はどうなるだろうか、善美を尽くそうとお思いのようですが、それも臣下としてのしきたりというものがあるでしょうよ。この君をお招きになりますのも、これまでのことで気が引けますけれど、親しい方と思われる点ではご一族の中でこれほどの人もおいでにならないし、今夜の宴席の引き立て役としてはまた格別でいらっしゃるお方だからなのでありましょうよ。

中納言はいつになく気ぜわしく参上なさって、この六の君を他人のものにしてしまったのを残念にも思われず、何くれと大臣《おとど》にお心を合わせてお世話なさいますのを、大臣は内心何となく妬《ねた》ましいとお思いになるのでした。

宵《よい》が少し過ぎた時分に、宮（匂宮）がおいでになりました。寝殿の南の廂《ひさし》の間《ま》の東に寄った所にお席を設けられます。御《み》台《だい》を八つ、恒例の御皿などきちんと美しく並べて、また別に小さい台二つに華足《けそく》のついたお皿を幾つも当世風にお飾りになって、お祝いのお餅がお供えしてあります。こんな目新しくもないことを書き留めて置くのも、何とも好ましくないこ

ひとつ御車にてぞ出でたまひにける。今宵の儀式いかならむ、きよらを尽くさむと思すべかめれど、限りあらむかし。この君も、心恥づかしけれど、親しき方のおぼえは、わが方ざまに、また、さるべき人もおはせず、もののはえにせむに、心ことに、はた、おはする人なればなめりかし。

例ならず急がしく参《ま》でたまひて、人の上に見なしたるを、口惜しとも思ひたらず、何やかやともろ心にあつかひたまへるを、大臣は、人知れず、なまねたしと思しけり。

宵すこし過ぐるほどにおはしましたり。寝殿の南の廂、東によりて御座《おまし》まゐれり。御台八つ、例の御皿などうるはしげにきよらにて、また小さき台二つに、華足《けそく》の皿どもいまめかしくせさせたまひて、餅《もちひ》まゐらせたまへり。めづらしからぬこと書きおくこそ憎けれ。

とです。

右大臣がお越しになって、
夕霧「夜も大層更《ふ》けてしまいました。」

と、女房に言いつけてご催促申し上げますが、宮はひたすら姫君（六の宮）と戯《たわむ》れておいでになって、すぐにもお出ましになりません。大臣《おとど》の北の方のご兄弟の左衛門《さえもん》の督《かみ》、藤宰《とうさい》相《しょう》などだけが席に着いていらっしゃいます。

やっとのことでお出ましになりました宮のお姿は、まことに見るかいあるほどにご立派な風情《ふぜい》です。主人側の頭《とう》の中将がお盃《さかずき》をささげてお膳をさし上げます。次々のお盃を二度三度と宮にさし上げます。中納言がしきりにお酒をお勧《すす》めになりますので、宮は少しほほ笑《え》んでいらっしゃいます。「気のおける所なのに」と、ご自分にふさわしくないと思っておっしゃったのを思い出されたのでしょう。しかし中納言は何気ない風をして、ごく真面目《まじめ》でいらっしゃいます。東の対《たい》にお出になって、宮のお供の人々を接待されます。お供には評判の高い殿上人《てんじょうびと》たちが実に大ぜいいます。祝儀の品は、四位六

大臣《おとど》、渡りたまひて、

「夜いたう更けぬ」

と、女房してそのかし申したまへど、いとあざれて、とみにも出でたまはず。北の方の御はらからの左衛門督《さゑもんのかみ》、藤宰相《とうさいしやう》などばかりものしたまふ。

からうじて出でたまへる御さま、いと見るかひある心地す。主《あるじ》の頭中将、盃《さかづき》捧げて御台参る。次々の御土器《かはらけ》、二度、三度参りたまふ。中納言のいたく勧めたまへるに、宮少しほほ笑みたまへり。煩はしきわたりを、と、ふさはしからず思ひて言ひしを思し出づるなめり。されど、見知らぬやうにていとまめなり。東の対に出でたまひて、御供の人々もてはやしたまふ。覚えある殿上人どもいと多かり。四位六人は、女の装束に細長そへて、

人は女の装束に細長《ほそなが》を添えて、五位十人は三重襲《みえがさね》の唐衣《からぎぬ》と裳《も》の大腰《おおごし》もそれぞれに差があるのでしょう。六位四人は綾《あや》の細長、袴などで、一方では決《き》まりがあるのをもの足りなくお思いでしたので、衣装の色合いや仕立などに美しさをお尽くしになりました。召次《めしつぎ》や舎人《とねり》などには、分に過ぎるほどに盛大な祝儀を賜わったのでした。いかにもこうした賑わしく華やかな事は見栄えがしますので、物語などにもまず言い立てているのでしょう。しかし詳しいことはとても数え上げられませんでしたとか。

中納言殿（薫）の御前駆《ぜんく》の中には、あまり人に知られていない者でしょうか、暗い物陰に立っていたのでしょう、それが三条の宮に帰ってから溜《た》め息をついて、

供人「うちの殿は、どうして素直にこの右大臣殿（夕霧）の御婿《むこ》になろうとなさらないのだろう。味気ないお一人暮らしであることよ。」

と、中門《ちゅうもん》の所でぶつぶつ言っていましたのをお耳になさって、

五位十人は、三重襲の唐衣、裳の腰もみなけぢめあるべし。六位四人は、綾の細長、袴など、かつは限りある事を飽かず思しければ、物の色、しざまなどをぞきよらを尽くしたまへりける。召次《めしつぎ》、舎人《とねり》などの中には、乱りがはしきまで、いかめしくなむありける。げに、かく賑はしく華やかなる事は見るかひあれば、物語などにも、まづ言ひたてたるにやあらむ。されど、詳しくはえぞ数へたてざりけるとや。

中納言殿の御前の中に、なまおぼえあざやかならぬや、暗き紛《まぎ》れに立ちまじりたりけむ、帰りてうち嘆きて、

「わが殿の、などか、おいらかに、この殿の御婿にうちならせたまふまじき。あぢきなき御独り住みなりや」

と、中門のもとにてつぶやきける

細長
小袿の上に着る表着。

三重襲
表地と裏地との間に中《なか》倍《え》を一枚入れて三重にしたもの。

裳の大腰
裳の腰の幅広い部分。この部分の模様や刺繍は目立つので競い合った。

召次
親王家で雑事を勤《つと》める者。

舎人
厩《うまや》に奉仕する下人。馬の世話係。

［一八］ 薫、匂宮の婚儀を思い出しつつ、自らの心を省みる

中納言はおかしくお思いになりました。自分たちは夜が更《ふ》けて眠いのに、あの大切にもてなされていた宮の供人たちは、よい心持ちに酔い乱れて寝てしまっているだろうと、羨《うらや》ましく思っているのでしょうよ。

中納言の君は、お部屋にお入《はい》りになり、横におなりになって、「宮（匂宮）はいかにもきまり悪そうだったな。物々しい態度をした親が出て座について、もともと近しい親族の間柄であるのに、誰れ彼が灯火《ともしび》を明るくかかげてお勧《すす》め申し上げる盃《さかずき》などを、いかにも体裁《ていさい》よくお受けになっていたようだったな」と、宮のご様子を感じよく思い出し申し上げていらっしゃいます。「確かに自分にもこれはと思う娘を持っていたら、この宮をさしおき申し上げて、たとえ帝《みかど》にだってさし上げないだろうに」とお思いになりますにつけ、「誰も誰もこの宮にさし上げたいと思っている娘は、やはり源中納言にこそさし上げたいと、それぞれに口癖のように言っているそうだが、自分の評判もまんざらではないようだな。それにしても自分はあまりに世間離れした時代遅れの人間なのに」など

を聞きつけたまひて、をかし、となむ思しける。夜の更けてねぶたきに、かのもてかしづかれつる人々は心地よげに酔ひ乱れて寄り臥しぬらむかしと、うらやましきなめりかし。

君は、入りて臥したまひて、はしたなげなるわざかな。ことごとしげなるさましたる親の出でゐて、離れぬ仲らひなれど、これかれ、灯《ひ》明かくかかげて、すすめきこゆる盃などを、いとめやすくもてなしたまふめりつるかな、と、宮の御有様をめやすく思ひ出でたてまつりたまふ。げに、我にても、よしと思ふ女子持たらましかば、この宮をおきたてまつりて、内裏にだにえ参らせざらまし、と思ふに、誰も誰も、宮に奉らむと心ざしたまへる娘は、なほ源中納言にこそと、とりどりに言ひならふなることそ、わがおぼえの口惜しくはあらぬなめりな。さるは、いとあまり

と、いささか得意なお気持ちになられます。「帝《みかど》の思し召しのあった件は、本当にそのおつもりになられたら、こんな風にばかり気が進まないのではどうしたらよいだろう。面目ある事ではあっても、どんなものだろうか。そのお方が亡《な》き姫宮（大君《おおいきみ》）にとてもよく似ていらっしゃったら、どんなにか嬉しいことだろうよ」などと、ふとお考えになられますのは、さすがに全く気が進まないわけでもなさそうですよ。

例によって中納言（薫）は寝覚めがちで所在がありませんので、按察《あぜち》の君といって、他《ほか》の女房よりは多少目をかけていらっしゃる女の局《つぼね》においでになって、その夜はお明かしになりました。明るくなり過ぎても、誰も咎《とが》めるはずもありませんのに、体裁《ていさい》悪そうに急いでお起きになりますのを、女は心穏やかならず思っているようです。

按察君うちわたし世にゆるしなき関川をみなれそめけむ名こそ惜しけれ

（世間一般から認められない逢瀬ですのに、馴れそめたとい

世づかず、古めきたるものを、など、心おごりせらる。内裏《うち》の御気色ある事、まことに思したたむに、かくのみものうくおぼえば、いかがすべからむ。面だたしき事にはありとも、いかがはあらむ。いかにぞ、故君にいとよく似たまへらむ時に、嬉しからむかし、と思ひ寄らるるは、さすがにもて離るまじき心なめりかし。

例の、寝ざめがちなるつれづれなれば、按察《あぜち》の君とて、人よりはすこし思ひましたまへるが局《つぼね》におはして、その夜は明かしたまひつ。明け過ぎたらむを、人の咎むべきにもあらぬに、苦しげに急ぎ起きたまふを、ただならず思ふべかめり。

うちわたし世にゆるしなき関川をみなれそめけむ名こそ惜しけれ

帝の思し召しのあった件 帝からの女二の宮との縁談。

［一九］ 薫、所在なさに按察《あぜち》の君と一夜を過ごし、歌を詠《よ》み交わす

按察の君 女三の宮付きの女房。薫と交情のある召人《めしうど》。

うちわたし 「関川」は逢坂の関の川、「ゆるしなき関」と掛け詞。「みなれ」に「水」をひびかせ、「わたし」「関川」と縁語。

深からず 「浅くこそ人は見るらめ関川の絶ゆる心はあらじとぞ思ふ」（大和物語）と同趣向の歌。

う浮き名が立つのは、つらうございます。）

いじらしいと思われますので、

薫 深からずうへは見ゆれど関川のしたの通ひはたゆる
　ものかは

（表面は深くないように見えるけれども、人目を忍んで通うわたしの思いは、どうして絶えることがありましょうか。）

深いとおっしゃったにしても頼もしげもありませんのに、まして上べは深くないなどと言われては、女は一層つらく思われるでしょうよ。

中納言は妻戸を押し開けて、

薫「本当のところは、まあこの空をご覧なさい。どうしてこの風情《ふぜい》を知らぬ顔で明かすことができようかと思ってね。風流な人の真似をするのではないが、ひとしお明かしかねる事が多くなっていく夜な夜なの寝覚めには、この世から来世のことまで思いやられてしみじみとするのですよ。」

などと言い紛《まぎ》らわしてお立ち出でになります。特に風情のあ

いとほしければ、

深からずうへは見ゆれど関川のしたの通ひはたゆるも
　のかは

深しとのたまはむにてだに頼もしげなきを、この上の浅さは、いと心やましくおぼゆらむかし。

妻戸押し開けて、

「まことはこの空見たまへ。いかでかこれを知らず顔にては明かさむとよ。艶なる人まねにてはあらで、いと明かし難くなりゆく夜な夜なの寝ざめには、この世かの世まで思ひやられてあはれなる」

など、言ひ紛らはしてぞ出でたま

るお言葉の数々を尽くしはしませんけれど、ご様子が優雅で美しく見えるせいでしょうか、情愛がないお方となどとは誰からも思われていらっしゃいません。かりそめの戯《たわむ》れ言《ごと》でも、おかけになった女たちが、お側《そば》近くでお世話したいとばかり思い申し上げるからでしょうか、強いて出家なさった女宮の御方（女三の宮）に手づるを求めては参り集まってお仕えしていますのも、しみじみと切ないことが身分に応じて多いようです。

[二〇] 匂宮、六の君の容姿の美しさに魅せられ、情愛深まる

宮（匂宮）は、女君（六の君）のご容姿を昼間ご覧になられますと、いよいよご情愛が深くおなりになるのでした。背格《かっ》好《こう》もほどよいお方で、お姿はまことに美しく、髪の下《さ》がり具合いや頭《かしら》つきなど、人より優《すぐ》れて、何と見事なこととお見えになりました。お肌の色艶が驚くほどつやつやとして、重々しく気品が高いお顔立ちで、目元はこちらが気がひけるほど利発そうで、何もかも備わっていて、美人と称するのに足りない所はありません。二十歳を一つ二つ超えていらっしゃい

ふ。ことにをかしき言の数を尽くさねど、さまのなまめかしき見なしにやあらむ、情なくなどは人に思はれたまはず。かりそめの戯れ言をも言ひそめたまへる人の、け近くて見たてまつらばやとのみ思ひきこゆるにや、あながちに、世を背きたまへる宮の御方に、縁を尋ねつつ参り集まりてさぶらふも、あはれなることほどほどにつけつつ多かるべし。

宮は、女君の御ありさま昼見きこえたまふに、いとど御心ざしまさりけり。大きさよきほどなる人の、様体いときよげにて、髪の下《さが》り端《ば》頭《かしら》つきなどぞ、ものよりことにあなめでたと見えたまひける。色あひあまりなるまでにほひて、ものものしく気高き顔の、まみいと恥づかしげにらうらうじく、すべて何ごとも足らひて、容貌《かたち》よき人と言はむに飽かぬところなし。

ました。幼いというお年ではありませんので、未熟で不足という所もなく、目が覚めるほどに今が盛りの花とお見えになります。父大臣《おとど》がこの上なく大切にお育てになりましたので、至らぬ点もありません。いかにも親としては結婚のために苦慮なさるのも当然なのでした。ただもの柔らかで愛敬がありかわいいという点では、あの対《たい》の御方（中の君）をまずお思い出しになるのでした。

　宮が何か仰せになりますそのご返事なども、恥ずかしそうですが、そうかといってあまりはきはきしないというのでもなく、全てに優《すぐ》れていらっしゃる所が多く、いかにも才気がおありのお方のようです。美しい若女房たちが三十人ばかり、女《め》の童《わらわ》が六人、見苦しい者はおらず、装束などもいつもの美しさでは宮が目馴れてお思いであろうと、うって変わってどうかと思われるほどに意匠《いしょう》を凝《こ》らしていらっしゃいます。三条殿腹の大君を東宮《とうぐう》にさし上げなさいました時よりも、今度のご婚儀の事を右大臣が格別にご配慮申し上げなさいますのも、宮のご信望やお人柄によるものなのでありましょう。

三条殿腹の大君 雲居の雁腹の長女。東宮へ参入した（「匂宮」の巻［二］第八冊四ページ）。

二十に一つ二つぞあまりたまへりける。いはけなきほどならねば、片なりに飽かぬところなく、あざやかに盛りの花と見えたまへり。限りなくもてかしづきたまへるに、かたほならず。げに、親にては、心もまどはしたまひつべかりけり。ただ、やはらかに愛敬づきらうたきことぞ、かの対の御方はまづ思ほし出でられける。

　ものたまふ答《いら》へなども、恥ぢらひたれど、また、あまりおぼつかなくはあらず、すべていと見どころ多く、かどかどしげなり。よき若人ども三十人ばかり、童六人かたほなるなく、装束なども、例のうるはしきことは目馴れて思さるべかめれば、ひき違《たが》へ、心得ぬまでぞ好みそしたまへる。三条殿腹の大君を、春宮に参らせたまへるよりも、この御事をば、ことに思ひおきてきこえたまへるも、宮の御おぼえありさまからなめり。

［三一］匂宮、六条院に逗留《とうりゅう》　中の君、夜離《が》れを嘆き薫に消息

こうして後《のち》は、宮（匂宮）は二条院にそうお気軽にはお渡りになれません。軽々しいご身分ではありませんので、お思いのままには昼間などにお出ましになれませんので、そのまま同じ六条院の南の町に、長年過ごしておられましたようにお住まいになって、日が暮れますと、また二条院を素通りしてお越しにならなかったりして、あちらでは待ち遠しくお思いの折々もありますのを、「いずれこうなるであろうこととは覚悟していたけれど、当面のこととなると、全くこのように名残《なごり》もなく変わってしまうことがあろうか。なるほど思慮深い人であったら、数ならぬ身のほどをわきまえずに立ち交《ま》じりできる世間ではなかったのだ」と、返す返すもあの山里を出て来た時のことが正気《しょうき》とも思われず、悔《くや》しくも悲しくも思われますので、「やはり何とかしてそっと宇治へ帰ってしまいたい。すっかり宮に背《そむ》くような有様ではなくても、しばらくあちらで心をも休めたい。かわいげなく振る舞ったりすれば、それこそよくないであろうが」などと、心一つにお思

かくて後、二条院に、え心やすく渡りたまはず。軽らかなる御身ならねば、思すままに、昼のほどなどもえ出でたまはねば、やがて、同じ南の町に、年ごろありしやうにおはしまして、暮るれば、また、えひき避《よ》きても渡りたまはずなどして、待遠なるをりをりあるを、かからむとすることとは思ひしかど、さしあたりては、いとかくやはなごりなかるべき。げに、心あらむ人は、数ならぬ身を知らでまじらふべき世にもあらざりけり、と、かへすがへすも、山路分け出でけむほど、現《うつつ》ともおぼえず悔しく悲しければ、なほ、いかで忍びて渡りなむ。むげに背くさまにはあらずとも、しばし心をも慰めばや。憎げにもてなしなどせばこそ、うたてもあらめ、など、心ひとつに思ひあまりて、恥づかしけれど、

い余って、気の引けることですが、中納言殿（薫）にお手紙をさし上げなさいます。

中君 先日のご法事のことは阿闍梨《あざり》が知らせてくれましたので詳しく承《うけたまわ》りました。こうした昔を忘れぬお心がございませんでしたら、どんなに亡き父宮（八の宮）がおいたわしいことと思われますにつけても、一方《ひと》ならず感謝いたしております。できますれば直接お目にかからせていただきまして。

と申し上げなさいました。

陸奥国紙《みちのくにがみ》に取り繕《つくろ》うこともせず、生真面目《きまじめ》にお書きになっていらっしゃいますが、まことに風情《ふぜい》があります。故宮（八の宮）のご命日に、中納言が恒例のご供養を実に尊くおさせになりましたのを、感謝していらっしゃいますお気持ちが、大げさに書かれてはおりませんが、いかにもよくお分かりなのでありましょうよ。いつもはこちらからさし上げますお手紙のご返事でさえ憚《はばか》られるようにお思いになって、すらすらともお書き続けになりませんのに、「直接お目にかかって」

中納言殿に文奉れたまふ。

一日の御事は、阿闍梨《あざり》の伝へたりしに、くはしく聞きはべりにき。かかる御心のなごりなからましかば、いかにいとほしく、と思ひたまへらるるにも、おろかならずのみなむ。さりぬべくは、みづからも。

と聞こえたまへり。

陸奥国紙《みちのくにがみ》に、ひきつくろはずまめだち書きたまへるしも、いとをかしげなり。宮の御忌日《きにち》に、例の事どもいと尊くせさせたまへりけるを、よろこびたまへるさまの、おどろおどろしくはあらねど、げに思ひ知りたまへるなめりかし。例は、これより奉る御返りをだにつつましげに思ほして、はかばかしくもつづけたまはぬを、みづか

とまでおっしゃっておられますのがめったにないことと嬉しくて、心のときめく思いもなさったことでしょう。

宮が目新しいお方にお心を移していらっしゃる折とて、こちらに思い怠っていらっしゃいましたのも、いかにもおいたわしいと推量されますので、とてもお気の毒で、格別風情《ふぜい》があるわけでもないお手紙を、下へも置かず繰り返し繰り返しご覧になっていらっしゃいました。

ご返事には、

薫お手紙拝見いたしました。先日は聖《ひじり》のような心持ちで、特に内々《ない》で参りましたのも、そう思います時分だったからでございます。昔の名残《なごり》とおっしゃいましたのは、少しわたしの志が浅くなったようにお思いなのかと、恨めしく存じられます。万事はお伺いいたしまして。あなかしこ。

と、生真面目《きまじめ》に白い色紙《しきし》のごわごわしたのにお書きになっていらっしゃいます。

ら、とさへのたまへるがめづらしくうれしきに、心ときめきもしぬべし。

宮の今めかしく好みたちたまへるほどにて、思し怠りけるも、げに心苦しく推しはからるれば、いとあはれにて、をかしやかなる事もなき御文を、うちも置かずひき返しひき返し見ゐたまへり。

御返りは、

承りぬ。一日《ひとひ》は、聖だちたるさまにて、ことさらに忍びはべしも、さ思ひたまふるやうはべるころほひにてなむ。なごりとのたまはせたるこそ、すこし浅くなりにたるやうにと、恨めしく思うたまへらるれ。よろづはさぶらひてなむ。

あなかしこ。

と、すくよかに、白き色紙のこはごはしきにてあり。

［二三］　薫、中の君を訪れ、対面を許されて懇《ねんご》ろに慰める

丁子染
丁子は南方原産の常緑高木。その蕾や葉・枝の煮汁で染めたもので、黄味を帯びた薄紅色。香染《こうぞめ》とも。

　さて、そのあくる日の夕方に、中納言（薫）は二条院へお越しになりました。人知れず女君（中の君）をお慕いするお気持ちもありますので、むやみにひどく気遣いせずにはおられなくて、なよやかなお召し物などに一段と香《こう》を焚《た》きしめていらっしゃいますのがあまりに仰山なほどですのに、その上丁子染《ちょうじぞ》めの扇の持ち馴れていらっしゃる移り香などまでが、たとえようもなく素晴らしい感じです。

　女君も、あの思いがけなかった一夜《ひとよ》の事などをお思い出しになる折々がないわけでもありませんので、中納言の実直《じっちょく》でやさしいお人柄が、ほかの人とは違っておいでですのを拝見しますにつけても、「もしこのお方と結婚していたら」というぐらいはお思いになるのでありましょう。もう幼いというお年ではありませんので、恨めしい宮（匂宮）のご様子をお思い比べてご覧になりますと、何事もこのお方のほうが、はるかに勝《まさ》っておられることがお分かりになるからでしょうか、いつも隔てあるお扱いが多いのもお気の毒ですし、「人の好意も分からない者のようにお思いになるだろう」などとお思

　さて、またの日の夕つ方ぞ渡りたまへる。人知れず思ふ心しそひたれば、あいなく心づかひいたくせられて、なよよかなる御衣どもを、いとど匂はしそへたまへるは、あまりおどろおどろしきまであるに、丁子染《ちゃうじぞめ》の扇のもてならしたまへる移り香などさへ、たとへむ方なくめでたし。

　女君も、あやしかりし夜のことなど思ひ出でたまふをりをりなきにしもあらねば、まめやかにあはれなる御心ばへの人に似ずものしたまふを見るにつけても、さてあらましをとばかりは思ひやしたまふらむ。いはけなきほどにしおはせねば、恨めしき人の御ありさまを思ひくらぶるには、何ごともいとどこよなく思ひ知られたまふにや、常に隔て多かるもいとほしく、もの思ひ知らぬさまに思ひたまふらむなど思ひたまひて、今日は、

いになって、今日は御簾《みす》の中にお入《い》れ申し上げなさって、母《も》屋《や》の簾《すだれ》に几帳《きちょう》を添えて、ご自分は少し奥の方に引っこんでご対面なさいました。

薫「わざわざお呼びということはございませんでしたのに、いつになく対面をお許し下さった嬉しさに、すぐにも参上したく存じましたが、昨夜《ゆうべ》は宮がお越しになると承《うけたまわ》りましたので、折悪《あ》しくはないかと存じまして今日にいたしました。それにしても、長年のわたしの誠意の印もようやく報われたのでしょうか。隔ても少し薄らぎました御簾の中に入れていただいた事ですよ。めったにないことですね。」

とおっしゃいますので、女君はやはり実に気恥ずかしくて、言い出すお言葉もないようなお心地がしますけれど、

中君「先日、嬉しく承りました感謝の気持ちを、いつものようにただ胸の中に収めたまま過ごしましたなら、嬉しく存じております心の一端なりと、どうしたらお分かりいただけますことかと残念に存じまして。」

御簾《みす》の内に入れたてまつりたまひて、母屋の簾に几帳そへて、我はすこしひき入りて対面したまへり。

「わざと召しとはべらざりしかど、例ならずゆるさせたまへりしよろこびに、すなはちも参らまほしくはべりしを、宮渡らせたまふ、と承りしかば、をりあしくやはとて、今日になしはべりにける。さるは、年ごろの心のしるしもやうやうあらはれはべるにや、隔てすこし薄らぎはべりにける御簾の内よ。めづらしくはべるわざかな」

とのたまふに、なほいと恥づかしく、言ひ出でむ言葉もなき心地すれど、

「一日《ひとひ》、うれしく聞きはべりし心の中を、例の、ただむすぼほれながら過ぐしはべりなば、思ひ知る片はしをだにいかでかはと口惜しさに」

と、まことに控え目におっしゃいますのが、大層奥の方に退《しりぞ》いて、とぎれとぎれに微《かす》かに聞こえますので、中納言はもどかしくて、

薫「お声がとても遠うございますね。真面目《まじめ》にお話し申し上げたり、またお伺いしたいご夫婦のお話もございますのに。」

とおっしゃいますと、いかにもとお思いになって、少しにじり寄っていらっしゃいます気配をお聞きなさいますにつけても、急に胸もつぶれる思いですが、さりげなくいよいよ落ち着いている様子をなさって、宮のお気持ちが思いのほかに浅くておいでだったと思われるような素振りで、一方では宮を悪くもおっしゃり、また女君を慰めたりなさって、あれこれともの静かにお話し申し上げていらっしゃいます。

女君（中の君）は、宮（匂宮）の恨めしいお扱いなどは口に出して申し上げるべきことでもありませんので、ただ「世やは憂き」の歌のように、わが身の拙さを嘆いているなどとい

［二三］　中の君、宇治への同行を願う　薫、中の君の袖を捉え添い臥す

世やは憂き　「世やは憂き人やはつらき海人の刈る藻に住む虫のわれからぞ憂き」（河海抄）。

と、いとつつましげにのたまふが、いたく退《しぞ》きて、絶え絶えほのかに聞こゆれば、心もとなくて、

「いと遠くもはべるかな。まめやかに聞こえさせ承らまほしき世の御物語もはべるものを」

とのたまへば、げに、と思して、すこし身じろき寄りたまふけはひを聞きたまふにも、ふと胸うちつぶるれど、さりげなく、いとどしづめたるさまして、宮の御心ばへ思はずに浅うおはしけると思しく、かつは言ひもうとめ、また慰めも、かたがたにしづしづと聞こえたまひつつおはす。

女君は、人の御恨めしさなどは、うち出で語らひきこえたまふべきことにもあらねば、ただ、世やは憂きなどやうに思はせて、言少な

うように思わせて、言葉少なに言い紛《まぎ》らわしなさっては、宇治へほんのちょっとでもお連れいただきたいと思われるように、まことにご熱心にその思いをお訴えになります。

薫「それだけはわたしの一存ではお仕え申し上げかねることのようでございます。やはり宮にただ素直《すなお》にお願い申し上げなさって、そのご意向にお従いになるのがよろしゅうございましょう。そうでありませんと、少しでも行き違いがあって、軽はずみな事などと宮がお思いになりましたら、全く不都合なことでございましょう。そういう心配さえございませんでしたら、道中のことも送り迎えも、わたしが進んでお世話申し上げますのに何の遠慮がございましょう。安心のできる、他人と違ったわたしの心のほどは、宮も十分ご存じでいらっしゃいます。」などとおっしゃりながら、折々は過ぎ去った昔の悔《くや》しさを忘れる時とてなく、「ものにもがなや」と昔を今に取り返したいものと、そのお気持ちをほのめかされては、だんだん暗くなって行くまでおいでになりますので、女君は実に煩《わずら》わしく

に紛らはしつつ、山里にあからさまに渡したまへと思しく、いとねむごろに思ひてのたまふ。

「それはしも、心ひとつにまかせては、え仕うまつるまじきことにはべなり。なほ、宮に、ただ心うつくしく聞こえさせたまひて、かの御気色に従ひてなむよくはべるべき。さらずは、すこしも違《たが》ひ目ありて、心軽くもなど思しものせむに、いとあしくはべりなむ。さだにあるまじくは、道のほども御送り迎へも、おりたちて仕うまつらむに、何の憚りかははべらむ。うしろやすく人に似ぬ心のほどは、宮もみな知らせたまへり」などは言ひながら、をりをりは、過ぎにし方の悔しさを忘るるをりなく、ものにもがなやと、とり返さまほしきとほのめかしつつ、や

ものにもがなや
「取り返すものにもがなや世の中をありしながらの我が身と思はむ」（源氏釈）。

お思いになって、

中の君「それでは、とても気分も悪うございますので、また少しよろしく思われます時に何事も。」

とおっしゃって、お入《はい》りになってしまわれるご様子が、まことに残念に思われますので、

薫「それにしても、いつ頃お出かけのおつもりでしょうか。ひどく生い茂っております道筋の草も、少し取り払わせておきましょうよ。」

と、ご機嫌を取ろうとなさって申し上げますと、しばらくお入りになりかけたままで、

中君「もう今月も過ぎてしまうようですから、来月初めごろでもと存じております。ただごく内々《ない》になさるのがよいでしょう。何も宮のお許しを得てなどと大げさなことではなくて。」

とおっしゃいますお声が、実にかわいいものよと、常にもまして昔が思い出されますので、もうこらえきれませんで、寄りかかっていらっしゃる柱のもとの簾《すだれ》の下からそっと手を伸

うやう暗くなりゆくまでおはするに、いとうるさくおぼえて、

「さらば心地も悩ましくのみはべるを、またよろしく思ひたまへられむほどに何事も」

とて、入りたまひぬるけしきなるが、いと口惜しければ、

「さても、いつばかり思したつべきにか。いと茂くはべし道の草も、すこしうち払はせはべらむかし」

と、心とりに聞こえたまへば、しばし入りさして、

「この月は過ぎぬめれば、朔《つい》日《たち》のほどにも、とこそは思ひはべれ。ただ、いと忍びてこそよからめ。何か、世のゆるしなどことごとしく」

とのたまふ声の、いみじくらうたげなるかなと、常よりも昔思ひ出でらるるに、えつつみあへで、寄りゐたまへる柱のもとの簾の下よ

ばして、女君のお袖を捉《とら》えました。
女君は、「やはりこういうことだったのか、ああ嫌《いや》な」と思われますと、何事が言えましょうか、ものもおっしゃらずに一層奥へ身をお引き入れになりますので、中納言（薫）はそれについて、いかにものの馴れ顔に半身《はんみ》は御簾《みす》の中に入《はい》って、寄り添って横におなりになりました。

薫「いいえ、違うのです。人目を忍んだ方がよいようにお思いのこともありましたのが嬉しく思いましたのは、聞き違いかどうか、それを伺おうと思ってですよ。疎《うと》ましくお思いになるような仲でもありませんのに、情《なさ》けないお振る舞いですね。」

とお恨みになりますので、女君はお答えする気にもなれず、心外で憎らしくお思いになって来ますのを、強いてお心を静められて、

中君「思いも寄らぬお心でいらっしゃったのですね。女房たちがどう思うでしょうか。あんまりですわ。」

とおたしなめになって、今にも泣き出しそうなご様子が、少

り、やをらおよびて御袖をとらへつ。
女、さりや、あな心憂、と思ふに、何ごとかは言はれむ、ものも言はで、いとどひき入りたまへば、それにつきていと馴れ顔に、半《なか》らは内に入りて添ひ臥したまへり。

「あらずや。忍びてはよかるべく思すこともありけるがうれしきは、ひが耳か、聞こえさせむとぞ。うとうとしく思すべきにもあらぬを、心憂の御気色や」

と恨みたまへば、答《いら》へすべき心地もせず、思はずに憎く思ひなりぬるを、せめて思ひしづめて、

「思ひの外なりける御心のほどかな。人の思ふらむことよ。あさまし」

とあばめて、泣きぬべき気色なる、

亡きお方のお許し
亡き大君は薫と中の君との結婚を願っていた。

しはもっともと思われますので、お気の毒ではありますけれど、

薫「これは人に非難されるほどのことでしょうか。これぐらいの対面なら、昔もあったことをお思い出し下さいよ。亡《な》きお方のお許しもありましたものを。まるでとんでもない事のようにお思いでおいでなのが、かえって嘆かわしいですよ。好色がましく怪《け》しからぬ心はないものと、ご安心下さい。」

とおっしゃって、全く落ち着いて振る舞っていらっしゃいますが、この数ヶ月ずっと悔《くや》しくお思いになって来られたお胸の中が、苦しいほどに募《つの》っていきますのを、しみじみとおっしゃり続けなさって、お袖をお放しになる様子もありませんので、女君はどうしようもなく、つらいなどという言葉ではとても言い表わせません。かえって全く気心の知らないような人よりも恥ずかしく不快に思われて、お泣きになってしまいましたのを、

薫「これはどうなさったのです。何とまあ大人《おとな》げない。」

すこしはことわりなれば、いとほしけれど、

「これは咎《とが》あるばかりの事かは。かばかりの対面は、いにしへをも思し出でよかし。過ぎにし人の御許しもありしものを。いとこよなく思しけるこそ、なかなかうたてあれ。すきずきしくめざましき心はあらじと、心安く思ほせ」

とて、いとのどやかにはもてなしたまへれど、月ごろ、悔しと思ひわたる心の中の苦しきまでなりゆくさまをつくづくと言ひつづけたまひて、ゆるすべき気色にもあらぬに、せむ方なく、いみじとも世の常なり。なかなか、むげに心知らざらむ人よりも恥づかしく心づきなくて、泣きたまひぬるを、

「こはなぞ。あな若々し」

とはおっしゃりながら、何とも言えず愛らしくおいたわしく思われますものの、思慮深く気が引けるほどのご様子などが、あの宇治で一夜《ひとよ》を過ごした時よりも、一段と大人《おとな》びておいでになったところなどをご覧になりますと、これほどのお方を自分から他人のものにしてしまって、このように心安からずもの思いをすることよと、悔やまれますにつけてもまた、いかにも声を上げて泣かずにはいられないのでした。

近くに控えている女房が二人ほどいますが、いい加減な男が入《はい》って来たのなら、これはどうしたことかとお側《そば》に参り寄って来るでしょうが、親しくお話しし合っていらっしゃるお二人の間柄のようですので、それなりの事情がおありなのだろうと思いますので、近くにいるのも憚《はばか》られて、知らぬふりをしてそっと下《さ》がってしまいましたのは、何とも女君にはお気の毒なことでしたよ。男君は昔を悔いるお気持ちの忍び難さなども、まことに抑えにくかったようでしたが、昔でさえ類《たぐ》いなかった慎重なお心用意ですので、今度もやはり全くご自分の思いのままにも振る舞われることはなさいませんで

とは言ひながら、言ひ知らずらうたげに心苦しきものから、用意深く恥づかしげなるけはひなどの、見しほどよりもこよなくねびまさりたまひにけるなどを見るに、心からよそ人にしなして、かくやすからずものを思ふことと、悔しきにも、また、げに音《ね》は泣かれけり。

近くさぶらふ女房二人ばかりあれど、すずろなる男のうち入り来たるならばこそは、こはいかなる事ぞとも参り寄らめ、疎からず聞こえかはしたまふ御仲らひなめれば、さるやうこそはあらめ、と思ふに、かたはらいたければ、知らず顔にてやをら退《しぞ》きぬるぞ、いとほしきや。男君は、いにしへを悔ゆる心の忍びがたさなどもいと静めがたかりぬべかめれど、昔だにあり難かりし御心の用意なれば、なほいと思ひのままにもてなし

した。このような方面のことは、細《こま》かにもよく語り続けることは出来ないのでした。中納言は何のかいもないものの、人目の悪さをお思いになりますので、あれこれとお考え直しになって、お立ち出でになりました。

[二四] 薫、中の君へ後朝の文を贈り、募る恋情に悩む

まだ宵のうちだとお思いになっていましたけれど、明け方近くになってしまいましたのを、見咎《とが》める人もあろうかと憚《はばか》られますのも、女君の御ためにお気の毒と気遣われるからでしょう。「ご気分が優《すぐ》れないと聞いていたお体《からだ》の具合は、もっともなことだったのだ。とても恥ずかしそうに思っておいでだったご懐妊の腹帯に気付いて、主《おも》にそれがいたわしく思われて何もせずに終わってしまったのだ。いつもながら愚《おろ》かしい心よ」とお思いになりますが、「思いやりなく無理押しするのは、やはり全く本意ではないだろう。一時のわが心の乱れに任せて無分別な振る舞いに及んだら、その後《あと》は気安くもなくなってしまうであろうに、無理に忍んで逢うのも気苦労が多く、女君の方もあちらこちらと思い乱れることであ

きこえたまはざりけり。かやうの筋は、こまかにも、えなむまねび続けざりける。かひなきものから、人目のあいなきを思へば、よろづに思ひ返して出でたまひぬ。

まだ宵、と思ひつれど、暁近うなりにけるを、見とがむる人もやあらむとわづらはしきも、女の御ためのいとほしきぞかし。悩ましげに聞きわたる御心地はことわりなりけり。いと恥づかしと思したりつる腰のしるしに、多くは心苦しくおぼえてやみぬるかな。例のをこがましの心や、と思へど、情なからむことはなほいと本意なかるべし。また、たちまちのわが心の乱れにまかせて、あながちなる心をつかひて後、心やすくしもあらざらむものから、わりなく忍び歩かむほども心づくしに、女のかたがた思し乱れむことよ、など、

ろうよ」などと、賢《さか》しらにお考えになりますが、恋心はせき止められず、ただ今の間も恋しいのはどうしようもないのでした。どうしても逢わずにはおられないように思われますのも、返す返すままならないお心でありますよ。

昔よりは少しほっそりとして気品高くかわいらしかった女君のご様子などが、今離れているとも思われず、その面影が身に寄り添っているような感じがして、全く他《ほか》の事も考えられなくなってしまいました。「宇治に行きたそうにしておいでのようだったから、お望み通りお連れ申そうか」などとお思いになりますが、「そんなことをどうして宮がお許しになろうか。そうかといって内緒ではまたひどく具合が悪かろう。どんな風にしたら世間体《てい》も見苦しくなく、思い通りにゆくだろうか」と、気もそぞろの思いでぼんやりと横になっていらっしゃいます。

まだとても暗い明け方に、お手紙をさし上げます。いつものように上べははっきりした立文《たてぶみ》にして、

薫「いたづらに分けつる道の露しげみむかしおぼゆる

さかしく思ふにせかれず、今の間も恋しきぞわりなかりける。さらに見ではえあるまじくおぼえたまふも、かへすがへすあやにくなる心なりや。

昔よりはすこし細やぎて、あてにらうたかりつるけはひなどは、たち離れたりともおぼえず、身にそひたる心地して、さらに他事《ことごと》もおぼえずなりにたり。宇治にいと渡らまほしげに思いためるを、さもや渡しきこえてましなど思へど、まさに、宮は、ゆるしたまひてむや。さりとて、忍びて、はた、いと便なからむ。いかさまにしてかは、人目見苦しからで、思ふ心のゆくべき、と、心もあくがれてながめ臥したまへり。

まだいと深き朝《あした》に御文あり。例の、うはべはけざやかなる立文にて、

「いたづらに分けつる道の

ただ今の間も恋しいのは
「逢はざりし時いかなりしものとてかただ今の間も見ねば恋しき」（後撰・恋一　読人しらず）。

立文
書状を包紙で縦に包み、上下をひねる。ここは恋文でなく正式な書状をよそおう。

いたづらに
「むかしおぼゆる」は中の君と一夜を過ごした宇治のこと。

秋の空かな
（空しく踏み分けて帰って参りました道に、露が一面に降りていたので、昔のことが思い出される秋の空でしたよ。）

ご様子の情《なさ》けなさは理由の分からぬつらさばかりでございます。何とも申し上げようもございませんで。」

とあります。ご返事をなさらないのも、女房たちがいつにないことと見咎《とが》めるでしょうにと、女君は本当に苦しいので、

中君「お手紙拝見いたしました。とても気分が優《すぐ》れませんので、何も申し上げられません。」

とだけお書きになっていらっしゃいますのを、あまりにも言葉少なのお手紙よと、もの足りなくて、昨夜《ゆうべ》の風情《ふぜい》のあったお姿ばかりが恋しく思い出されるのでした。

女君は、少しは男女の仲というものもお分かりになったせいでしょうか、あれほど呆れるほどひどいこととはお思いになられましたものの、一途《いちず》に厭《いと》わしいというのでもなく、まことに行き届いてこちらが気が引けるほどの気品も備わって、さすがに優《やさ》しく言いなだめたりなさって、うまくお帰しに

露しげみむかしおぼゆる秋
　の空かな

御気色の心憂さは、ことわり知らぬつらさのみなむ。聞こえさせむ方なく」

とあり。御返しなからむも、人の、例ならず、と見とがむべきを、いと苦しければ、

「承りぬ。いと悩ましくて、え聞こえさせず」

とばかり書きつけたまへるを、あまり言少ななるかなと、さうざうしくて、をかしかりつる御けはひのみ恋しく思ひ出でらる。

少し世の中をも知りたまへるけにや、さばかりあさましくわりなしとは思ひたまへりつるものから、ひたぶるにいぶせくなどはあらで、いとらうらうじく恥づかしげなる気色もそひて、さすがになつかし

なった時の心配《こころくば》りなどを思い出されますにつけても、中納言は悔《くや》しく悲しくて、あれこれ心にかかってやるせなく思われます。全てに昔よりもずっとご立派になられたと、女君をお思い出しになります。「何の、あの宮のお心がお離れになったら、自分を頼もしい者になさるに違いあるまい。そうなっても公然と気安く逢うわけにはいくまいが、人目を忍びながらまたこれ以上思う人がいない心の落ち着き所ということになるのであろう」などと、ただこのお方のことばかり思い続けていらっしゃいますのも、怪《け》しからぬお心でありますよ。あれほど思慮深げで分別がありそうでおいででしたが、男というものは何とも情けないものですよ。亡き人を偲ぶ悲しさは、今更言っても仕方のないことで、全くこうまで苦しい思いをすることはありませんでした。それが今度はさまざまに思い煩《わずら》っていらっしゃるのでした。

女房「今日は宮がお渡りになられました。」

などと人が言うのを聞きますにつけても、中納言は後見役としてのお気持ちは消え失せて、胸もつぶれる思いで、宮が実

く言ひこしらへなどして、出だしたまへるほどの心ばへなどを思ひ出づるも、ねたく悲しく、さまざまに心にかかりて、わびしくおぼゆ。何ごとも、いにしへにはいと多くまさりて思ひ出でらる。何かは、この宮離れはてたまひなば、我を頼もし人にしたまふべきにこそはあめれ。さても、あらはれて心やすきさまにはえあらじを、忍びつつまた思ひます人なき心のとまりにてこそはあらめ、など、ただ、この事のみつとおぼゆるぞ、けしからぬ心なるや。さばかり心深げにさかしがりたまへど、男といふものの心憂かりける事よ。亡き人の御悲しさは言ふかひなき事にて、いとかく苦しきまではなかりけり。これは、よろづにぞ思ひめぐらされたまひける。

「今日は宮渡らせたまひぬ」

など、人の言ふを聞くにも、後見の心は失せて、胸うちつぶれてい

に羨《うらや》ましく思われなさいます。

とうらやましくおぼゆ。

［二五］匂宮、中の君を訪れ、薫の移り香を疑い女君を責める

宮（匂宮）は、何日もご無沙汰が続いてしまいましたのは、我ながらご自分の気持ちまでが恨めしくお思いになって、急にお越しになられたのでした。女君も、「何の、心を隔てているようにはお見せ申し上げまい。宇治の山里に帰ろうと思い立っても、頼もしい人と思っているあのお方（薫）も、厭《いと》わしいお気持ちをお持ちなのだった」とお分かりになりますと、世の中が身の置き所もなく思われるようになられて、やはりこの身は実に情《なさ》けない身の上だったのだ、と思い、ただこの世に生きている間は、成り行きに任せて穏やかに過ごしていこうと、すっかりお心をお決めになって、いかにもかわいらしくいとしいと思われるさまに振る舞っておられますので、宮は一層しみじみと嬉しくお思いになって、長らくご無沙汰の申しわけなどを、いつまでもおっしゃっていらっしゃいます。

宮は、日ごろになりにけるは、わが心さへ恨めしく思されて、にはかに渡りたまへるなりけり。何かは。心隔てたるさまにも見えたてまつらじ。山里にと思ひ立つにも、頼もし人に思ふ人もうとましき心そひたまへりけり、と見たまふに、世の中いとところせく思ひなられて、なほいとうき身なりけりと、ただ、消えせぬほどはあるにまかせておいらかならむと思ひはてて、いとらうたげに、うつくしきさまにもてなしてゐたまへれば、いとどあはれに、うれしく思されて、日ごろの怠りなど、限りなくのたまふ。

女君は、お腹《なか》も少しふっくらとおなりになりましたので、

御腹もすこしふくらかになりにに

打ち解けられない所
窮屈な夕霧邸の六の君の所。

あの恥ずかしく思われた懐妊の印の帯《おび》が結ばれております様子など、まことにいとおしく、宮はまだこのように身ごもった人を近くでご覧になることもありませんでしたので、珍しいとまでお思いになるのでした。

宮は今まで打ち解けられない所にずっとお暮らしになっておりましたので、この二条院は万事が気楽で懐かしくお思いになりますままに、並々ならぬ愛をいろいろとお約束になりますのを、お聞きになりますにつけても女君は、「男はこんな風に口先上手なのだろうか」と、昨夜の強引なお方（薫）のお振る舞いも思い出されて、「長い間優《やさ》しく思いやりのあるご気性《きしよう》と思って来たけれど、こういう男女の情愛の面では、あのお方のご親切もとんでもないことだった」とお思いになりますと、この宮の将来のお約束事は、いやもう当てになるだろうか、とお思いになりながらも、少しはお耳にとまるのでした。

「それにしても、すっかり私《わたくし》を油断させておいて、御簾《みす》の中まで入っていらっしゃった時のあのお方（薫）のお振る舞

たるに、かの恥ぢたまふしるしの帯のひき結《ゆ》はれたるほどなどいとあはれに、まだかかる人を近くても見たまはざりければ、めづらしくさへ思したり。

うちとけぬ所にならひたまひて、よろづのこと心やすくなつかしく思さるるままに、おろかならぬ事どもを尽きせず契りのたまふを聞くにつけても、かくのみ言《こと》よきわざにやあらむと、あながちなりつる人の御気色も思ひ出でられて、年ごろあはれなる心ばへとは思ひわたりつれど、かかる方ざまにては、あれをもあるまじき事と思ふにぞ、この御行く先の頼めは、いでや、と思ひながらもすこし耳とまりける。

「さても、あさましくたゆめたゆめて、入り来たりしほどよ。昔

いよ。亡き姉君と他人のままで終わってしまったことなどをお話しになったお心持ちは、いかにもめったにないことだったと思うが、やはりまた気を許してはならないことだったのだ」などと、いよいよ用心せずにはおられませんことにつけても、宮が久しくお見えにならないことが、何かとひどく恐ろしいように思われますので、お口に出してはおっしゃいませんが、これまでよりは宮がお側《そば》におられるように、少し甘えてお振る舞いになっていらっしゃいますのを、宮はますますこの上なくかわいくお思いになりましたが、あのお方の御移り香が、女君のお召し物にまことに深く染《し》みついておりますのが、世間のありふれた香《こう》を焚《た》きしめたのとは違って、それとはっきり分かる匂いですのを、宮は香の道には優《すぐ》れたお方ですので、おかしいと不審にお思いになって、

匂宮「これはどうしたことか。」

と事情をお尋ねなさいますと、女君は全く見当はずれのことでもありませんので、言いようもなく困惑なさって、とてもつらいとお思いになっていらっしゃいますのを、宮は、「や

の人にうとくて過ぎにしことなど語りたまひし心ばへは、げにあり難かりけりと、なほ、うちとくべく、はた、あらざりけりかし」など、いよいよ心づかひせらるるにも、久しくとだえたまはむことはいともの恐ろしかるべくおぼえたまへば、言《こと》に出でて言はねど、過ぎぬる方よりはすこしまつはしざまにもてなしたまへるを、宮は、いとど限りなくあはれと思ほしたるに、かの人の御移り香のいと深くしみたまへるが、世の常の香《かう》の香《か》に入れたきしめたるにも似ずしるき匂ひなるを、その道の人にしおはすれば、あやし、と咎め出でたまひて、

「いかなりし事ぞ」

と気色《けしき》とりたまふに、事の外にもて離れぬ事にしあれば、言はむ方なくわりなくていと苦しと思したるを、さればよ。必ずさる事はあ

はりそうだったのか。きっとこんなことがあるだろうよ。あの人（薫）がよもやこのままには思うまいと、ずっと思っていた事なのだ」と、お心が動揺なさるのでした。実は女君は、単衣《ひとえ》の御衣《ぞ》なども脱ぎ替えていらしたのですが、不思議にも移り香が意外なほど深く身に染《し》みついていたのでした。

匂宮「これほどまであのお方の移り香が染みついているようでは、あなたはすっかりお許しになったのでしょう。」

と、宮はあれやこれやと聞きづらいくらい仰せ続けになりますので、女君は情《なさ》けなくて身の置き所もありません。

匂宮「あなたを格別にお思い申して来ましたのに、「我こそさきに（自分が先に相手を忘れよう）」などとこのように夫を裏切るのは、身分の低い者のする事ですよ。またあなたが隔て心を置くほどに長い間ご無沙汰しましたでしょうか。思いのほかに情けないお心だったのですね。」

と、全てを語り伝えようもないほど、女君がお気の毒なくらいいろいろとお責めになりますけれど、女君が何ともご返事なさらないのさえひどく妬《ねた》ましくて、

りなむ、よもただには思はじ、と思ひわたることぞかし、と御心騒ぎけり。さるは、単衣《ひとへ》の御衣なども脱ぎかへたまひてけれど、あやしく心より外《ほか》にぞ身にしみにける。

「かばかりにては、残りありてしもあらじ」

と、よろづに聞きにくくのたまひつづくるに、心憂くて身ぞ置き所なき。

「思ひきこゆるさまことなるものを、我こそさきになど、かやうにうち背く際《きは》はことにこそあれ。また御心おきたまふばかりのほどやは経ぬる。思ひの外にうかりける御心かな」

と、すべてまねぶべくもあらずいとほしげに聞こえたまへど、ともかくも答《いら》へたまはぬさへ、いとねたくて、

我こそさきに　「人よりは我こそ先に忘れなめつれなきをしも何か頼まむ」（古今六帖四）。

また人に 「また人」は薫。「しめて」は香をしみこませると、身にしみこませる、の両意。「馴れ」と「袖」は縁語。

みなれぬる 「みなれ」は「身馴れ」と「見馴れ」、「かばかり」に「香」を掛ける。「身馴れ」「衣」は縁語。

匂宮　また人に馴れける袖の移り香をわが身にしめて恨みつるかな

（別の人に馴れ親しんだ袖の移り香を、わが身に染《し》みこませて恨めしく思うことですよ。）

女君は、宮があまりにひどくおっしゃり続けになりますので、ご返事のしようもありませんが、このままではどうかとお思いになって、

中君　みなれぬる中の衣と頼みしをかばかりにてやかけ離れなむ

（親しく交《まじ》わって来た夫婦の間柄を頼りにして来ましたのに、これぱかりのことでご縁が切れてしまうのでしょうか。）

とお詠《よ》みになって、ついお泣きになりますご様子が、この上なくいじらしいのをご覧になりますにつけても、宮はこれだからこそ中納言（薫）も心惹《ひ》かれるのだと、一層妬《ねた》ましく、ご自分もほろほろと涙をおこぼしになりますのは、何とも色めかしいお心ですよ。たとえ大きな過《あやま》ちがあったとしても、一途《いちず》にはとても冷淡にあしらい通すこともできないほど、女

また人に馴れける袖の移り香をわが身にしめて恨みつるかな

女は、あさましくのたまひつづくるに、言ふべき方もなきを、いかがはとて、

みなれぬる中の衣と頼みしをかばかりにてやかけ離れなむ

とてうち泣きたまへる気色の、限りなくあはれなるを見るにも、かかればぞかしといと心やましくて、我もほろほろとこぼしたまふぞ、色めかしき御心なるや。まことに、いみじき過ちありとも、ひたぶるには、えぞうとみはつまじく、らうたげに心苦しきさまのしたまへ

君がかわいらしくいたわしいご様子をしていらっしゃいますので、宮はいつまでも恨んでばかりもなさらず、途中でお責めになるのをおやめになっては、一方ではご機嫌をお取り申し上げていらっしゃいます。

翌日も宮はゆっくりとお寝《やす》みになりお起きになって、洗面のお道具や御粥《かゆ》などもこちらにお運ばせになります。お部屋の設備なども、夕霧邸のあれほど輝くほどに高麗《こま》や唐土《もろこし》の錦や綾を裁ち重ねてありますのをご覧になられている御目には、世間の普通の親しみのある感じがなさって、女房たちの身なりも糊気《のりけ》の落ちたのを着ている者も交《まじ》っていたりして、まことに静かな思いで見回せます。

女君は、しなやかな薄紫色の袿《うちき》を何枚も重ねた上に、撫子《なでしこ》襲《がさね》の細長《ほそなが》をお召しになって、くつろいでいらっしゃるお姿が、あちらの何事もきちんとして仰山なまでに飾り立てて、美しく盛りのお方（六の君）のお召し物や何やかやにお思い比べになっても、見劣りするようにも思われず、親しみ深く趣あるようですのも、宮の女君へのご愛情が並々ではありません

れば、えも恨みはてたまはず、のたまひさしつつ、かつはこしらへきこえたまふ。

またの日も、心のどかに大殿籠《おほとのごも》り起きて、御手水《みてうづ》、御粥などもこなたにまゐらす。御しつらひなども、さばかり輝くばかり高麗《こま》、唐《もろ》土《こし》の錦《にしき》、綾《あや》をたち重ねたる目うつしには、世の常にうち馴れたる心地して、人々の姿も、萎えばみたるうちまじりなどして、いと静かに見まはさる。

君はなよよかなる薄色どもに、撫子《なでしこ》の細長重ねて、うち乱れたまへる御さまの、何ごともいとうるはしくことごとしきまでさかりなる人の御装ひ、何くれに思ひくらぶれど、け劣りてもおぼえず、なつかしくをかしきも、心ざしのおろかならぬに恥なきなめりかし。

撫子襲
表紅梅、裏青。

ので、見劣りがしないのでありましょう。

ふっくらとかわいらしく肥えておられました女君が、今は少しほっそりとなさって、色はますます白く、上品で愛らしげです。このような御移り香などのはっきりした証拠のなかった時でさえ、女君の愛敬《あいきょう》があってかわいらしい所などが、やはり他《ほか》の人よりは格段に優《すぐ》れて思われますままに、「この女君を、兄弟でもない男がかたわら近く言い寄って、何かにつけて自然にお声や物腰をいつも見聞きするように馴染《なじ》んだら、どうしてそのままに冷静に思うだろうか、きっとただならぬ気持ちになるに違いないことなのだから」と、ご自分の実に抜け目のない色好みのご性分《しょうぶん》からよくお分かりになりますので、いつもお気を付けになって、はっきりした証拠になる手紙などがありはしないかと、手近の御厨子《みずし》や小唐櫃《こからびつ》などといったものをも、それとなくお探しになりますが、そのようなものもありません。ただ本当に生真面目《きまじめ》に言葉少なくてありふれた手紙などが、とくに大切になさっているわけでもなく、他の物に紛《まぎ》れてありますのを、「どうもおかしい。や

まろにうつくしく肥えたりし人の、すこし細やぎたるに、色はいよいよ白くなりて、あてにをかしげなり。かかる御移り香などのいちじるからぬをりだに、愛敬づきらうたきところなどの、なほ人には多くまさりて思さるるままには、これを兄弟《はらから》などにはあらぬ人のけ近く言ひ通ひて、事にふれつつ、おのづから声けはひをも聞き見馴れむは、いかでかただにも思はむ。必ずしかおぼえぬべきことなるを、とわがいと隈なき御心ならひに思し知らるれば、常に心をかけて、しるきさまなる文などやあると、近き御厨子《づし》、小唐櫃《こからびつ》などやうの物をも、さりげなくて探したまへど、さる物もなし。ただ、いとすくよかに言少なにてなほなほしきなどぞ、わざともなけれど、物にとりまぜなどしてもあるを、あやし。

はり全くこんな手紙ばかりではあるまい」と疑われますので、一層今日は心穏やかならずお思いになりますのも、無理もないことですよ。「あの中納言のご様子も、情趣《じょうしゅ》をわきまえた女ならきっと心惹《ひ》かれるに違いないのを、どうして女君が心外なこととして突き放せようか。実に似合いの二人の仲なのだから、お互いに思いを交《か》わしていることだろうよ」と、ご想像なさいますと、何とも情《なさ》けなく腹立たしく妬《ねた》ましいのでした。やはりどうにも心が安まりませんので、その日もとてもお出かけにはなれません。六条院にはお手紙を二度三度とさし上げますのを、

女房「いつの間にあのように積もるお言葉なのでしょう。」

と、ぶつぶつ言う老女房たちもおります。

なほ、いとかうのみはあらじかし、と疑はるるに、いとど今日は安からず思さるる、ことわりなりかし。かの人の気色も、心あらむ女のあはれと思ひぬべきを、などてかは、事の外にはさし放たむ。いとよきあはひなれば、かたみにぞ思ひかはすらむかし、と思ひやるぞ、わびしく腹立たしくねたかりける。なほいと安からざりければ、その日もえ出でたまはず。六条院には、御文をぞ二たび三たび奉れたまふを、

「いつのほどに積る御言の葉ならむ」

とつぶやく老人どもあり。

［二六］薫、中の君への恋情を抑えて心細《こま》やかに後見する

中納言の君（薫）は、こうして宮がずっと女君の許に籠《こも》っていらっしゃるとお聞きになりますにつけても、心中面白くなくお思いになりますが、「仕方のないことだ。このような思いは自分の心が愚《おろ》かしくよくないのだ。もともと心配ない

中納言の君は、かく、宮の籠りおはするを聞くにも、心やましくおぼゆれど、わりなしや。これはわが心のをこがましくあしきぞかし。うしろやすく、と思ひそめて

ようにと思ってお世話し始めたお方のことなのに、こんな風に思ってよいものだろうか」と強いて思い返されて、「やはりそうは言っても宮はこの女君をお見捨てにはならないようだ」と嬉しくもお思いになります。お側《そば》の女房たちの衣装などが、親しみを感じるほどに着古されて柔らかになっていたようだったものをとお気遣いなさって、母宮（女三の宮）の御方に参上されて、

薫「何か適当な衣類などがございませんでしょうか。入用がございますので。」

などと申し上げなさいますと、

女三宮「いつものように、来月の仏事のお布施《ふせ》に用意しました白いものなどがありましょう。染めたものなどは、今は格別に用意してありませんので、急いで整《ととの》えさせましょう。」

とおっしゃいますので、

薫「いえなに、たいしたことに用いるのではございません。ありあわせのもので結構です。」

しあたりのことを、かくは思ふべしや、と強ひてぞ思ひ返して、さは言へどえ思し棄てざめりかし、とうれしくもあり。人々のけはひなどの、なつかしきほどに、萎えばみためりしをと、思ひやりたまひて、母宮の御方に参りたまひて、

「よろしき設けの物どもやさぶらふ。使ふべきこと」

など申したまへば、

「例の、たたむ月の法事《ほふじ》の料《れう》に、白きものどもやあらむ。染めたるなどは、今はわざともしおかぬを、急ぎてこそさせめ」

とのたまへば、

「なにか。ことごとしき用にもはべらず。さぶらはむに従ひて」

御匣殿 宮中の衣料を縫製する所。ここは大臣家などの私的なそれ。

結びける 「結び」「下紐」「ひとすぢ」は縁語。

とおっしゃって、御匣殿《みくしげどの》などにお問い合わせになって、女の装束を幾揃えものほかに、細長《ほそなが》などもただあり合わせのまま、それに生地の平絹や綾などをお加えになります。女君ご本人のお召し物とお思いになられるものには、ご自分の衣料として用意してあった紅《くれない》の擣目《うちめ》の格別に美しい絹に、白い綾などを幾つも多く重ねておあげになりますが、女用の袴《はかま》の付属品はありませんでしたのに、どうしたことか、腰紐《こしひも》が一つありますのを、それに結び添えて、

薫 結びける契りことなる下紐をただひとすぢに恨みやはする

（他《ほか》の人と縁を結んでしまったあなたを、今となってはどうして一途《いちず》にお恨み申しましょうか。）

大輔《たいふ》の君といって、年配の女房で親しくしている人にお遣わしになります。

薫「とりあえずお贈りするもので見苦しいのですが、適当に取り繕《つくろ》って下さい。」

などとおっしゃって、女君のお召し物は目立たないようです

とて、御匣殿《みくしげどの》などに問はせたまひて、女の装束どもあまた領《くだり》に、細長どもも、ただあるに従ひて、ただなる絹綾などとり具したまふ。みづからの御料と思しきには、わが御料にありける、紅の擣目《うちめ》なべてならぬに、白き綾どもなど、あまた重ねたまへるに、袴の具はなかりけるに、いかにしたるにか、腰のひとつあるを、ひき結び加へて、

結びける契りことなる下紐
をただひとすぢに恨みやは
する

大輔《たいふ》の君とて、おとなおとなしき人の、睦ましげなるに遣はす。

「とりあへぬさまの見苦しき
を、つきづきしくもて隠して」

などのたまひて、御料のは、忍び

が、箱に入れて包みも格別にしてあります。大輔《たいふ》の君はいちいち女君にご覧に入れませんが、以前からもこうしたお心遣いは、いつものことで見慣れていますので、今さらかたくなに返したりなど、こだわるべきではありませんので、どうしたものかと思い煩《わずら》いもしないで、女房たちに配ったりしましたので、めいめい仕立てたりなどしています。若い女房たちで、お側《そば》近くお仕えしている者などは、特別に身なりを繕《つくろ》い立てておくべきでしょう。また下仕えの女房たちで、ひどく着馴れてよれているのを着ている者などには、白い袷《あわせ》などでさほど目立たないのが、かえって無難に感じられるのでした。

一体中納言のほかに、誰がこのように何事もお世話申し上げる人がおられましょうか。宮は並々ならぬご愛着から、万事に何かと不自由のないようにとお心配りなさっておられますが、こまごました内《うち》々のことまでは、どうしてお気付きになりましょうか。この上もなく人から大事にされてお過ごしになったお方ですので、世の中の思うにまかせぬ味気なさが、どういうものともお分かりにならないのは、当然のことなの

やかなれど、箱にて、つつみもことなり。御覧ぜさせねど、さきざきも、かやうなる御心しらひは常の事にて目馴れにたれば、気色ばみ返しなどひこじろふべきにもあらねば、いかがとも思ひわづらはで、人々にとり散らしなどしたれば、おのおのさし縫ひなどす。若き人々の、御前近く仕うまつるなどをぞ、とり分きてはつくろひたつべき。下仕どもの、いたく萎えばみたりつる姿どもなどに、白き袷などにて、掲焉《けちえん》ならぬぞなかなかめやすかりける。

誰かは、何事をも後見《うしろみ》かしづききこゆる人のあらむ。宮はおろかならぬ御心ざしのほどにて、よろづをいかでと思しおきてたれど、細《こま》かなる内々の事まではいかがは思し寄らむ。限りもなく人にのみかしづかれてならはせたまへれば、世の中うちあはず寂しき事、いかなるものとも知りたまはぬ、こと

です。風流を好んで、その感動でぞくぞくしながら、花に置く露を賞《め》でて世の中は過ごすものと、お思いになっておられる程度の宮にとっては、愛する女君のためなら、自然に何かの折につけて日常的なことまでも面倒を見てさし上げることは、めったにない珍しいことですので、「まあ、そんなことまで」などと、非難がましく申し上げる御乳母《めのと》などもいるのでした。女《め》の童《わらわ》などで、身なりのあまりさっぱりしないのが、時折交《ま》じったりしていますのも、女君は本当に恥ずかしく、かえって立派すぎる住まいであるよと人知れず思われます事もないわけではありませんのに、ましてこの頃は、世に評判のあちらのお方（六の君）の有様の華やかさに比べて、一方では宮付きの人々の見る目にも、さぞみすぼらしく感ずるであろうと、お心を痛められる事が加わってお嘆きになりますのを、中納言の君は女君のお気持ちを本当によくお思いやり申し上げて、もし親しくない相手だったら、見苦しく煩《わずら》わしくて失礼になるようなお心遣いも、先方を軽んじるというわけではありませんが、何の、わざと大げさに整《ととの》えたようなの

わりなり。艶に、そぞろ寒く花の露をもてあそびて世は過ぐすべきものと思したるほどよりは、思す人のためなれば、おのづから、折《をり》節《ふし》につけつつ、まめやかなる事までもあつかひ知らせたまふこそ、あり難くめづらかなる事なめれば、いでや、など、譏《そし》らはしげに聞こゆる御乳母などもありけり。童べなどの、なりあざやかならぬ、折々うちまじりなどしたるをも、女君はいと恥づかしく、なかなかなる住まひにもあるかななど、人知れず思す事なきにしもあらぬに、ましてこの頃は、世に響きたる御有様の華やかさに、かつは宮の内の人の見思はむ事も、人げなき事と、思し乱るる事もそひて嘆かしきを、中納言の君はいとよく推しはかりきこえたまへば、疎からむあたりには、見苦しくくだくだしかりぬべき心しらひのさまも、侮《あなづ》るとはなけれど、何かは、ことご

も、かえって意外な事と不審に思う人もいるだろう、とお思いになっての贈り物なのでした。

今度はまた改めて、いつものように見苦しくない女房の衣装などを整《ととの》えさせになって、女君用に御小袿《こうちき》を織らせ、綾の布地などをお贈りなどなさいました。

この中納言の君も、宮に劣り申さず格別にかしづき立てられて、どうかと思われるまで気位が高く、俗世の事を悟りすまして、高貴なご気性《きしょう》はこの上もありませんでしたが、亡き八の宮の御山住みのご生活をご覧になられましてから、寂しい暮らしのわびしさは格別なものなのだと、いたわしくお思いになって、世の中の何事にもお心配りになり、深い情《なさ》けをもお持ちになるようになったのでした。何ともいたわしいほどの八の宮の感化だとか、ということです。

[二七]　中の君、薫の抑えきれぬ思慕に嘆き苦しむ

中納言（薫）は、こうしてやはり女君（中の君）のために、何とかして安心できるしっかりした後見《うしろみ》として終始したいとお思いになりますが、そうもいかず、このお方のことが心に

としくしたて顔ならむも、なかなかおぼえなく見とがむる人やあらむ、と思すなりけり。

今ぞ、また、例の、めやすきさまなるものどもなどせさせたまひて、御小袿織らせ、綾の料賜はせなどしたまひける。

この君しもぞ、宮に劣りきこえたまはず、さま殊にかしづきたてられて、かたはなるまで心おごりもし、世を思ひ澄まして、あてなる心ばへはこよなけれど、故親王《みこ》の御山住みを見そめたまひしよりぞ、さびしき所のあはれさはさま殊なりけり、と心苦しく思されて、なべての世をも思ひめぐらし、深き情《なさけ》をもならひたまひにける。いとほしの人ならはしやとぞ。

かくて、なほ、いかでうしろやすくおとなしき人にてやみなむ、と思ふにも従はず、心にかかりて苦しければ、御文などを、ありし

かかって苦しいので、お手紙などを以前よりは細《こま》やかにお書きになって、ともすると抑えかねるお気持ちをあらわになさって訴え申し上げますのを、女君は本当につらい事が加わってくる身の上よと、思い嘆かずにはおられません。「これが全く知らない相手だったら、何と非常識なと、そっけなく突き放すこともたやすいことだろうが、昔から特別に頼りになる人として親しんで来て、今更仲違《たが》いをするのも、かえって人目に怪しまれることだろう。やはりさすがに浅からぬお心ざしやおもてなしの有難さが分からないわけではない。といってお互い気持ちを通わすかのようにお相手するのも憚《はばか》られるし、どうしたらよかろうか」と、いろいろ思い悩んでいらっしゃいます。

お側《そば》に仕える女房たちも、少し話相手になりそうな若い者は皆新参ですし、馴染《なじ》み深い者といえば、あの山里以来の古女房たちです。お心にお思いのことも、同じ気持ちで親身《しんみ》になって話し合えるような人はおりませんので、亡き姉君（大《おおい》君《きみ》）をお思い出し申し上げない時とてありません。もし姉君

よりはこまやかにて、ともすれば、忍びあまりたる気色見せつつ聞こえたまふを、女君、いとわびしきことそひたる身、と思し嘆かる。ひとへに知らぬ人ならば、あなものぐるほしとはしたなめさし放たむにもやすかるべきを、昔よりさまことなる頼もし人にならひ来て、今さらに仲あしくならむも、なかなか人目あやしかるべし。さすがに、あさはかにもあらぬ御心ばへありさまのあはれを知らぬにはあらず。さりとて、心かはし顔にあひしらはむも、いとつつましく、いかがはすべからむ、と、よろづに思ひ乱れたまふ。

さぶらふ人々も、少しものの言ふかひありぬべく若やかなるはみな新《あたら》し。見馴れたるとてはかの山里の古女ばらなり。思ふ心をも、同じ心に懐かしく言ひあはすべき人のなきままには、故姫君を思ひ

がご存命だったら、まさかこの中納言も、このようなお気持ちを抱かれることがあっただろうか、とまことに悲しくて、宮がつれなくおなりになったら、というお嘆きよりも、この中納言とのことが本当に苦しく思われます。

［二八］ 薫、中の君を訪れ、思慕の情を抑えて語り合う

男君（薫）も、どうにもお気持ちを抑えかねて、しんみりとした夕方に二条院をお訪ねになりました。女君（中の君）はそのまま簀子《すのこ》に御褥《しとね》をお出させになって、

中君「本当に気分が優《すぐ》れませんので、とてもお話し申し上げられません。」

と、女房を介してお申し出になりましたのをお聞きになりますと、中納言はたまらなくつらくて、今にも涙がこぼれそうになりますのを、人目を憚《はばか》って強いてお紛《まぎ》らわしになって、

薫「ご気分のよくない時は、見知らぬ僧などもお側《そば》近くに参上いたしますのに、わたしを医師などと同列にお扱い下さって、御簾《みす》の中に入れていただけないものでしょうか。このような人伝《づ》てのご挨拶は、お伺いしましたか

出できこえたまはぬ折なし。おはせましかば、この人もかかる心をそへたまはましや、といと悲しく、宮のつらくなりたまはむ嘆きよりも、この事いと苦しくおぼゆ。

男君も、強ひて、思ひわびて、例の、しめやかなる夕つ方おはしたり。やがて端に御褥《しとね》さし出でさせたまひて、

「いと悩ましきほどにてなむ、え聞こえさせぬ」

と、人して聞こえ出だしたまへるを聞くに、いみじくつらくて涙の落ちぬべきを、人目につつめば、強ひて紛らはして、

「悩ませたまふをりは、知らぬ僧なども近く参り寄るを、医師などの列にても、御簾の内にはさぶらふまじくやは。かく人づてなる御消息なむ、

夜居の僧 加持のため夜の間詰めている僧。

いもないような気がいたします。」

とおっしゃって、まことに不快そうなご様子ですので、先夜も二人の親しげな様子を見ていました女房たちが、
女房「いかにもこのような応対では、失礼でございましょう。」

と言って、母屋《もや》の御簾《みす》を下《お》ろして、夜居《よい》の僧の廂《ひさし》の間にお入れ申し上げますのを、女君は本当にご気分もとても悪いのですが、女房たちがこのように申しますので、あまり拒むのもまたどうかと憚《はばか》られますので、気も進まないながら、少しばかりにじり出られてお会いになりました。

　まことにかすかに、時々何かをおっしゃいます女君のご様子が、亡き姫宮の病み始められた頃をまず思い出されますのも、いまわしく悲しくて、目の前がまっ暗になる心地がなさいますので、中納言はすぐには何も申されず、少し気持ちを落ち着けてからお話しなさいます。

　女君がずっと奥の方におられますのも実に恨めしくて、御簾の下から几帳《きちょう》を少し押し入れて、例によっていかにも馴れ

かひなき心地する」

とのたまひて、いとものしげなる御気色なるを、一夜《ひとよ》もののけしき見し人々、

「げにいと見苦しくはべるめり」

とて、母屋《もや》の御簾うちおろして、夜居《よゐ》の僧の座に入れたてまつるを、女君、まことに心地もいと苦しけれど、人のかく言ふに、掲焉《けちえん》ならむも、また、いかが、とつつましければ、ものうながらすこしゐざり出でて、対面したまへり。

　いとほのかに、時々ものたまふ御けはひの、昔の人の悩みそめたまへりしころまづ思ひ出でらるるも、ゆゆしく悲しくて、かきくらす心地したまへば、とみにものも言はれず、ためらひてぞ聞こえたまふ。

　こよなく奥まりたまへるもいとつらくて、簾《す》の下より几帳をすこ

馴れしそうに近付いてお寄りになりますのが、まことに困ったことですので、女君はどうしようもないとお思いになって、少将と呼んでいた女房をお側《そば》近くにお呼び寄せになって、

中君「胸が痛いのです。しばらく押さえていて。」

とおっしゃいますのをお聞きになって、中納言は、

薫「胸の痛みは、押さえたりしてはなおさら苦しくなるものですのに。」

と、溜《た》め息をつかれて座り直されます間も、全く内心穏やかではありません。

薫「どうしてこのようにいつもお加減が悪くおいでなのでしょう。人に尋ねましたところ、懐妊なさった方は暫くの間は気分が優《すぐ》れなくても、そのうちにまたよくなる時もあるなどと教えてくれました。あまりにも子供じみたご心配をなさっておいでのようです。」

とおっしゃいますので、女君は本当にきまりが悪くお思いになって、

中君「胸の痛みはいつということもなくこんな具合でござ

し押し入れて、例の、馴れ馴れしげに近づき寄りたまふがいと苦しければ、わりなしと思して、少将といひし人を近く呼び寄せて、

「胸なむ痛き。しばしおさへて」

とのたまふを聞きて、

「胸はおさへたるはいと苦しくはべるものを」

とうち嘆きてゐなほりたまふほども、げにぞ下《した》やすからぬ。

「いかなれば、かくしも常に悩ましくは思さるらむ。人に問ひはべりしかば、しばしこそ心地はあしかなれ、さて、また、よろしきをりありなどこそ教へはべしか。あまり若々しくもてなさせたまふなめり」

とのたまふに、いと恥づかしくて、

「胸はいつともなくかくこそ

います。亡き姉君もこのようでおいででした。長生きできない人がよくする病気とか、人も申しているようです。」

とおっしゃいます。確かに誰も千年《ちとせ》の松のようには生きられない世なのだ、とお思いになりますにつけて、女君が実にお気の毒でしみじみいとしく思われますので、この近くにお呼び寄せになった女房が聞くのも憚《はばか》らず、聞かれて悪い話は避けましたが、昔からお慕い申していたお気持ちなどを、女君のお耳だけにはお分かりになるようになさりながら、他《ほか》の人には不審に聞こえぬように、体裁《ていさい》よく無難にお話しなさいますのを、なるほど世にも稀なお心遣いよと、少将はお側《そば》で聞いているのでした。

中納言は何事につけても亡き姫君の御事を、尽きることなくお偲びになっておいでになりました。

薫「幼少の時から、この世を思い離れて終わりたいという心がけばかりを抱いて過ごして参りましたが、しかるべき因縁《いんねん》がございましたのでしょうか、疎遠な関係でし

誰も千年の松のように（誰も千年の松ならぬ世を）「憂くも世に思ふ心にかなはぬか誰も千年の松ならなくに」（古今六帖四）。

ははべれ。昔の人もさこそはものしたまひしか。長かるまじき人のするわざとか、人も言ひはべるめる」

とぞのたまふ。げに、誰も千年の松ならぬ世を、と思ふには、いと心苦しくあはれなれば、この召し寄せたる人の聞かむもつつまれず、かたはらいたき筋のことをこそ選りとどむれ、昔より思ひきこえしさまなどを、かの御耳ひとつには心得させながら、人はかたはにも聞くまじきさまに、さまよくめやすくぞ言ひなしたまふを、げにありがたき御心ばへにも、と聞きゐたりけり。

何ごとにつけても、故君の御事をぞ尽きせず思ひたまへる。

「幼《いはけ》なかりしほどより、世の中を思ひ離れてやみぬべき心遣ひをのみならひはべしに、さるべきにやはべりけむ、疎

たが、並々ではなくお慕い申し上げるようになりました、その一事から、かねてより念願の道心《どうしん》がさすがに違ってしまったのでしょうか、慰めようとする気持ちだけが、あちらこちらの女性と関わりをもって、そうした女たちの様子を見るにつけ、気が紛《まぎ》れる事もあろうかと考えてみる折々もございますが、全く他《ほか》の女性には心が向くようなこともございませんでした。あれこれと思い煩《わずら》いまして、強く心を惹《ひ》かれる相手もおりませんので、好き好きしい振る舞いのようにお思いになるのではと、きまりが悪いのですが、怪《け》しからぬ気持ちが少しでもあるようでしたらご不快でしょうが、ただこうした程度で、時々思う事を申し上げたりお話を承《うけたまわ》ったりなどして、隔てなくお話ししたりいたしますのを、誰が咎《とが》め立てするでしょうか。世間一般の男性とは違うわたしの心の生真面《きまじ》目《め》な性分《しょうぶん》は、どなたからも非難されることはありませんのに。やはりご安心なさって下さい。」

などと、お恨みになったりお泣きになったりして申し上げな

きものからおろかならず思ひそめきこえはべりし一ふしに、かの本意の聖心《ひじりごころ》はさすがに違《たが》ひやしにけむ。慰めばかりにここにもかしこにも行きかかづらひて、人の有様を見むにつけて、紛るる事もやあらむなど思ひ寄る折々はべれど、更に外《ほか》ざまには靡《なび》くべくもはべらざりけり。よろづに思ひたまへわびては、心のひく方の強からぬわざなりければ、すきがましきやうに思さるらむと恥づかしけれど、あるまじき心のかけてもあるべくはこそめざましからめ、ただかばかりのほどにて時々思ふ事をも聞こえさせ承《うけたまわ》りなどして隔てなくのたまひ通はむを、誰かは咎《とが》め出づべき。世の人に似ぬ心のほどは、皆人にもどかるまじくはべるを。なほうしろ安く思したれ」

さいます。女君は、
中君「不安に思い申し上げますならば、どうしてこのように、不審に人も見たり思ったりするほどにまで親しくお話し申し上げますでしょうか。長い間あれこれにつけて暖かいお気持ちをよく存じ上げておりますからこそ、普通とは違う頼りになるお方として、今はむしろ私《わたくし》の方からお便り申し上げているのです。」
とおっしゃいますので、中納言は、
薫「そのような時がいつあったとも存じておりませんが、全く有難いことにお考え置き下さって、そのようにおっしゃられるのですね。この宇治の山里へのご出立《しゅつたつ》の準備には、ようやく私をお召し使いになって下さるのでしょうか。それもなるほどわたしをご理解下さることがあってこそと、おろそかに思うようなことはございません。」
などとおっしゃって、それでもやはりいかにも恨めしそうですけれど、側《そば》で聞いている少将もおりますので、思うさまにもどうしておっしゃり続けられましょうか。

など、恨みみ泣きみ聞こえたまふ。

「うしろめたく思ひきこえば、かくあやしと人も見思ひぬべきまでは聞こえはべるべくや。年ごろ、こなたかなたにつけつつ、見知る事どものはべりしかばこそ、さまことなる頼もし人にて、今はこれよりなどおどろかしきこゆれ」

とのたまへば、

「さやうなるをりもおぼえはべらぬものを、いとかしこきことに思しおきてのたまはするや。この御山里出立《いでたち》いそぎに、からうじて召し使はせたまふべき。それも、げに、御覧じ知る方ありてこそはと、おろかにやは思ひはべる」

などのたまひて、なほいとものの恨めしげなれど、聞く人あれば、思ふままにもいかでかはつづけたまはむ。

［二九］ 中の君、亡き姉君に似ている異母妹のことを薫に話す

限りだにある 「恋しさの限りだにある世なりせば年へてものは思はざらまし」（古今六帖五　坂上是則）。

音なしの里を 「恋ひわびて音《ね》をだに泣かむ声たてていづこなるらむ音無の滝」（拾遺・恋二　読人しらず）。

御手洗川に流す人形 「御手洗川」は参詣者が手を洗ったり身を清めたりする川。ここは「人形」を禊のために川に流す人形の意にとった。

庭の方をもの思わしげに目をおやりになりますと、だんだん暗くなって来ましたところへ、虫の声だけが紛《まぎ》れることなく聞こえて、築山《つきやま》のあたりは薄暗く、ものの見分けもつきませんのに、中納言（薫）はまことにしみじみとした面持ちで物に寄りかかっていらっしゃいますのも、面倒なことになったとばかり御簾《みす》の中ではお思いになっています。

中納言は、「限りだにある（せめて恋しさに限りがあるならば）」などと、そっと口ずさまれて、

薫「どうしたものか、思い悩んでいるのですよ。音なしの里を訪ねて行きたいのですが、あの宇治の山里のあたりに、殊更に寺などを建てなくても、亡きお方の偲ばれるような人形《ひとがた》を作ったり、絵にも描いたりして、ご供養をしたいと思うようになりました。」

とおっしゃいますと、女君は、

中君「ご殊勝なご発願《ほつがん》ですが、また一方ではあの嫌《いや》な御《み》手洗川《たらしがわ》に流す人形の心地がしますので、そう思いますと

外《と》の方《かた》をながめ出だしたれば、やうやう暗くなりにたるに、虫の声ばかり紛れなくて、山の方小暗く、何のあやめも見えぬに、いとしめやかなるさまして寄りゐたまへるも、わづらはし、とのみ内には思さる。

「限りだにある」など、忍びやかにうち誦じて、

「思うたまへわびにてはべり。音なしの里求めまほしきを、かの山里のわたりに、わざと寺などはなくとも、昔おぼゆる人形《ひとがた》をも作り、絵にも描きとりて、行ひはべらむとなむ思うたまへなりにたる」

とのたまへば、

「あはれなる御願ひに、また、うたて御《み》手洗川《たらしがは》近き心地する

姉君がおかわいそうでございます。黄金《こがね》を要求する絵師がいるかも知れないなどと心配でございます。」

とおっしゃいますので、

薫「そうですね。その工匠《たくみ》でも絵師でも、どうしてわたしの満足するようなものが作れましょうか。近い世でも花を降らせた工匠もございましたが、そのような変化《へんげ》の人が欲しいですね。」

と、あれこれと亡きお方を忘れるすべもないことをお嘆きになっていらっしゃいます中納言のご様子の、情愛深そうに見えますのもおいたわしくて、女君はもう少し近くににじり寄られて、

中君「人形《ひとがた》のお話のついでに、ほんとにおかしな、思いもかけないことを思い出しました。」

とおっしゃいますご様子が、多少打ち解けていらっしゃいますのもまことに嬉しくありがたくて、

薫「何事でしょうか。」

とおっしゃりながら、几帳《きちょう》の下からお手を捉《とら》えますので、本

人形こそ、思ひやりいとほしくはべれ。黄金《こがね》求むる絵師もこそなど、うしろめたくぞはべるや」

とのたまへば、

「そよ。その工匠《たくみ》も絵師も、いかでか心にはかなふべきわざならむ。近き世に花降らせたる工匠もはべりけるを、さやうならむ変化の人もがな」

と、とざまかうざまに忘れむ方なきよしを、嘆きたまふ気色の心深げなるもいとほしくて、いますこし近くすべり寄りて、

「人形のついでに、いとあやしく、思ひ寄るまじき事をこそ思ひ出ではべれ」

とのたまふけはひのすこしなつかしきもいとうれしくあはれにて、

「何ごとにか」

と言ふままに、几帳の下より手を

黄金を要求する絵師 王昭君の故事。漢の元帝は画像の美しい妃を寵したので、妃たちは画工に賄賂を贈って美しく描かせたが王昭君はそれをせず、元帝は胡の王に画像で選んで王昭君を与え、後悔した。（西京雑記）。

花を降らせた工匠 故事があるらしいが不詳。

当に煩《わずら》わしいとお思いになられますが、何とかしてこのようなお心をとどまらせて、穏やかにお付き合いしたいとお思いになりますと、この近くにいる少将の思惑《おもわく》も憚《はばか》られて、何気なく振る舞っていらっしゃいます。女君は、

中君「長年もの間、この世に生きているとも知りませんでした人（浮舟）が、この夏頃に遠い所から上京しまして尋ねて参ったのですが、他人扱いする気はありませんが、また急にそれほど親しくすることもあるまいと思っておりましたところ、先だってまた訪ねて来ましたのですが、不思議なほど亡き姉君のご様子に似通っておりましたので、しみじみと懐かしく思われるようになりました。あなた様は私《わたくし》のことを姉君の形見《かたみ》などと、そのようにお思いになりお口にもなさるようですが、かえって私はどこを取っても姉君とは驚くほど似ていないと、私たちを見知っている女房たちも申しておりましたのに、全くそれほどまで似るはずもない人が、どうしてそのように似ていたのでしょうか。」

とらふれば、いとうるさく思ひならるれど、いかさまにして、かかる心をやめて、なだらかにあらむと思へば、この近き人の思はむことのあいなくて、さりげなくもてなしたまへり。

「年ごろは世にやあらむとも知らざりつる人の、この夏ごろ、遠き所よりものして尋ね出でたりしを、うとくは思ふまじけれど、また、うちつけに、さしも何かは睦び思はむ、と思ひはべりしを、先《さい》つころ来たりしこそ、あやしきまで昔人の御けはひに通ひたりしかば、あはれにおぼえなりにしか。形見など、かう思しのたまふめるは、なかなか何ごともあさましくもて離れたりとなむ、見る人々も言ひはべりしを、いとさしもあるまじき人のいかでかはさはありけむ」

とおっしゃいますので、中納言は夢語りではないかとまでお思いになってお聞きになります。

薫「それなりの理由があるからこそ、そのように親しく訪ねて来られたのでしょう。どうして今までその人の事を、このようにも仄《ほの》めかして下さらなかったのでしょう。」

とおっしゃいますと、女君は、

中君「いいえ、そのわけも、どういう事情なのかとも分かりかねております。私《わたくし》どもが頼りない身の上で、世に落ちぶれてさ迷うことになるだろうと、父君はそのことばかり気がかりにお思いになっていらっしゃいましたが、そのことを私一人ですべてをかき集めて経験しておりますのに、またその上知られなくてもよいことまで加わって、世間の人が聞き伝えましたら、父宮にとって本当においたわしいことでございましょう。」

とおっしゃいますご様子から推察なさいますと、故宮が秘かに情《なさ》けをおかけになった女性が、忘れ形見《がたみ》の子を生み置いた

とのたまふを、夢語かとまで聞く。

「さるべきゆゑあればこそは、さやうにも睦びきこえらるらめ。などか、今まで、かくもかすめさせたまはざらむ」

とのたまへば、

「いさや、そのゆゑも、いかなりけむ事とも思ひわかれはべらず。ものはかなきありさまどもにて世に落ちとまりさすらへむとすらむこととのみ、うしろめたげに思したりしことどもを、ただ一人かき集めて思ひ知られはべるに、また、あいなきことをさへうちそへて、人も聞きつたへむこそ、いといとほしかるべけれ」

とのたまふ気色《けしき》見るに、宮の忍びてものなどのたまひけむ人の忍ぶ

のであろうと、納得《なっとく》なさったのでした。
亡き姫宮に似ているとおっしゃるゆかりにお耳がとまって、中納言は、

薫「ただそれだけ伺ったのでは。同じ事なら終わりまでお話しになって下さいよ。」

と、もっとお聞きになりたがっていらっしゃいますが、女君はさすがに憚《はばか》られて、細《こま》かにはお話し申し上げなさいません。

中君「お尋ねになりたいとお思いになるお心がおありでしたら、どの辺《あた》りかとは申し上げられますけれど、そう詳しくは存じません。またあまり申し上げますと、きっと期待外《はず》れのことになりましょう。」

とおっしゃいますので、

薫「この世をつらいと思っている海の中までも、亡き人の魂《たましい》のありかを探し求めるには、心を尽くして参りましょうものを、その人がそれほどに思うようなお方ではないかも知れませんが、本当にこのように心の慰めようもないよりは、と思うようになりました。人形《ひとがた》の願

海の中までも、亡き人の魂の…　海上の仙山の宮殿に、道士が楊貴妃の霊魂を訪ねたこと（白楽天『長恨歌』）。

草摘みおきたりけるなるべし、と見知りぬ。
似たりとのたまふゆかりに耳とまりて、

「かばかりにては。同じくは言ひはてさせたまうてよ」

と、いぶかしがりたまへど、さすがにかたはらいたくて、えこまかにも聞こえたまはず。

「尋ねむと思す心あらば、そのわたりとは聞こえつべけれど、くはしくしもえ知らずや。また、あまり言はば、心おとりもしぬべき事になむ」

とのたまへば、

世を海中《うみなか》にも、魂《たま》のあり処《か》尋ねには、心の限り進みぬべきを、いとさまで思ふべきにはあらざなれど、「いとかく慰めむ方なきよりは、と思ひ寄りはべる人形の願ひばかりに

いの程度には、どうしてその人を山里の本尊にもと思ってはいけないのでしょうか。やはりはっきりとおっしゃって下さいよ。」

と、せっかちにご催促《さいそく》申し上げます。女君は、

中君「さあ、いかがなものでしょう。亡き父君がお認めになりませんでした人のことを、これほどまで打ち明け申し上げましたのも、まことに口の軽いことですが、変化《へんげ》の工匠《たくみ》をお求めになっておられますお気持ちがあまりにおいたわしくて、こんなお話を申し上げたのですが。」

とおっしゃって、

中君「その人はとても遠い地方で長い間暮らしておりましたのを、母親に当たる人が田舎育ちを不憫《ふびん》なことと思って、一途《いちず》に伝《つて》を求めて参りましたのを、そっけない応対もできずにおりましたところ、訪ねて来たのです。ほんの僅か会っただけだからでしょうか、すべてに思っておりましたよりも、見苦しくないように思われました。母親はこの人をどのように扱ったらよいか、嘆いていたよ

は、などかは山里の本尊にも思ひはべらざらむ。なほ、たしかにのたまはせよ」

と、うちつけに責めきこえたまふ。

「いさや、いにしへの御ゆるしもなかりしことを、かくまで漏らしきこゆるも、いと口軽けれど、変化《へぐゑ》の工匠《たくみ》求めたまふいとほしさにこそ、かくも」

とて、

「いと遠き所に年ごろ経にけるを、母なる人の愁はしきことに思ひて、あながちに尋ねよりしを、はしたなくもえ答《いら》へではべりしにものしたりしなり。ほのかなりしかばにや、何ごとも思ひしほどよりは見苦しからずなむ見えし。これをいかさまにもてなさむ、と

変化の工匠　薫が前に「花を降らせた工匠」（一三四ページ）と言ったのを受けての言葉。

うでしたが、山里の本尊として大切にしていただければ、全くこの上ないことでしょうが、さあ、そこまではいかがなものでしょうか。」

などと申し上げます。

「女君が上べは何気ない風で、このように自分の煩《わずら》わしい心を何とかして言い逃《のが》れたいものと思っているのだ」と思われますのは恨めしいですけれど、やはりさすがにその話に心惹《ひ》かれます。「女君が自分を怪《け》しからぬことと深くお思いになりながらも、あからさまにきまりの悪い思いをさせるようにはなさらないのも、自分のことをよくご存じなのだ」とお思いになりますと胸がときめきますが、夜も大層更《ふ》けてゆきますので、御簾《みす》の中では女房たちの目も実に恥ずかしくお感じになりますので、隙《すき》をうかがって奥へお入《はい》りになってしまわれましたのを、男君は当然のことと返す返す思いますが、やはり実に恨めしく残念で、思い沈めるすべもない気がして涙がこぼれますのも、人目がよくありませんので、あれこれと思い乱れていらっしゃいますが、一途《いちず》に浅はかな振る舞い

嘆くめりしに、仏にならむは、いとこよなきことにこそはあらめ、さまではいかでかは」

など聞こえたまふ。

さりげなくて、かくうるさき心をいかで言ひ放つわざもがな、と思ひたまへる、と見るはつらけれど、さすがにあはれなり。あるまじき事とは深く思ひたまへるものから、顕証《けしょう》に、はしたなきさまにはえもてなしたまはぬも、見知りたまへるにこそは、と思ふ心ときめきに、夜もいたく更けゆくを、内には人目いとかたはらいたくおぼえたまひて、うちたゆめて入りたまひぬれば、男君、ことわりとはかへすがへす思へど、なほいと恨めしく口惜しきに、思ひしづめむ方もなき心地して涙のこぼるるも人わろければ、よろづに思ひ乱るれど、ひたぶるに浅はかならむ

をなさいますのも、またやはりよくないことですし、自分のためにも不本意なことに違いありませんので、我慢《がまん》に我慢を重ねて、常にもまして溜《た》め息をおつきになりながらお立ち出《い》でになりました。

「こんな風にばかり思い悩んでいては、これからどうしたらよいだろう。さぞ苦しくてたまらないことだろう。どうしたら世間一般の非難を受けないようにして、しかも思う心を叶えることができるだろうか」などと、今まで自《みずか》ら恋路に踏みこんだ経験を積んだお心ではないせいでしょうか、自分のためにも相手のためにも穏やかでなさそうなことを、ただすべもなく思い明かしていらっしゃいます。「女君が亡《な》きお方に似ているとおっしゃった人も、どのようにして真実だと確かめられようか。その程度の身分であれば言い寄るのに難《むずか》しいことはないとしても、もし相手が思い通りの人でなかったら、かえって煩《わずら》わしいことになるだろう」などと、やはりそちらの方にはあまりお気持ちも進みません。

もてなし、はた、なほいとうたて、わがためもあいなかるべければ、念じかへして、常よりも嘆きがちにて出でたまひぬ。

「かくのみ思ひては、いかがすべからむ。苦しくもあるべきかな。いかにしてかは、おほかたの世にはもどきあるまじきさまにて、さすがに思ふ心のかなふわざをすべからむ」など、おりたちて練《れん》じたる心ならねばにや、わがため、人のためも心やすかるまじきことを、わりなく思ほし明かす。似たりとのたまひつる人も、いかでかはまことかとは見るべき。さばかりの際《きは》なれば、思ひ寄らむに難くはあらずとも、人の、本意にもあらずは、うるさくこそあるべけれ、など、なほそなたざまには心もたたず。

［三〇］薫、宇治を訪れて弁の尼に会い、思い出話をする

中納言（薫）は宇治の宮邸を長らく訪問なさらない時は、亡《な》き人が一層縁遠くなるような心地がなさって、むやみに心細いので、九月二十日過ぎ頃にお出かけになりました。

宇治はひとしお風ばかりが激しく吹き払ってもの寂しく、荒々しげな水の音だけが宿守《やどもり》といった趣で、人影も特に見えません。お邸《やしき》の様子を見ますと、まず心も暗く閉ざされ、悲しいことは限りがありません。弁《べん》の尼をお召しになりますと、襖《ふすま》の出入り口に青鈍色《あおにびいろ》の几帳《きちょう》を立ててお前に参上しました。

弁「まことに畏《おそ》れ多いことですが、以前にもましていかにも恐ろしげななりをしていますので憚《はばか》られまして。」

と、まともには姿を見せないでいます。

薫「どんなに寂しくもの思いに明け暮れておいでかと、お察ししますにつけても、同じ心に聞いてくれる人もいない思い出話を申し上げようと思いまして。はかなく積もっていく年月ですね。」

とおっしゃって、涙をお目一ぱい浮かべていらっしゃいますので、老人はなおさら涙をこらえきれません。

宇治の宮を久しく見たまはぬ時は、いとど昔遠くなる心地して、すずろに心細ければ、九月二十日ばかりにおはしたり。

いとどしく風のみ吹き払ひて、心すごく荒ましげなる水の音のみ宿守にて、人影もことに見えず。見るにはまづかきくらし、悲しきことぞ限りなき。弁の尼召し出でたれば、障子口に、青鈍の几帳さし出でて参れり。

「いとかしこけれど、ましていと恐ろしげにはべれば、つつましくてなむ」

と、まほには出で来ず。

「いかにながめたまふらむ、と思ひやるに、同じ心なる人もなき物語も聞こえむとてなむ。はかなくもつもる年月かな」

とて、涙をひと目浮けておはするに、老人《おいびと》はいとどさらにせきあへず。

弁「亡《な》きお方（大君《おおいきみ》）が妹君のお身の上について、何かと心配していらっしゃるようでした頃の空模様も、ちょうど今頃だったと思い出されますにつけても、いつとはなく悲しい中にも、とりわけ秋の風は身に染《し》みてつらく感じられまして、確かにあの姉君が嘆いておられた通りのあちらの御夫婦仲の御有様を、風の便りにうかがいますにつけても、あれこれと悲しみの種は尽きません。」

と申し上げますと、

薫「どうあることもこうあることも、時が経《た》てばよくなることもありますのに、あのお方が情《なさ》けないこととお思い詰めたまま亡くなられましたのは、わたしの過《あやま》ちのようでやはり悲しいことです。近頃のあちらのご様子は、何のそれこそ世間の常のことなのです。しかし不安なようにはお見えにならないようです。どれほど繰り返し言っても、空《むな》しい空に煙と消えてしまったお方こそ、誰も逃《のが》れられない事ながら、後《おく》れ先立つ悲しさは、やはり言ってもかいのないことでした。」

あちらの御夫婦仲 匂宮と六の君の結婚をいう。

「人の上にて、あいなくものを思すめりしころの空ぞかし、と思ひたまへ出づるに、いつとはべらぬ中にも、秋の風は身にしみてつらくおぼえはべりて、げにかの嘆かせたまふめりしもしるき世の中の御ありさまを、ほのかに承《うけたまわ》るも、さまざまになむ」

と聞こゆれば、

「とある事もかかる事も、ながらふればなほるやうもあるを、あぢきなく思ししみけむこそ、わが過ちのやうになほ悲しけれ。このごろの御ありさまは、何か、それこそ世の常なれ。されど、うしろめたげには見えきこえざめり。言ひても言ひても、むなしき空にのぼりぬる煙のみこそ、誰ものがれぬことながら、後れ先だつほどは、なほいと言ふかひなかりけり」

とおっしゃりながらも、またお泣きになられるのでした。

〔三一〕薫、阿闍梨《あざり》に寝殿を取り壊し御堂を建てることを語る

中納言（薫）は阿闍梨《あざり》をお召しになって、例によって亡《な》き人（大君《おおいきみ》）の御一周忌の経巻や仏像などの事を仰せになります。

薫「さて、ここに時々訪ねて来るにつけても、今更かいのないことの悲しさに心を悩ませるのは、全く無意味なことですから、この寝殿《しんでん》を取り壊して、あの山寺の側《そば》にお堂を建てようと思うのですが、同じことなら早々に始めたいものです。」

とおっしゃって、堂を幾つ、廊《ろう》どもや僧坊などはこうと、必要なことどもを書き出しておっしゃったりなさいますのを、阿闍梨は、

阿闍梨「まことに殊勝なご発願《ほつがん》です。」

と、その功徳《くどく》をお聞かせ申し上げます。中納言は、

薫「亡き宮（八の宮）が由緒あるお住まいとしてこの地を領してお造りになりました所を、取り壊しますのも心な

とても、また泣きたまひぬ。

阿闍梨召して、例の、かの御忌《き》日《にち》の経仏などのことのたまふ。

「さて、ここに時々ものするにつけても、かひなきことの安からずおぼゆるがいと益なきを、この寝殿こぼちて、かの山寺のかたはらに堂建てむ、となむ思ふを、同じくはとくはじめてむ」

とのたまひて、堂いくつ、廊ども、僧房などあるべき事ども書き出でのたまひなどせさせたまふを、

「いと尊きこと」

と聞こえ知らす。

「昔の人の、ゆゑある御住まひに占め造りたまひけむ所をひきこぼたむ、情なきやうな

遺骨を包んで
『河海抄』には、継母に殺された子の実母が、その子の屍を首にかけて、ついに仏道に入ったという話を伝える。

いことのようですけれど、宮のご意向としても功徳《くどく》になるように進めたいと思われたでしょうに、後《あと》にお残りになる姫君たちのことをご配慮なさって、そのようにはお決めにならなかったのではないでしょうか。今は兵部《ひょうぶ》卿《きょう》の宮（匂宮）の北の方（中の君）が領有していらっしゃるはずですから、あの宮のご領分とも言ってよいようになりました。ですからこのお邸《やしき》をこのまま寺に造り直すのは具合が悪いでしょう。わたしの一存でもそうできますまい。場所柄もあまり川岸に近く、人目にも立ちますから、やはり寝殿《しんでん》を取り壊して別の形に造り変えようと思うのです。」

とおっしゃいますと、阿闍梨《あざり》は、

阿闍梨「いずれにいたしましても、まことにご立派な尊いお考えです。昔、子が死んだのを悲しんで、その遺骨を包んで長年の間首にかけておりました人も、仏の尊いお導きでその遺骨の袋を捨てて、ついに仏の道に入ったのでございます。この寝殿をこのままご覧になりますにつ

れど、その御心ざしも功徳の方には進みぬべく思しけむを、とまりたまはむ人々を思しやりて、えさはおきてたまはざりけるにや、今は、兵部卿宮の北の方こそはしりたまふべければ、かの宮の御料とも言ひつべくなりにたり。されば、ここながら寺になさむことは便なかるべし。心にまかせてさもえせじ。所のさまもあまり川面《かはづら》近く、顕証《けしょう》にもあれば、なほ寝殿を失ひて、異ざまにも造りかへむの心にてなむ」

とのたまへば、

「とざまかうざまに、いとも賢こく尊き御心なり。昔別れを悲しびて、骨《かばね》を包みてあまたの年頸《くび》にかけてはべりける人も、仏の御方便にてなむかの骨《かばね》の嚢《ふくろ》を棄てて、遂に聖の道にも入りはべりにける。この寝殿を御覧ずるにつけて、

けて、亡き方々を思い悲しみにお心を動かされますのは、一つには菩提《ぼだい》のため不都合なことです。また御堂の造営は後世《こうせい》のための仏道の勧《すす》めともなるはずのことでございます。急いで着手することにいたしましょう。暦《こよみ》の博士《はかせ》たちが吉日と勘案申しました日を承《うけたまわ》って、心得のある工匠《たくみ》二三人を賜わって、細《こま》かいことの数々は仏のお教えの通りにお造り申させましょう。」

と申し上げます。中納言は何やかやと指図されて、御荘園《しょうえん》の者たちをお召しになって、この度のことどもは、阿闍梨《あざり》の指図に従うべきことなどを仰せになります。あっけなく日も暮れてしまいましたので、その夜は宇治にお泊まりになりました。

御心動きおはしますらむ、一つにはたいだいしき事なり。また、後の世の勧めともなるべき事にはべりけり。急ぎ仕うまつるべし。暦《こよみ》の博士計らひ申してはべらむ日を承りて、もののゆゑ知りたらむ工匠《たくみ》二三人を賜はりて、細かなる事どもは、仏の御教のままに仕うまつらせはべらむ」

と申す。とかくのたまひ定めて、御庄の人ども召して、このほどの事ども、阿闍梨《あざり》の言はむままにすべきよしなど仰せたまふ。はかなく暮れぬれば、その夜はとどまりたまひぬ。

［三二］薫、弁の尼から亡父柏木や故姫君の思い出話を聞く

中納言は、「この邸《やしき》も今度限りで見納めか」とお思いになって、あちらこちら歩き回られてご覧になりますと、仏像も皆あの山寺に移してしまいましたので、尼君の勤行《ごんぎょう》の道具だけが残っています。実に頼りなげに住んでいますのを、か

この度ばかりこそ見めと思して、立ち廻りつつ見たまへば、仏もみなかの寺に移してければ、尼君の行ひの具のみあり。いとはかなげに住まひたるを、あはれに、いか

わいそうに、この後《のち》どのようにして暮らしてゆくのだろう、とご覧になっていらっしゃいます。弁《べん》に、

薫「この寝殿《しんでん》は建て変えねばならない事情があるのです。それが出来上《あ》がるまでの間は、あちらの廊《ろう》にお住まいなさい。京の宮の許にお渡しした方がよいものなどがあれば、荘園《そうえん》の者を呼んで適当にお言いつけなさい。」

など、実務的な用件をご相談になります。他所《よそ》ならば、このような年老いた人を何かと面倒を見ておやりになるはずもないのですけれど、夜もお側《そば》近くに寝《やす》ませて、昔物語などをおさせになります。弁は故権大納言《ごんだいなごん》の君（柏木）の御有様も、ほかに聞いている人もいませんので、安心して実にこまごまとお話し申し上げます。

弁「今はいよいよご臨終とおなりになりました時に、お生まれになったばかりのあなた様のかわいくおいでになるお姿を御覧になりたいものと、お思い申し上げておられましたご様子などが思い出されまして、このような思いもかけませぬ晩年に、こうしてあなた様にお目にかか

にして過ぐすらむ、と見たまふ。

「この寝殿は、変へて造るべきやうあり。造り出でむほどは、かの廊にものしたまへ。京の宮にとり渡さるべき物などあらば、庄の人召して、あるべからむやうにものしたまへ」

など、まめやかなる事どもを語らひたまふ。ほかにては、かばかりにさだ過ぎなむ人を、何かと見入れたまふべきにもあらねど、夜も近く臥せて、昔物語などせさせたまふ。故権大納言の君の御ありさまも、聞く人なきに心やすくて、いとこまやかに聞こゆ。

「今は、となりたまひしほどに、めづらしくおはしますらむ御ありさまをいぶかしきものに思ひきこえさせたまふめりし御気色などの思ひたまへ出でらるるに、かく思ひかけ

れますのは、あの殿（柏木）の御在世中に親しくお仕え申し上げました功徳《くどく》が自然に現われましたものと、嬉しくも悲しくも思われるのでございます。嘆かわしい寿命の間にさまざまな事を見て参りましたり、また経験して参りましたことが、何とも恥ずかしく情《なさ》けのうございます。宮の御方（中の君）からも、『時々は参上して顔をお見せ申しなさい。不安な状態で引き籠《こも》ってしまっては、すっかり思い離れてしまったようです』などとおっしゃって下さる時々もございますが、不吉な尼の身で、阿弥陀仏《あみだぼとけ》より外《ほか》はお目にかかりたい人もいなくなってしまいました。」

などと申し上げます。亡《な》き姫君（大君《おおいきみ》）の御事も、また尽きることなく生前のご様子などをお話しして、こういう折にはこれこれとおっしゃったとか、花や紅葉《もみじ》の色をご覧になってはちょっとお詠《よ》みになったお歌にまつわるお話などを、この場にふさわしく、声を震わせながら話しますにつけても、中納言は、「亡きお方はおっとりとして言葉少なであったが、

はべらぬ世の末に、かくて見たてまつりはべるなむ、かの御世に睦まじく仕うまつりおきしるしのおのづからはべりけると、うれしくも悲しくも思ひたまへられはべる。心憂き命のほどにて、さまざまの事を見たまへ過ぐし、思ひたまへ知りはべるなむ、いと恥づかしく心憂くはべる。宮よりも、時々は参りて見たてまつれ、おぼつかなく絶え籠りはてぬるは、こよなく思ひ隔てけるなめりなど、のたまはするをりをりはべれど、ゆゆしき身にてなむ、阿弥陀仏《あみだぼとけ》より外には、見たてまつらまほしき人もなくなりてはべる」

など聞こゆ。故姫君の御事ども、はた、尽きせず、年ごろの御ありさまなど語りて、何のをり何とのたまひし、花紅葉の色を見ても、はかなく詠みたまひける歌語など

風情《ふぜい》あるお人柄であったな」とばかり、ひとしお懐かしくお聞きになっていらっしゃいます。「宮の御方はもう少し当世風でいらっしゃりながら、お気を許さぬ相手にはそっけなくお振る舞いになるようなお方でいらっしゃるらしいのに、わたしにはまことに情愛深く思いやりがあるようなお心遣いをお見せになって、何とかしてこのままの間柄で過ごしていきたいとお思いになっておられたのだ」などと、中納言はお心の中でお二人を思い比べておいでになります。

［三三］ 薫、弁の尼から浮舟のことを聞き仲介を頼む

さて、話のついでに中納言は、あの形代《かたしろ》（浮舟）のことをお言い出しになりました。弁《べん》は、

弁「その人が京にこの頃おられますかどうかは存じません。そのこともただ人伝《ひとづ》てに承《うけたまわ》っておりましたことのようなのです。亡《な》き宮様（八の宮）がまだこのような山住みもなさいませんで、北の方がお亡くなりになって間もない頃に、中将の君と申してお仕えしておりました上《じょう》﨟《ろう》の女房で、気立てなども悪くはありませんでした人を、

中将の君 浮舟の母。以下八の宮とのいきさつを語る。

を、つきなからず、うちわななきたれど、児めかしく言少なるものからをかしかりける人の御心ばへかなとのみ、いとど聞きそへたまふ。宮の御方は、いますこしいまめかしきものから、心ゆるさざらむ人のためには、はしたなくもてなしたまひつべくこそものしたまふめるを、我にはいと心深く情々しとは見えて、いかで過ごしてむ、とこそ思ひたまへれ、など、心の中に思ひくらべたまふ。

さて、もののついでに、かの形代のことを言ひ出でたまへり。

「京に、この頃、はべらむとはえ知りはべらず。人づてに承《うけたまわ》りし事の筋なり。故宮の、まだかかる山里住みもしたまはず、故北の方の亡せたまへりけるほど近かりける頃、中将の君とてさぶらひける上﨟の、心ばせなどもけしうは

ごく人目を忍んでかりそめにお情《なさ》けをかけておいででしたのを、それに気付く人もございませんでしたが、女の子を出産いたしましたのを、わが子であろうかとお思い当たられることもおありでしたので、何とも心外で煩《わずら》わしく厭《いと》わしいことのようにお考えになって、二度とその人とお逢いになる事もありませんでした。宮様はこの事を不本意なこととお懲《こ》りになりまして、そのままほとんど聖《ひじり》のようにおなりになってしまわれましたので、その人も居づらく思ってお仕えしなくなってしまいましたが、その後陸奥国《みちのくに》の守《かみ》の妻になっておりましたところ、先年上京しまして、その姫君が無事に育っておいでのよしをこのあたりにもそれとなく知らせ申して来ましたのを、宮様もお聞きになって、決してこのような消息は取り交《か》わすのではないと、お取り上げになりませんでしたので、その人はお知らせしたかいもないことと嘆いておりました。その後《のち》また夫が常陸《ひたち》の守になって共に下向しておりまして、この数年間は何の音沙汰もありませんでしたが、

あらざりけるを、いと忍びてはかなきほどにものたまはせけるを、知る人もはべらざりけるに、女子をなむ産みてはべりけるを、さもやあらむと思す事のありけるからに、あいなく煩《わづら》はしくものしきやうに思しなりて、またとも御覧じ入るる事もなかりけり。あいなくその事に思し懲りて、やがて大方聖《ひじり》にならせたまひにけるを、はしたなく思ひてえさぶらはずなりにけるが、陸奥国《みちのくに》の守の妻になりたりけるを、一年《ひととせ》、上りて、その君たひらかにものしたまふよし、このわたりにもほのめかし申したりけるを、聞こしめしつけて、更にかかる消息あるべき事にもあらず、とのたまはせ放ちければ、かひなくてなむ嘆きはべりける。さて、また、常陸《ひたち》になりて下りはべり

この春上京いたしまして、あちらの二条院にお訪ねして参ったとか、ちらと噂《うわさ》にお聞きしました。その姫君のお年は二十《はたち》ぐらいにはおなりになっていらっしゃったでしょうか。とてもかわいらしく成人なさいましたのがいたわしいなどと、ひと頃はお手紙にまで書き続けてあったようでございます。」

と申し上げます。

中納言は詳しくお聞きになりお分かりになって、「それならば亡《な》きお方に似ているというのも本当のことなのだろう。ぜひ会ってみたいものよ」と思うお心が生じて来ました。

薫「亡くなられたお方に少しでも似ている人なら、見知らぬ国までも尋ねて行ってみたい気持ちがあるのですが、宮がお子様の数にお入れにならなかったけれど、近い血縁の人ではあるようですね。わざわざではなくても、このあたりにお便りをよこす折でもありましたら、そのついでにわたしがこう言っていたとお伝え下さい。」

などとだけ仰せ置きになります。弁《べん》は、

にけるが、この年頃音にも聞こえたまはざりつるが、この春上《のぼ》りてかの宮には尋ね参りたりけるとなむ、ほのかに聞きはべりし。かの君の年は二十ばかりにはなりたまひぬらむかし。いとうつくしく生ひ出でたまふがかなしきなどこそ、中頃は、文にさへ書きつづけてはべめりしか」

と聞こゆ。

くはしく聞きあきらめたまひて、さらば、まことにてもあらむかし、見ばや、と思ふ心出で来ぬ。

「昔の御けはひにかけてもふれたらむ人は、知らぬ国までも尋ね知らまほしき心あるを、数まへたまはざりけれどけ近き人にこそはあなれ。わざとはなくとも、この辺《わた》りにおとなふ折あらむついでに、かくなむ言ひしと伝へたまへ」

などばかりのたまひおく。

私とも縁のある間柄　弁の尼は八の宮の北の方の従姉妹《いとこ》、中将の君とも血縁になる。

弁「母君は亡《な》き北の方の御姪《めい》です。私《わたくし》とも縁のある間柄でございますが、その当時は別々の所におりまして、あまり親しく交際もしておりませんでした。先だって京の大輔《たいふ》の所から申して参りました事は、『その姫君がどうにかして、せめて故宮のお墓にだけでもお参りしたいとおっしゃっているようです。そのお心づもりでおいで下さい』などとございましたが、まだこちらへは格別にはお便りもないようでございます。そのうちそれでは、そのようなついでにこのような仰せ言《ごと》をお伝えいたしましょう。」

と申し上げます。

［三四］　薫、帰京に際し宇治の人々へ贈り物　弁の尼と歌を詠み交わす

夜も明けましたので中納言は京へお帰りになろうとして、昨夜《ゆうべ》後《あと》から持って来ました絹や綿などといったものを、阿闍《あざ》梨《り》にお贈りになります。尼君にもお与えになります。法師たちや尼君の下仕えの者たちの衣料にと、布などというものまでお取り寄せになってお与えになります。心細い山里の住ま

「母君は、故北の方の御姪《めひ》なり。弁も離れぬ仲らひにはべるべきを、その昔はほかほかにはべりて、くはしくも見たまへ馴れざりき。先つころ、京より、大輔《たいふ》がもとより申したりしは、かの君なむ、いかでかの御墓にだに参らむ、とのたまふなる、さる心せよなどはべりしかど、まだ、ここにさしはへてはおとなはずはべめり。今、さらば、さやのついでに、かかる仰せなど伝へはべらむ」

と聞こゆ。

明けぬれば帰りたまはむとて、昨夜後れて持てまゐれる絹綿などやうのもの、阿闍梨《あざり》に贈らせたまふ。尼君にも賜ふ。法師ばら、尼君の下衆どもの料にとて、布などいふ物をさへ召して賜ぶ。心細き

いですけれど、こういうお見舞いが絶えませんでしたので、尼君も身分のわりにはまことに見苦しくなく、心静かにお勤《つと》めをしているのでした。

　木枯《こが》らしが堪え難いまでに吹き抜けていきますので、木《こ》の葉の残る梢もなく、地上に散り敷いた紅葉《もみじ》を踏み分けた跡も見えませんのを、中納言（薫）は見渡されて、すぐにはお立ち出《い》でになれません。まことに風情《ふぜい》のある深山木《みやまぎ》にまつわりついた蔦《つた》の紅葉の色がまだ褪《あ》せずに残っていました。こだになどを少し引き取らせなさって、宮へのお土産《みやげ》のおつもりらしくお供の者にお持たせになります。

薫 やどり木と思ひいでずは木《こ》のもとの旅寝もいかに寂
　しからまし
（昔宿ったことがあったという思い出がなかったら、この木の下に旅ねをするのも、どんなに寂しい事であろうか。）

と独り言《ごと》をおっしゃいますのを聞いて、尼君は、

弁 荒れはつる朽木《くちき》のもとをやどり木と思ひおきけるほ
　どの悲しさ

住まひなれど、かかる御とぶらひたゆまざりければ、身のほどにはいとめやすく、しめやかにてなむ行ひける。

　木枯のたへがたきまで吹きとほしたるに、残る梢もなく散り敷きたる紅葉を踏み分けける跡も見えぬを見わたして、とみにもえ出でたまはず。いとけしきある深山木にやどりたる蔦の色ぞまだ残りたる。こだに、などすこし引きとらせたまひて、宮へと思しくて、持たせたまふ。

やどり木と思ひいでずは木《こ》
のもとの旅寝もいかに寂し
からまし

と独りごちたまふを聞きて、尼君、

荒れはつる朽木《くちき》のもとをや
どり木と思ひおきけるほど
の悲しさ

散り敷いた紅葉を踏み分けた跡も 「秋はきぬ紅葉は宿にふり敷きぬ道ふみ分けてとふ人はなし」（古今・秋下　読人しらず）。

こだに 蔦の一種。

やどり木と 「やどり木」は他《ほか》に寄生する植物。ここは蔦のこと。「宿りき」を掛ける。「やどりぎ」に後の歌とともに巻名の由来となる。

荒れはつる 前歌の「やどり木」を「荒れはつる朽木のもと」とする。

（荒れはてた朽木のような尼の住まいを、昔宿った所と思っておいでになったお心のほどが悲しゅうございます。）

どこまでも古風な詠《よ》み口ですが、風情《ふぜい》がない歌ではありませんのを、中納言はいささかの慰めにはお思いになるのでした。

あくまで古めきたれど、ゆゑなくはあらぬをぞいささかの慰めには思しける。

［三五］　薫、中の君と宇治の邸《やしき》の件で消息を交わす　匂宮の疑心

女君（中の君）に紅葉《もみじ》をさし上げますと、ちょうど男宮（匂宮）がおいでになっていらっしゃる折なのでした。「南のお邸《やしき》から」と言って使者が何気なく持って参りましたのを、女君は例によって面倒なことが書いてあるのではと困惑なさいますが、今更取り隠すことができましょうか。宮は、

「見事な蔦《つた》だね。」

と意味ありげにおっしゃって、取り寄せてご覧になります。お手紙には、

薫この頃はどのようにお過ごしでいらっしゃいましょうか。宇治の山里へ行って参りまして、ひとしお深い峰の朝霧に憂《うれ》いの尽きぬ思いをいたしましたが、そのお話もじかにお目にかかって申し上げましょう。あちらの寝殿《しんでん》

宮に紅葉奉れたまへれば、男宮おはしましけるほどなりけり。南の宮より、とて、何心なく持てまゐりたるを、女君、例のむつかしきこともこそ、と苦しく思せど、とり隠さむやは。宮、

「をかしき蔦《つた》かな」

と、ただならずのたまひて、召し寄せて見たまふ。御文には、

日ごろ、何ごとかおはしますらむ。山里にものしはべりて、いとど峰の朝霧にまどひはべりつる、御物語もみづからなむ。かしこの寝殿、堂になす

をお堂に造り変えます件は、阿闍梨《あざり》に依頼しておきました。あなた様のお許しをいただいてから、よそへ移すこともいたしましょう。弁《べん》の尼にしかるべきお指図《さしず》をなさって下さい。

などとあります。宮は、

匂宮「よくもまあさりげなくお書きになったお手紙ですね。きっとわたしがこちらに来ていると聞きつけたのでしょう。」

とおっしゃいますのも、少しはなるほどそうかも知れません。女君は無難な内容でしたので良かったとお思いになりますが、宮が強いてこのようにおっしゃいますのを、ひどいお取りなしだとお思いになって、恨めしそうにしておいでになるご様子は、どんな過《あやま》ちも許したくなるほどのおかわいらしさです。

宮は、

匂宮「ご返事をお書きなさい。わたしは見ませんから。」

とおっしゃって、よそを向いていらっしゃいます。いい気になって返事をお書きになりませんのも、かえって変なことで

べきこと、阿闍梨に言ひつけはべりにき。御ゆるしはべりてこそは、外《ほか》に移すこともものしはべらめ。弁の尼に、さるべき仰せ言はつかはせ。

などぞある。

「よくもつれなく書きたまへる文かな。まろありとぞ聞きつらむ」

とのたまふも、すこしは、げに、さやありつらむ。女君は、事なきをうれしと思ひたまふに、あながちにかくのたまふをわりなしと思して、うち怨じてゐたまへる御さま、よろづの罪もゆるしつべくをかし。

「返り事書きたまへ。見じや」

とて、外《ほか》ざまにむきたまへり。あまえて書かざらむもあやしければ、

すので、

中君　山里へのお出かけは、羨《うらや》ましいことでございますが、あちらの寝殿はいかにも仰せのようになさるのがよいと思っておりました。わざわざまた別に巌《いわお》の中を求めますよりは、荒れはててしまわないように思っておりましたので、どのようにも適当になさっていただければ、並々ならずありがたく存じます。

とご返事をお書きになります。このように咎《とが》めだてすることもない親しさなのだろうと、宮はお思いになりながらも、一方ではご自分のお心の癖から、お二人が普通の仲ではあるまいとお思いになりますが、それがやはり心中穏やかではなくいらっしゃるのでしょう。

山里の御歩《あり》きのうらやましくもはべるかな。かしこは、げに、さやうにてこそよく、と思ひたまへしを。ことさらに、また、巌の中もとめむよりは、荒しはつまじく思ひはべるを、いかにもさるべきさまになさせたまはば、おろかならずなむ。

と聞こえたまふ。かく憎き気色もなき御睦びなめり、と見たまひながら、わが御心ならひに、ただならじ、と思すが安からぬなるべし。

［三六］　匂宮、庭の薄《すすき》を見て中の君と歌を詠み交わし、琵琶と箏《そう》を合奏

枯れ枯れの植え込みの中に、尾花《おばな》がほかの草花よりも目立って手をさし出して招くのが興味深く見えますが、まだ穂が出かかったばかりで、露の玉を貫きとめて命はかなげにうち靡《なび》いているさまなど、いつもの晩秋の光景ですが、夕風が

枯れ枯れなる前栽の中に、尾花の物よりことにて手をさし出でて招くがをかしく見ゆるに、まだ穂に出でさしたるも、露をつらぬきとむる玉の緒、はかなげにうちな

やはりしみじみと心にしみる時節でありますよ。

匂宮「穂に出でぬもの思ふらししのすすき招く袂の露しげくして

（表面に出さずに心中ひそかにもの思いをしているようですね。あの穂に出ない薄《すすき》のように手招きする袖をびっしょりと涙に濡らして。）

宮は柔らかく身になじんだお召し物の上に直衣《なおし》だけをお召しになって、琵琶《びわ》を弾いておいでになります。黄鐘調《おうしきじょう》の掻《か》き合わせをまことにしみじみと弾きこなしていらっしゃいますので、女君も興味をお持ちのこととて、いつまでも恨めしげになさってはおられませんで、小さい御几帳《みきちょう》の端《はし》から、脇息《きょうそく》に寄りかかって僅かにお顔をのぞかせていらっしゃいます、そのお姿はまことにいつまでも見ていたいほどかわいらしげです。

中君「秋はつる野辺のけしきもしのすすきほのめく風につけてこそ知れ

（秋も終わりの野辺の様子も篠すすきがそよめく風につけて

びきたるなど、例のことなれど、夕風なほあはれなるころなりかし。

穂に出でぬもの思ふらししのすすき招く袂の露しげくして

なつかしきほどの御衣どもに、直衣ばかり着たまひて、琵琶を弾きゐたまへり。黄鐘調《わうしきでう》の掻き合はせを、いとあはれに弾きなしたまへば、女君も心に入りたまへることにて、もの怨じもえしはてたまはず、小さき御几帳のつまより、脇息《けうそく》に寄りかかりてほのかにさし出でたまへる、いと見まほしくらうたげなり。

「秋はつる野辺のけしきもしのすすきほのめく風につけてこそ知れ

穂に出でぬ　「秋の野の草の袂か花薄ほに出でて招く袖と見ゆらむ」（古今・秋上　在原棟梁）による。

黄鐘調　律調の曲。主音黄鐘。

秋はつる　「秋」に「飽き」を掛ける。「ほのめく」に「穂」をひびかす。

知られるように、私《わたくし》をお飽きになったお心もはっきり分かります。）

わが身一つの（この世のすべてが恨めしい）。」

とおっしゃって涙ぐまれますのがさすがに恥ずかしいので、扇で隠していらっしゃいますそのお心の中も、宮はかわいらしく察せられますけれど、「こうしたいじらしさこそ、あの中納言（薫）もやはり諦《あきら》めきれないのだ」と、疑わしいお気持ちもただならず恨めしくお思いになるようです。

菊の花がまだよくも色変わりせず、ことに手入れをよくおさせになっていますこのお邸《やしき》の花は、かえって色の移ろいが遅いのに、その中でどうした一本なのでしょうか、実に見事に色づいていますのを、宮は特にお折らせになって、「花の中に偏《ひとへ》に（菊を愛するだけではない）」とお口ずさみになって、

匂宮「何とかいう皇子《みこ》がこの花を賞《ほ》めた夕べのことですよ。昔天人が天翔《あまかけ》り降《くだ》って、琵琶《びわ》の秘曲を授けたといいますのは。何事も浅薄になってしまった今の世は、何とも情《なさ》けないですね。」

わが身一つの　「大方のわが身一つの憂きからになべての世をも恨みつるかな」（拾遺・恋五　紀貫之）。

花の中に偏に　「コレ花ノ中ニ偏ニ菊ヲ愛スルノミニアラズ、此ノ花開ケテ後更ニ花ノ無ケレバナリ」（和漢朗詠集上・菊　元稹）。

何とかいう皇子が　『河海抄』は、源高明の庭の木に霊物が降り、琵琶の秘曲を授けたという故事を引く。

わが身ひとつの」

とて涙ぐまるるが、さすがに恥づかしければ、扇を紛らはしておはする心の中も、らうたく推しはからるれど、かかるにこそ人もえ思ひ放たざらめ、と疑はしき方ただならで恨めしきなめり。

菊の、まだよくもうつろひはてで、わざとつくろひたてさせたまへるは、なかなかおそきに、いかなる一本にかあらむ、いと見どころありてうつろひたるを、とりわきて折らせたまひて、「花の中に偏《ひとへ》に」と誦じたまひて、「なにがしの皇子《みこ》の、この花めでたる夕べぞかし、いにしへ天人の翔《かけ》りて、琵琶の手教へけるは。何ごとも浅くなりにたる世はものうしや」

とおっしゃって、御琴《こと》をお置きになりますのを、女君は心残りにお思いになって、

中君「人の心は軽薄になりましたでしょうか。昔を伝えています技量までがどうして劣《おと》ることがございましょうか。」

とおっしゃって、まだよくご存じない曲などをお聞きしたいとお思いになっておられますので、宮は、

匂宮「それでは一人で弾くのはもの足りないから、お相手をして下さいよ。」

とおっしゃって、女房を呼んで箏《そう》の御琴をお取り寄せになって、女君にお引かせになろうとなさいますが、

中君「昔は教えて下さる父宮もおいでになりましたが、しっかりとも弾き覚えずになってしまいましたので。」

と恥ずかしそうになさって、手もお触れになりませんので、

匂宮「これぐらいのことにもお心を隔てなさるのが情《なさ》けないですよ。この頃お逢いしているあちらのお方（六の君）は、まだすっかりうち解けるほどでもありませんが、未

とて、御琴さし置きたまふを、口惜しと思して、

「心こそ浅くもあらめ、昔を伝へたらむことさへは、などてかさしも」

とて、おぼつかなき手などをゆかしげに思したれば、

「さらば、ひとりごとはさうざうしきに、さし答《いら》へしたまへかし」

とて、人召して、箏《さう》の御琴とり寄せさせて、弾かせたてまつりたまへど、

「昔こそまねぶ人ものしたまひしか、はかばかしく弾きもとめずなりにしものを」

とつつましげにて手もふれたまはねば、

「かばかりのことも、隔てたまへるこそ心憂けれ。このごろ見るわたりは、まだいと心

熟な習いたてのことでも隠し立てはしませんよ。大体女性は柔順で気立ての素直なのがよいのだと、あの中納言(薫)も決めていたようでしたよ。あの君にはまたこんなにもお隠しにはなりますまい。格別に睦まじい御関係のようですから。」

などと、本気で恨み言をおっしゃいますので、女君は溜《た》め息をつかれて少しお弾きになります。弦《げん》がゆるんでいましたので、盤渉調《ばんしきじょう》にお合わせになりますその掻《か》き合わせなど、爪音《つまおと》も美しく聞こえます。「伊勢の海」をお謡《うた》いになります宮のお声が上品で趣がありますので、女房たちは几帳《きちょう》などの後《うし》ろにまで近寄って、笑《え》みを湛《たた》えて聞いていました。

女房「宮に二心《ふたごころ》がおありになるのは恨めしいですけれど、それもご身分上当然のことですから、やはりこちらのお方を幸せなお方と申し上げるべきでしょう。このようなご様子で世にお交《まじ》らいになるなど、とても考えられない山里のわび住まいでしたのに、またお帰りになりたそうに思われてそうおっしゃられますのは、全く情《なさ》けないこ

とくべきほどにもならねど、片なりなる初《うひ》ごとをも隠さずこそあれ。すべて、女は、やはらかに心うつくしきなむよきこととこそ、その中納言も定むめりしか。かの君に、はた、かくもつつみたまはじ。こよなき御仲なめれば」

など、まめやかに恨みられてぞ、うち嘆きてすこし調べたまふ。ゆるびたりければ、盤渉調《ばんしきでう》に合はせたまふ。掻き合はせなど、爪音をかしげに聞こゆ。伊勢の海うたひたまふ御声のあてにをかしきを、女ばら物の背後《うしろ》に近づき参りて、笑みひろごりてゐたり。

「二心おはしますはつらけれど、それもことわりなれば、なほわが御前をば幸ひ人とこそ申さめ。かかる御ありさまにまじらひたまふべくもあらざりし所の御住まひを、また帰りなまほしげに思して、の

盤渉調 律調の曲。主音盤渉。

伊勢の海 催馬楽。「伊勢の海の清き渚に　しほがひになのりそや摘まむ　貝や拾はむや　玉や拾はむや」。

とですよ。」

などと、ただひたすら言い立てますので、若い女房たちは「まあ、お静かに」などと、とめています。


［三七］夕霧、宮中からの帰途匂宮を迎えに立ち寄る中の君方の悲嘆

宮は御琴《こと》などをお教え申し上げなどなさって、三、四日二条院に籠《こも》っていらっしゃって、御物忌《ものいみ》などを口実になさっていらっしゃいますのを、あの夕霧邸では恨めしくお思いになって、右大臣《みぎのおとど》（夕霧）が宮中から退出なさいますままにこちらにお寄りになりましたので、宮は、
匂宮「仰々しいお姿で、何しにお出《い》でになったのか。」

と、ご機嫌《きげん》悪くいらっしゃいましたが、あちらの寝殿《しんでん》にお渡りになって対面なさいます。

夕霧「格別に用事もありません間は、この院に参上することなく久しくなってしまいましたので、それにつけてもしみじみ懐かしくて。」

などと、大臣は昔の思い出話を少し申し上げて、そのまま宮をお連れ申し上げてお出ましになりました。


たまはするこそいと心憂けれ」など、ただ言ひに言へば、若き人々は、「あなかまや」などと制す。


御琴ども教へたてまつりなどして、三四日籠りおはして、御物忌などことつけたまふを、かの殿には恨めしく思して、大臣《おとど》、内裏《うち》より出でたまひけるままにここに参りたまへれば、宮、

「ことごとしげなるさまして、何しにいましつるぞとよ」とむつかりたまへど、あなたに渡りたまひて対面したまふ。

「ことなることなきほどは、この院を見で久しくなりはべるもあはれにこそ」

など、昔の御物語どもすこし聞こえたまひて、やがてひき連れきこえたまひて出でたまひぬ。

ご子息の君達やその他《ほか》の上達部《かんだちめ》、殿上人《てんじょうびと》なども、まことに大ぜい後《あと》に従っています、そのご威勢の盛んなのをご覧になりますと、こちらはそれに肩を並べようもありませんので、すっかり落ち込んでしまうのでした。女房たちが物陰からお姿を拝見して、

女房「それにしてもお美しくおいでの大臣《おとど》ですこと。あれほどどなたともなくみな若く盛りでおきれいでいらっしゃるご子息方ですが、父君に似ていらっしゃるお方もおいでにならないのでした。ああ何とご立派な。」

と言う者もいます。また、

女房「あれほどご身分の高いご威勢のお方が、わざわざお迎えにおいでになるなんて、何と憎らしいこと。こちらも安心できないご夫婦仲ですよ。」

華やかな御仲らい
匂宮と六の君の結婚生活。

などと嘆く者もいるようです。女君（中の君）御自身も、今までの事をお思い出しになりますのをはじめ、あちらの華やかな御仲らいに肩を並べられるはずもなく、世間でも影の薄い身の上であるものをと、一層心細く思われますので、やは

御子どもの殿ばら、さらぬ上達部殿上人などもいと多くひきつづきたまへる、勢こちたきを見るに、並ぶべくもあらぬぞ屈しいたかりける。人々のぞきて見たてまつりて、

「さも、きよらにおはしける大臣《おとど》かな。さばかり、いづれとなく若くさかりにて、きよげにおはさうずる御子どもの、似たまふべきもなかりけり。あなめでたや」

と言ふもあり。また、

「さばかりやむごとなげなる御さまにて、わざと迎へに参りたまへるこそ憎けれ。やすげなの世の中や」

など、うち嘆くもあるべし。御みづからも、来し方を思ひ出づるよりはじめ、かの華やかなる御仲らひに立ちまじるべくもあらず、かすかなる身のおぼえを、といよい

り気楽に山里に引き籠《こも》ってしまうことだけが、無難な生き方なのだと、ますますそのようなお気持ちにおなりになります。こうしていつの間にかその年も暮れました。

よ心細ければ、なほ心やすく籠りゐなむのみこそ目やすからめなど、いとどおぼえたまふ。はかなくて年も暮れぬ。

［三八］ 中の君の出産が迫り、明石の中宮はじめ諸方から見舞いあり

正月の末頃から、女君（中の君）はいつもと違ってお苦しみになりますのを、宮（匂宮）はまだご経験がないことですので、どうなることかとお思い嘆かれて、御修法《みずほう》などあちらこちらのお寺で数多くおさせになります上に、また新しく加えてお始めさせになります。

女君がまことにひどくお苦しみになりますので、后《きさい》の宮（明石の中宮）からもお見舞いがあります。こうして結婚されて三年にもなりましたけれど、宮お一人のご愛情こそおろそかでないものの、一般の世間ではそれほど重々しくもお扱い申し上げておりませんでしたのを、この度《たび》はどちらも皆がこのことをお聞きになり驚かれて、お見舞いなども申し上げるのでした。

正月晦日方《つごもりがた》より、例ならぬさまに悩みたまふを、宮、まだ御覧じ知らぬことにて、いかならむと思し嘆きて、御修法《みずほふ》など、所どころにてあまたせさせたまふに、またまたはじめそへさせたまふ。

いといたくわづらひたまへば、后《きさい》の宮よりも御とぶらひあり。かく三年《みとせ》になりぬれど、一ところの御心ざしこそおろかならね、おほかたの世にはものものしくももてなしきこえたまはざりつるを、このをりぞ、いづこにもいづこにも聞こしめしおどろきて、御とぶらひども聞こえたまひける。

〔三九〕女二の宮の裳着《もぎ》の支度　薫、婚儀に気乗りせず、中の君の出産を心配

作物所　宮中の調度品などを作る役所。

中納言の君（薫）は、宮があれこれご心配なさいますのに劣らず、どうおいでなのかとお心を痛めて、心苦しく不安にお思いになりますが、後見《うしろみ》としての一通《ひと》りのお見舞いだけはなさいますものの、あまり度々参上なさるわけにもいかず、人知れずご祈禱《きとう》などもおさせになりました。

実は一方で女二の宮の御裳着《もぎ》の儀が、ちょうどこの頃になって世間では大変な評判で、そのお支度に大騒ぎです。すべての事は帝《みかど》のご一存でご配慮になってお支度あそばされますので、御後見がないのがかえって結構なことのように見えるのでした。亡き母女御《にょうご》がご用意なさっておかれましたことは言うまでもなく、作物所《つくもどころ》やしかるべき受領《ずりょう》たちなどもそれぞれにご奉仕申し上げます品々は、全く数限りもありません。そのままその時に婿《むこ》として参上なさるようにとのご内意がありましたので、男君の方も心づもりをなさるべき頃ですけれど、中納言は例のご性格ですので、そちらの方にはお気も進まず、もっぱらこのご出産のことばかりいたわしくお思い嘆いていらっしゃいます。

中納言の君は、宮の思しさわぐに劣らず、いかにおはせむと嘆きて、心苦しくうしろめたく思さるれど、限りある御とぶらひばかりこそあれ、あまりもえ参《ま》でたまはで、忍びてぞ御祈禱《いのり》などもせさせたまひける。

さるは、女二の宮の御裳着《もぎ》、ただこのころになりて、世の中響き営みののしる。よろづのこと、帝の御心ひとつなるやうに思しいそげば、御後見《うしろみ》なきしもぞ、なかなかめでたげに見えける。女御のしおきたまへる事をばさるものにて、作物所《つくもどころ》、さるべき受領どもなど、とりどりに仕うまつることどもいと限りなし。やがて、そのほどに、参りそめたまふべきやうにありければ、男方も心づかひしたまふころなれど、例のことなれば、そなたざまには心も入らで、この御事のみいとほしく嘆かる。

〔四〇〕 薫、権《ごん》大納言兼右大将に昇進 御礼に二条院を訪れ、六条院で饗宴

直物 定例の除目の後に追加で行われる諸官の任命。

中納言は、二月初め頃に直物《なおしもの》とかいうことで権《ごん》大納言におなりになり右大将を兼任されました。右大臣殿（夕霧）が左大将を兼ねておいででしたのが辞任なさって、前の右大将が左に転じて空席になった地位なのでした。そのお礼言上《ごんじょう》に所々をお回りになって、この二条院にも参上なさいました。

女君（中の君）がひどくお苦しみでいらっしゃいますので、宮もこちらにおいでになっておられる時でしたので、大将もそのままこちらにお越しになりました。「僧などが伺候《しこう》していて不都合な所に」と宮はお驚きになって、すっきりした御直衣《なおし》や御下襲《したがさね》などをお召しになり、威儀をお正しになって、階《はし》をお下《お》りになってお返しの拝舞をなさいます。そのお二人のお姿はとりどりに全くすばらしくて、大将が、

薫「このまま今夜は衛府《えふ》の人々に褒美を与える饗宴を催しますので、その宴席にどうぞ。」

とお招き申し上げますのを、宮は、お悩みになっておられます女君が気がかりで躊躇《ちゅうちょ》なさっていらっしゃるようです。

二月《きさらぎ》の朔日《ついたち》ごろに、直物《なほしもの》とかいふことに、権大納言になりたまひて、右大将かけたまひつ。右の大《おほい》殿《どの》左にておはしけるが、辞したまへるところなりけり。よろこびに所どころ歩きたまひて、この宮にも参りたまへり。

いと苦しくしたまへば、こなたにおはしますほどなりければ、やがて参りたまへり。僧などさぶらひて便《びん》なき方に、とおどろきたまひて、あざやかなる御直衣、御下《した》襲《がさね》など奉り、ひきつくろひたまひて、下りて答《たふ》の拝《はい》したまふ、御さまどもとりどりにいとめでたく、

「やがて、今宵、衛府の人に禄《ろく》賜ふ饗《あるじ》の所に」

と、請《さう》じたてまつりたまふを、悩みたまふ人によりてぞ思したゆたひたまふめる。

大臣の大饗 大臣新任の際の披露の饗宴。

その饗宴は、かつて右大臣殿がなさった通りにということで、六条院で催されました。ご相伴《しょうばん》の親王《みこ》たちや上達部《かんだちめ》は、大臣《おとど》の大饗《たいきょう》の時に劣らず、あまりに騒がしいまで大ぜいお集まりになりました。この宮（匂宮）もお出でになりましたが、お心が落ち着きませんので、まだ宴が終わらないうちに急いでお帰りになりましたのを、大殿《おおとの》の御方では、

「本当にもの足りなく興ざめななさり方だ」

とおっしゃっています。女君（中の君）もこちらに劣るはずのないご身分ですが、大殿方はただ今のご声望の盛大なのに奢《おご》って、尊大な態度をお取りになっているのでありましょうよ。

[四一] 中の君、男子を出産 三・五・七夜の産養《うぶやしない》盛大に催される

やっとのことでその明け方に男の子がお生まれになりましたのを、宮もひどくご心配なさいましたかいがあって、嬉しくお思いになりました。

大将殿（薫）も昇進の喜びに加えてご安産を嬉しくお思いになります。昨夜宮がおいで下さったお礼と、それに続いて

右大臣殿のしたまひけるままにとて、六条院にてなむありける。垣下《ゑんが》の親王《みこ》たち、上達部、大饗《だいきやう》に劣らず、あまり騒がしきまでなむ集《つど》ひたまひける。この宮も渡りたまひて、静心なければ、まだ事はてぬに急ぎ帰りたまひぬるを、大殿の御方には、

「いとあかずめざまし」

とのたまふ。劣るべくもあらぬ御ほどなるを、ただ今のおぼえの華やかさに思しおごりて、おしたちもてなしたまへるなめりかし。

からうじて、その暁に、男にて生まれたまへるを、宮もいとかひありてうれしく思したり。

大将殿も、よろこびにそへてうれしく思す。昨夜《よべ》おはしましたり

立ったままのご挨拶　出産は穢れなので、その穢れに触れないため。

御産養　出生後、三・五・七・九夜に近親縁者が祝う出産祝の宴。

屯食　強飯《こわいい》を卵形に握り固めたもの。台などにのせ庭上に並べて下郎などに賜る。

碁手の銭　碁の賭物《かけもの》にする銭。

椀飯　椀に盛った飯。

衝重　折敷に台を付けたお膳。

襁褓　赤子に着せる衣。産着《うぶぎ》。

浅香の折敷　「浅香」は香木の一種。「折敷」は片木《へぎ》を四方に折りまげて作った角盆。

このご出産のお祝いも加えて、立ったままのご挨拶に参上なさいました。宮がこうして二条院に引き籠《こも》っていらっしゃいますので、こちらにお祝いに参上なさらない人はおりません。

御産養《うぶやしない》も、三日の夜は例によってただ宮の内《うち》々のお祝い事で、五日の夜は大将殿から、屯食《とんじき》五十具、碁手《ごて》の銭《ぜに》、椀飯《おうばん》などは世の常の例に従い、御産婦のお前の衝重《ついかさね》三十、若君の御産着《うぶぎ》は五重襲《いつえがさね》で、御襁褓《むつき》などは大げさにならぬように控え目になさいましたけれど、子細に拝見しますと格別に目新しいお心尽くしが見えるのでした。宮のお前にも浅香《せんこう》の折敷《おしき》、高坏《たかつき》などに紛熟《ふずく》をさし上げました。女房たちのお前には、衝重は言うまでもなく、檜破子《ひわりご》三十にいろいろと手を尽くした料理が入《はい》っています。人目に仰々しくは特になさいません。

七日の夜は后《きさい》の宮（明石の中宮）主催の御産養ですので、参上なさる人々もまことに大ぜいでした。中宮の大夫《だいぶ》を始めとして、殿上人《てんじょうびと》や上達部《かんだちめ》が数知らず参上なさいました。帝《みかど》もお聞きあそばされて

帝「宮が始めて人の子の親になられるというのに、どう

しかしこまりに、やがて、この御よろこびもうちそへて、立ちながら参りたまへり。かく籠りおはしませば、参りたまはぬ人なし。

御産養《うぶやしなひ》、三日は、例の、ただ宮の御私事にて、五日の夜は、大将殿より屯食《とんじき》五十具《ぐ》、碁手《ごて》の銭《ぜに》、椀《わう》飯《ばん》などは世の常のやうにて、子《こ》持《もち》の御前の衝重《ついがさね》三十、児《ちご》の御衣五重襲にて、御襁褓《むつき》などぞ、ことごとしからず忍びやかにしなしたまへれど、細かに見れば、わざと目馴れぬ心ばへなど見えける。宮の御前にも浅香《せんかう》の折《を》敷《しき》、高坏どもにて粉熟《ふずく》まゐらせたまへり。女房の御前には、衝重をばさるものにて、檜《ひ》破子《わりご》三十、さまざまし尽くしたる事どもあり。人目にことごとしくは、殊更にしなしたまはず。

七日の夜は、后《きさい》の宮の御産養なれば、参りたまふ人々いと多かり。宮の大夫《だいふ》をはじめて、殿上人上達部数知らず参りたまへり。内裏《うち》に

紛熟
米や麦の粉を練った餅に、甘葛《あまずら》をかけた食物。

檜破子
檜の薄板で作った食物を入れる器。

［四二］　女二の宮の裳着　帝のご意向通り薫、婿として参内

して放っておかれようか。」

と仰せられて、お守りの御太刀《たち》をお贈りあそばされました。

九日の夜は、右大臣（夕霧）がご奉仕なさいました。あまりお心よからずお思いのあたりですけれど、宮の御思惑《おもわく》もありますので、ご子息の君達などが参上なさいました。万事が全く思い煩《わずら》うこともなさそうに結構なことですので、女君ご自身も、この月頃何かと心配事が絶えずご気分も優《すぐ》れませんでしたのにつけても心細くお思い続けておりましたのに、このように晴れがましく華やかな事どもが多いので、少しはお慰みもなさったことでしょう。大将殿は、「女君がこのようにまで大人びてしまわれたようだから、ますます自分の方には縁遠くなるであろう。また宮のご愛情も全く並々のものではあるまい」とお思いになりますと残念ですけれど、また一方では、はじめからのお心積もりをお考えになりますと、実に嬉しくもお思いになるのでした。

こうしてその月の二十日《はつか》余りに、藤壺《ふじつぼ》の女御《にょうご》腹の女二の宮

も聞こしめして、

「宮のはじめて大人びたまふなるには、いかでか」

とのたまはせて、御佩刀《はかし》奉らせたまへり。

九日も大殿《おほいどの》より仕うまつらせたまへり。宜しからず思す辺りなれど、宮の思さむ所あれば、御子の君達など参りたまひて。すべていと思ふ事なげにめでたければ、御自《みづか》らも、月頃もの思はしく心地の悩ましきにつけても、心細く思しわたりつるに、かく面だたしく今めかしき事どもの多かれば、少し慰みもやしたまふらむ。大将殿は、かくさへ大人びはてたまふめれば、いとどわが方ざまはけ遠くやならむ。また宮の御心ざしもいとおろかならじ、と思ふは口惜しけれど、また始めよりの心おきてを思ふには、いと嬉しくもあり。

かくて、その月の二十日あまり

の御裳着《もぎ》の儀がありまして、その翌日に大将が女宮のもとに参られましたが、その夜のお祝いは内《うち》々の目立たない儀式でした。天下の評判になるほど帝《みかど》が大切にかしづかれた女宮に、臣下の者が連れ添い申し上げますことは、やはりもの足りなくおいたわしいように思われます。

人々「帝のお許しがあったとしても、今すぐにこのようにお急ぎあそばされる必要もなかったことよ。」

と、非難がましく思い、またおっしゃる人もありましたが、帝は一度お取り決めになったことはてきぱきとお進めになるご性分《しょうぶん》ですので、今までの例にないほど同じ事なら立派にしようと、かねてからお心積もりなさっていらっしゃったようです。帝の御婿《むこ》になる人は、昔も今も多いですけれど、このように帝の盛りの御世《みよ》に、臣下のように婿取りをお急ぎになられる例は少ないのではないでしょうか。右大臣（夕霧）も、

夕霧「めったにない右大将（薫）のご信望とご宿縁《しゅくえん》です。故六条院（源氏）でさえ朱雀院《すざくいん》が晩年におなりになり、いよいよご出家あそばされた時になって、ようやくあの

にぞ、藤壺の宮の御裳着の事ありて、またの日なむ大将参りたまひける。夜の事は忍びたるさまなり。天の下響きていつくしう見えつる御かしづきに、ただ人の具したてまつりたまふぞ、なほあかず心苦しく見ゆる。

「さる御ゆるしはありながら、ただ今、かく、急がせたまふまじきことぞかし」

と、譏《そし》らはしげに思ひのたまふ人もありけれど、思したちぬること、すがすがしくおはします御心にて、来し方の例なきまで同じくはもてなさむ、と思しおきつるなめり。帝の御婿になる人は、昔も今も多かれど、かく、さかりの御世に、ただ人のやうに婿とり急がせたまへるたぐひは少なくやありけむ。右大臣《みぎのおとど》も、

「珍しかりける人の御おぼえ宿世なり。故院だに朱雀院の御末にならせたまひて、今は

母宮（女三の宮）をお迎えになったのでした。このわたしなどはましてどなたも許さぬ女宮を拾ったのですよ」とおっしゃり出されますので、宮（落葉の宮）はいかにもとお思いになりますにつけても、きまりが悪くてお答えもお出来になれません。

三日の夜の儀式は、大蔵卿《おおくらきょう》を始めとして、帝《みかど》があの女宮（女二の宮）の心寄せにお考えになっておられた人々や、家《け》司《し》に仰せ言を賜わって、内《ない》々ではありますが、男君の御前駆《ぜんく》や随身《ずいじん》、車副《くるまぞい》、舎人《とねり》にまで、贈り物をご下賜になります。その夜のことどもは、臣下の仕方と同じようになさったのでした。

〔四三〕　結婚後、薫、女二の宮を三条の宮に迎え取ろうと思う

このご婚儀の後《のち》は、大将は忍び忍びにお通いになります。お心の中では相変わらず忘れ難い亡《な》き姫君（大君《おおいきみ》）のことばかり思い出されて、昼はお里の三条の宮で寝ても覚めてももの思いに耽って、日が暮れますと心ならずも急いで参上なさいますのも、馴れないお心地に全く憂うつで苦しくて、女宮

とやつしたまひし際にこそかの母宮をえたてまつりたまひしか。我はまして、人も許さぬものを拾ひたりしや」とのたまひ出づれば、宮は、げにと思すに、恥づかしくて御答《いら》へもえしたまはず。

三日の夜は、大蔵卿よりはじめて、かの御方の心寄せになさせたまへる人々、家司に仰せ言賜ひて、忍びやかなれど、かの御前《ごぜん》、随身、車副《くるまぞひ》、舎人《とねり》まで禄《ろく》賜はす。そのほどの事どもは、私事のやうにぞありける。

かくて後は、忍び忍びに参りたまふ。心の中には、なほ忘れがたきいにしへざまのみおぼえて、昼は里に起き臥しながめ暮らして、暮るれば心より外《ほか》に急ぎ参りたまふをも、ならはぬ心地にいとものの

（女二の宮）を宮中からご退出させ申し上げて、自邸へお迎え申そうというおつもりになられました。母宮（女三の宮）はそれを本当に嬉しい事とお思いになりました。現在お住まいの寝殿《しんでん》を女宮にお譲り申そうとおっしゃいますけれど、大将は、

薫「それではあまりにも畏《おそ》れ多うございましょう。」

とおっしゃって、御念誦《ねんず》堂《どう》との間に廊《ろう》を続けて御殿をお造らせになります。母宮はその西面《にしおもて》の方にお移りになられるはずのようです。東の対《たい》なども焼失してから後《のち》、立派に新しく造って申し分もありませんのを、ますます磨き立てては、念入りに設備をお整《ととの》えさせになります。

このような大将のお心遣いを帝《みかど》もお聞きあそばされて、結婚後日も浅いのに三条の宮にお気軽にお移りなさいますのは、どんなものかとご案じあそばされます。帝と申し上げても子を思う親心の闇は、世間の人と同じでいらっしゃるのでした。

帝は、大将の母宮の御許にご使者をお遣わしになりました。そのお手紙にも、ただこの女宮の御ことばかりをお頼み申し

うく苦しくて、まかでさせたてまつらむとぞ思しおきてける。母宮は、いとうれしき事に思したり。おはします寝殿譲りきこゆべくのたまへど、

「いとかたじけなからむ」

とて、御念誦堂の間《あはひ》に廊をつづけて造らせたまふ。西面《にしおもて》に移ろひたまふべきなめり。東《ひむがし》の対《たい》どもなども、焼けて後、うるはしく新しくあらまほしきを、いよいよ磨きそへつつ、こまかにしつらはせたまふ。

かかる御心づかひを、内裏《うち》にも聞かせたまひて、ほどなくうちとけ移ろひたまはむをいかがと思したり。帝と聞こゆれど、心の闇は同じことなむおはしましける。

母宮の御もとに、御使ありける。御文にも、ただこのことをなむ聞

子を思う親心の闇　「人の親の心は闇にあらねども子を思ふ道にまどひぬるかな」（後撰・雑一・兼輔）。

上げておいでなのでした。故朱雀院がとり分けこの入道の宮（女三の宮）のお世話を帝《みかど》に申し置かれましたので、このように尼の身でいらっしゃいますがご声望は衰えず、何事も以前のままで、この宮の申し上げなさいます事などは、必ずお聞き届けになり、帝のご配慮も深いのでした。このように貴いお二方がお互いにこの上なく大切にもてはやされていらっしゃる晴れがましさも、どういうことなのでしょうか、ご当人の心の中では格別に嬉しいとも思われず、やはりどうかするともの思いに沈みがちで、宇治のお寺の造営をお急がせになっていらっしゃいます。

〔四四〕 薫、宮の若君の五十日《いか》の祝に心を尽くす

大将（薫）は、宮（匂宮）の若君が五十日《いか》におなりになります日を待ち数えて、そのお祝いの餅のお支度にお心を配って、籠物《こもの》や檜破子《ひわりご》などまで念入りにお目を通されては、世間の通常のものではないようにとお思い心ざされて、沈《じん》、紫檀《したん》、銀《しろがね》、黄金《こがね》など、その道々の細工師《さいく》たちをまことに大ぜいお邸《やしき》にお呼び寄せになりますので、皆他《ほか》に劣るまいとさまざま

五十日 生後五十日目の祝い。新生児に餅を含ませる儀式などがある。

こえさせたまひける。故朱雀院の、とり分きて、この尼宮の御事をば聞こえおかせたまひしかば、かく世を背《そむ》きたまへれど、衰へず、何ごともとのままにて、奏せさせたまふことなどは、必ず聞こしめし入れ、御用意深かりけり。かく、やむごとなき御心どもに、かたみに限りもなくもてかしづき騒がれたまふ面だたしさも、いかなるにかあらむ、心の中にはことにうれしくもおぼえず、なほ、ともすればうちながめつつ、宇治の寺造ることを急がせたまふ。

宮の若君の五十日《いか》になりたまふ日数へとりて、その餅《もちひ》のいそぎを心に入れて、籠物《こもの》、檜破子《ひわりご》などまで見入れたまひつつ、世の常のなべてにはあらずと思し心ざして、沈《ぢん》、紫檀《したん》、銀《しろがね》、黄金《こがね》など、道々の細工どもいと多く召しさぶらはせたまへば、我劣らじとさまざまの

の技を競《きそ》って作り出しているようです。

［四五］ 薫、中の君を訪ね不本意な結婚を嘆く　薫、若君に対面

大将殿（薫）御自身も、例によって宮（匂宮）がおいでにならない隙を見て二条院にお越しになりました。そう思って見るせいでしょうか、大将は今までよりもう少し重々しく、高貴な品格までも加わっておいでになったと思われます。今となってはいくら何でも煩《わずら》わしい冗談事などはお忘れになられただろうと、女君（中の君）はお思いになりますので、安心してご対面になります。しかし以前と変わらぬご様子で、まず涙ぐまれて、

薫「気にそまない結婚などいたしまして、本当に思い通りにならないものと、男女の仲を以前にもまして思い乱れております。」

と、憚《はばか》ることなく愚痴《ぐち》をおこぼしになります。

中君「何とあきれたことをおっしゃるのでしょう。どなたかが自然にほんの僅かでもお聞きになりましたら大変です。」

事どもをし出づめり。

みづからも、例の、宮のおはしまさぬ隙におはしたり。心のなしにやあらむ、いますこし重々しくやむごとなげなる気色《けしき》さへそひにけりと見ゆ。今は、さりともむつかしかりしすずろごとなどは、紛れたまひにたらむと思ふに、心やすくて対面したまへり。されど、ありしながらの気色に、まづ涙ぐみて、

「心にもあらぬまじらひ、いと思ひの外なるものにこそと、世を思ひたまへ乱るることなむまさりにたる」

と、あいだちなくぞ愁へたまふ。

「いとあさましき御ことかな。人もこそおのづからほのかにも漏り聞きはべれ」

などとおっしゃいますが、これほど結構なご縁にも慰められず、亡き姉君を忘れ難く思っておられるお心の深さよと、しみじみ同情申し上げますにつけても、大将のご愛情の並々ならぬことが改めて思い知られます。姉君がもし生きておいでであったらと残念にお思い出し申されますけれど、「それでも私《わたくし》の身の上と同じように、他《た》を羨《うらや》むことなく身の不運を恨めしく思うようになったに違いない。何事につけて人数《ひとかず》に入《はい》らぬ身では、世間の人並みの晴れがましいことはないはずのことであった」と思われますので、いよいよあの姉君が最後まで許さずに終わろうと思っていらっしゃったご決意は、やはり本当に思慮深いことだとお思い出さずにはおられません。

　大将は若君をしきりにご覧になりたがり申し上げますので、女君はきまりが悪い思いですけれど、「何の、隠し隔てをすることもあるまい。私への無理な懸想《けそう》の一件で恨まれること以外は、何とかしてこの大将のお気持ちに背《そむ》くまい」とお思いになりますので、ご自分ではとかくのご返事も申し上げな

などはのたまへど、かばかりめでたげなる事どもにも慰まず、忘れがたく、思ひたまふらむ心深さよ、とあはれに思ひきこえたまふに、おろかにもあらず思ひ知られたまふ。おはせましかばと、口惜しく思ひ出できこえたまへど、それも、わがありさまのやうにぞ、うらやみなく身を恨むべかりけるかし。何ごとも、数ならでは、世の人めかしきこともあるまじかりけり、とおぼゆるにぞ、いとど、かのうちとけはてでやみなむと、思ひたまへりし心おきては、なほ、いと重々しく思ひ出でられたまふ。

　若君を切《せち》にゆかしがりきこえたまへば、恥づかしけれど、何かは、隔て顔にもあらむ、わりなきことひとつにつけて、恨みらるるより外には、いかでこの人の御心に違《たが》はじと思へば、みづからはともか

いで、乳母《めのと》に若君を抱かせて御簾《みす》の外へさし出させなさいました。お二人の御子とて、言うまでもないことながら、どうしてかわいくないことがありましょうか。そら恐ろしいほど色白でかわいらしくて、声をあげて何か語ったり笑ったりなさるお顔を見ますと、自分の子としてお世話したいと羨《うらや》ましく思われますにつけても、この世を思い離れ難くなってしまわれたのでありましょうか。しかしはかなく世を去ってしまわれた姫宮が、世間並みに自分と結婚して、このようなかわいい子でも残して置かれたら、とばかり思われて、近ごろ晴れがましい結婚をなさった女宮（女二の宮）に早く御子《みこ》がお生まれになればよいなどとは、まるでお考えにならないのは、あまりに始末の悪いこの君のお心のようです。大将のことを、このように女々《めめ》しくひねくれたように語り伝えますのは、お気の毒なことですが、そのようにみっともなくまともでない人を、帝《みかど》がとりわけご熱心にお近づけになって、婿《むこ》君としてお親しみになられるはずもないでしょうから、実務的な方などの才覚などは、申し分なくおいでであったのであろうと推

くも答《いら》へきこえたまはで、乳母《めのと》してさし出でさせたまへり。さらなることなれば、憎げならむやは。ゆゆしきまで白くうつくしくて、たかやかに物語し、うち笑ひなどしたまふ顔を見るに、わがものにて見まほしくうらやましきも、世の思ひ離れがたくなりぬるにやあらむ。されど、言ふかひなくなりたまひにし人の、世の常のありさまにて、かやうならむ人をもとどめおきたまへらましかばとのみおぼえて、このごろ面だたしげなる御あたりに、いつしかなどは思ひ寄られぬこそ、あまりすべなき君の御心なめれ。かく女々《めめ》しくねぢけて、まねびなすこそいとほしけれ、しかわろびかたほならむ人を、帝のとりわき切に近づけて、睦びたまふべきにもあらじものを、まことしき方ざまの御心おきてなどこそは、めやすくものしたまひけめ、とぞ推しはかるべき。

量すべきなのでしょう。
全くこれほど幼いうちに若君をお見せ下さったのも、大将はしみじみ嬉しく感じられて、いつもよりはお話しなどをこまごまと申し上げていらっしゃいますうちに、日も暮れてしまいましたので、心安くここで夜を更《ふ》かすわけにもいきませんのを、つらくお思いになりながら、溜《た》め息を洩《も》らしつつお帰りになりました。女房たちは、

女房「あのお方の何ともすばらしい匂いですこと。『折りつれば』とか言いますように、鶯も訪ねて来そうですよ。」

などと、大将の移り香を迷惑そうにしている若い女房もいます。

夏になりましたら、宮中から三条の宮へは方塞《かたふさ》がりの方角に当たるはずだという判定ですので、四月の初め頃、まだ立夏の節分《せつぶん》にはならない前に、大将（薫）は女二の宮をお迎え申し上げます。

げに、いとかく幼きほどを見せたまへるもあはれなれば、例よりは物語などこまやかに聞こえたまふほどに、暮れぬれば、心やすく夜をだにふかすまじきを苦しうおぼゆれば、嘆く嘆く出でたまひぬ。

「をかしの人の御匂ひや。折りつれば、とかや言ふやうに、鶯も尋ね来ぬべかめり」

など、わづらはしがる若き人もあり。

夏にならば、三条宮ふたがる方《かた》になりぬべしと定めて、四月の朔日《ついたち》ごろ、節分《せちぶん》とかいふことまだしき前に渡したてまつりたまふ。

折りつれば 「折りつれば袖こそ匂へ梅の花ありとやここに鶯の鳴く」（古今・春上　読人しらず）。

［四六］　藤壺の藤花の宴、催される　薫の晴れ姿　按察の大納言の羨望

方塞がり 陰陽道上の方位の吉凶。大将軍・大陰神方に向って行くのは凶で、その方角が方塞がり。

節分 季節の改まる日。ここは立夏。

その前日、藤壺《ふじつぼ》に帝《みかど》がお越しあそばされて、藤の花の宴をお催しになられます。南の廂《ひさし》の間《ま》の御簾《みす》を巻き上げて、玉座の御椅子《ごいし》を立てました。公《おおやけ》の御催しで、藤壺の主《あるじ》の姫宮がご奉仕になるのではなく、上達部《かんだちめ》や殿上人《てんじょうびと》の饗応などは、内蔵《くら》寮《づかさ》からご奉仕申し上げました。右大臣（夕霧）、按察《あぜち》の大納言（紅梅）、藤中納言、左兵衛《さひょうえ》の督《かみ》、親王《みこ》たちは三の宮（匂宮）、常陸《ひたち》の宮などが伺候なさいます。南の庭の藤の花の下に殿上人の座を設けました。後涼殿《こうろうでん》の東に楽所《がくそ》の人々を召して、暮れ行くままに双調《そうじょう》に吹き奏でます。殿上の御奏楽には、姫宮（女二の宮）の御方から御琴《こと》の類《たぐ》いや笛などをお出しになりましたので、大臣《おとど》を始め申し上げてそれらを帝のお前に取り次いではさし上げられます。故六条院（源氏）が御手づからお書きになって、入道の宮（女三の宮）にさし上げられました琴《きん》の譜《ふ》二巻を、五葉《ごよう》の松の枝に付けてありますのを、大臣がお取り次ぎになって、その由を奏上なさいます。次々に箏《そう》の御琴、琵琶《びわ》、和琴《わごん》など、これらはどれも朱雀院《すざくいん》の御遺品なのでした。笛はあの夢にお告げのあった故人（柏木）の形見《かたみ》の

明日《あす》とての日、藤壺に上渡らせたまひて、藤の花の宴せさせたまふ。南の廂の御簾あげて、倚子《いし》立てたり。公事《おほやけわざ》にて、主《あるじ》の宮の仕うまつりたまふにはあらず。上達部殿上人の饗《きやう》など、内蔵寮《くらづかさ》より仕うまつれり。右大臣《みぎのおとど》、按察《あぜちの》大納言、藤中納言、左兵衛督、親王《みこ》たちは三の宮、常陸の宮などさぶらひたまふ。南の庭の藤の花のもとに、殿上人の座はしたり。後涼殿《こうらうでん》の東《ひむがし》に、楽所《がくそ》の人々召して、暮れゆくほどに、双調《さうでう》に吹きて。上の御遊びに、宮の御方より御琴ども、笛など出ださせたまへば、大臣をはじめたてまつりて、御前にとりつつまゐりたまふ。故六条院の御手づから書きたまひて、入道の宮に奉らせたまひし琴の譜二巻、五葉の枝につけたるを、大臣取りたまひて奏したまふ。次々に、箏《さう》の御琴、琵琶、和琴など、朱雀院の物どもなりけり。笛は、かの夢に伝

御椅子
帝のお座りになる椅子。

藤壺の主の姫宮
藤壺に住まう女二の宮。

内蔵寮
宮中の宝物などを管理する役所。

後涼殿
清涼殿の西、藤壺の南にある殿舎。

唱歌
楽器に合わせて譜を謡《うた》うこと。

「をし」とおっしゃいます声づかい
天盃を賜わる際に発する作法の声。

それを、帝《みかど》が以前にまたとない音色《ねいろ》であるとお褒《ほ》めになられましたので、この度の折のすばらしい宴より他《ほか》には、いつまた晴れがましい機会があろうかとお思いになって、取り出されたのでありましょう。大臣《おとど》には和琴《わごん》、三の宮には琵琶《びわ》などをとりどりに賜わります。大将の御笛は、今日こそ世にまたとない音色の限りを尽くしてお吹き立てになられました。殿《てん》上人《じょうびと》の中でも、唱歌《しょうが》に不得意《ふとくい》でない者たちはお呼び出しになって、皆まことに興趣深く謡《うた》います。

女宮の御方から紛熟《ふずく》をおさし上げになりました。沈の折敷《おしき》四つ、紫檀《したん》の高坏《たかつき》、藤花の村濃《むらご》の打敷《うちしき》には藤の折枝《おりえだ》の刺繍《ししゅう》がしてありました。銀《しろがね》の様器《ようき》、瑠璃《るり》の御盃《さかづき》、瓶子《へいじ》は紺《こん》瑠璃です。兵衛《ひょうえ》の督《かみ》がお給仕役をご奉仕なさいます。帝から御盃を賜わりますのに、大臣が度々いただいては不都合であろうと、親王《みこ》方の御中にはまた適当なお方もおられませんので、大将にお譲り申されますのを、ご遠慮申されますけれど、帝のご意向もどうであったのでしょうか、お盃を捧げて「をし」とおっしゃいます声づかいや身の振る舞いまで、恒例の公式の

へし、いにしへの形見のを、またなきものの音《ね》なりとめでさせたまひければ、このをりのきよらより、または、いつかはえばえしきついでのあらむと思して、取う出たまへるなめり。大臣和琴、三の宮琵琶など、とりどりに賜ふ。大将の御笛は、今日ぞ世になき音の限りは吹きたてたまひける。殿上人の中にも、唱歌《しゃうが》につきなからぬどもは召し出でて、おもしろく遊ぶ。

宮の御方より、粉熟《ふずく》まゐらせたまへり。沈の折敷四つ、紫檀の高坏、藤の村濃の打敷に折枝縫ひたり。銀の様器、瑠璃《るり》の御盃、瓶子《へいじ》は紺瑠璃なり。兵衛督、御まかなひ仕うまつりたまふ。御盃まゐりたまふに、大臣《おとど》しきりては便《びん》なかるべし、宮たちの御中に、はた、さるべきもおはせねば、大将に譲りきこえたまふを、憚り申したまへど、御気色もいかがありけむ、御盃ささげて「をし」とのたまへ

天盃
天皇から賜わる盃。

作法ですけれど、他人とは違って見えますのも、今日は一段と帝《みかど》の婿《むこ》君と見る人の思いまでが加わるからでしょうか。さし返し土器《かわらけ》を賜わって階下に下《お》りて拝舞をなさる時の大将のお姿は、全く比類のない立派さです。上臈《じょうろう》の親王《みこ》たちや大臣《おとど》などが天盃《てんぱい》を賜りますのさえ結構なことですのに、大将はまして帝の婿君としてもてはやされ申していらっしゃるというご信任は、並々ではなくめったにないことですのに。それでも席次には定めがありますので、末座《まつざ》にお戻りになりお着きになりますのは、お気の毒にさえ見えるのでした。

按察《あぜち》の大納言は、「自分こそ女二の宮をいただいて、こうした光栄に浴したいと思っていたのに、妬《ねた》ましいことよ」と思って座っていらっしゃいました。大納言はこの女宮の母藤《ふじ》壺《つぼ》の女御《にょうご》に、昔心をお懸《か》け申し上げていらっしゃいましたが、入内《じゅだい》なさってからもやはり諦《あきら》めきれない様子でお手紙を通わせなさって、しまいには姫宮をいただきたいという気持ちになりましたので、そのお世話役を望む意向もそっとお漏《も》らし申し上げたのでしたが、女御は帝のお耳にさえお入れ申さず

る声づかひもてなしさへ、例の公《おほやけ》事《ごと》なれど、人に似ず見ゆるも、今日はいとど見なしさへそふにやあらむ。さし返し賜はりて、下りて舞踏したまへるほどいとたぐひなし。上臈の親王《みこ》たち大臣などの賜はりたまふだにめでたきことなるを、これは、まして、御婿にてもてはやされたてまつりたまへる、御おぼえおろかならずめづらしきに、限りあれば下《くだ》りたる座に帰り着きたまへるほど、心苦しきまでぞ見えける。

按察《あぜち》の大納言は、我こそかかる目も見むと思ひしか、ねたのわざや、と思ひゐたまへり。この宮の御母女御をぞ、昔、心かけきこえたまへりけるを、参りたまひて後も、なほ思ひ離れぬさまに聞こえ通ひたまひて、はては宮をえたてまつらむの心つきたりければ、御後見のぞむ気色も漏らし申しけれど、聞こしめしだに伝へずなりにけれ

になってしまいましたので、まことに不愉快に思って、

大納言「大将の人柄はいかにも前世の因縁《いんねん》も格別なようだが、どうして時の帝《みかど》が仰々しいまでに婿《むこ》として大切になさることがあろうか。他《ほか》に前例もないだろうよ。宮中の奥深く、帝の御座所の御殿近くに臣下の者が馴れ馴れしく伺候して、しまいには饗宴やら何やらともてはやされているとは。」

などと、ひどく非難して不平を漏《も》らし申していらっしゃいましたが、さすがに宴の様子が見たかったので参上して、心の中では腹を立てていらっしゃるのでした。

［四七］女二の宮の降嫁を祝い、帝を始め人々和歌を詠む

紙燭《しそく》を灯《とも》して多くの歌を献上します。次々と文台《ぶんだい》の所に進み寄っては懐紙《かいし》を置く時の様子は、それぞれ得意顔ですけれど、例によってさぞや奇妙な古めかしい歌だったろうと思いやられますので、強いてすべても尋ね出して書きません。上の身分の方々も、位が高いからといって、詠《よ》み口はどなたも格別なこともなさそうに思われますが、ほんのしるしばかり

ば、いと心やましと思ひて、

「人柄は、げに契りことなめれど、なぞ時の帝のことごとしきまで婿かしづきたまふべき。またあらじかし。九重の内に、おはします殿近きほどにて、ただ人のうちとけさぶらひて、はては宴や何やとても騒がるることは」

など、いみじく譏《そし》りつぶやき申したまひけれど、さすがゆかしかりければ参りて、心の中にぞ腹立ちゐたまへりける。

紙燭《しそく》さして歌ども奉る。文台《ぶんだい》のもとに寄りつつ置くほどの気色は、おのおのしたり顔なりけれど、例の、いかにあやしげに古めきたりけむと思ひやれば、あながちにみなも尋ね書かず。上の町も、上臈とて、御口つきどもは、ことなることと見えざめれど、しるしばかり

ということで、一つ二つ尋ね聞いておきました。

これは大将の君が庭上に下りて御挿頭《かざし》を折って献上なさった時のお歌とか。

薫 すべらぎのかざしに折ると藤の花及ばぬ枝に袖かけてけり

（帝《みかど》の挿頭に折ろうと思って、藤の花のとても手の届かぬ高い枝に袖をかけてしまいました。）

誰憚《はばか》らぬところが小憎らしいことですよ。

帝の御製、

帝 よろづ世をかけてにほはむ花なれば今日をも飽かぬ色とこそ見れ

（いつまでも変わらず匂う花であるから、今日も見飽きない色を見ることだ。）

右大臣、

夕霧 君がため折れるかざしは紫の雲に劣らぬ花のけしきか

（帝のために折った挿頭の花は、極楽浄土の紫の雲にも劣ら

とて、一つ二つぞ問ひ聞きたりし。

これは、大将の君の、下りて御かざし折りてまゐりたまへりけるとか。

すべらぎのかざしに折ると藤の花及ばぬ枝に袖かけてけり

うけばりたるぞ、憎きや。

よろづ世をかけてにほはむ花なれば今日をも飽かぬ色とこそ見れ

君がため折れるかざしは紫の雲に劣らぬ花のけしきか

すべらぎの
「すべらぎ」は帝の尊称。「及ばぬ枝」は及びもつかない高貴なお方、女二の宮のこと。

よろづ世を
「よろづ世をかけてにほはむ花」は、薫の将来の栄光をいう。

君がため
「紫の雲」は祥雲で極楽浄土にたなびく雲。

世の常の 「雲居」は天空に宮中をひびかす。

安名尊 催馬楽。「あな尊　今日の尊さ　や　いにしへも　はれ　いにしへも　かくやありけむ　や　今日の尊さ　あはれ　そこよしや　今日の尊さ」。

ない美しさです。）

大納言　世の常の色とも見えず雲居まで立ちのぼりたる
　　藤波の花
（ありふれた世の常の色とも見えません。宮中にまで生い
　立った藤の花は。）

これはあの腹を立てた大納言の詠《よ》んだ歌と思われます。一部には聞き違いもあったかも知れません。このように特に面白い趣向もない歌ばかりであったようです。

夜が更《ふ》けるにつれて、管弦の御遊びは一段と興に乗って来ます。大将の君が「安名尊《あなとうと》」をお謡《うた》いになる声がこの上なくすばらしいものでした。按察《あぜち》の大納言も、昔優《すぐ》れていらっしゃったお声の名残《なごり》はありますので、今も実に堂々とお合わせになっていらっしゃいます。右の大殿の御七郎君はまだ殿《てん》上童《じょうわらわ》で笙《しょう》を吹いています。まことにかわいらしかったので、帝《みかど》はお召し物を賜わります。そのお礼に父の大臣《おとど》が階下にお下《お》りになって拝舞をなさいます。

明け方近くになって、帝はお帰りあそばされました。祝儀

世の常の色とも見えず雲居
まで立ちのぼりたる藤波の
花

これやこの腹立つ大納言のなりけむと見ゆれ。かたへはひが言にもやありけむ。かやうに、ことなるをかしきふしもなくのみぞあなりし。

夜更くるままに、御遊びいとおもしろし。大将の君の、安名尊《あなたふと》うたひたまへる声ぞ、限りなくめでたかりける。按察《あぜち》も、昔すぐれたまへりし御声のなごりなれば、今もいとものものしくて、うち合はせたまへり。右の大殿の御七郎、童にて笙《さう》の笛吹く。いとうつくしかりければ御衣賜はす。大臣《おとど》下りて舞踏したまふ。

暁近うなりてぞ帰らせたまひけ

［四八］薫、女二の宮を三条の宮に迎え、なおも大君を想う

廂のついた御車
牛車で四方に廂《ひさし》のある車。上皇、親王、大臣など身分の高い者が乗る。ここは女二の宮用。

糸毛の車
車体を色糸で飾った牛車。

黄金造りの車
黄金または鍍金（めっき）で装飾した牛車。

檳榔毛の車
檳榔の葉を割いて屋根を葺いた牛車。

網代車
竹または檜皮を網代に組んで屋形に張った牛車。

出車
儀式などの際、飾りに出衣《いだしぎぬ》をして並べる車。

などは、上達部《かんだちめ》や親王《みこ》たちには帝《みかど》からご下賜になります。殿《てん》上人《じょうびと》や楽所《がくそ》の人々には、女宮の御方から、身分に応じて賜わりました。

その夜に大将は女宮を三条の宮に御退出させ申し上げました。その儀式はまことに格別なものです。帝付きの女房は全員お見送りのお供をおさせになりました。女宮は廂《ひさし》のついた御車にお召しになり、お供の女房たちは廂のない糸毛《いとげ》の車三両、黄《こ》金《がね》造《づく》りの車六両、普通の檳《び》榔毛《ろうげ》の車二十両、網《あ》代《じろ》車二両、これらに童《わらわ》、下仕えの女房が八人ずつお供をして、その上また大将方からは御迎えの出車《いだしぐるま》十二両に本邸の女房たちを乗せて来たのでした。御送りの上達部、殿上人、六位の者たちは、言い尽くせないほどの善美を尽くして装わせておりました。

このように女二の宮をお迎えして、気兼ねなく女宮にお会い申し上げなさいますと、まことに美しいお方でいらっしゃいます。小柄で気品が高くしとやかで、これという欠点もな

る。禄《ろく》ども、上達部、親王たちには、上より賜はす。殿上人、楽所の人々には、宮の御方より品々に賜ひけり。

その夜さりなむ、宮まかでさせたてまつりたまひける。儀式いと心ことなり。上の女房、さながら御送り仕うまつらせたまひける。廂《ひさし》の御車にて、廂なき糸毛三つ、黄《こ》金《がね》造り六つ、ただの檳榔毛《びらうげ》二十、網《あ》代《じろ》二つ、童、下仕八人づつさぶらふに、また、御迎への出車《いだしぐるま》どもに、本所の人々乗せてなむありける。御送りの上達部、殿上人、六位など、言ふ限りなききよらを尽くさせたまへり。

かくて心やすくうちとけて見たてまつりたまふに、いとをかしげにおはす。ささやかにあてにしめやかにて、ここはと見ゆるところ

くていらっしゃいますので、ご自分の運命も捨てたものではなかったのだと大将は得意になられますものの、亡き姫宮（大君《おおいきみ》）のことが忘れられればよいのですが、やはり紛《まぎ》れる時もなく恋しくばかり思われますので、「この世ではとても慰めようもないことなのであろう。あの世に成仏《じょうぶつ》した上で、不思議なほどつらかった姫宮との因縁《いんねん》について、何の報いであったか明らかにさせて、その上で諦《あきら》めることにしよう」とお思いになりながら、宇治のお寺の造営の準備にばかり心を入れていらっしゃるのでした。

なくおはすれば、宿世《すくせ》のほど口惜しからざりけりと、心おごりせらるるものから、過ぎにし方の忘らればこそはあらめ、なほ、紛るるをりなく、もののみ恋しくおぼゆれば、この世にては慰めかねつべきわざなめり、仏になりてこそは、あやしくつらかりける契りのほどを、何の報とあきらめて思ひはなれめ、と思ひつつ、寺のいそぎにのみ心をば入れたまへり。

［四九］薫、宇治を訪れ、偶然来合わせた浮舟と出会う

賀茂の祭 四月中の酉の日。賀茂神社の祭礼。

朽木のもと 一五二ページで「荒れはつる朽木のもとをやどり木と…」と詠んだ。

　賀茂の祭など騒がしい時期を過ごして、二十日《はつか》過ぎの頃に、大将（薫）は例によって宇治へお越しになりました。造らせていらっしゃる御堂をご覧になって、やるべきことどもをお言いつけになり、それから例の「朽木《くちき》のもと」と詠《よ》んだ尼君（弁《べん》の尼）を素通りなさるのもやはり不憫《ふびん》ですので、そちらの方へおいでになりますと、女車のそれほどものものしくもないのが一両、荒くれた東国の男で、腰に箙《えびら》を負っている者を

　賀茂の祭など騒がしきほど過ぐして、二十日《はつか》あまりのほどに、例の、宇治へおはしたり。造らせたまふ御堂《みだう》見たまひて、すべき事どもおきてのたまひ、さて、例の、朽木のもとを見たまへ過ぎむがなほあはれなれば、そなたざまにおはするに、女車のことごとしきさまにはあらぬ一つ、荒ましき東《あづま》

大ぜい連れて、下人も数多く、いかにも頼もしそうな様子で、ちょうど今宇治橋を渡って来るのが見えます。
田舎じみた者たちだな、とご覧になりながら、大将はまず内にお入《はい》りになって、御前駆《さき》の者たちがまだ外で立ち騒いでいるうちに、この女車もこのお邸《やしき》を目ざしてやって来るのだと思われます。御随身《みずいじん》たちが何やかやと言っているのをお制止になって、
薫「あれはどういう人なのか。」
と、尋ねさせなさいますと、東国なまりの者が、
従者「常陸前司《ひたちのぜんじ》殿の姫君（浮舟）が初瀬《はつせ》の御寺に参詣してお戻りになるところです。行きにもこちらにお泊《と》まりになりました。」
と申しますので、「おおそうか、話に聞いていた人のようだ」とお思い出しになって、供人たちを他所《よそ》へお隠しになって、
薫「早く御車を入れなさい。こちらに別の人が泊まっていらっしゃるけれど、北面《きたおもて》においでだから。」
と言わせなさいます。

男《をとこ》の腰に物負へるあまた具して、下人も数多く頼もしげなるけしきにて、橋より今渡り来る見ゆ。

田舎びたるものかな、と見たまひつつ、殿はまづ入りたまひて、御前どもはまだたち騒ぎたるほどに、この車も、この宮をさして来るなりけり、と見ゆ。御随身どもかやかやと言ふを制したまひて、

「何人ぞ」

と問はせたまへば、声うちゆがみたる者、

「常陸前司《ひたちのぜんじ》殿《どの》の姫君の初瀬《はつせ》の御寺に詣でてもどりたまへるなり。はじめもここになむ宿りたまへりし」

と申すに、おいや、聞きし人ななり、と思し出でて、人々をば他方に隠したまひて、

「はや御車入れよ、ここに、また、人宿りたまへど、北面になむ」

と言はせたまふ。

大将のお供の人たちも皆狩衣《かりぎぬ》姿でものものしくない身なりですけれども、やはり気配から身分の高いお方とはっきり分かるのでしょうか、煩《わずら》わしそうに思って馬などを引き遠ざけたりなどしては、畏《かしこ》まって控えています。車は邸内に引き入れて、廊《ろう》の西の端《はし》の方に寄せます。この寝殿《しんでん》はまだ人目を避けるものもなくて簾《すだれ》もかけてありません。格子《こうし》を下《お》ろした中の二間《ふたま》に立て隔ててある襖《ふすま》の穴から、大将はお覗きになります。衣《きぬ》ずれの音がしますので下着は脱ぎ置いて、直衣《なおし》と指貫《さしぬき》だけを着ていらっしゃいます。

女君（浮舟）はすぐには車から下《お》りませんで、尼君に案内を乞うて、このように身分の高そうな人がおられますのを、どなたかなどとお尋ねになっているようです。大将の君は車が例の人のだとお聞きになりますと、すぐに、

薫「決してその人にわたしがいることはおっしゃいますな。」

とまず口止めをさせていらっしゃいましたので、皆もそう心得て、

御供の人もみな狩衣《かりぎぬ》にて、ことごとしからぬ姿どもなれど、なほけはひやしるからむ、わづらはしげに思ひて、馬どもひき避けなどしつつ、かしこまりつつぞをる。車は入れて、廊の西のつまにぞ寄する。この寝殿はまだあらはにて、簾《すだれ》もかけず。下ろし籠めたる中の二間に立て隔てたる障子《さうじ》の穴よりのぞきたまふ。御衣の鳴れば、脱ぎおきて、直衣、指貫のかぎりを着てぞおはする。

とみにも下りで、尼君に消息して、かくやむごとなげなる人のおはするを、誰ぞなど案内するなるべし。君は、車をそれと聞きたまひつるより、

「ゆめ、その人にまろありとのたまふな」

と、まづ口固めさせたまひてければ、みなさ心得て、

女房「早くお下《お》りなさいませ。お客様はおいでになりますが、あちらの方ですから。」
と外の車に言い出しています。

「はやう下りさせたまへ。客《まら》人《うど》はものしたまへど、他方になむ」

と言ひ出だしたり。

［五〇］ 薫、浮舟を垣間《かいま》見て、その姿に惹きつけられる

若い女房で同車していましたのがまず下《お》りて、車の簾《すだれ》を上げているようです。お前の者たちよりはこの女房はもの馴れていて見苦しくありません。またほかに年配の女房がもう一人下りて、「早く」と言いますと、
浮舟「何だか人に見られているような気がしますわ。」
という声が、かすかですが上品に聞こえます。女房は、
女房「いつもそんなことを。こちらは前々からずっと格子《こうし》を下ろしたままでございます。ほかにまたどこから見られていることがありましょうか。」
と、安心しきって言っています。女君が周囲を気にしながらお下りになりますのを見ますと、まず頭《かしら》つきや容姿が細っそりとして気品があるところは、本当によく亡き姫宮（大君《おおいきみ》）が思い出されてしまいそうです。扇で顔をひたとさし隠して

若き人のある、まづ下りて、簾うちあぐめり。御前のさまよりは、このおもと馴れてめやすし。また、おとなびたる人いま一人下りて、「はやう」と言ふに、

「あやしくあらはなる心地こそすれ」

と言ふ声、ほのかなれどあてやかに聞こゆ。

「例の御こと。こなたは、さきざきもおろしこめてのみこそははべれ。さては、また、いづこのあらはなるべきぞ」

と、心をやりて言ふ。つつましげに下るるを見れば、まづ、頭《かしら》つき様体細やかにあてなるほどは、いとよくもの思ひ出でられぬべし。

若苗色 薄緑色。

泉川 木津川のこと。初瀬詣でにはこれを渡らなければならない。

いますので、顔が見えないうちはもどかしくて、大将は胸をどきどきさせながらご覧になっています。

車は高く、下《お》りる所は低くなっていますのを、女房たちは安々と下りてしまいましたけれど、この人は実に苦しげに思い煩《わずら》って、長くかかって下りて、中に膝をついて入《はい》っていきます。濃い紅《くれない》の袿《うちき》に撫子《なでしこ》と思われる細長、若苗色の小袿を着ています。四尺の屏風をこの襖《ふすま》に添えて立ててありますが、その上から覗ける穴ですので、室内はすっかり見えます。こちらの方を気がかりに思って、あちらを向いて物に寄り添い横になりました。女房は、

女房「随分苦しそうにお思いでしたね。泉川《いずみがわ》の渡し舟も本当に今日はひどく恐ろしゅうございました。この二月には水が少なかったのでようございました。でもまあ出歩きますのは、東国路《あずまじ》のことを思えばどこが恐ろしいものですか。」

などと、二人で疲れたとも思わずに話していますのに、主《あるじ》の君（浮舟）は何も言わずうつ伏していました。腕《かいな》を出してい

扇をつとさし隠したれば、顔は見えぬほど心もとなくて、胸うちつぶれつつ見たまふ。

車は高く、下るる所は下《くだ》りたるを、この人々は安らかに下りなしつれど、いと苦しげにややみて、久しく下りてゐざり入る。濃き袿に、撫子と思しき細長、若苗色の小袿着たり。四尺の屏風をこの障子にそへて立てたるが、上より見ゆる穴なれば残るところなし。こなたをばうしろめたげに思ひて、あなたざまに向きてぞ添ひ臥しぬる。

「さも苦しげに思したりつるかな。泉川の舟渡りも、まことに、今日は、いと恐ろしくこそありつれ。この二月《きさらぎ》には、水の少なかりしかばよかりしなりけり。いでや、歩くは、東国路《あづまぢ》を思へば、いづこか恐ろしからむ」

など、二人して、苦しとも思ひた

ますのがふっくらとして美しく見えますのも、常陸殿《ひたちどの》ふぜいの娘などとは見えず、実に気品があります。
大将殿は、だんだん腰が痛くなるほどまでじっと立ち続けていらっしゃいましたが、人のいる気配《けはい》をさせまいと、なおも動かずに覗き見をしておられますと、若い女房が、
女房「まあ、よい匂いですこと。とてもすばらしいお香《こう》の匂いがしますよ。尼君が焚《た》いていらっしゃるのでしょうか。」
すると年配の女房が、
女房「本当に何と結構な薫物《たきもの》の香りですこと。都の人はやはり本当に風雅で当世風ですね。奥方様は天下にこの上もなくお香の調合の上手と思っておりましたが、東国ではこんなすばらしい薫物の香はとても調合なさることはおできになれませんでしたよ。この尼君（弁《べん》の尼）は、お住まいはこのようにささやかでいらっしゃいますが、お召し物は申し分なく、鈍色《にびいろ》や青鈍色といってもとても美しくおいでですよ。」

らず言ひゐたるに、主《しゆう》は音もせでひれ臥したり。腕をさし出でたるが、まろらかにをかしげなるほども、常陸殿《ひたち》などいふべくは見えず、まことにあてなり。

やうやう腰いたきまで立ちすくみたまへど、人のけはひせじとて、なほ動かで見たまふに、若き人、

「あなかうばしや。いみじき香の香こそすれ。尼君のたきたまふにやあらむ」

老人、

「まことにあなめでたの物の香や。京人はなほいとこそみやびかにいまめかしけれ。天下にいみじきことと思したりしかど、東国《あづま》にてかかる薫物の香は、え合はせ出でたまはざりきかし。この尼君は、住まひかくかすかにおはすれど、装束のあらまほしく、鈍色《にびいろ》、青鈍といへど、いときよらにぞあるや」

鈍色や青鈍色
鈍色は濃い鼠色。青鈍色は薄い鼠色。喪服や出家の衣服に用いた色。

などと褒《ほ》めながら座っていました。向こうの簀子《すのこ》の方から女《め》の童《わらわ》が来て、

女童「お湯などさし上げて下さい。」

と言って、折敷《おしき》どもを次々とさし入れます。女房がくだものを取り寄せたりして、

女房「もしもし、これを。」

などと姫君をお起こしになりますけれど、お起きになりませんので、二人で栗のようなものでしょうか、ぽりぽりと食べていますのも、そんな様子など見聞きしたこともない大将のお心地には、見るに堪えられずに思わず引き退《の》きなさいますが、また覗いてみたくなっては、なおも立ち寄り立ち寄りして、ご覧になっていらっしゃいます。

この女君よりも身分のましな女房たちを、后《きさい》の宮（明石の中宮）のお邸《やしき》を始めとしてあちこちで、容貌の美しい人も気品のある人も、大ぜい見飽きるほどご覧になっていらっしゃいますけれど、大将殿はよほどのことがなければ目も心もおとめにならず、あまりなことと人に非難されるほど実直《じっちょく》でお

などほめゐたり。あなたの簀子より童来て、

「御湯などまゐらせたまへ」

とて、折敷どももとりつづきてさし入る。くだものとり寄せなどして、

「ものけたまはる。これ」

など起こせど、起きねば、二人して、栗などやうのものにや、ほろほろと食ふも、聞き知らぬ心地には、かたはらいたくて退《しぞ》きたまへど、また、ゆかしくなりつつ、なほ立ち寄り立ち寄り見たまふ。

これより勝《まさ》る際《きは》の人々を、后《きさい》の宮を始めてここかしこに、容貌《かたち》よきも心あてなるも、ここらあくまで見あつめたまへど、おぼろけならでは目も心もとまらず、あまり人にもどかるるまでものしたまふ

いでのご性分《しょうぶん》ですのに、ただ今は、どれほど優《すぐ》れて見えることもない人ですけれど、こうも立ち去り難く、むやみに会いたいと思われますのも、何とも不思議なお気持ちです。

［五一］ 薫、浮舟を垣間見て、亡き大君の面影に重ね感動する

尼君は、この大将殿の御方にもご挨拶申し上げましたけれど、

供人「ご気分が悪いということで、ちょうど今のところはお寝《やす》みになっていらっしゃいます。」

とお供の人々が気を利かせて言いましたので、尼君は大将殿がこの女君に会いたそうにおっしゃっていらしたので、このような機会に何かお話しかけになろうというおつもりで、日の暮れるのを待っておられるのかと思って、まさかこのように覗き見をしていらっしゃろうとは思いも寄りません。いつものように御荘園《しょうえん》の預り人たちがさし上げた破子《わりご》やら何やらを、尼君の方にもさし上げましたのを、東国の人たちにも食べさせたりして、いろいろと接待してから、尼君自身は身繕《づくろ》いをして、客人の女君の方に来ました。あの年配の女房が

心地に、ただ今は、何ばかり優《すぐ》れて見ゆる事もなき人なれど、かく立ち去りがたく、あながちにゆかしきも、いとあやしき心なり。

尼君は、この殿の御方にも、御消息聞こえ出だしたりけれど、

「御心地悩ましとて、今のほどうち休ませたまへるなり」

と、御供の人々心しらひて言ひたりければ、この君を尋ねまほしげにのたまひしかば、かかるついでにもの言ひふれむと思ほすにより、日暮らしたまふにや、と思ひて、かくのぞきたまふらむとは知らず、例の、御庄の預りどものまゐれる、破子《わりご》や何やと、こなたにも入れたるを、東国《あづま》人どもにも食はせなど、事ども行ひおきて、うち化粧じて、客人の方に来たり。ほめつる装束、げにいとかはらか

褒《ほ》めていた尼君の装束は、いかにも小ざっぱりとしていて、顔立ちもやはり上品で清楚な感じです。

弁「昨日《きのう》お着きになるかとお待ち申し上げておりましたのに、どうして今日に、それも日がたけてから。」

と言っているようですが、この年配の女房は、
女房「どうしたことか、とても苦しそうにばかりなさっておいででしたので、昨日はこの泉川《いずみがわ》の辺りで泊《と》まって、今朝《けさ》も長いことご気分を休めておりましたので。」

と答えて、女君を起こしますと、今やっとお起きになります。尼君のことを恥ずかしがって脇を向いている横顔が、ここからはとてもよく見えます。本当にいかにも奥ゆかしい目もとの風情《ふぜい》や髪の生えぎわのあたりなど、亡《な》き姫宮のお顔も詳しくつくづくとご覧になったわけではありませんが、今この女君をご覧になるにつけて、ただもうあのお方そっくりと思い出されますので、例によってつい涙がこぼれ落ちたのでした。女君が尼君に受け答えしている声や様子は、宮の御方（中の君）にも本当によく似ていると感じられます。


にて、みめもなほよしよししくきよげにぞある。

「昨日おはしつきなむと待ちきこえさせしを、などか今日も日たけては」

と言ふめれば、この老人《おいびと》、

「いとあやしく苦しげにのみせさせたまへば、昨日はこの泉川のわたりにて、今朝《けさ》も無期《ご》に御心地ためらひてなむ」

と答へて、起こせば、今ぞ起きゐたる。尼君を恥ぢらひて、そばみたるかたはらめ、これよりはいとよく見ゆ。まことにいとよしあるまみのほど、髪ざしのわたり、かれをも、くはしくつくづくとしも見たまはざりし御顔なれど、これを見るにつけて、ただそれと思ひ出でらるるに、例の、涙落ちぬ。尼君の答《いら》へうちする声けはひ、宮の御方にもいとよく似たりと聞こゆ。

大将は、「何とも心惹《ひ》かれる人だな。これほど亡《な》きお方に似ているのに、今まで尋ねも知らずに過ごして来たことよ。たとえあのお方より身分の低い血縁の者であったとしても、これほど似通っている人を手に入れたのなら、並一《ひと》通りには思えないという気がするのに、ましてやこの人は、父宮（八の宮）からはお認めいただけなかったけれど、確かに亡き宮の御娘であったのだ」と、そう思ってご覧になりますと、この上なくしみじみと嬉しくお思いになります。今すぐにでもお側《そば》に近寄って、

薫「あなたはこの世に生きていらしたのですね。」

と慰めてあげたいくらいです。「蓬莱《ほうらい》の島まで尋ね探してただ釵《かんざし》だけをやっと手にしてご覧になったという唐土《もろこし》の帝《みかど》は、やはりどんなにかもどかしく思われたことだろう。この人は亡き姫宮とは別人だけれども、心の慰めになりそうな様子だ」とお思いになりますのは、この人との因縁《いんねん》がおありだったのでありましょうか。

尼君は女君と少し話をして、すぐに奥へ入《はい》ってしまいまし

蓬莱の島まで… 玄宗皇帝が楊貴妃の幻を幻術士に捜させた話。白楽天の『長恨歌』にうたわれている。

あはれなりける人かな、かかりけるものを、今まで尋ねも知らで過ぐしけることよ、これより口惜しからむ際《きは》の品ならむゆかりなどにてだに、かばかり通ひきこえたらむ人をえてはおろかに思ふまじき心地するに、まして、これは、知られたてまつらざりけれど、まことに故宮の御子にこそはありけれ、と見なしたまひては、限りなくあはれにうれしくおぼえたまふ。ただ今も、はひ寄りて、

世の中におはしけるものを、

と言ひ慰めまほし。蓬莱まで尋ねて、釵《かむざし》のかぎりを伝へて見たまひけむ帝はなほいぶせかりけむ。これは別人《ことひと》なれど、慰めどころありぬべきさまなり、とおぼゆるは、この人に契りのおはしけるにやあらむ。

尼君は、物語すこししてとく入

た。女房たちが不審に思った香りを、尼君は大将が近くで覗いていらっしゃるらしいと察しましたので、くつろいだお話もせずに終わったのでありましょう。

［五二］ 薫、弁の尼を呼び、浮舟への仲介を依頼する

日も暮れていきますので、大将の君もそっと襖《ふすま》から立ち離れて、お召し物などをお整えになってから、いつもお呼び出しになる障子口《しょうじぐち》に尼君をお呼びになり、先方の様子などをお尋ねになります。

薫「折よく、嬉しくも来合わせたものですよ。どうでしたか、いつぞやお願いしておいたことは。」

とおっしゃいますと、

弁「あのような仰せ言があってから後《のち》は、適当な機会があればと待っておりましたが、去年は過ごしてしまいまして、ようやくこの二月に、初瀬詣《はつせもう》でのついでに対面いたしました。あの女君（浮舟）に思し召しの趣は、それとなく申しましたところ、実に畏《おそ》れ多くもったいないお身代わりでございますなどと申しておりましたが、その

りぬ。人の咎《とが》めつるかをりを、近くのぞきたまふなめり、と心得ければ、うちとけごとも語らはずなりぬるなるべし。

日暮れもていけば、君もやをら出でて、御衣など着たまひてぞ、例召し出づる障子口に尼君呼びて、ありさまなど問ひたまふ。

「をりしもうれしく参《ま》で来あひたるを。いかにぞ、かの聞こえしことは」

とのたまへば、

「しか仰せ言はべりし後は、さるべきついではべらば、と待ちはべりしに、去年《こぞ》は過ぎて、この二月になむ、初瀬詣のたよりに対面してはべりし。かの母君に、思しめしたるさまはほのめかしはべりしかば、いとかたはらいたく、かたじ

頃はあなた様がお忙しいと承《うけたまわ》っておりましたので、時機が悪いとご遠慮申しまして、これこれのことども申し上げずにおりましたが、またこの月にも参詣して、今日はそのお帰りのようなのです。行き帰りの中宿りとして、このように親しく立ち寄られますのも、ただ故宮の御跡をお慕い申していらっしゃるからでございましょう。あの母君（中将の君）はさし支えがあって、今度は姫宮がお一人でご参詣になったようですから、このようにあなた様がここにおいでになるとも先方にお知らせすることもあるまいと存じまして。」
と申し上げます。大将は、
薫「田舎じみた人たちに、人目を忍ぶやつれ姿で来たのを見られまいと、口止めしておいたのですが、どうでしょうか、下々の者たちにはすっかり知られてしまったでしょうよ。さてどうしたらよいでしょうか、お一人だけというならかえって気がねもないというものです。このように深い因縁《いんねん》があって参り合わせたのだとお伝え下

けなき御よそへにこそははべるなれ、などなむはべりしかど、その頃ほひは、のどやかにおはしまさず、と承りし、をり便なく思ひたまへつつみて、かくなむとも聞こえさせはべらざりしを、またこの月にも詣でて、今日帰りたまふなめり。行き帰りの中宿には、かく睦びらるるも、ただ過ぎにし御けはひを尋ねきこゆるゆゑになむはべめる。かの母君は、障る事ありて、このたびは、独りものしたまふめれば、かくおはしますとも、何かはものしはべらむとて」

と聞こゆ。

「田舎びたる人どもに、忍びやつれたる歩きも見えじとて口固めつれど、いかがあらむ、下衆どもは隠れあらじかし。さて、いかがすべき。独りものすらむこそなかなか心やす

さい。」

とおっしゃいますので、尼君は、

弁「まあ、突然に。いつの間に結ばれたご縁なのでしょうか。」

と、つい笑って、

弁「それではそのようにお伝えしましょう。」

と言って奥に入りますので、

薫 かほ鳥の声も聞きしにかよふやとしげみを分けて今日ぞ尋ぬる

(美しいかお鳥の面ざしだけでなく声もかつて聞いたお方に似かよっているかと、茂みを分けて今日尋ねて来たのでした。)

と、ただ口ずさみのようにおっしゃいますのを、尼君はあちらに入《はい》って女君に語り伝えたのでした。

かほ鳥の 「かほ鳥」は、かっこうのことという。「かほ」に顔をひびかし、亡き大君の顔や声によく似ていることをいう。

かなれ。かく契り深くてなむ参り来あひたる、と伝へたまへかし」

とのたまへば、

「うちつけに、いつのほどなる御契りにかは」

と、うち笑ひて、

「さらば、しか伝へはべらむ」

とて入るに、

かほ鳥の声も聞きしにかよふやとしげみを分けて今日ぞ尋ぬる

ただ口ずさみのやうにのたまふを、入りて語りけり。

50 東屋《あずまや》

中の君、物語を読ませて浮舟を慰める

「東屋」小見出し一覧

［一］薫、浮舟に会いたく思いながらも躊躇《ちゅうちょ》、母中将の君も遠慮
［二］中将の君、浮舟の良縁を願い大切に養育する
［三］常陸《ひたち》の守《かみ》の人柄とその暮らしぶり　左近の少将の求婚
［四］左近の少将、浮舟と婚約　守、実の娘に習い事をさせる
［五］少将、浮舟が守の実子でないことを知り立腹　仲介者弁解する
［六］少将、常陸の守の実の娘との縁組を所望する
［七］仲人、少将の意向を常陸の守に伝える　守、単純に喜ぶ
［八］仲人、少将の人物を大げさに褒《ほ》め上げ、守、満足する
［九］守、少将を実の娘の婿《むこ》に望む　少将も心を移す
［一〇］母君、浮舟の結婚の準備　常陸の守、破談を告げる
［一一］母君、乳母《めのと》と浮舟の不運を嘆く　乳母、薫大将を勧《すす》める
［一二］常陸の守、実の娘の婚儀の支度を精一杯進める
［一三］母中将の君、中の君に浮舟の庇護を頼む
［一四］常陸の守、左近の少将を歓待　浮舟、今までの部屋を出される
［一五］母中将の君、浮舟とともに中の君の宮邸に参上する
［一六］中将の君、匂宮と中の君夫妻の有様を見て羨《うらや》ましく思う
［一七］中将の君、少将とは格段に違う匂宮の美し

さに感動
〔一八〕中将の君、中の君と昔を回想　浮舟の身柄を任せる
〔一九〕薫、二条院へ来訪　中将の君、垣間《かいま》見て賛嘆する
〔二〇〕中の君、亡き大君を思う薫に浮舟を勧める
〔二一〕中将の君、薫を讃美、浮舟をと願う　女房たち、薫の芳香を絶賛
〔二二〕中将の君、浮舟を重ね重ね中の君に頼んで帰る
〔二三〕匂宮、帰邸　退出する中将の君の車を見咎《とが》める
〔二四〕中の君、洗髪　匂宮、偶然浮舟を覗き見て言い寄る
〔二五〕乳母、なすすべもなく、右近、事態を中の君に報告
〔二六〕匂宮、中宮の病気の報せにようやく浮舟から離れる
〔二七〕乳母、事態を嘆き、浮舟を慰め励ます
〔二八〕匂宮、参内　中の君、浮舟を自室に招く
〔二九〕中の君、浮舟と対面して亡姉を思いつつ慰める
〔三〇〕中の君、浮舟を慰める　女房たち、昨夜のことを憶測
〔三一〕中将の君、事情を知って浮舟を二条院から連れ出す
〔三二〕中将の君、浮舟を三条の小家に移す
〔三三〕中将の君、左近の少将を覗き見て歌を詠《よ》み交《か》わす
〔三四〕中将の君、浮舟の将来を思い悩み、薫を思う
〔三五〕浮舟、三条の小家でもの思いに沈み、母君と歌を贈答
〔三六〕薫、宇治を訪れ、完成した御堂を見る　そ

の様子

〔三七〕 薫、弁の尼に浮舟への仲介を依頼して宇治を去る

〔三八〕 弁の尼、京に出て三条の浮舟の隠れ家を訪れる

〔三九〕 薫、三条の隠れ家を訪問　浮舟と一夜を語らう

〔四〇〕 翌朝、薫、浮舟を伴って三条の隠れ家を出る

〔四一〕 宇治への車中、薫、浮舟をいたわり、弁と共に故大君を思う

〔四二〕 宇治に到着　浮舟、不安な身の上を思う

〔四三〕 薫、今後の浮舟の処遇をいろいろと思案する

〔四四〕 薫、琴を調べ、浮舟にも教えようとする

〔四五〕 薫、弁の尼と昔を思い、感慨深く歌を詠み交わす

［一］ 薫、浮舟に会いたく思いながらも躊躇《ちゅうちょ》、母中将の君も遠慮

筑波山を分け入って… 「筑波山端《は》山繁《しげ》山しげけれど思ひ入るには障らざりけり」（新古今・恋一 源重之）。常陸育ちの浮舟に逢いたい薫の心情を示す。

［二］ 中将の君、浮舟の良縁を願い大切に養育する

大将（薫）は、筑波山《つくばやま》を分け入ってみたいお気持ちはありながら、麓の山の繁りにまでむやみにお心をお寄せになりますのも、世間に聞こえたらまことに騒々しく恥ずかしいに違いない相手（浮舟）の身分ですので、躊躇《ちゅうちょ》なさって、お手紙さえもお遣わしになりません。あの弁《べん》の尼君の方から母北の方（中将の君）に、大将の仰せになった趣などを度々それとなく伝えて来ていましたが、本気でお心にかけて下さるはずのこととも思いませんので、ただそれほどまで娘のことを調べてご存じでいらっしゃることとばかり、興味深く思って、大将のご身分が今の世に類《たぐ》いなくいらっしゃいますにつけても、「こちらが人並みの身分だったら」などと、何かにつけて思っているのでした。

常陸《ひたち》の守《かみ》の子たちは、亡くなった先妻の子などが多く、今の北の方（中将の君）との間にも姫君と呼んで大事にしている娘があり、他《ほか》にもまだ幼い子供など、次々に五、六人生まれていましたので、守はさまざまに子供たちの世話をしなが

筑波《つくば》山を分け見まほしき御心はありながら、端山《はやま》の繁りまであながちに思ひ入らむも、いと人聞き軽々しうかたはらいたかるべきほどなれば、思し憚りて、御消息をだにえ伝へさせたまはず。かの尼君のもとよりぞ、母北の方に、のたまひしさまなどたびたびほのめかしおこせけれど、まめやかに御心とまるべき事とも思はねば、ただささまでも尋ね知りたまふらむことばかりをかしう思ひて、人の御ほどのただ今世にあり難げなるをも、数ならましかばなどぞ、よろづに思ひける。

守《かみ》の子どもは、母亡くなりにけるなどあまた、この腹にも姫君とつけてかしづくあり、まだ幼きなど、すぎすぎに五六人ありければ、さまざまにこのあつかひをしつつ、

ら、この連れ子の姫君（浮舟）については、他人のように分け隔てする気持ちがありましたので、母君はいつも守《かみ》のことを冷たい人だと恨めしく思っては、「何とかして他《ほか》の娘よりも一段と晴れがましい結婚をさせたいものだ」と、明け暮れこの姫君を大切にお世話しておりました。

容姿や顔立ちが一通《ひと》りで他の娘と同様に扱ってよいのなら、全くこのように何で苦しくなるまで思い悩んだりしましょうか。他の娘たちと同じように世間に思わせておいてもよいのですが、この姫君は一人際《きわ》だって心打たれるほどもったいなく成長なさいましたので、母君はこのままでは惜しいくらい不憫《ふびん》なことに思っていました。

守には娘が大ぜいいると聞いて、ちょっとした家の若君といった人々も、懸想文《けそうぶみ》を贈って来る者が実に沢山いるのでした。先妻腹の娘二、三人は、すでにそれぞれが縁付いて一人前にさせました。今度は自分の姫君を願い通りに縁付けてさし上げたいものと、母君は明け暮れ目を離さず、手塩にかけて大事にお世話をすることこの上もありません。

他人《ことひと》と思ひ隔てたる心のありければ、常にいとつらきものに守《かみ》をも恨みつつ、いかでひきすぐれて面だたしきほどにしなしても見えにしがなと、明け暮れ、この母君は思ひあつかひける。

さま容貌《かたち》のなのめにとりまぜてもありぬべくは、いとかうしも、何かは苦しきまでもて悩まし、同じごと思はせてもありぬべきを、ものにもまじらず、あはれにかたじけなく生ひ出でたまへば、あたらしく心苦しきものに思へり。

むすめ多かりと聞きて、なま君達めく人々もおとなひ言ふ、いとあまたありけり。はじめの腹の二三人は、みなさまざまにくばりて、おとなびさせたり。今は、わが姫君を、思ふやうにて見たてまつらばやと、明け暮れまもりて、撫でかしづくこと限りなし。

〔三〕常陸《ひたち》の守《かみ》の人柄とその暮らしぶり　左近の少将の求婚

庚申待ち
庚申《かのえさる》の夜は、眠ると三《さん》尸《し》という三匹の虫が体内から出て天帝に人の罪を報告するというので、この夜は徹夜で歌合や管弦の遊びをする習慣があった。

守《かみ》も賤しい身分の人ではありませんでした。もとは上達部《かんだちめ》の家筋で、親族も見苦しい身分ではなく、財産も豊かでしたから、分相応に気位が高く、家中もきらびやかで、小ぎれいに住みなし、風流を好んでいましたが、そのわりにはどうしたものか粗野で、田舎びた心がしみついているのでした。若い時からあのような東国の、京から遠く離れた世界に埋もれて年を過ごして来たせいでしょうか、言葉などはほとんど普通とは違って聞き取りにくく、何かちょっと言うのも少し訛《なま》りがあるようで、権勢家に対しては恐ろしく厄介なものと畏《おそ》れ憚《はばか》って、万事につけて実に抜け目なく用心深い心もありました。優雅に琴《こと》や笛をたしなむ方面は縁遠く、弓をとても見事に引いたのでした。

こうした平凡な家柄なども問題にせず、財力に惹《ひ》かれてよい若女房が集まり、装束や身だしなみは言いようもなく立派に整えては、下手な歌を競《きそ》い合い、物語や庚申待《こうしんま》ちをして、まともに見られないほどみっともなく遊び興じて風流ぶって

守《かみ》も賤しき人にはあらざりけり。上達部の筋にて、仲らひもものきたなき人ならず、徳いかめしうなどあれば、ほどほどにつけては思ひあがりて、家の内もきらきらしくものきよげに住みなし、事好みしたるほどよりはあやしう荒らかに田舎びたる心ぞつきたりける。若うより、さる東国《あづま》の方の遥かなる世界に埋もれて年経ければにや、声などほとほとうちゆがみぬべく、ものうち言ふすこしたみたるやうにて、豪家のあたり恐ろしくわづらはしきものに憚り怖ぢ、すべていとまたく隙間《すきま》なき心もあり。をかしきさまに、琴笛の道は遠う、弓をなむいとよくひきける。

なほなほしきあたりとも言はず、勢にひかされてよき若人ども集《つど》ひ、装束有様はえならず整へつつ、腰折れたる歌合はせ、物語庚申《かうしん》を

いますのを、この懸想人《けそうびと》の君達は、

「才気がある娘に違いない。器量もたいしたものだそうだ。」

などとよいように噂《うわさ》をして、それぞれ思いを募らせています中に、左近《さこん》の少将といって年は二十二、三ばかりで、性格は落ち着いていて学問があるという点では世間に認められていますが、華やかで当世風なことなどはできない性格なのでしょうか、これまで通《かよ》っていた女の所なども縁が切れて、こちらに実に熱心に求婚して来ているのでした。


この母君は、大ぜいのこうした言い寄って来る人の中で、「この少将の君は人柄も無難なようだ。考えもしっかりしていて道理もわきまえているようだし、人柄も上品で、これ以上に大層な身分の人は、またこのような所にいくら何でも縁を求めて来たりはしまい」と思って、この御方（浮舟）に取り次いで、しかるべき折々には風情《ふぜい》のあるように返事などをおさせ申し上げになります。そして母君は一人で心づもりし

左近の少将 左近衛府の次官。正五位下相当。

［四］ 左近の少将、浮舟と婚約　守、実の娘に習い事をさせる

し、まばゆく見苦しく遊びがちに好めるを、この懸想の君達、

「らうらうじくこそあるべけれ。容貌《かたち》なむいみじかなる」

などをかしき方に言ひなして心を尽くしあへる中に、左近少将とて、年二十二三ばかりのほどにて、心ばせしめやかに、才《ざえ》ありといふ方は人にゆるされたれど、きらきらしういまめいてなどはえあらぬにや、通ひし所なども絶えて、いとねむごろに言ひわたりけり。


この母君、あまたかかること言ふ人々の中に、この君は人柄もめやすかなり。心定まりてもの思ひ知りぬべかなるを、人もあてなり、これよりまさりてことごとしき際《きは》の人、はた、かかるあたりを、さいへど、尋ね寄らじ、と思ひて、この御方に取りつぎて、さるべきをりをりは、をかしきさまに返り

て、「守《かみ》がどれほど娘をおろそかに思っていようとも、自分は命に代えても大切にお世話して、姫君の姿かたちの美しさを見て親しむようになれば、いくら何でもなおざりに思う人はまさかおるまい」と心を決めて、結婚を八月頃と約束して、調度類を調《ととの》え、ちょっとした遊び道具を作らせても格別に趣向をこらし、蒔絵《まきえ》や螺鈿《らでん》の細工《さいく》の精巧な意匠の優《すぐ》れていると思われる物は、この御方のためにと取り隠して、あまりよくないものを、

中将君「これはいい物ですよ。」

と言って守《かみ》に見せますので、守は良し悪《あ》しも分からず、たいしたものでもない品々でも、人が調度というものは皆ただと り集めて置き並べては、人がその間から目を僅かに覗かせるという有様でした。

琴《こと》、琵琶《びわ》の師といって内教坊《ないきょうぼう》のあたりから迎えて来ては、娘たちに習わせます。一曲習い終わりますと、師を立ったり座ったりして拝み、喜んで褒美を取らせると言っては、体《からだ》も埋もれるばかりに大げさにしてもてはやしています。調子の

事などせさせたてまつる。心ひとつに思ひまうけて、守こそおろかに思ひなすとも、我は命を譲りてかしづきて、さま容貌《かたち》のめでたきを見つきなば、さりとも、おろかになどはよも思ふ人あらじ、と思ひたちて、八月ばかりと契りて、調度をまうけ、はかなき遊び物をせさせても、さまことにやうをかしう、蒔絵、螺鈿のこまやかなる心ばへまさりて見ゆる物をば、この御方にとり隠して、劣りのを、

「これなむよき」

とて見すれば、守はよくしも見知らず、そこはかとなき物どもの人の調度といふかぎりはただとり集めて並べ据ゑつつ、目をはつかにさし出づばかりにて。

琴琵琶の師とて、内教坊《ないけうばう》のわたりより迎へとりつつ習はす。手ひとつ弾きとれば、師を起居《たちゐ》拝みてよろこび、禄を取らすること埋《うづ》むばかりにてもて騒ぐ。はやりかな

蒔絵 漆の下絵に金銀・色粉などを蒔きつけて絵を描いたもの。

螺鈿 貝殻の光る部分をいろいろな形に切り、器物や漆器の面にはめこんで飾りとしたもの。

内教坊 宮中の節会などに女楽を奏する妓女たちがいる役所。

速い曲などを教えて、師匠と風情《ふぜい》のある夕暮れなどに娘たちが合奏して遊ぶ時は、人目も忍ばず涙を落として、愚《おろ》かしいまでそれでもやはり感激しています。そうしたことどもを、母君は少し教養があってとても見苦しいと思いますので、特に相手になさいませんのを、守《かみ》は

常陸守「わたしの娘を見下《くだ》していらっしゃるのだ。」

と、いつも恨んでいたのでした。

る曲物《ごくもの》など教へて、師と、をかしき夕暮などに、弾き合はせて遊ぶ時は、涙もつつまず、をこがましきまでさすがにものめでしたり。かかる事どもを、母君は、すこしもののゆゑ知りて、いと見苦しと思へば、ことにあへしらはぬを、

「あこをば思ひおとしたまへり」

と、常に恨みけり。

［五］少将、浮舟が守の実子でないことを知り立腹　仲介者弁解する

このようにしてあの少将（左近の少将）は、約束した日取りを待ちきれないで、

少将「同じことなら早く。」

とせき立てますので、母君は自分の一存でこのように準備を進めるのもとても気が引けることですし、少将の本心も分かりかねるように思って、初めからこの縁談を取り次いでくれた人が来ましたので、近くに呼び寄せて相談をします。

中将君「何かにつけていろいろと気兼ねすることが多いのですが。何か月もこのようにおっしゃって下さって日も

かくて、かの少将、契りしほどを待ちつけで、

「同じくはとく」

と責めければ、わが心ひとつにかう思ひいそぐもいとつつましう、人の心の知りがたさを思ひて、はじめより伝へそめける人の来たるに、近う呼び寄せて語らふ。

「よろづ多く思ひ憚ることの多かるを。月ごろかうのたま

経《た》ちましたし、あちらも並々のご身分の方ではいらっしゃいませんので、もったいなくお気の毒に存じまして、このお話を決心したのですが、父親などがおられぬ娘ですので、私《わたくし》一人で世話をしているようなもので、端目《はため》にも見苦しく行き届かないところをお見せすることもあろうかと、かねてから思っております。若い娘たちは大ぜいおりますが、大事に思ってくれる父親がついている人は、自然そちらに任《まか》せておいて、この姫君のお身の上だけが、無常の世の中を見るにつけても、気がかりで心配でしたが、あちら様は物の道理がよくお分かりになるようなお心ざまとうかがいまして、こうして一切の遠慮も忘れてしまいそうなのですが、もし思いがけないお心変わりでも見えましたら、世間のもの笑いになって悲しいことでございましょう。」

と言いましたので、仲人《なこうど》は少将の君のもとに参上して、「これこれです」と申し上げましたところ、少将はたちまち機嫌《きげん》が悪くなりました。

ひてほど経ぬるを、並々の人にもものしたまはねば、かたじけなう心苦しうて。かう思ひたちにたるを、親などものしたまはぬ人なれば、心ひとつなるやうにて、かたはらいたう、うちあはぬさまに見えたてまつることもやと、かねてなむ思ふ。若き人々あまたはべれど、思ふ人具したるは、おのづからと思ひ譲られて、この君の御ことをのみなむ、はかなき世の中を見るにも、うしろめたくいみじきを、もの思ひ知りぬべき御心ざまと聞きて、かうよろづのつつましさを忘れぬべかめるも、もし思はずなる御心ばへも見えば、人わらへに悲しうなむあるべき」

と言ひけるを、少将の君に参うでて、「しかじかなむ」と申しけるに、気色あしくなりぬ。

少将「始めから全く守《かみ》の実の御娘でないということは聞いていなかった。婿《むこ》になるのは同じことだが、継子《ままこ》では人聞きも何となく劣っている感じがして、出入りするのも具合がよくないに違いない。よく調べもしないでいい加減なことを伝えたものだ。」

とおっしゃいますので、仲人《なこうど》は困ってしまって、

仲人「私《わたくし》は詳しくも存じません。女たちの知るつてがあって、仰せ言をお取り次ぎしはじめたのでございますが、中でも大切にしている娘とだけ聞いておりましたので、守の娘に違いないとばかり思っておりました。他人の子をお持ちということは、尋ね聞くこともしませんでした。器量も気立ても優《すぐ》れておいでのこと、また母上がおかわいがりになって、晴れがましく高貴な縁組をしようと大切に育てていらっしゃると聞いておりましたところ、あなた様が何とかあのあたりとの縁組を取りもってくれる人がほしいとおっしゃいましたので、しかるべきつてを存じておりますと、お取り次ぎ申したのでござい

「はじめより、さらに、守の御むすめにあらずといふことをなむ聞かざりつる。同じことなれど、人聞きもけ劣りたる心地して、出で入りせむにもよからずなむあるべき。ようも案内せで、浮かびたることを伝へける」

とのたまふに、いとほしくなりて、

「くはしくも知りたまへず。女どもの知るたよりにて、仰せ言を伝へはじめはべりしに、中にかしづく娘とのみ聞きはべれば、守のにこそはとこそ思ひたまへつれ。他人《ことひと》の子持たまへらむとも、問ひ聞きはべらざりつるなり。容貌《かたち》心も優れてものしたまふ事、母上のかなしうしたまひて、面だたしう気高き事をせむ、とあがめかしづかると聞きはべりしかば、いかでかの辺の事伝へつべからむ人もがなとのた

ます。決していい加減だとのお咎《とが》めを受けるようなことはございません。」

と、怒りっぽく口達者《くちだつしゃ》な者なのでこう申し上げますと、少将の君はひどく品のない態度で、
少将「こんな受領《ずりょう》ふぜいの家に婿《むこ》として出入りするなど、世間では認めないことだけれど、当世風のことで非難はされまいと思うし、大切に後見《うしろみ》してくれることで、不体《ふてい》裁《さい》も隠れてしまう例もあるようだが、内々《うち》では継子《ままこ》も実子も同じだと思っても、世間の評判はこちらが追従《ついしょう》しているように取りなすに違いない。源少納言や讃岐《さぬき》の守《かみ》などが婿として得意顔で出入りするだろうに、わたしだけが守にも一向に認められない有様で付き合うのでは、何とも肩身が狭いことだろう。」

とおっしゃいます。

この仲人《なこうど》は、人にへつらう嫌《いや》なところのある性格の人で、この縁組が破れるのをどちらに対してもひどく残念に思いま

源少納言や讃岐の守 二人とも常陸の守の実娘の婿。少納言は従五位下相当、讃岐守は従五位下相当で、少将の方が正五位下で上位。

［六］ 少将、常陸の守の実の娘との縁組を所望する

まはせしかば、さるたより知りたまへり、ととり申ししなり。さらに、浮かびたる罪はべるまじき事なり」

と、腹あしく言葉多かるものにて、申すに、君、いとあてやかならぬさまにて、

「かやうのあたりに行き通はむ、人のをさをさゆるさぬ事なれど、今様の事にて咎あるまじう、もてあがめて後見《うしろみ》だつに罪隠してなむあるたぐひもあめるを、同じ事と内々には思ふとも、よそのおぼえなむ、へつらひて人言ひなすべき。源少納言、讃岐守《さぬきのかみ》などのうけばりたる気色にて出で入らむに、守にもをさをさ承けられぬさまにてまじらはむなむ、いと人げなかるべき」

とのたまふ。

この人追従《ついそう》あり、うたてある人の心にて、これをいと口惜しうこ

したので、
仲人「本当に守《かみ》の娘をとお望みなら、まだお若くはいらっしゃいますが、そのようにお伝えいたしましょう。二番目に当たるお方を守は姫君と呼んで、大層かわいがっていらっしゃるそうです。」
と申し上げます。
少将「さあね。始めからあのように言い寄った方をさしおいて、また別の娘に申し込むのは嫌《いや》なことだ。だけどわたしの本意は、あの守が人柄も重々しく老成した人なので、後見役《こうけんやく》にもしたいと、見所があって思いついた事なのだ。顔立ちが優《すぐ》れているような女をという望みは全くない。上品で優雅な女を願うのなら、簡単に手に入れることができよう。しかし貧しくて暮らしも思うにまかせないのに風流を好む人の将来は、何となくみすぼらしく、世間からも人並みに思われないのを見ると、多少人に非難されても、平穏に世の中を過ごしていく事を願っているのだ。守にこれこれと相談して、それでもよいと許

なたかなたに思ひければ、

「まことに守のむすめと思さば、まだ若うなどおはすとも、しか伝へはべらむかし。中に当るなむ、姫君とて、守はいとかなしうしたまふなる」

と聞こゆ。

「いさや。始めよりしか言ひ寄れる事をおきて、また言はむこそうたてあれ。されどわが本意は、かの守の主の人柄もものものしく大人しき人なれば、後見《うしろみ》にもせまほしう見る所ありて思ひ始めし事なり。もはら顔容貌《かたち》の優れたらむ女の願ひもなし。品あてに艶ならむ女を願はば、易くえつべし。されど、寂しう事うちあはぬみやび好める人のはてはては、もの清くもなく、人にも人ともおぼえたらぬを見れば、少し人に譏らるとも、な

す様子があるなら、こちらは何も構わない、そうしよう。」

とおっしゃいます。

［七］ 仲人、少将の意向を常陸の守に伝える 守、単純に喜ぶ

この仲人《なこうど》は、妹がこの西の対《たい》の姫君（浮舟）にお仕えしていた縁故で、こうしたお手紙なども取り次ぎ始めたのですけれど、守《かみ》にはよくも知られていない者でした。それがずかずかと守のいる部屋の前まで行って、

仲人「お伝え申すべきことがありまして。」

と取り次がせます。守は、

常陸守「このあたりに時々出入りすることは聞いていたけれど、わたしの前に呼び出してもいない者が、何事を言いに来たのだろうか。」

と、何やら荒々しげな様子ですけれど、

仲人「左《さ》近《こん》の少将殿のご伝言があって参りました。」

と取り次がせましたので対面しました。

仲人は話しにくそうな顔をして、近くに寄って、

だらかにて世の中を過ぐさむ事を願ふなり。守にかくなむと語らひて、さもと許す気色あらば何かはさも」

とのたまふ。

この人は、妹のこの西の御方にある頼りに、かかる御文などもとり伝へ始めけれど、守には詳しくも見え知られぬ者なりけり。ただ行きに守のゐたりける前に行きて、

「とり申すべき事ありてなむ」

と言はす。守、

「この辺《わた》りに時々出で入りはすと聞けど、前には呼び出でぬ人の何事言ひにかあらむ」

と、なま荒々しき気色なれど、

「左近少将殿の御消息にてなむさぶらふ」

と言はせたれば、会ひたり。

語らひがたげなる顔して、近うゐ寄りて、

仲人「この数ヶ月、少将殿がこちらの奥様（中将の君）にお手紙をさし上げていらっしゃいますが、お許しがあってこの八月の内に縁組をとお約束申されたことがございましたので、吉日を選んで早くと待ち遠しく思っておられましたところ、或人が申しましたことには、『たしかに北の方のお生みになったお子でいらっしゃるが、守《かみ》の殿の実の御娘ではいらっしゃらないから、もし君達がお通いになったら、世間の噂《うわさ》でへつらっているように言われるだろう。受領《ずりよう》の御婿《むこ》君におなりになるこのような君達は、ただもう妻の親が婿を内《うち》々の主君のように大切にお世話申し上げて、手に捧げ持つように心を尽くして後《うし》見《ろみ》申し上げるのに期待してこそ、そのような結婚をなさる方々がおられるようなのに、そうはいっても相手が継《まま》子《こ》では、そうしたお望みは無理なようで、ほとんど婿として認められもなさらずに、劣《おと》った待遇でお通《かよ》いになるのは、具合が悪いに違いない』と、しきりに非難する人々が大ぜいいらっしゃるようですので、少将の君は今

「月頃内の御方に消息聞こえさせたまふを、御許しありて、この月の程にと契りきこえさせたまふ事はべるを、日を計らひて、いつしかと思ほす程に、ある人の申しけるやう、まことに北の方の御腹にものしたまへど、守の殿の御娘にはおはせず、君達のおはし通はむに、世の聞こえなむ諂《へつら》ひたるやうならむ、受領の御婿になりたまふかやうの君達は、ただ私の君の如く思ひかしづきたてまつり、手に捧げたるごと思ひ扱ひ後見《うしろみ》たてまつるにかかりてなむ、さるふるまひしたまふ人々ものしたまふめるを、さすがにその御願ひはあながちなるやうにて、をさをさ承《う》けられたまはで、け劣りておはし通はむ事便なかるべきよしをなむ、切に譏り申す人々あまたはべるなれば、

思い悩んでおられます。

そして『始めから羽振りがよく後ろ盾《うしろだて》としてお頼りしても十分期待にお答え下さるご人望あるお方をお選び申して、お便りをさし上げはじめたのだ。もとの願い通りに、他《ほか》に幼い方々も大ぜいいらっしゃるということだが、そちらをお許し下されば大変嬉しいのだが。あちらに参上して守《かみ》のご意向をうかがって来てくれないか』と仰せになりましたので。」

と言いますので、守は、
常陸守「全くそのようなお申し入れがありましたことは詳しく承《うけたまわ》っていないのです。

たしかに実の娘と同様に思うべき娘ですが、ほかに不出来な実の娘も大ぜいおりまして、頼りにもならない身であれこれ世話をしておりますうちに、母親なる者も、わたしがその娘（浮舟）を他の娘と分け隔てをしているとひがんで言う事がございまして、わたしにはとやかく口を入れさせない娘の事でございますから、うすうすこ

ただ今思し煩ひてなむ。

はじめよりただきらきらしう、人の後見と頼みきこえむに、たへたまへる御おぼえを選び申して、聞こえはじめ申ししなり。さらに、他人《ことひと》ものしたまふらむといふ事知らざりければ、本の心ざしのままに、まだ幼きもあまたおはすなるを許いたまはば、いと嬉しくなむ。御気色見て参うで来《こ》、と仰せられつれば」

と言ふに、守、

「さらに、かかる御消息はべるよし、くはしく承らず。

まことに同じ事に思うたまふべき人なれど、よからぬ童べあまたはべりて、はかばかしからぬ身に、さまざま思ひたまへ扱かふほどに　母なるものもこれを他人《ことひと》と思ひわけたる事、とくねり言ふ事はべりて、ともかくも口入れさせ

のように仰せられることがございましたとは聞いておりましたが、このわたしを取り所と見込まれてのご意向とは存じませんでした。

それならまことに嬉しく存じられるお話でございます。大層かわいいと思う女の子は、大ぜいの中でこの子だけはわたしの命に代えてもと思っております。結婚を望む人々はおられますが、当今の人のお心は当てにならないと聞いておりますので。かえって胸の痛い目をみるのではないかと気がかりで、決めることもなくて過ごしております。

何とか安心できるように世話をしておきたいと、明け暮れ不憫《ふびん》に思っておりますが、少将殿におかれましては、お父上の亡き大将殿にも、わたしは若い時分からお邸《やしき》に伺ってお仕えいたしました。

家臣として少将殿を拝見しました時は、まことにご立派で、お仕え申したいと慕わしく存じておりましたのに、遠く離れた地に長い間過ごしております数年のうちに、

ぬ人の事にはべれば、ほのかにしかなむ仰せらるる事はべりとは聞きはべりしかど、なにがしを取り所に思しける御心は知りはべらざりけり。

さるは、いと嬉しく思ひたまへらるる御事にこそはべるなれ。いとらうたしと思ふ女の童は、あまたの中に、これをなむ命にもかへむと思ひはべる。のたまふ人々あれど、今の世の人の御心定めなく聞こえはべるに、なかなか胸痛き目をや見むの憚りに、思ひ定むる事もなくてなむ。

いかで後ろ安くも見たまへおかむと明け暮れ悲しく思うたまふるを、少将殿におきたてまつりては、故大将殿にも若くより参り仕うまつりき。

家の子にて見たてまつりしに、いと警策《きやうざく》に仕うまつらまほしと心つきて思ひきこえし

遠く離れた地に…

陸奥、常陸などの受領を歴任したこと。

気恥ずかしく思うようになりまして、参上してお仕えもいたしませんのに、このようなご意向がございましたとは。

　重ね重ね仰せのままに娘をさし上げますのはたやすいことですが、この数か月来の少将殿のお気持ちを妨《さまた》げでもしたように、この母親（中将の君）が考えるだろうと、そのことが思い憚《はばか》られるのでございます。」

と、大層こまごまと話をします。


［八］仲人、少将の人物を大げさに褒《ほ》め上げ、守、満足する

仲人《なこうど》は、うまく行きそうだと嬉しく思っています。

仲人「何かとお気づかいなさるようなこともございません。あちらの少将殿のお気持ちは、ただあなた様お一人のお許しがございますのを願っておられまして、『幼くてまだお年も足りないほどでいらっしゃろうと、守《かみ》の実の御子で大切に思い定めておられるお方をこそ本望に叶う相手にしよう。決してそのような周辺の話に乗るような振る舞いをすべきではないのだ』とおっしゃっておられま

かど、遥かなる所にうち続きて過ぐしはべる年頃の程に、初《うひ》々しく覚えはべりてなむ、参りも仕まつらぬを、かかる御心ざしのはべりけるを。

　かへすがへす、仰せのごと奉らむは安き事なれど、月頃の御心違へたるやうに、この人の思ひたまへむことをなむ、思うたまへ憚りはべる」

と、いとこまやかに言ふ。

よろしげなめり、と嬉しく思ふ。

「何かと思し憚るべき事にもはべらず。かの御心ざしはただ一所の御許しはべらむを願ひ思して、幼《いは》けなく年足らぬほどにおはすとも真実のやむごとなく思ひおきてたまへらむをこそ、本意叶ふにはせめ。もはらさやうのほとりばみたらむふるまひすべきにもあら

した。
少将殿のお人柄はまことに高貴で、世間の評判も奥ゆかしくいらっしゃる君なのです。若い殿方だからといって、好色めいて上品ぶってもいらっしゃらず、世間の様子もとてもよく分かっていらっしゃいます。ご所有の荘《しょう》園《えん》も非常に多くお持ちでございます。まだ今のところご収入はあまりおありではないようですが、自然と高貴な人の風格がおありのご様子は、並の人が莫大な財力を持っている勢いより勝《まさ》っていらっしゃいます。来年はきっと四位《しい》におなりになるでしょう。今度の蔵人《くろうど》の頭《とう》ご就任は間違いなく、帝《みかど》がご自身のお口から仰せになったそうです。『何一つ不足がなく安心のおけるそなたが妻を決めていないとのこと、早くしかるべき人を選んで後《うし》ろ盾を作るがよい。上達部《かんだちめ》にはわたしがいるのだから今日明日にでも昇進させてやろう』と仰せになられたということです。何事ももっぱらこの君が帝にも親しくお仕えしているそうです。

蔵人の頭
蔵人の首座で、四位相当。武官から一人、文官から一人選ばれる。前者は頭の中将、後者は頭の弁、と呼ばれ、上達部昇進の道も開ける出世コース。

ず、となむのたまひつる。
人柄はいとやむごとなく、おぼえ心にくくおはする君なりけり。若き君たちとて、すきずきしくあてびてもおはしまさず、世の有様もいとよく知りたまへり。領じたまふ所々もいと多くはべり。まだころの御徳なきやうなれど、自《おのず》からやむごとなき人の御けはひのありけるやう、直人《なほびと》の限りなき富、といふめる勢には勝りたまへり。来年四位になりたまひなむ。こたみの頭《とう》は疑ひなく、帝の御口づからごてたまへるなり。よろづの事足らひてめやすき朝臣の妻をなむ定めざなる。はやさるべき人選りて後見《うしろみ》をまうけよ。上達部には、我しあれば今日明日といふばかりになし上げてむ、とこそ仰せらるなれ。何事も、ただこの君ぞ帝にも

［九］守、少将を実の娘の婿《むこ》に望む　少将も心を移す

ご性格がまたまことにご立派で、重々しくいらっしゃるようです。もったいないほどの婿《むこ》殿ですよ。こうお聞きになったら、すぐに決心なさるのがよろしいでしょう。あちらの殿には我も我もと婿にお迎え申そうという方々があちこちにございますから、こちらでおしぶりになっているご様子ならば、他《ほか》の方にというお考えになるでしょう。これはただご安心のいくご縁組をお取り持ち申しているのです。」

と、まことに言葉多く、調子よさそうに言い続けますので、全くあきれるほど田舎《いなか》びた守《かみ》のことですので、にこにこしながら聞いています。

常陸守「近頃のご財力などが心もとないなどとはおっしゃいますな。このわたしが生きております限りは、頭上に捧げてでも大切にお仕え申し上げましょう。心配して何を不満と思われましょうか。たとえわたしが寿命に耐えず、途中でお仕えできなくなっても、遺産の宝物や、所

親しく仕うまつりたまふなる。御心、はた、いみじう警策に、重々しくなむおはしますめる。あたら人の御婿を。かう聞きたまふほどに思ほしたちなむこそよからめ。かの殿には、我も我も婿にとりたてまつらむと、所々にはべるなれば、ここにしぶしぶなる御けはひあらば、外ざまにも思しなりなむ。これただ、うしろやすき事をとり申すなり」と、いと多く、よげに言ひつづくるに、いとあさましく鄙びたる守にて、うち笑みつつ聞きゐたり。

「このごろの御徳などの心もとなからむ事は、なのたまひそ。なにがし命はべらむほどは、頂にも捧げたてまつりてむ。心もとなく何を飽かぬとか思すべき。たとひ、あへずして、仕うまつりさしつとも、

妹の女房 仲人の妹。浮舟付きの女房。

西の対の方 浮舟のいる方。

領しております所々は、一つでも取り争うような者はおりません。子供は多くおりますが、この娘は初めから格別にかわいく思っていた者でございます。ただ心から愛してお世話下さいますなら、大臣の位を求めようとお望みになって、世にまたとない宝物をお使いになろうとしても、手許にないものはございますまい。当代の帝《みかど》がそのように思いをかけて下さるのならば、御後見《うしろみ》についてはご心配に及びますまい。この縁組があちら様のためにもわたしの小娘のためにも、幸せというべきかどうかは分かりませんが。」

と満足そうに言う時に、仲人はすっかり嬉しくなって、妹の女房にもこんなことがあったとも話さず、また西の対《たい》の方にも寄りつかないで、守《かみ》の言った事を全くもって結構でめでたいことだと思って少将に申し上げますと、少将の君（左近の少将）は、少し田舎じみた話だとはお聞きになりますが悪い気はせず、笑《え》みを浮かべて聞いていらっしゃいました。大臣になるための資金を面倒みようなどとは、あまりにも大げさ

残りの宝物、領じはべる所々、一つにてもまたとり争ふべき人なし。子ども多くはべれど、これはさまことに思ひそめたる者にはべり。ただ真心に思しかへりみさせたまはば、大臣の位を求めむと思し願ひて、世になき宝物をも尽くさむとしたまはむに、なき物はべるまじ。当時の帝、しか恵み申したまふなれば、御後見は心もとなかるまじ。これ、かの御ためも、なにがしが女の童のためにも、幸ひとあるべきことにや、とも知らず」

とよろしげに言ふ時に、いと嬉しくなりて妹にもかかる事ありとも語らず、あなたにも寄りつかで、守の言ひつる事をいともいともよげにめでたし、と思ひて聞こゆれば、君少し鄙びてぞあるとは聞きたまへど、憎からずうち笑みて聞きゐたまへり。大臣にならむ贖労《ぞくらう》

なことだと耳がとまるのでした。

少将「ところであちらの北の方にはこれこれだと話したのですか。最初から格別熱心にその気になっておられたようだから、約束を違《たが》えたりしては非常識で、筋が通らないと取り沙汰する人もいるだろう。さてどうしたものか。」

とためらっていらっしゃいますので、仲人《なこうど》は、

仲人「いえ何、北の方もその姫君を本当に大切な娘としてかわいがっておられるそうです。ただお子様の中で連れ子のお方は一番年長で、年も大人びていらっしゃいますのを不憫《ふびん》に思って、そちらにと話を持って行かれたわけなのです。」

と申し上げます。少将は、この何か月かの間はこの上なく並みはずれて大切にしていたと言っていたのに、突然そのように言うのもどういうことかと思いますが、やはり一度はひどいと思われ、人からは多少非難されても、末永くまで頼れる結婚をこそと、実に全くしっかりした殿方で、そう心に決め

を取らむなどぞ、あまりおどろおどろしき事と耳とどまりける。

「さて、かの北の方にはかくともものしつや。心ざしことに思ひはじめたまふらむに、ひき違へたらむ、ひがひがしくねぢけたるやうにとりなす人もあらむ。いさや」

と思したゆたひたるを、

「何か。北の方もかの姫君をばいとやむごとなきものに思ひかしづきたてまつりたまふなり。ただ中のこのかみにて、年も大人びたまふを心苦しき事に思ひて、そなたにと面むけて申されけるなりけり」

と聞こゆ。月頃は、またなく世の常ならずかしづくと言ひつるものの、うちつけにかく言ふもいかならむと思へども、なほ一わたりは辛しと思はれ、人には少し謗らるとも、長らへて頼もしき事をこそと、いと全く賢き君にて思ひとり

ましたので、日取りさえ変えずに、約束した日の暮れにお通《かよ》い始めになりました。

[一〇] 母君、浮舟の結婚の準備 常陸の守、破談を告げる

北の方（中将の君）は密かに準備をはじめて、女房たちの衣装を整《ととの》えさせ、部屋の設備など趣あるようにしつらえていらっしゃいます。姫君（浮舟）にも髪を洗わせ身繕《づくろ》いをさせてみますと、少将（左近の少将）程度の人と結婚させるのも惜しくもったいないほどのご様子ですのを、「かわいそうに。父宮（八の宮）にお認めいただいてお育ちになったならば、宮はお亡くなりになったけれど、大将殿（薫）がおっしゃって下さったように、分不相応であってもどうしてそのつもりに思い立たないことがあろう。けれど内々にはそう思っても、世間の評判は、守《かみ》の娘とも区別がつかず、また真実を知る人でも、かえって軽蔑するに違いないのは何とも悲しいこと」などと思い続けています。「どうしたものだろうか。娘が盛りを過ぎておしまいになるのも本意ではない。家柄も賤しくなく無難な身分の人が、こうして熱心におっしゃっているよ

てければ、日をだにとりかへで契りし暮にぞおはしはじめける。

北の方は人知れずいそぎたちて、人々の装束せさせ、しつらひなどよしよししうしたまふ。御方をも、頭《かしら》洗はせ、とりつくろひて見るに、少将などいふほどの人に見せむも惜しくあたらしきさまを、あはれや、親に知られたてまつりて生ひ立ちたまはましかば、おはせずなりにたれども、大将殿ののたまふらむさまに、おほけなくともなどかは思ひたたざらまし。されど、内々にこそかく思へ、外《ほか》の音聞きは、守の子とも思ひわかず、また、実を尋ね知らむ人もなかなかおとしめ思ひぬべきこそ悲しけれ、など思ひつづく。いかがはせむ。さかり過ぎたまはむもあいなし。賤しからずめやすきほどの人のかくねむごろにのたまふめるを、

うだから」などと、心一つに決めてしまいますのも、仲人《なこうど》があのようにとても言葉巧みであったので、女は一層騙《だま》されたのでしょうか。

約束の日が明日《あす》明後日《あさって》になったと思いますと、気ぜわしく忙しいので、北の方はこちらの部屋にもゆっくり落ち着いていられず、そわそわと歩き回っておりますと、守《かみ》が外から入《はい》って来て、長々とよどみなく言い続けて、

常陸守「わたしを除《の》け者にして、かわいいわが子の懸想人《けそうびと》を奪おうとなさったのは、身のほど知らずの浅はかなお心だ。あなたのご立派な御娘などをお望みになる君達はおるまい。賤しくてまともでない手前らの娘を、身分不相応にも尋ね出してお望みのようだ。うまく企てなさったが、少将殿はもっぱら本意ではないと言って、よそに心変わりなさりそうだったので、同じことならと思って、それではお心のままにと、わたしの娘との結婚をお許し申したのだ。」

などと、奇妙なほど無遠慮に、人がどう思うかも構わない人

など、心ひとつに思ひ定むるも、仲人《なかだち》のかく言《こと》よくいみじきに、女は、まして、すかされたるにやあらむ。

明日明後日《あすあさて》と思へば、心あわたたしく急がしきに、こなたにも心のどかにゐられたらず、そそめき歩くに、守、外《と》より入り来て、長々と、とどこほるところもなく言ひつづけて、

「我を思ひ隔てて、あこの御懸想人を奪はむとしたまひけるが、おほけなく心幼きこと。めでたからむ御むすめをば、要ぜさせたまふ君達あらじ。賤しく異やうならむなにがしらが女子《をむなご》をぞ、いやしうも尋ねのたまふめれ。かしこく思ひくはだてられけれど、もはら本意なしとて、外《ほか》ざまへ思ひなりたまひぬべかむなれば、同じくは、と思ひてなむ、さらば御心、とゆるし申しつる」

で、言い散らしています。北の方は呆れて何も言えず、しばらく考えておりますと、情《なさ》けなさが次々とこみ上げて来て、今にも涙がこぼれ落ちそうにあれこれ思い続けられますので、そっとその場を立ちました。

など、あやしく奥なく人の思はむところも知らぬ人にて、言ひ散らしゐたり。北の方あきれて、ものも言はれでとばかり思ふに、心憂さをかき連ね、涙も落ちぬばかり思ひ続けられてやをら立ちぬ。

［一一］ 母君、乳母《めのと》と浮舟の不運を嘆く　乳母、薫大将を勧《すす》める

母君がこちらの部屋に来てみますと、姫君（浮舟）は本当にかわいらしく美しい様子で座っていらっしゃいますので、こうはなっても誰にも劣りなさいますまいと思って心を慰めています。乳母《めのと》と二人で、

中将君「情けないものは人の心なのでした。私《わたくし》はどの子も同じように世話をしていても、この姫君の婿《むこ》にと思う人のためには、命さえ譲ってもよいと思っているのです。それなのに父親がいないと聞き侮《あなど》って、まだ幼く釣り合いもとれない娘を、こちらをさし置いて、このように言われたままになれるでしょうか。こんな情けないことは近くで見たり聞いたりしたくないと思いましたが、守《かみ》があのように面目あることと思って、結婚を承諾して騒い

こなたに渡りて見るに、いとらうたげにをかしげにてゐたまへるに、さりとも人には劣りたまはじ、とは思ひ慰さむ。乳母と二人、

「心憂きものは人の心なりけり。おのれは、同じごと思ひあつかふとも、この君のゆかりと思はむ人のためには、命をも譲りつべくこそ思へ。親なしと聞き侮りて、まだ幼くなりあはぬ人を、さし越えて、かくは言ひなるべしや。かく心憂く、近きあたりに見じ聞かじ、と思ひぬれど、守のかく面だたしきことに思ひて、

でいるようですから、どちらもお似合いの当世風な有様なので、私《わたくし》は全てこのことには口を出すまいと思っています。何とかここ以外の所にしばらく行っていたいものです。」

と泣きながら話しています。

乳母《めのと》もひどく腹立たしく、わが君（浮舟）をこうも貶《おと》しめたものと思いますと、
乳母「何の、これもご運が良くて約束を違《たが》えたことかも知れません。こんな情《なさ》けなくおられる君ですから、姫君のもったいないご器量も分からないのでしょう。わが姫君は、思いやりがありものの道理の分かる人にこそ縁づけてさし上げたいものです。大将殿（薫）のお姿やご容貌は、ほんの僅か拝見しましたが、いかにも寿命も延びるような気がいたしましたよ。しみじみとまた姫君へのお気持ちを申しておられるそうです。ご運に任《まか》せてその気になりなさいませ。」

と言いますと、

承《う》けとり騒ぐめれば、あひあひにたる世の人のありさまを、すべてかかることに口入れじ、と思ふ。いかで、ここならぬ所にしばしありにしがな」

とうち泣きつつ言ふ。

乳母もいと腹立たしく、わが君をかくおとしむること、と思ふに、

「何か。これも御幸ひにて違ふこととも知らず。かく心口惜しくいましける君なれば、あたら御さまをも見知らざらまし。わが君をば、心ばせあり、もの思ひ知りたらむ人にこそ見せたてまつらまほしけれ。大将殿の御さま容貌《かたち》の、ほのかに見たてまつりしに、さも命延ぶる心地のしはべりしかな。あはれに、はた、聞こえたまふなり。御宿世にまかせて、思し寄りねかし」

と言へば、

右大臣
夕霧。娘の六の君を薫にと思った（「宿木」の巻［四］）。

按察の大納言
紅梅大納言。薫を婿にと願った（「竹河」の巻［一三］）。

式部卿の宮
蜻蛉式部卿の宮。薫の叔父にあたる。

中将君「ああ、恐ろしいこと。人の噂《うわさ》を聞きますと、あの大将殿は長年並々の女性とは結婚するまいとおっしゃって、右大臣や按察《あぜち》の大納言や式部卿《しきぶきょう》の宮などが、実に熱心に縁組をほのめかされたのに、それらを聞き過ごして、帝《みかど》のご寵愛の姫君（女二の宮）を手にお入れになった方ですから、どれほどの女性を誠実に愛されるでしょうか。あの母宮（女三の宮）などのお側《そば》にお仕えさせて、時々にでも逢おうとぐらいにはお思いにもなりましょう。それはまたいかにも結構なお仕え場所ですが、ひどく胸痛むに違いありません。宮の北の方（中の君）が世間ではあのように幸《さいわ》い人とお噂しているようですが、もの思わしげに悩んでおられますのを拝見いたしますと、何はともあれ二心《ふたごころ》のない男こそ世間体《せけんてい》もよく頼もしいというものでしょう。

私《わたくし》自身の経験からも分かりました。亡き八の宮様のお人柄は、とても情愛深くご立派で優雅でいらっしゃいましたが、私のことなど人数《ひとかず》にも思って下さいませんで

「あな恐ろしや。人の言ふを聞けば、年頃おぼろけならむ人をば見じ、とのたまひて、右の大殿、按察《あぜち》大納言、式部卿宮などのいと懇ろにほのめかしたまひけれど聞き過ぐして、帝の御かしづきむすめを得たまへる君は、いかばかりの人かまめやかには思さむ。かの母宮などの御方にあらせて時々も見む、とは思しもしなむ。それはた、げにめでたき御あたりなれども、いと胸痛かるべき事なり。宮の上のかく幸ひ人と申すなれど、もの思はしげに思したるを見れば、いかにもいかにも、二心なからむ人のみこそ、めやすく頼もしき事にはあらめ。

わが身にても知りにき。故宮の御有様は、いと情々しくめでたくをかしくおはせしかど、人数にも思さざりしかば、

したので、どれほど情《なさ》けなくつらいことでしたか。今の夫の守《かみ》は、言ってもかいのないほど情けもなく不体裁《ぶていさい》な人ですが、一筋に二心のないところを見ますと、安心して長年連れ添って来れたのです。ただ折々の考え方が、今度のようにやさしい心遣いがなく配慮に欠けることは憎らしいですが、女のことで嘆かわしく恨めしいということもなく、お互いに言い争っても、気持ちの合わないことははっきりさせて来ました。

上達部《かんだちめ》や親王《みこ》たちで、雅《みや》びやかで気後《おく》れするようなお方のお側《そば》にいるといっても、自分が人数《ひとかず》にも入《はい》らないのではかいがないでしょう。今度のことは万事は私《わたくし》の身から起こったことだと思いますと、全てに悲しい思いでお世話申しておりますが、どのようにして姫君を世間のもの笑いにならないようにしてさし上げたらよいのでしょう。」

と語り合っています。

いかばかりかは心憂くつらかりし。このいと言ふかひなく、情なく、さまあしき人なれど、ひたおもむきに二心なきを見れば、心安くて年頃をも過ぐしつるなり。をりふしの心ばへの、かやうに愛敬なく用意なき事こそ憎けれ、嘆かしく恨めしき事もなく、かたみにうちいさかひても、心にあはぬ事をばあきらめつ。

上達部、親王《みこ》たちにて、みやびかに心恥づかしき人の御あたりといふとも、わが数ならではかひあらじ、よろづの事わが身からなりけりと思へば、よろづに悲しうこそ見たてまつれど、いかにして人笑へならずしたてたてまつらむ」

と語らふ。

［一二］常陸の守、実の娘の婚儀の支度を精一杯進める

守《かみ》は娘の結婚の支度に奔走《ほんそう》して、北の方に、

常陸守「女房などはこちらに感じのよいのが大ぜいいるようだから、当分の間は娘の方におかせて下され。そのまま帳台《ちょうだい》も新しく整《ととの》えられた部屋のようだから。事が急になったようなので、こちらに運び移してあれこれ新しくするのはやめよう。」

と言って、西の対《たい》に来て、立ったり座ったり、あれやこれやと部屋のしつらいに大騒ぎをしています。

見た目にもよくすっきりと、あちらこちら必要に応じて北の方が精一杯整えた部屋を、守はもの知り顔に屏風などを運びこんで、うっとうしいほどに立て並べて、厨子《ずし》や二階棚などみっともないほど置き加えて、得意になって支度をしますので、北の方は見苦しいと思いますが「口出しはするまい」と言った事ですので、ただ黙って見聞きしています。姫君（浮舟）は北側の部屋におられました。守は北の方に、

常陸守「あなたのお心はよく分かりました。ただ同じ娘だからいくら何でもこうまでひどく放っておきにはなる

守は急ぎたちて、

「女房など、こなたにめやすきあまたあなるを、このほどはあらせたまへ。やがて、帳なども新しく仕立てられためる方を。事にはかになりにためれば、取り渡し、とかくあらたむまじ」

とて、西の方に来て、起居《たちゐ》とかくしつらひ騒ぐ。

めやすきさまにさはらかに、あたりあたりあるべき限りしたる所を、さかしらに屏風ども持て来て、いぶせきまで立てあつめて、厨子《づし》二階などあやしきまでし加へて、心をやりていそげば、北の方見苦しく見れど、口入れじ、と言ひてしかば、ただに見聞く。御方は、北面《きたおもて》にゐたり。

「人の御心は見知りはてぬ。ただ同じ子なれば、さりとも

まいと思っていたのに。まあよい、世の中には母のない子がいないわけではないから。」

と言って、娘を昼のうちから乳母《めのと》と二人念入りに装《よそ》わせましたので、醜《みにく》くもなく年は十五、六ばかりで、大層小柄でふっくらとした人で、髪はかわいい感じで小袿《こうちき》のほどの長さです。その裾は豊かにふさふさとしています。この娘を守《かみ》は実に美しいと思って念入りに世話をしています。

常陸守「何も別の娘にと心づもりなさっていた人を、と思うけれど、少将殿は人柄がもったいなく格別すぐれていらっしゃるお方なので、我も我もと婿《むこ》に取りたがっている人が多いというので、よそに取られてしまうのも残念でね。」

と、あの仲人《なこうど》に騙《だま》されて言い訳をしているのも、全く馬鹿げています。

男君（少将）も、この頃の守の扱いが豪勢で願い通りであることに万事不都合はあるまいと思って、約束した夜の日取りも変えずに通《かよ》い始めました。

いとかくは思ひ放ちたまはじ、とこそ思ひつれ。されば、世に母なき子はなくやはある」

とて、むすめを昼より乳母と二人撫で繕《つくろ》ひ立てたれば、憎げにもあらず、十五六のほどにて、いと小さやかにふくらかなる人の、髪うつくしげにて小袿のほどなり。裾いとふさやかなり。これをいとめでたしと思ひて撫でつくろふ。

「何か、人の異ざまに思ひ構へられける人をしも、と思へど、人柄のあたらしく、警策《かうざく》にものしたまふ君なれば、我も我もと婿に取らまほしくする人の多かなるに、取られなむも口惜しくてなむ」

と、かの仲人にはかられて言ふもいとをこなり。

男君も、このほどのいかめしく思ふやうなることと、よろづの罪あるまじう思ひて、その夜も変へず来そめぬ。

［一三］ 母中将の君、中の君に浮舟の庇護を頼む

慎まなければならない事 物忌みと偽って、方違えに行きたいという。

母君（中将の君）と姫君の乳母《めのと》は、全く情《なさ》けなく思っています。知らぬ顔をしますのもひがんでいるようですし、何かと少将の面倒を見ますのも気にくわないことですので、宮の北の方（中の君）のもとにお手紙をさし上げます。

中将君 これという用事もございませんでは、馴れ馴れしいかと遠慮申しまして、思いのままにもお便り申し上げずにおりますが、実は娘に慎《つつし》まなければならない事がございまして、しばらく居所《いどころ》を変えさせようと存じますので、何とかこっそりと置いていただけるような隠れ所がございましたら、まことにまことに嬉しう存じます。人並みでもない私《わたくし》一人の手許ではかばい切れず、不憫《ふびん》なことばかりが多い世の中でございますので、お頼りする所としてはまずあなた様を。

と泣き泣き書いた手紙を、宮の北の方はお気の毒だとはご覧になりますが、「亡き父宮（八の宮）があれほどお許しにならずに終わった人を、自分一人生き残って親しくお付き合いす

母君、御方の乳母、いとあさましく思ふ。ひがひがしきやうなれば、とかく見あつかふも心づきなければ、宮の北の方の御もとに御文奉る。

その事とはべらでは、なれなれしくやとかしこまりて、え思ひたまふるままにも聞こえさせぬを、慎むべきことはべりて、しばし所かへさせむと思うたまふるに、いと忍びてさぶらひぬべき隠れの方さぶらはば、いともいとも嬉しくなむ。数ならぬ身一つの蔭に隠れもあへず、あはれなる事のみ多くはべる世なれば、頼もしき方にはまづなむ。

と、うち泣きつつ書きたる文を、あはれとは見たまひけれど、故宮のさばかりゆるしたまはでやみにし人を、我ひとり残りて、知り語

女房の大輔 宇治からの中の君付きの女房。

るのも大層憚《はばか》られるし、また見苦しい様子で世に落ちぶれるのを、知らぬ顔で聞き過ごすのは、それこそつらいことであろう。格別のこともなくてお互いに姉妹が世にさすらうのも、亡き父君の御為にも見苦しいことに違いない」と、思い悩んでいらっしゃいます。

女房の大輔《たいふ》のもとにも、母君はまことに胸の痛むように言いやりましたので、大輔は、

大輔「何かしかるべき事情がおありなのでございましょう。無《ぶ》愛想《あいそう》にそっけなくは御返事なさいますな。このような劣り腹の者がご姉妹の中にまじっておられるのも、世間にはよくあることでございます。故宮があまりにひどく思いやりなくおっしゃったことなのです。」

などと申し上げて、母君には、

大輔「それではあの西廂《にしひさし》の方に人目につかない場所を用意いたしまして、とてもむさ苦しい所ですが、それでもお過ごしになられるのでしたら、しばらくの間でも。」

と言い遣わしました。

らはむもいとつつましく、また、見苦しきさまにて世にあぶれむも知らず顔にて聞かむこそ、心苦しかるべけれ、ことなることなくてかたみに散りぼはむも、亡き人の御ためにも見苦しかるべきわざを、思しわづらふ。

大輔がもとにも、いと心苦しげに言ひやりたりければ、

「さるやうこそはべらめ。人憎くはしたなくも、なのたまはせそ。かかる劣りの者の人の御中にまじりたまふも、世の常の事なり。あまりいと情なくのたまはせし事なり」

など聞こえて、

「さらば、かの西の方に隠ろへたる所し出でて、いと難しげなめれどさても過ぐいたまひつべくは、しばしのほど」

と言ひつかはしつ。

［一四］常陸の守、左近の少将を歓待 浮舟、今までの部屋を出される

出居
寝殿造で中央の母屋の外の廂《ひさし》の間にある一室。客間として用いる。

源少納言
先妻腹の娘婿。

母君は大層嬉しくお思いになって、誰にも知られないように邸《やしき》を出立《しゅったつ》します。姫君（浮舟）もあちらのお方のお側《そば》に親しみ申し上げたいと思いますので、かえってこうした事態が生じましたことを嬉しく思っています。

守《かみ》は少将（左近の少将）の世話をどのように立派にしようかと思いますが、それがどうしたら華やかになるかも分かりませんので、ただ生地《きじ》の粗《あら》い東国産の巻絹《まきぎぬ》を転がすように投げ出しました。食べ物も置き所もないほど沢山運び出して騒ぎ立てているのでした。下人《しもびと》どもはそれを実にありがたい心遣いと思いましたので、少将の君も「全く申し分なく、我ながら賢明に相手を選び取ったものよ」と思うのでした。

北の方（中将の君）は「この騒ぎを見捨てて知らん顔をしているのもひがんでいるようだ」と我慢して、ただ守のするままに任《まか》せて見ていました。客人用の出居《いでい》とか、供人の控え所とかをしつらえるのに大騒ぎで、家は広いのですが、源少納言は東の対《たい》に住んでいますし、子息たちも多いので空《あ》いた

いと嬉し、と思ほして、人知れず出で立つ。御方も、かの御あたりをば睦びきこえまほし、と思ふ心なれば、なかなかかかる事どもの出で来たるを嬉しと思ふ。

守、少将の扱ひを、いかばかりめでたき事をせむと思ふに、そのきらきらしかるべき事も知らぬ心には、ただ、あらあらかなる東絹どもを、押しまろがして投げ出でつ。食物も所せきまでなむ運び出でてののしりける。下衆などは、それをいとかしこき情に思ひければ、君もいとあらまほしく、心賢くとり寄りにけり、と思ひけり。

北の方、このほどを見棄てて知らざらむもひがみたらむ、と思ひ念じて、ただするままにまかせて見ゐたり。客人《まらうど》の御出居《でゐ》、侍所《さぶらひ》としつらひ騒げば、家は広けれど、源少納言、東の対には住む、男子

［一五］母中将の君、浮舟とともに中の君の宮邸に参上する

亡き北の方　故八の宮の北の方。大臣の娘とあった。「橋姫」の巻［一］（第八冊一二六ページ）。

所もありません。この姫君（浮舟）のおりました所に、客人の少将が住みついてしまいましたので、姫君を廊《ろう》などの端《はし》近い所にお住まわせしますのも、母君としては我慢できず、お気の毒に思われて、あれこれと思案をめぐらすうちに、宮邸にと思いついたのでした。

母君は、「この姫君のお身内に人並みに扱って下さる人もいないので守《かみ》が侮《あなど》るのだろう」と思いますので、特にお認めいただけなかった故宮（八の宮）の筋ですが、強いて伺わせます。乳母《めのと》と若い女房を二、三人ほど連れて、西の廂《ひさし》の北に寄って人気《ひとけ》の離れた所に部屋を設けられました。長年このように疎遠でしたが、よそよそしくお思いになるべき人ではありませんので、母君が参上します時は、宮の北の方（中の君）は恥じ隠れたりはなさらず、本当に申し分なく格別に品格があって、若君のお相手をしていらっしゃるご様子が羨《うらや》ましく思われますのも、母君はしみじみと胸に迫る思いがします。

「私《わたくし》とて亡き北の方に離れ申し上げるような身であろうか。

などの多かるに、所もなし。この御方に客人住みつきぬれば、廊などほとりばみたらむに住ませたてまつらむも飽かずいとほしくおぼえて、とかく思ひめぐらすほど、宮に、とは思ふなりけり。

この御方ざまに、数まへたまふ人のなきを、侮るなめり、と思へば、ことに許いたまはざりしあたりを、あながちに参らす。乳母、若き人々二三人ばかりして、西の廂の北に寄りて人げ遠き方に局したり。年頃かく遥かなりつれど、疎く思すまじき人なれば、参る時は恥ぢたまはず。いとあらまほしく、けはひ殊にて、若君の御扱ひをしておはする御有様、羨ましくおぼゆるもあはれなり。

我も、故北の方には離れたてま

女房としてお仕えしたというばかりに、宮から人並みに扱っていただけず、口惜しいことにこうして世間には侮《あなど》られるのだ」と思いますと、こうして無理に親しみ申し上げますのも面白くない気持ちです。ここには姫君の御物忌《ものい》みといってありましたので、人も近付きません。二、三日ほど母君も付き添っていました。今回ははっきりとこの宮の北の方のお暮らしぶりを拝見しています。

つるべき人かは、仕うまつると言ひしばかりに数まへられたてまつらず、口惜しくてかく人には侮らるる、と思ふには、かく、しひて睦びきこゆるもあぢきなし。ここには、御物忌と言ひてければ、人も通はず。二三日ばかり母君もゐたり。こたみは、心のどかに、この御ありさまを見る。

［二六］ 中将の君、匂宮と中の君夫妻の有様を見て羨《うらや》ましく思う

宮（匂宮）がお越しになりました。母君は拝見したくて物の隙間《すきま》から覗いてみますと、まことに美しく桜を折ったようなお姿をなさって、頼もしいわが夫と思って恨めしいけれどもその意には背《そむ》くまいと思う常陸《ひたち》の守《かみ》よりも、姿、形も身分も遥かに上だと思われる五位、六位の者たちが、みなお前に膝まずき控えて、この事あの事と、それぞれの用事を家司《けいし》たちなどが申し上げています。また若々しい五位の者で、顔も知らない人々も大ぜいいます。自分の継子《ままこ》の式部《しきぶ》の丞《じょう》で蔵人《くろうど》を兼ねていますのが、宮のお使いとして参上しました。宮の

宮渡りたまふ。ゆかしくて物のはさまより見れば、いときよらに、桜を折りたるさましたまひて、わが頼もし人に思ひて、恨めしけれど心には違《たが》はじと思ふ常陸守より、さま容貌《かたち》も人のほどもこよなく見ゆる五位四位ども、あひひざまづきさぶらひて、この事かの事と、あたりあたりの事ども、家司《けいし》どもなど申す。また若やかなる五位ども、顔も知らぬども多かり。わが継子《ままこ》の式部丞にて蔵人なる、内《う》

式部の丞で蔵人 介の先妻腹の子。式部省の三等官で蔵人を兼任。六位。

お側《そば》にも近く参れません。こうした類《たぐ》いない宮のご様子を、母君は、「ああ、これはどういうお方なのか。こうしたお方のお側においでの姫君（中の君）は何とすばらしいことよ。よそで思っていた時は、ご立派なお方と申してもつらい目をお見せになるのではと、何となく気重《きおも》に推察申していたのは、浅はかな考えであったよ。この宮様のお姿やお顔を拝見すれば、七夕《たなばた》のような年に一度の逢瀬でも、こうしてお会い出来お通《かよ》い下さるなら、本当にすばらしい事だ」と思っていますと、宮は若君を抱いてかわいがっていらっしゃいます。女君は低い几帳《きちょう》を隔てていらっしゃいましたが、宮はそれを押しやって何か申し上げていらっしゃいます。そのお二人のお顔はとても美しくお似合いでいらっしゃいます。亡き八の宮が寂しくお暮らしでおいでだったご様子を思い比べますと、同じ宮様と申し上げても、全く格段の違いがおありなのだったと思われます。

　お二人が御帳台《みちょうだい》の中にお入《はい》りになりましたので、若君は若い乳母《めのと》などがお相手申し上げています。人々が二条院に集

七夕のような
織女と牽牛が天の川で逢うような年に一度の逢瀬でも。

裏《ち》の御使にて参れり。御あたりにもえ近く参らず。こよなき人の御けはひを、あはれ、こは何人ぞ。かかる御あたりにおはするめでたさよ。よそに思ふ時は、めでたき人々と聞こゆとも、つらき目見せたまはばと、ものうく推しはかりきこえさせつらむあさましさよ。この御ありさま容貌《かたち》を見れば、七《たな》夕《ばた》ばかりにても、かやうに見たてまつり通はむは、いといみじかるべきわざかな、と思ふに、若君抱きてうつくしみおはす。女君、短き几帳を隔てておはするを、押しやりて、ものなど聞こえたまふ。御容貌どもいときよらに似あひたり。故宮のさびしくおはせし御ありさまを思ひくらぶるに、宮たちと聞こゆれど、いとこよなきわざにこそありけれ、とおぼゆ。

　帳の内に入りたまひぬれば、若君は、若き人、乳母などもてあそ

まって参りますが、宮はご気分が悪いということで、一日中お寝《やす》みになっていらっしゃいました。お食事はこちらで召し上がります。全てに気《け》高く格別に見えますので、母君は、「自分たちはぜいたくを尽くしていると見たり思ったりして来たが、平凡な者の家というのは情《なさ》けないものだったのだ」と思い知りましたので、「自分の娘もこのような高貴なお方に並べても見苦しくはあるまい。財力を頼んで父親が后《きさき》にもしてやろうと思っている娘たちとは、同じわが子ながら品位がまるで違う」と思いますにつけ、「やはりこれから後《のち》も、理想は高く持たなければならないのだ」と、一晩中姫君の望ましい将来を思いめぐらしなさるのでした。

びきこゆ。人々参り集まれど、悩ましとて、大殿籠り暮らしつ。御台こなたにまゐる。よろづのこと気高く、心ことに見ゆれば、わがいみじきことを尽くすと見思へど、なほなほしき人のあたりは口惜しかりけり、と思ひなりぬれば、わがむすめも、かやうにてさし並べたらむにはかたはならじかし、勢を頼みて、父ぬしの、后にもなしてむと思ひたる人々、同じわが子ながら、けはひこよなきを思ふも、なほ今より後も心は高くつかふべかりけりと、夜一夜あらまし語《がたり》思ひつづけらる。

〔一七〕 中将の君、少将とは格段に違う匂宮の美しさに感動

宮は日が高くなってお起きになられて、

匂宮「后の宮（明石の中宮）が例によってお加減がお悪くおいでなので参内しよう。」

とおっしゃって、御装束などのお支度をしていらっしゃいます。母君（中将の君）は、お姿を拝見したくて覗いてみます

宮、日たけて起きたまひて、

「后の宮、例の、悩ましくしたまへば、参るべし」

とて、御装束などしたまひておはす。ゆかしうおぼえて覗けば、う

侍所
侍臣の詰所。

と、きちんと正装しておられますお姿は、また他《ほか》に似るものもなく気品があり魅力がおありで美しくて、若君をお放しになれずにお相手をなさっておられます。御粥《かゆ》や強飯《こわいい》などを召し上って、この西の対《たい》からお出ましになります。今朝《けさ》から参上して侍所《さぶらいどころ》の方で休んでいた人々が、ちょうど今お前に参上して、何かものなど申し上げています中に、さっぱりしているように見えて何ということもない男で、魅力のない顔をして直衣《なおし》を着て太刀《たち》を帯びたものがいます。宮のお前では何とも目立ちませんが、女房たちが、

女房「あれがこの常陸《ひたち》の守《かみ》の婿《むこ》の少将なのね。初めはこちらのお方にと決めていたのに、守の実の娘と結婚してこそ大事にされようなどと言って、まだ未熟な女の子を貰ったそうよ。」

女房「でもこちらの方の人は、何も言っていませんよ。」

女房「私《わたくし》はあの少将の君の方からうまく聞くつてがあるのですよ。」

などと、仲間同士で言っています。母君が聞いているとも知

るはしくひきつくろひたまへる、はた、似るものなく気高く愛敬づききよらにて、若君をえ見棄てたまはで遊びおはす。御粥、強飯などまゐりてぞ、こなたより出でたまふ。今朝より参りて、侍所の方にやすらひける人々、今ぞ参りてものなど聞こゆる中に、きよげだちて、なでふ事なき人のすさまじき顔したる、直衣着て太刀佩きたるあり。御前にて何とも見えぬを、

「かれぞこの常陸守の婿の少将な。はじめはこの御方にと定めけるを、守のむすめをえてこそいたはられめなど言ひて、かじけたる女の童をえたるななり」

「いさ、この御あたりの人はかけても言はず」

「かの君の方より、よく聞くたよりのあるぞ」

など、おのがどち言ふ。聞くらむ

らないで、女房たちがこのように噂《うわさ》をしているにつけても、母君は胸がつぶれる思いで、少将を無難な相手と思っていた気持ちも悔やまれて、「なるほど、たいしたこともない男だったのだ」と思いますと、ますます少将を軽蔑する気持ちになってしまいました。

若君が這い出して、御簾《みす》の端《はし》からお覗きになっていますのを、宮はちらっとご覧になられて、立ち返りお側《そば》にお寄りになりました。

匂宮「后《きさい》の宮のご気分がよろしくお見えでしたら、すぐに退出して参りましょう。やはりお悪くいらっしゃるようでしたら、今夜は宿直《とのい》ですよ。今は一夜《ひとよ》逢わなくても気がかりなのがほんとにつらいのですよ。」

とおっしゃって、しばらく若君をあやされて、お出ましになります。宮のお姿が、繰り返しいつまで見ていても見飽きることがなく、つややかに輝くように美しいので、お出かけになってしまった後《あと》は、何とも寂しく、母君はぼんやりともの思いに沈んでいらっしゃるのでした。

とも知らで人のかく言ふにつけても胸つぶれて、少将をめやすきほどと思ひける心も口惜しく、げにことなることなかるべかりけり、と思ひて、いとどしく侮らはしく思ひなりぬ。

若君の這ひ出でて、御簾のつまよりのぞきたまへるをうち見たまひて、たち返り寄りおはしたり。

「御心地よろしく見えたまはば、やがてまかでなむ。なほ苦しくしたまはば、今宵は宿《との》直《ゐ》にぞ。今は一夜を隔つるもおぼつかなきこそ、苦しけれ」

とて、しばし慰め遊ばして、出でたまひぬるさまの、かへすがへす見るとも見るとも飽くまじくにほひやかにをかしければ、出でたまひぬるなごりさうざうしくぞながめらるる。

［一八］中将の君、中の君と昔を回想　浮舟の身柄を任せる

母君は、女君（中の君）のお前に出て来て、宮（匂宮）を大層お褒《ほ》め申し上げますので、女君は田舎めいたことよとお思いになってお笑いになっていらっしゃいます。母君は、

中将君「亡《な》き北の方がお亡くなりになりました時は、あなた様はお話にならないほど幼いお年頃で、この先どのようにおなりになるのかと、お仕え申す人も亡き父宮（八の宮）もお嘆きでしたが、格別のご運がおありでいらっしゃいましたので、あのような山深い中でもご成人なさったのでございました。惜しいことに故姫君（大君《おおいきみ》）がおられなくなりましたのは本当に心残りなことでございます。」

などと、泣き泣き申し上げます。女君もお泣きになって、

中君「世の中が恨めしく心細い時々も、またこうして生きていれば少しは心慰められる折もありますのに、昔お頼り申し上げておりました両親に先立たれましたことは、かえって世の常のことと思われまして、亡き母上にはお

女君の御前に出で来て、いみじくめでたてまつれば、田舎びたる、と思して笑ひたまふ。

「故上の亡せたまひしほどは、言ふかひなく幼き御ほどにて、いかにならせたまはむと、見たてまつる人も故宮も思し嘆きしを、こよなき御宿世のほどなりければ、さる山ふところの中にも生ひ出でさせたまひしにこそありけれ。口惜しく故姫君のおはしまさずなりにたるこそ飽かぬ事なれ」

など、うち泣きつつ聞こゆ。君も、うち泣きたまひて、

「世の中の恨めしく心細きをりをりも、また、かくながらふれば、すこしも思ひ慰めつべきをりもあるを、いにしへ

顔も存じ上げないままになってしまいましたので、それなりに過ごしておりますが、やはり姉上が亡くなりましたことは、いつまでも悲しみが尽きません。大将殿（薫）が姉上のことをお忘れにならず、何事にも心が移らない由をずっとお訴えになられて、その浅からぬお心のほどを拝見いたしますにつけても、本当に残念でございます。」

とおっしゃいますと、母君は、

中将君「大将殿は、あのように世に例がないほど帝《みかど》が大切にお思いのようですから、心驕《おご》りをなさっておいでなのでしょう。亡き姉君がご存命なら、やはり女二の宮とのご縁組はお取りやめにならなかったでしょうか。」

などと申し上げます。女君は、

中君「さあ、どうでしょうか。姉上（大君《おおいきみ》）がご存命でしたら、私《わたくし》と同じようなものと、人に笑われる気がしたでしょうから、かえってみじめであったかも知れません。大将殿（薫）と添いとげられなかったので、奥ゆかしい

頼みきこえける蔭どもに後れたてまつりけるは、なかなかに世の常に思ひなされて、見たてまつり知らずなりにければ、あるを、なほこの御ことは尽きせずいみじくこそ。大将の、よろづのことに心の移らぬよしを愁へつつ、浅からぬ御心のさまを見るにつけても、いとこそ口惜しけれ」

とのたまへば、

「大将殿は、さばかり世に例なきまで帝のかしづき思したなるに、心おごりしたまふらむかし。おはしまさましかば、なほこのことせかれしもしたまはざらましや」

など聞こゆ。

「いさや。やうのものと、人笑はれなる心地せましも、なかなかにやあらまし。見はてぬにつけて、心にくくもある世にこそは、と思へど、かの君

仲なのだと思いますが、あのお方はどういうわけでしょうか、不思議なほど昔を忘れず、亡き父宮（八の宮）の後《のち》の世のことまで深くご心配になって、あれこれお世話下さっているようです。」

などと素直にお話しになります。

中将君「その亡くなられた姉君のお身代わりに引き取って世話をしようと、この人数にも入《はい》らない私《わたくし》の娘まで、あの弁《べん》の尼君にはおっしゃったのでございます。ではそのようにと、その気になってよいようなお話ではございませんが、亡きお方（大君《おおいきみ》）とのご縁があるからこそと、畏《おそ》れ多いことですが、しみじみ思われます大将殿のお心深さです。」

などと言うついでに、この姫君（浮舟）の身の振り方に思い悩んでいることを泣く泣くお話しします。

それほど詳しくはありませんが、人も耳にしていることと思いますので、少将が姫君を軽蔑したいきさつなどをそれとなくお話しして、

は、いかなるにかあらむ、あやしきまでもの忘れせず、故宮の御後の世をさへ思ひやり深く後見《うしろみ》歩きたまふめる」

など、心うつくしう語りたまふ。

「かの過ぎにし御代りに尋ねて見むと、この数ならぬ人をさへなむかの弁の尼君にはのたまひける、さもやと思うたまへ寄るべき事にははべらねど、一本ゆゑにこそは、と忝《かたじけな》けれどあはれになむ思うたまへらるる御心深さなる」

など言ふついでに、この君をもてわづらふこと、泣く泣く語る。

こまかにはあらねど、人も聞きけりと思ふに、少将の思ひ侮りけるさまなどほのめかして、

中将君「私《わたくし》が生きておりますり限りは、何とでも朝夕の慰め草としてきっと面倒を見て行けるでしょう。ただ私が先立ちました後《あと》は、思いも寄らない境遇に落ちぶれてさすらうであろうと思いますと、それが悲しくて、尼にして深い山にでも住まわせて、世捨て人として結婚の事は諦《あきら》めることにしようなどと思い悩んだ末に、そのようなことを考えております。」

などと言います。女君は、

中君「本当にお気の毒なお身の上でおありのようですが、どうしてそこまで。人に侮《あなど》られるお身の上は、私たちのように親を亡くした者の習いなのです。だからといって山住みには耐えられませんので、偏《ひと》えに俗世を離れて暮らすように父上（八の宮）がお決め下さった私でさえ、こうして思いがけなく生き長らえているのですから、まして出家などあってはならないことです。尼におなりになるのもおいたわしいお美しさですもの。」

などと、実に大人びておっしゃいますので、母君はとても嬉

「命はべらむ限りは、何か朝夕の慰めぐさにて見過ぐしつべし。うち棄てはべりなむ後は思はずなるさまに散りぼひはべらむが悲しさに、尼になして深き山にやし据ゑて、さる方に世の中を思ひ絶えてはべらましなどなむ、思うたまへわびては思ひよりはべる」

など言ふ。

「げに心苦しき御ありさまにこそはあなれど、何か。人に侮らるる御ありさまは、かやうになりぬる人のさがにこそ。さりとてもたへぬわざなりければ、むげに、その方に思ひおきてたまへりし身だに、かく心より外にながらふれば、まいていとあるまじき御ことなり。やついたまはむも、いとほしげなる御さまにこそ」

など、いと大人びてのたまへば、

しく思っています。その母君は年を取って見えますけれど、嗜《たしな》みがなくはない感じで美しい人です。あまり太り過ぎてしまったところだけが、いかにも田舎者の常陸《ひたち》の守《かみ》の妻といった感じに見えるのでした。

中将君「故宮（八の宮）が冷たく無情にお見捨てになりましたので、娘はますます人並みでなく世間からも侮《あなど》られなさると見ておりましたが、こうしてお話し申し上げ、お目にかかりますにつけて、昔のつらさも慰められております。」

などと、長年の身の上話や、陸奥《むつ》の国での切なかった暮らしなどもお話し申し上げます。

中将君「私《わたくし》一人だけがなぜつらい思いをするのか、と思うばかりで、相談する人もいない常陸の様子も、こうしてすっかりお話し申し上げまして、いつもいつも本当にこうしてお側《そば》におりたく思うようになって参りましたが、あちらの家では出来の悪いつまらぬ子供たちが、どんなに大騒ぎをして私を捜《さが》し求めていることでございましょ

陸奥の国での切なかった暮らし（浮島のあはれなりしこと）中将の君は、守の陸奥守時代に結婚している（「宿木」の巻［三三］）。

母君いと嬉しと思ひたり。ねびにたるさまなれど、よしなからぬさまして清げなり。いたく肥え過ぎにたるなむ常陸殿とは見えける。

「故宮の、つらう情なく思し放ちたりしに、いとど人げなく人にも侮られたまふ、と見たまふれど、かう聞こえさせ御覧ぜらるるにつけてなむ、いにしへのうさも慰みはべる」

など、年ごろの物語、浮島のあはれなりしことも聞こえ出づ。

「わが身ひとつ、とのみ言ひあはする人もなき筑波山のありさまもかく明らめきこえさせて、いつもいつも、いとかくてさぶらはまほしく思ひたまへなりはべりぬれど、かしこにはよからぬあやしの者どもも、いかにたち騒ぎ求めはべ

う。さすがに心配で落ち着かない気がいたします。このような身分に身を落としますのは残念なものでございましたとは、私《わたくし》自身もよく思い知られますので、この君のことは全てこちら様にお任《まか》せ申し上げまして、私は関わらないことにいたしましょう。」

などと、身内を口実にお願いなさいますので、女君はいかにも見苦しくない身の上になってほしいものと、妹君をご覧になっていらっしゃいます。

［一九］薫、二条院へ来訪　中将の君、垣間《かいま》見て賛嘆する

人形を探しておられるお方

人形を探し求める薫。

この姫宮（浮舟）は、お顔立ちも気立てもとても憎めそうにないくらいかわいらしいご様子です。はにかみようも大げさではなく、見た目もよくおっとりとしていますものの、才気がないわけではなく、近く控えている女房たちにもまことにさりげなく几帳《きちょう》に姿を隠して座っていらっしゃいます。何か物をおっしゃったご様子も、「昔の姉君（大君《おおいきみ》）のお姿に不思議なほど似通い申していらっしゃる。あの人形《ひとがた》を探しておられるお方にお見せしたいものよ」と、ふとお思い出しにな

らむ。さすがに心あわたたしく思ひたまへらるる。かかるほどのありさまに身をやつすは口惜しきものになむはべりけると、身にも思ひ知らるるを、この君はただまかせきこえさせて、知りはべらじ」

など、かこちきこえかくれば、げに見苦しからでもあらなむ、と見たまふ。

容貌《かたち》も心ざまも、え憎むまじうらうたげなり。もの恥ぢもおどろおどろしからず、さまよう児《こ》めいたるものからかどなからず、近くさぶらふ人々にも、いとよく隠れてゐたまへり。ものなど言ひたるも、昔の人の御さまにあやしきまでおぼえたてまつりてぞあるや。かの人形《ひとがた》求めたまふ人に見せたてまつらばやと、うち思ひ出でたまふをりしも、

りました折も折、
「大将殿（薫）が参られました。」
と、取り次ぎの者が申し上げますので、例によって女房たちは御《み》几帳《きちょう》を立て直して気を遣っています。この客人の母君は、
中将君「それでは大将殿を拝見しましょう。ほんの僅かお姿を拝した者が、すばらしいお方とお噂《うわさ》申しているようですが、宮様（匂宮）のご様子にはとてもお並びにはなれますまい。」
と言いますと、お前に伺候している女房たちは、
女房「さあどうでしょう。どちらともお決め申せませんわ。」
とお互いに申し上げています。母君が、
中将君「どれほどのお方が宮様を圧倒申し上げるでしょうか。」
などと言っておりますうちに、今車からお下《お》りになったようだと聞いておりますと、やかましいほどに先払いの声がして、大将殿はすぐにはお姿をお見せになりません。待ち遠しく思

「大将殿参りたまふ」

と人聞こゆれば、例の、御几帳ひきつくろひて、心づかひす。この客人《まらうど》の母君、

「いで見たてまつらむ。ほのかに見たてまつりける人のいみじきものに聞こゆめれど、宮の御ありさまには、え並びたまはじ」

と言へば、御前にさぶらふ人々、

「いさや、えこそ聞こえ定めね」

と聞こえあへり。

「いかばかりならむ人か、宮をば消ちたてまつらむ」

など言ふほどに、今ぞ車より下りたまふなる、と聞くほど、かしがましきまで追ひののしりて、とみにも見えたまはず。待たれたるほ

われる頃に歩み入《い》っておいでになるお姿を見ますと、ああご立派な、風流なというご様子には見えませんものの、いかにも優雅で上品でお美しいことですよ。何となくお目にかかるのも心苦しく気後《おく》れがして、額髪《ひたいがみ》なども思わず直して、こちらが恥じ入るほどの気配《きくば》りも多く、この上なくすばらしいご様子でいらっしゃいます。

宮中からそのまま参られたのでしょうか、御前駆《ぜんく》の者たちが大ぜいいる様子で、大将が、

薫「昨夜《ゆうべ》、后《きさい》の宮（明石の中宮）がお加減が悪いよしを承《うけたまわ》りまして参内いたしましたところ、宮様方がお側《そば》においでになりませんでしたので、お気の毒に拝見いたしまして、宮（匂宮）の御代わりに今までお付き添い申しておりました。宮は今朝《けさ》も大層怠けて遅く参内なさいましたが、人ごとながらあなた様の御過《あやま》ちではないかと推察申し上げておりましたが。」

と申し上げなさいますと、女君は、

中君「いかにも並々ならぬ思いやり深いお心遣いでござい

宮様方が 明石の中宮の皇子たち。匂宮など。

どに、歩み入りたまふさまを見れば、げに、あなめでた、をかしげとも見えずながらぞ、なまめかしうあてにきよげなるや。すずろに、見え苦しう恥づかしくて、額髪などもひきつくろはれて、心恥づかしげに用意多く際《きは》もなきさまぞしたまへる。

内裏《うち》より参りたまへるなるべし、御前どものけはひあまたして、

「昨夜《よべ》、后の宮の悩みたまふよし承りて参りたりしかば、宮たちのさぶらひたまはざりしかば、いとほしく見たてまつりて、宮の御代りに今までさぶらひはべりつる。今朝もいと懈怠《けだい》して参らせたまへるを、あいなう御過ちに推しはかりきこえさせてなむ」

と聞こえたまへば、

「げにおろかならず、思ひや

ますね。」

とだけお答え申されます。大将は宮が宮中にお泊《と》まりになりましたのを見届けて、何か思う所がおありでこちらにおいでになったようです。

［二〇］ 中の君、亡き大君を思う薫に浮舟を勧める

大将は、例によってお話を大層親しげに申し上げます。何かにつけてただ昔のことが忘れがたく、女二の宮との仲がいよいよ憂うつになっていくようなことを、あからさまにはおっしゃらずに、それとなくお訴えになります。女君は、「そんなにまでどうしていつまでも亡き姉君（大君《おおいきみ》）のことに執着ばかりしておられるのだろう。やはりはじめから心浅からず話し出された筋のことなので、お忘れになるまいとお思いなのであろうか」などとお考えになってみますが、そのようなことは人の素振《そぶ》りにははっきり分かるものですので、ご様子を見てゆくうちに大将のしみじみしたお心のさまを、木《ぼく》石《せき》ではありませんので自然お分かりになります。女君への思いを恨みがましく申し上げますことも多いので、全くどうし

り深き御用意になむ」

とばかり答《いら》へきこえたまふ。宮は内裏《うち》にとまりたまひぬるを見おきて、ただならずおはしたるなめり。

例の、物語いとなつかしげに聞こえたまふ。事に触れて、ただいにしへの忘れがたく、世の中ののうくなりまさるよしを、あらはには言ひなさで、かすめ愁へたまふ。さしも、いかでか、世を経て心に離れずのみはあらむ。なほ浅からず言ひそめてし事の筋なれば、なごりなからじとにや、など見なしたまへど、人の御気色はしるきものなれば、見もてゆくままに、あはれなる御心ざまを、岩木ならねば、思ほし知る。恨みきこえたまふことも多かれば、いとわりなくうち嘆きて、かかる御心をやむる禊をせさせたてまつらまほしく

ようもなく溜《た》め息をおつきになって、そうしたお心をさます袚えをおさせ申し上げたく思われたのでしょうか、あの人形《ひとがた》のことをお口に出されて、

中君「ごく人目を忍んでこちらに来ております。」

と、それとなく申し上げましたのを、その人のこともいい加減には思えず逢ってみたくなりましたが、すぐにそちらに心を移すような気にはまたおなりになりません。

薫「さあ、その本尊が願いを叶えて下さるようでしたら、尊くもございましょうが、時々つらい思いをさせられるのでは、かえって悟りの心も濁ってしまうのでは。」

とおっしゃいますので、しまいには、

中君「困った御道心《どうしん》ですこと。」

とかすかにお笑いになりますのもかわいらしく聞こえます。

薫「さあ、それではわたしの気持ちをすっかりお伝え下さいまし。あなたの言い逃《のが》れのお言葉は、思い出しますと不吉なことで。」

とおっしゃいますにつけ、また涙ぐんでしまいました。

思ほすにやあらむ、かの人形《ひとがた》のたまひ出でて、

「いと忍びてこのわたりになむ」

と、ほのめかしきこえたまふを、かれもなべての心地はせずゆかしくなりにたれど、うちつけにふと移らむ心地、はた、せず。

「いでや、その本尊、願ひ満てたまふべくはこそ尊からめ、時々心やましくは、なかなか山水も濁りぬべく」

とのたまへば、はてはては、

「うたての御聖心や」

と、ほのかに笑ひたまふもをかしう聞こゆ。

「いでさらば、伝へはてさせたまへかし。この御のがれ言葉こそ、思ひ出づればゆゆしく」

とのたまひても、また涙ぐみぬ。

見し人の
「見し人」は大君。「撫で物」は祓えに用いる人形。

みそぎ河
「身に添ふ影」は、いつも共にいる伴侶。「撫で物」は水に流すので頼りにならぬとする。

引く手あまたに
「大幣《おほぬさ》の引く手あまたになりぬれば思へどえこそ頼まざりけれ」（伊勢物語四十七段）。

最後に寄る瀬が（つひに寄る瀬は）
前歌に対する返歌「大幣と名にこそ立てれ流れてもつひに寄る瀬はありといふものを」（伊勢物語四十七段）。

薫「見し人の形代《かたしろ》ならば身に添へて恋しき瀬々の撫で物にせむ
（その方が亡き人の身代わりならば、側《そば》において、恋しい時々の思いを移して流す撫で物にしましょう。）

と、いつものように冗談言《ごと》にして涙をお紛《まぎ》らわせになります。

女君は、

中君「みそぎ河瀬々にいださむ撫で物を身に添ふ影とたれか頼まむ
（撫で物はみそぎ河の瀬ごとに流してしまうもの、お側においていただけると誰が頼りにいたしましょう。）
『引く手あまたに（とてもお頼みできない）』とか申します。それでは妹がかわいそうでございますよ。」

とおっしゃいますと、

薫「最後に寄る瀬があるのは申すまでもありませんよ。とても情《なさ》けない思いは、はかない水の泡にも劣りません。捨てられて流される撫で物というのは、いや本当にわたしのことですよ。どうしてこの思いを慰めたらよいので

見し人の形代《かたしろ》ならば身に添へて恋しき瀬々の撫で物にせむ

と、例の、戯れに言ひなして、紛らはしたまふ。

「みそぎ河瀬々にいださむ撫で物を身に添ふ影とたれか頼まむ

引く手あまたに、とかや。いとほしくぞはべるや」

とのたまへば、

「つひに寄る瀬は、さらなりや。いとうれたきやうなる、水の泡にも争ひはべるかな。かき流さるるなでものは、いでまことぞかし、いかで慰む

しょう。」
などとおっしゃっているうちに暗くなっていきますのも厄介なことですので、ここにかりそめに来ている人（中将の君）も、おかしなことと思うだろうと憚《はばか》られますので、
中君「今夜はやはり早くお帰りなさいませ。」
とおなだめになって、大将をお帰しになります。

〔二一〕 中将の君、薫を讃美、浮舟を
と願う　女房たち、
薫の芳香を絶賛

薫「それでは、そのお客人に、わたしはこうした願いを長年持っていましたので、突然の話などと浅く思ったりしないようよくお知らせ下さって、きまりの悪い思いをせずにすむようお取り計らい下さい。全くこうしたことには不馴れでございます身ですから、何かにつけて愚《おろ》かしいほどでして。」
とお願い申しおいてお立ち出《い》でになりましたので、この母君は、
中将君「ほんとにご立派で申し分のないご様子ですこと。」
と褒《ほ》めて、以前乳母《めのと》が突然に思いついて度々言っていたこと

乳母が突然に思いついて…　以前乳母が薫との結婚を勧めたこと［一一］。


べきことぞ」

など言ひつつ、暗うなるもうるさければ、かりそめにものしたる人も、あやしく、と思ふらむもつつましきを、

「今宵はなほとく帰りたまひね」

と、こしらへやりたまふ。

「さらば、その客人《まらうど》に、かかる心の願ひ年経ぬるを、うちつけになど浅う思ひなすまじうのたまはせ知らせたまひて、はしたなげなるまじうはこそ。いとうひうひしうならひにてはべる身は、何ごともをこがましきまでなむ」

と、語らひきこえおきて出でたまひぬるに、この母君、

「いとめでたく、思ふやうなる御さまかな」

とめでて、乳母ゆくりかに思ひよ

を、とんでもないことだと言って来たけれど、この大将のお姿を見ては、「天《あま》の川を年に一度渡っても、このような彦星《ひこぼし》の光を待ち受けさせてあげたいもの、自分の娘は平凡な男と結婚させるには惜しい器量なのに、東国の田舎者ばかりを見馴れて、少将などをたいしたものに思ってしまったのだ」と後悔するまでに思うのでした。

大将殿が寄りかかっていらっしゃった真木柱《まきばしら》も敷物も、後《あと》まで匂っています移り香が、口に出して言うとわざとらしく聞こえるほど、めったにないすばらしさです。時々殿のお姿を拝見している女房でさえ、その度毎にお褒《ほ》め申し上げています。

女房「お経などを読みますと、功徳《くどく》の優《すぐ》れていることが書いてあるようですが、中でも香のかぐわしいのを尊いことと仏様が説《と》いておいでなのはもっともですね。薬王品《やくおうぼん》などに特別に説いておられる牛頭栴檀《ごずせんだん》とか、恐ろしげな名前ですが、まずあの大将殿が近くで身動きなさいますと、仏は真実のことをお説きになったのだと思われるの

薬王品…牛頭栴檀　『法華経』第二十三「薬王菩薩本事品」に、「若シ人有リテ是ノ薬王菩薩本事品ヲ聞キテ、能ク随喜讃善セバ、是ノ人現世ニ口ノ中ヨリ常ニ青蓮華ノ香ヲ出シ、身ノ毛孔ノ中ヨリ常ニ牛頭栴檀ノ香ヲ出サン。所得ノ功徳上ニ説ク所ノ如シ」とある。薫の芳香は、薬王品に説くように、仏説に従い徳を積んだことによるとする。

りて、たびたび言ひし事を、あるまじき事に言ひしかど、この御有様を見るには、天の川を渡りても、かかる彦星の光をこそ待ちつけさせめ、わが娘は、なのめならむ人に見せむは惜しげなるさまを、夷《えびす》めきたる人をのみ見ならひて、少将を賢きものに思ひけるを、悔しきまで思ひなりにけり。

寄りゐたまへりつる真木柱も褥《しとね》も、なごり匂へる移り香、言へばいとことさらめきたるまであり難し。時々見たてまつる人だに、たびごとにめできこゆ。

「経などを読みて、功徳《くどく》の優れたる事あめるにも、香の香ばしきをやむごとなき事に、仏のたまひおきけるも道理《ことわり》なりや。薬王品《やくわうぼん》などにとりわきてのたまへる牛頭栴檀《ごずせんだん》とかや、おどろおどろしきものの名なれど、まづかの殿の近くふる

です。あのお方はご幼少でいらっしゃった時から仏道のお勤《つと》めも熱心になさったからですよ。」

など言う者もいます。また、

女房「前世がほんとに知りたくなるような御有様ですね。」

などと、口々に褒《ほ》めたてていることどもを、母君（中将の君）は思わずほほ笑《え》んで聞いていました。

［二二］中将の君、浮舟を重ね重ね中の君に頼んで帰る

女君（中の君）は、大将殿（薫）が内々おっしゃっておられましたことを、それとなく母君におっしゃいます。

中君「あのお方は一度思い立たれた事は執念深いほど軽々しくお変えにならないご性分《しょうぶん》のようですから、なるほど今のお立場などを思いますと、厄介な気もしますでしょうが、あの尼にしてでもなどとお考えになっておられますのも、同じこととお考えになって、試してご覧なさいませ。」

とおっしゃいますと、

中将君「悲しい思いをさせず、人に侮《あなど》られまいと思えばこ

今のお立場 薫が女二の宮をいただいたこと。

まひたまへば、仏は真《まこと》したまひけりとこそおぼゆれ。幼くおはしけるより、行ひもいみじくしたまひければよ」

など言ふもあり。また、

「前の世こそゆかしき御ありさまなれ」

など、口々めづることどもを、すずろに笑みて聞きゐたり。

君は、忍びてのたまひつることを、ほのめかしのたまふ。

「思ひそめつること、執念《しふね》きまで軽々しからずものしたまふめるを、げにただ今のありさまなどを思へば、わづらはしき心地すべけれど、かの世を背きてもなど思ひ寄りたまふらむも、同じことに思ひなして、試みたまへかし」

とのたまへば、

「つらき目見せず人に侮《あなづ》られ

そ、鳥の声も聞こえないような住まいまで覚悟したのでございますが、しかしいかにもあのお方のお姿やご様子を拝見して思いますには、たとえ下仕《しもづか》えの身であっても、あのようなお方のお側《そば》に親しくお仕えいたしますのは、きっとかいある事でございましょう。まして年若い女性ならばお慕い申すに違いありませんでしょうが、数にも入《はい》らぬ娘（浮舟）の身では、この上更にもの思いの種を蒔かせてみることになりましょう。身分が高くても低くても、女というものはこうした男女のことで、この世ばかりか後《のち》の世までも苦しむ身になるものだ、とそのように思っておりますので、不憫《ふびん》に思うのでございます。それも全てお心にお任《まか》せいたします。とにもかくにもお見捨てなくお世話して下さいませ。」

とお頼み申し上げますので、女君はまことに煩《わずら》わしく思われて、

中君「さあどうでしょうか。これまでのあのお方のお心の深さに安心しておりまして。将来のことは分かりません

じの心にてこそ、鳥の音聞こえざらむ住まひまで思ひたまへおきつれ。げに人の御有様けはひを見たてまつり思ひたまふるは、下仕のほどなどにても、かかる人の御あたりに馴れきこえむはかひありぬべし。まいて若き人は、心つけたてまつりぬべくはべるめれど、数ならぬ身にもの思ひの種をやいとど蒔かせて見はべらむ。高きも短きも、女といふものはかかる筋にてこそ、この世後の世まで苦しき身になりはべるなれ、と思ひたまへはべればなむ、いとほしく思ひたまへはべる。それもただ御心になむ。ともかくも思し棄てずものせさせたまへ」

と聞こゆれば、いとわづらはしくなりて、

「いさや。来し方の心深さにうちとけて。行く先のありさ

のに。」

と、溜《た》め息をおつきになって、特にそれ以上はおっしゃらなくなりました。

夜が明けましたので、お迎えの者が車などを引いて来て、守《かみ》の言伝《ことづ》てなどを、大変立腹した様子におどして伝えましたので、母君は、
中将君「畏《おそ》れ多いことですが、万事お頼み申し上げまして。やはりしばらくお匿《かくま》い下さって、厳《いわお》の中なりと何なりと、私《わたくし》どもが思案いたします間、人数《ひとかず》には入《はい》らぬ娘でございますが、お見捨てなく何事もお教え下さいませ。」

などとお頼み申し上げておいてお帰りになります。

この姫君（浮舟）も、大層心細く馴れない気持ちで、母君と別れますことを寂しく思いますが、現代的で趣深く見えるこのお邸《やしき》で、しばらくでも姉君に親しくさせていただきたいと思いますので、さすがに嬉しくも思うのでした。


まは知りがたきを」

と、うち嘆きて、ことにものものたまはずなりぬ。

明けぬれば、車など率て来て、守の消息など、いと腹立たしげにおびやかしたれば、

「かたじけなくよろづに頼みきこえさせてなむ。なほ、しばし隠させたまひて、巌の中にともいかにとも、思ひたまへめぐらしはべるほど、数にはべらずとも、思ほし放たず、何ごとをも教へさせたまへ」

など聞こえおきて。

この御方も、いと心細くならはぬ心地にたち離れむを思へど、今めかしくをかしく見ゆる辺りに、暫しも見馴れたてまつらむと思へば、さすがに嬉しくも覚えけり。

［二三］ 匂宮、帰邸
退出する中将の君の車を見咎《とが》める

車を引き出す時分の、空も少し白んで来ました頃に、宮

車引き出づるほどの、すこし明

（匂宮）は宮中からご退出になります。宮は若君のことが気がかりに思われましたので、目立たぬように車などもいつもと違うものでお帰りになりましたところ、ちょうど母君（中将の君）の車と出合って、母君の方は車を引きとめて控えましたので、宮は廊《ろう》に車をお寄せになってお下《お》りになります。

匂宮「あれはどういう車なのか。まだ暗いうちに急いで出て行くのは。」

と、お目をおとめになります。このようにして忍んでいる女の所から帰るものだと、ご自分のご経験から推察なさいますのも恐ろしいほどです。

供人「常陸殿《ひたちどの》がご退出になられます。」

と供人が申します。宮の年若い御前駆《ぜんく》の者たちが、

供人「殿とはよく言ったものよ。」

と笑い合っていますのを聞きますにつけ、なるほど比べようもなく劣った身のほどだと、母君は悲しく思われます。ただこの姫君のことを思うが故に、自分も人並みになりたいと思うのでした。まして当の姫君を平凡な身分に落としてしまう

常陸殿が 常陸の守の妻の中将の君を、その供人がこう言った。

かうなりぬるに、宮、内裏《うち》よりまかでたまふ。若君おぼつかなくおぼえたまひければ、忍びたるさまにて、車なども例ならでおはしますに、さしあひて、押しとどめて立てたれば、廊に御車寄せて下りたまふ。

「何ぞの車ぞ。暗きほどに急ぎ出づるは」

と目とどめさせたまふ。かやうにてぞ、忍びたる所には出づるかしと、御心ならひに思し寄るも、むくつけし。

「常陸殿《ひたちどの》のまかでさせたまふ」

と申す。若やかなる御前ども、

「殿こそあざやかなれ」

と笑ひあへるを聞くも、げにこよなの身のほどや、と悲しく思ふ。ただ、この御方のことを思ふゆゑにぞ、おのれも人々しくならまほしくおぼえける。まして、正身《さうじみ》を

ことは、何としても惜しいと思うようになりました。

宮はお部屋にお入《はい》りになって、

匂宮「常陸殿《ひたちどの》という人をここに通《かよ》わせておいでなのですか。風情《ふぜい》ある朝ぼらけに急いで出て行った車の供人などは、何か仔細《しさい》ありげに見えましたよ。」

などと、相変わらず大将（薫）との仲を疑っておっしゃいます。女君は、聞き苦しくきまりが悪いとお思いになって、

中君「大輔《たいふ》などがまだ若い頃に友だちだった人ですよ。殊に華やいでも見えないようでしたのに、意味ありげにおっしゃるのですね。人が聞き咎《とが》めるようなことばかりいつも取り沙汰なさいまして。濡《ぬ》れ衣《ぎぬ》を着せるようなことはなさいますな。」

と、顔をお背《そむ》けになっていらっしゃいますのも、かわいらしくて美しいご様子です。

[二四] 中の君、洗髪　匂宮、偶然浮舟を覗き見て言い寄る

宮（匂宮）は夜が明けたのもお知りにならず、お寝《やす》みになっていらっしゃいましたが、人が大ぜい参上しましたので、

なほなほしくやつして見むことは、いみじくあたらしう思ひなりぬ。

宮入りたまひて、

「常陸殿といふ人や、ここに通はしたまふ。心ある朝ぼらけに急ぎ出でつる車副《くるまぞひ》などこそ、ことさらめきて見えつれ」

など、なほ思し疑ひてのたまふ。聞きにくくかたはらいたし、と思して、

「大輔《たいふ》などが若くての頃、友だちにてありける人は。殊に今めかしうも見えざめるを、ゆゑゆゑしげにものたまひなすかな。人の聞き咎めつべき事をのみ、常にとりないたまふこそ。なき名は立てで」

と、うち背きたまふも、らうたげにをかし。

明くるも知らず大殿籠《おほとのごも》りたるに、人々あまた参りたまへば、寝殿に

韻塞ぎ 古詩などの押韻を隠しておき、その韻字を当てる遊戯。

今月はよい日も 洗髪や沐浴には吉日を撰んだ。九、十月は避けられたか。

寝殿《しんでん》にお渡りになりました。后《きさい》の宮（明石の中宮）はたいしたご病気でもなく、お治りになられましたので、誰も気分よさそうで、右大臣家の君達などは、碁を打ったり韻塞《いんふた》ぎなどをしてお遊びになっています。

　夕方、宮がこちらの西の対《たい》にお渡りになりますと、女君（中の君）は御髪《みぐし》をお洗いになっておられる所でした。女房たちもそれぞれ休息などしていて、お前には人もおりません。小さい女《め》の童《わらわ》がいましたのをお使いになって、

匂宮「折の悪い時にご洗髪とは困ったものですね。寂しくぼんやりとしているしかないな。」

と申されますと、

大輔「本当に。いつもはお留守の合間にお洗いになりますのに、どうしたわけかこの日頃おっくうがりなさいまして。今日が過ぎますと今月はよい日もありません。九、十月は忌月《いみづき》でとてもおできになれませんというので、今日おさせ申したのですが。」

と、大輔《たいふ》はお気の毒がっています。

渡りたまひぬ。后の宮は、ことごとしき御悩みにもあらで、おこたりたまひにければ、心地よげにて、右の大殿の君たちなど、碁うち韻《ゐん》塞《ふたぎ》などしつつ遊びたまふ。

　夕つ方、宮こなたに渡らせたまへれば、女君は御泔《ゆする》のほどなりけり。人々もおのおのうち休みなどして、御前には人もなし。小さき童のあるして、

「をりあしき御泔《ゆする》のほどこそ、見苦しかめれ。さうざうしくてやながめむ」

と聞こえたまへば、

「げに。おはしまさぬ隙々《ひまひま》にこそ例はすませ、あやしう、日ごろ、ものうがらせたまひて。今日過ぎば、この月は日もなし。九十月はいかでかはとて、仕まつらせつるを」

と、大輔いとほしがる。

若君もお寝《やす》みになりましたので、女房たちはそちらに誰も彼も行っています折とて、宮はあちらこちらとお歩きになって、西の廂《ひさし》の方に見馴れない女《め》の童《わらわ》が見えましたので、新参の童かなどとお思いになってちょっと覗いてご覧になります。

中仕切りの襖《ふすま》が細めに開《あ》いていますところからご覧になりますと、襖の向こうに一尺ばかり引き離して屏風が立ててありました。その端《はし》に、御簾《みす》に几帳《きちょう》が添えて立ててあります。几帳の帷子《かたびら》を一枚横木にかけて、紫苑色《しおんいろ》の華やかな袿《うちき》に女郎花《おみなえし》の織物と思われます表着《うわぎ》が重なって、その袖口が出ていました。屏風の端の一枚が畳まれている所から、見せるつもりはないのに見えているようです。

宮は、新参の女房でなかなかの身分の者のようだとお思いになって、その廂に通じる襖を大層こっそりと押し開《あ》けられて、そっと歩み寄りなさいますのも、その人は気づかず、こちら側の廊《ろう》に囲まれた壺庭《つぼにわ》の植え込みがまことに美しく色とりどりに咲き乱れて、遣水《やりみず》の辺りの高い石組みが大層趣がありますので、端近く物に寄りかかって、ぼんやりと思いにふ

若君も寝たまへりければ、そなたにこれかれあるほどに、宮はたたずみ歩きたまひて、西の方に例ならぬ童の見えけるを、今参りたるかなど思してさしのぞきたまふ。

中のほどなる障子《さうじ》の細目に開きたるより見たまへば、障子のあなたに、一尺ばかりひき離《さ》けて屏風立てたり。そのつまに、几帳、簾《す》に添へて立てたり。帷子一重《かたびらひとへ》をうち懸けて、紫苑色《しをんいろ》のはなやかなるに、女郎花の織物と見ゆる重なりて、袖口さし出でたり。屏風の一枚畳まれたるより、心にもあらで見ゆるなめり。

今参りの口惜しからぬなめり、と思して、この廂《ひさし》に通ふ障子を、いとみそかに押し開けたまひて、やをら歩み寄りたまふも、人知らず。こなたの廊の中の壺前栽《つぼせんざい》のいとをかしう色々に咲き乱れたるに、遣水《やりみづ》のわたりの石高きほどいとをかしければ、端近く添ひ臥してな

けっているのでした。

宮は開《あ》いている襖《ふすま》をもう少し開けられて、屛風の端《はし》からお覗きになりますと、宮とは思いもかけず、いつものこちらに来馴れている女房だろうと思って起き上がりましたその人の容姿が、実に美しく見えますので、例の好色なお心はそのままお見過ごしになれず、女の衣《きぬ》の裾をお捉《とら》えになって、こちら側の襖はお閉《し》めになって、襖と屛風の間にお座りになりました。おかしなことと思って、扇で顔を隠して振り向いた女の姿は、まことに美しい様子です。扇を持たせたままその手をお捉えになって、

匂宮「どなたですか。お名前がお聞きしたいですね。」

とおっしゃいますので、女は気味が悪くなりました。宮は屛風の側《そば》にお顔をあちら向きにお隠しになって、大層用心して誰か分からぬようにしていらっしゃいますので、女はあの並々ならずお気持ちをほのめかしていらっしゃる大将殿（薫）ではないだろうか、そのよい香りの気配などからもそう推し量られますので、ひどく恥ずかしく、どうしたらよい

がむるなりけり。

開きたる障子を、いますこし押し開けて、屛風のつまよりのぞきたまふに、宮とは思ひもかけず、例、こなたに来馴れたる人にやあらむと思ひて起き上りたる様体、いとをかしう見ゆるに、例の御心は過ぐしたまはで、衣《きぬ》の裾をとらへたまひて、こなたの障子はひきたてたまひて、屛風のはさまにゐたまひぬ。あやし、と思ひて、扇をさし隠して、見かへりたるさまいとをかし。扇を持たせながらとらへたまひて、

「誰ぞ。名のりこそゆかしけれ」

とのたまふに、むくつけくなりぬ。さるもののつらに、顔を外《ほか》ざまにもて隠して、いといたう忍びたまへれば、この、ただならずほのめかしたまふらむ大将にや、かうばしきけはひなども思ひわたさるるに、いと恥づかしくせむ方なし。

かなすすべもありません。

［二五］ 乳母、なすすべもなく、右近、事態を中の君に報告

乳母《めのと》は人の気配がいつもと違いますので、おかしいと思って、向かい側の屛風を押し開《あ》けて入《はい》って来ました。

乳母「これは一体どういう事でございましょうか。怪《け》しからぬ事でございますね。」

と申し上げますが、宮はご遠慮なさるはずもありません。このように出しぬけのお振る舞いですが、お口の上手なご性分《しょうぶん》ですので、何やかやとおっしゃるうちに、日もすっかり暮れてしまいましたけれど、

匂宮「誰と名前を聞かないうちは、許しませんよ。」

とおっしゃって、馴れ馴れしく横におなりになりますので、宮であったのだとすっかり分かりますと、乳母はもう言うべき言葉もなく呆然《ぼうぜん》として座っていました。

お明かりを灯籠《とうろう》にともして、

女房「今すぐにこちらにおいでになりましょう。」

と女房たちが言っているのが聞こえます。女君（中の君）の

乳母、人げの例ならぬをあやしと思ひて、あなたなる屛風を押し開けて来たり。

「これはいかなることにかはべらむ。あやしきわざにもはべるかな」

と聞こゆれど、憚りたまふべきことにもあらず、かくうちつけなる御しわざなれど、言の葉多かる御本性なれば、何やかやとのたまふに、暮れはてぬれど、

「誰と聞かざらむほどはゆるさじ」

とてなれなれしく臥したまふに、宮なりけり、と思ひはつるに、乳母、言はむ方なくあきれてゐたり。

大殿油《おほとなぶら》は燈籠《とうろ》にて、

「いま渡らせたまひなむ」

と人々言ふなり。御前ならぬ方の

お前以外の御格子《みこうし》などを下《お》ろしているようです。こちらは離れた部屋のようにしてあって、高い棚厨子《たなずし》一対《つい》ほどを立てて、袋に入れてある屏風を所々に立てかけ、何かと雑然とした様子でとり散らかしてありました。こうしてお客人がおいでになるというので、通り道の襖《ふすま》を一間《ま》ほど開《あ》けてありますが、右近《うこん》という大輔《たいふ》の娘でお仕えしている女房が来て、格子を下ろしてこちらへ近づいてくるようです。

右近「まあ、暗いこと。まだ明かりもお持ちしなかったのですね。御格子を困ったことに急いで下ろして、真暗でまごついてしまいますよ。」

と言って格子を引き上げますので、宮も少々困ったとお聞きになっていらっしゃいます。乳母《めのと》はまた実に困ったと思って、無遠慮でせっかちで気が強い人ですので、

乳母「あの、ちょっと申し上げます。ここにとても奇妙なことがございまして扱いに困っております。動くこともできませんで。」

と言いますと、

御格子どもぞ下ろすなる。こなたは離れたる方にしなして、高き棚厨子《づし》一具《ひとようび》ばかり立て、屏風の袋に入れこめたる所どころに寄せかけ、何かのあららかなるさまにし放ちたり。かく人のものしたまへばとて、通ふ道の障子一間ばかりぞ開けたるを、右近とて、大輔がむすめのさぶらふ来て、格子下ろしてここに寄り来《く》なり。

「あな暗や。まだ大殿油もまゐらざりけり。御格子を、苦しきに、急ぎまゐりて、闇にまどふよ」

とて引き上ぐるに、宮も、なま苦しと聞きたまふ。乳母、はた、いと苦しと思ひて、ものづつみせずはやりかにおぞき人にて、

「もの聞こえはべらむ。ここに、いとあやしき事のはべるに、見たまへ困じてなむえ動きはべらでなむ」

右近「何事でしょうか。」

と、右近《うこん》が手探りで寄りますと、袿《うちき》姿の男が実によい香りをさせて添い臥しておりますので、いつもの宮様の怪《け》しからぬお振る舞いだと気がついたのでした。女が同意なさるはずはないことと推量されますので、

右近「全く実に見苦しいことでございますね。右近は何と申し上げたらよいでしょうか。すぐにあちらに参って、お前にだけはそっと申し上げましょう。」

と言って立ちますのを、呆れるほど体裁《ていさい》が悪いことと誰も誰も思いますけれど、宮はびくともなさらず、「驚くほど上品で美しい人だな。やはりどういう人なのだろう。右近が言っていた様子もごく普通の新参女房ではなさそうだ」と、納得《なっとく》しがたくお思いになって、あれこれおっしゃってお恨みになります。女は気に入らないような素振《そぶ》りは見せませんけれど、ただひどく死ぬほどつらく思っていますのがかわいそうですので、宮は情《なさ》けをこめてなだめていらっしゃいます。

右近は女君（中の君）に、

「何ごとぞ」

とて探り寄るに、袿姿《うちきすがた》なる男の、いとかうばしくて添ひ臥したまへるを、例のけしからぬ御さまと思ひ寄りにけり。女の心あはせたまふまじき事と推しはからるれば、

「げにいと見苦しきことにもはべるかな。右近はいかにか聞こえさせむ。いま参りて、御前にこそは忍びて聞こえさせめ」

とて立つを、あさましくかたはに誰も誰も思へど、宮は怖ぢたまはず、あさましきまであてにをかしき人かな、なほ何人ならむ、右近が言ひつる気色もいとおしなべての今参りにはあらざめり、と心得がたく思されて、と言ひかく言ひ恨みたまふ。心づきなげに気色ばみてももてなさねど、ただいみじう死ぬばかり思へるがいとほしければ、情《なさけ》ありてこしらへたまふ。

右近、上に、

右近「これこれでいらっしゃいます。お気の毒に、どんなお気持ちでおられるでしょう。」

と申し上げますと、

中君「またいつもの情《なさ》けないお振る舞いですね。あの母君(中将の君)もどんなに軽々しく怪《け》しからぬこととお思いになられることでしょう。これで安心ですと繰り返し言い置かれましたものを。」

とお気の毒にお思いになりますが、「宮にはどのように申し上げようか。お仕えしている女房たちでも、少し若々しくまずまずの器量の者は、お見過ごしになることもないおかしなお方のお癖《くせ》だから。それにしてもどうやって思い寄られたのだろう」と、あまりのことにものもおっしゃれずにいらっしゃいます。

[二六] 匂宮、中宮の病気の報せによ うやく浮舟から離れる

右近「今日は上達部《かんだちめ》が大ぜい参上なされた日で、宮様(匂宮)は遊び戯《たわむ》れていらっしゃって、いつもはこうした時には遅くなってこちらへお渡りになりますので、皆気を

「しかじかこそおはしませ。いとほしく、いかに思ほすらむ」

と聞こゆれば、

「例の、心憂き御さまかな。かの母も、いかにあはあはしくけしからぬさまに思ひたまはむとすらむ。うしろやすくと、かへすがへす言ひおきつるものを」

と、いとほしく思せど、いかが聞こえむ、さぶらふ人々も少し若やかによろしきは見棄てたまふなく、怪しき人の御癖なれば。いかでかは思ひ寄りたまひけむと、あさましきにものも言はれたまはず。

「上達部あまた参りたまへる日にて、遊び戯れたまひては、例も、かかる時はおそくも渡りたまへば、みなうちとけて

少将
中の君付きの女房。

今更かいもなさそうな
もう手遅れだと、情交のあったことを露骨にいう。後の「そこまでは…」も露骨な応じ方。

許してお寝《やす》みだったのですよ。それにしましても、どうすればよいことなのでしょうか。あの乳母《めのと》は気が強うございました。ぴったりとお側《そば》につき添って宮をお見つめ申し上げて、今にも荒々しく引きのけ申すのではないかと思ったほどでした。」

と少将と二人で気の毒がっていますと、宮中からお使いが参上して、大宮（明石の中宮）がこの夕方からお胸をお病《や》みになっておられましたのが、ただ今大層重くお苦しみになっていらっしゃる由を申し上げさせます。右近は、

右近「おあいにくの折のお病気ですこと。お知らせしましょう。」

と言って立って行きます。少将は、

少将「まあ、今更かいもなさそうなことですのに。愚《おろ》かしくあまりおどし申し上げなさいますな。」

と言いますと、

右近「いえ、まだそこまではいっていないでしょう。」

と、ひそひそと囁《ささや》き合っていますのを、上（中の君）は「全

やすみたまふぞかし。さても、いかにすべきことぞ。かの乳母こそおずましかりけれ。つと添ひゐてまもりたてまつり、引きもかなぐりたてまつりつべくこそ思ひたりつれ」

と、少将と二人していとほしがるほどに、内裏《うち》より人参りて、大宮この夕暮より御胸悩ませたまふを、ただ今いみじく重く悩ませたまふよし申さす。右近、

「心なきをりの御悩みかな。聞こえさせむ」

とて立つ。少将、

「いでや、今はかひなくもあべいことを。をこがましく、あまりなおびやかしきこえたまひそ」

と言へば、

「いな、まだしかるべし」

と、忍びてささめきかはすを、上

く人聞きの悪いご性分《しょうぶん》のようです。少し心ある人は私《わたくし》のことまでもきっと疎《うと》まれるでしょうよ」とお思いになります。
右近《うこん》は宮の所へ参上して、お使いが申したのよりももう少し慌《あわ》ただしいように申し上げますと、宮はお動きになりそうもないご様子で、

匂宮「誰が使いにやって来たのだ。例によって大げさに脅《おど》かすね。」

とおっしゃいますので、

右近「中宮様の侍所《さぶらいどころ》の者で平《たいら》の重経《しげつね》と名告《なの》っておりました。」

と申し上げます。
宮はここをお出になることが実にどうにも残念ですので、人目もお構いになりませんので、右近は立って出て行ってこのお使いを西廂《にしびさし》に呼んで尋ねますと、取り次いだ人も寄って来て、

取次「中務《なかつかさ》の宮は参内なさいました。中宮の大夫《だいぶ》はたった今こちらへ参ります途中でお車を引き出しているのを目

侍所の者
中宮職の侍所に詰める者。「侍所」は家臣の詰所。

中宮の大夫
中宮職の長官。

は、「いと聞きにくき人の御本性にこそあめれ。すこし心あらむ人は、わがあたりをさへうとみぬべかめり」と思す。
参りて、御使の申すよりも、いますこしあわたたしげに申しなせば、動きたまふべきさまにもあらぬ御気色に、

「誰か参りたる。例の、おどろおどろしくおびやかす」

とのたまはすれば、

「宮の侍《さぶらひ》に、平重経《たひらのしげつね》となむ名のりはべりつる」

と聞こゆ。
出でたまはむことのいとわりなく口惜しきに、人目も思されぬに、右近立ち出でて、この御使を西面《にしおもて》にて問へば、申しつぎつる人も寄り来て、

「中務宮《なかつかさのみや》参らせたまひぬ。大夫《だいぶ》はただ今なむ、参りつる

にいたしました。」
と申しますので、宮は、「いかにも急に時々お苦しみの時もあるから」とお思いになりますと、人がどうお思いになるかと体裁《ていさい》が悪い気がなさって、大層恨んだり約束したりし置いて、そこをお出ましになりました。

［二七］乳母、事態を嘆き、浮舟を慰め励ます

女君（浮舟）は、恐ろしい夢から覚めたような心地がして、汗にまみれてうつ臥していらっしゃいます。乳母《めのと》は扇《おうぎ》であおいだりして、

乳母「こうしたお住まいは、何かにつけて気づまりで、具合が悪うございました。こうして宮様（匂宮）がおいでになり始めては、決してよいことはございますまい。ああ恐ろしいことよ。この上ない貴いお方と申し上げても、安心の出来ないお振る舞いは、まことに苦々《にがにが》しいことでございましょう。よその何の関係もないお方なら、よいとも悪いとも思われなさいますのもよいでしょうが、この場合は人聞きも悪いと存じまして、私《わたくし》は降魔《がま》の相《そう》をし

降魔の相
仏が悪魔を降伏《ごうぶく》する姿。不動明王の形相など。

道に、御車引き出づる、見はべりつ」
と申せば、げにはかに時々悩みたまふをりをりもあるを、と思すに、人の思すらむこともはしたなくなりて、いみじう恨み契りおきて出でたまひぬ。

恐ろしき夢のさめたる心地して、汗におし漬《ひた》して臥したまへり。乳母うちあふぎなどして、

「かかる御住まひは、よろづにつけてつつましう便《びん》なかりけり。かくおはしましそめては、更によき事はべらじ。あな恐ろしや。限りなき人と聞こゆとも、安からぬ御有様はいとあぢきなかるべし。よそのさし離れたらむ人にこそよしともあしとも覚えられたまはめ。人聞きもかたはらいたき事と思ひたまへて、降魔《がま》の相を出

てきっとお睨《にら》み申し上げましたので、ひどく気味の悪い下品な女とお思いになって、私《わたくし》の手をひどくお抓《つね》りになりましたのは、下々《しも》の者の色恋めいていて大層おかしくも存じました。あちらの常陸殿《ひたちどの》のお邸《やしき》では、今日もご両親様が大層言い争われましたとか。殿が『ただお一人の身の上ばかりをお世話するといって、わたしの子供たちを放っておいでになる。客人のおいでになる時に外泊をなさるのは見苦しい』と、猛々《たけだけ》しいほどに母君をお叱りになりました。下働きの者までも、それを聞いて気の毒がっておりました。何もかもあの少将の君（左近の少将）のせいで、全くかわいげなく思われるお方です。この一件がございませんでしたら、内々では厄介で面倒なことが時々ございましても、穏やかに今まで通りにお過ごしになれましたものを。」

などと泣きながら言っています。

　女君は、今はあれこれお考えになる余裕もなく、ただひどくきまりが悪く、経験したことのない目を見たことに加えて、

だしてつと見たてまつりつれば、いとむくつけく下衆《げす》下衆しき女と思して手をいたく抓《つ》ませたまひつるこそ、直人《なほびと》の懸想だちていとをかしくも覚えはべりつれ。かの殿には、今日もいみじくいさかひたまひけり。ただ一所の御上を見扱ひたまふとて、わが子どもをば思し棄てたり、客人《まらうど》のおはするほどの御旅居《たびゐ》見苦し、と荒々しきまでぞ聞こえたまひける。下人《しもびと》さへ聞きいとほしがりけり。全てこの少将の君ぞいと愛敬なくおぼえたまふ。この御事はべらざらましかば、内々安からずむつかしき事は折々はべりとも、なだらかに、年頃のままにておはしますべきものを」

など、うち泣きつつ言ふ。

　君は、ただ今はともかくも思ひめぐらされず、ただいみじくはし

姉君（中の君）がどうお思いだろうかと考えますと、切なくてうつ伏してお泣きになっていらっしゃいます。

乳母《めのと》は本当においたわしいとあれこれなだめて、

乳母「どうしてそうお嘆きになるのです。母君がおられない人こそ、頼り所もなく悲しいことでしょう。世間の目には父親のいない人はひどく残念ですけれど、意地の悪い継母《ままはは》に憎まれたりするよりは、その方がずっと安心です。母君がどのようにもしてさし上げますでしょう。くよくよなさいますな。何といっても初瀬《はつせ》の観音《かんのん》がおいでになるのですから、不憫《ふびん》なこととお思い下さるでしょう。馴れない御身で度々足繁くお詣りなさったではありませんか。人は見下《さ》げざまにばかり思い申し上げておりますが、こんなご運がおありだったのだと思うほどの御幸《しあわ》せがありますようにと、ひたすら祈っておるのでございます。わが君様は世間の笑い者で終わったりなさるものですか。」

と、何の不安もないように言っているのでした。

初瀬の観音 大和国の初瀬の長谷寺。本尊は十一面観音。清水、石山とともに当時の信仰を集めた。

足繁くお詣りなさった 浮舟が初瀬に参詣したことは「宿木」［四八］［四九］に見える。

たなく、見知らぬ目を見つるに添へても、いかに思すらむと思ふに、わびしければ、うつぶし臥して泣きたまふ。

いと苦し、と見あつかひて、

「何かかく思す。母おはせぬ人こそたづきなう悲しかるべけれ。よその覚えは父なき人はいと口惜しけれど、さがなき継母《ままはは》に憎まれむよりは、これはいと安し。ともかくもしたてまつりたまひてむ。な思し屈《くん》ぜそ。さりとも初瀬《はつせ》の観音おはしませば、あはれと思ひきこえたまふらむ。ならはぬ御身に度々しきりて詣でたまふ事は。人のかく侮りざまにのみ思ひきこえたるを、かくもありけりと思ふばかりの御幸ひおはしませ、とこそ念じはべれ。あが君は人笑はれにてはやみたまひなむや」

と、世をやすげに言ひゐたり。

［二八］　匂宮、参内　中の君、浮舟を自室に招く

宮は急いで参内なさるようです。宮中に近い方角だからでしょうか、こちらの御門からお出になりますので、何かおっしゃるお声も聞こえます。大層上品にこの上なく聞こえて、趣ある古歌などをお口ずさみになって通り過ぎていらっしゃる間、女君（浮舟）はただわけもなく疎《うと》ましく感じられます。移し馬なども引き出して、宿直《とのい》にお仕えする人十人ぐらいを連れて参内なさいます。

上（中の君）は女君がお気の毒で、さぞ嫌《いや》な思いでいられるだろうと、何くわぬ顔で、

中君「大宮（明石の中宮）がお苦しみとのことで、宮は参内なさいましたから、今夜はご退出にならないでしょう。髪《かみ》を洗ったあとのせいでしょうか、気分も優《すぐ》れず起きておりますから、こちらへお出で下さい。退屈してもおられるでしょう。」

と言っておやりになりました。

浮舟「気分が大層苦しゅうございますので、落ち着きまし

宮は急ぎて出でたまふなり。内裏近き方にやあらむ、こなたの御門より出でたまへば、もののたまふ御声も聞こゆ。いとあてに限りもなく聞こえて、心ばへある古言などうち誦じたまひて過ぎたまふほど、すずろにわづらはしくおぼゆ。移し馬ども牽き出だして、宿直にさぶらふ人、十人ばかりして参りたまふ。

上、いとほしく、うたて思ふらむとて、知らず顔にて、

「大宮悩みたまふとて参りたまひぬれば、今宵は出でたまはじ。泔《ゆする》のなごりにや、心地も悩ましくて起きゐはべるを、渡りたまへ。つれづれにも思さるらむ」

と聞こえたまへり。

「乱り心地のいと苦しうはべ

移し馬　乗り替え用の馬。ここは宿直人用のもの。

てから。」

と、乳母《めのと》を通してご返事になります。

中君「どのようなご気分なのですか。」

と折り返しお尋ね申されますと、
浮舟「どこともはっきりいたしません。ただひどく苦しいのでございます。」

と申されますので、少将と右近《うこん》は目配《くば》せをして、
右近「きっときまり悪くお思いなのでしょう。」

と言いますのも、上は誰にも知られないよりも、一層不憫《ふびん》にお思いになります。

上は、「本当に残念でお気の毒なことよ。大将殿がお心をお留めになったようにおっしゃっておられたようだが、どんなに軽薄な女《ひと》かとお見下《さ》げになるだろう。宮のような乱りがわしくいらっしゃるお方は、聞き苦しく事実ではないことをも曲《ま》げて言い、また実際には多少意外に思う事でもさすがにそれをお見逃《のが》しになることがお出来になるようだが、この大将の君（薫）は口に出さず心の中で嫌《いや》だとお思いのことは、

るを、ためらひて」

と、乳母して聞こえたまふ。

「いかなる御心地ぞ」

と、たち返りとぶらひきこえたまへば、

「何心地ともおぼえはべらず。ただいと苦しくはべり」

と聞こえたまへば、少将右近、目まじろきをして、

「かたはらぞいたく思すらむ」

と言ふも、ただなるよりはいとほし。

いと口惜しう心苦しきわざかな。大将の心とどめたるさまにのたまふめりしを、いかにあはあはしく思ひおとさむ。かくのみ乱りがはしくおはする人は、聞きにくく、実ならぬことをもくねり言ひ、また、まことにすこし思はずならむことをも、さすがに見ゆるしつべうこそおはすめれ、この君は、言

困ったお心　薫の中の君に対する懸想心。

全く恥ずかしくなるほど深くお考えになるので、妹は不本意な心配事が加わってしまった身の上のようだ。長年見ず知らずだった人の上のことだけれど、気立てや顔立ちを見ると、放っておけないほどにかわいらしくいじらしいのに、男女の仲というものは難《むずか》しく厄介なものよ。私《わたくし》自身の有様は、不満な事が多い気がするけれど、妹のように頼りない目にあっても当然な身が、そうは落ちぶれずにすんでいるのは、本当に幸せであった。今はただこの困ったお心をお持ちになっていらっしゃるお方（薫）が、穏やかに諦《あきら》めて下されば、これ以上何事も心配しないですむだろうに」とお思いになります。

［二九］　中の君、浮舟と対面して亡姉を思いつつ慰める

大層豊かなお髪《ぐし》ですので、すぐにも乾かしきれず、起きて座っていらっしゃるのもおつらいお気持ちです。白いお召し物一襲《さかね》ばかりをお召しになっておいでになるお姿は、ほっそりとしていかにもお美しいご様子です。

この女君（浮舟）は、本当に気分も悪くなってしまいまし

はでうしと思はむこと、いと恥づかしげに心深きを、あいなく思ふこと添ひぬる人の上なめり。年ごろ見ず知らざりつる人の上なれど、心ばへ容貌《かたち》を見れば、え思ひはなつまじう、らうたく心苦しきに、世の中はあり難く、むつかしげなるものかな。わが身のありさまは、飽かぬこと多かる心地すれど、かくものはかなき目も見つべかりける身の、さはふれずなりにけるにこそ、げにめやすきなりけれ。今は、ただ、この憎き心添ひたまへる人のなだらかにて思ひ離れなば、さらに何ごとも思ひ入れずなりなむ、と思ほす。

いと多かる御髪《みぐし》なれば、とみにもえほしやらず、起きゐたまへるも苦し。白き御衣《ぞ》一襲《かさね》ばかりにておはする、細やかにをかしげなり。

この君は、まことに、心地もあ

たが、乳母《めのと》は、

乳母「まことに具合が悪うございます。このままでは何か事があったようにお思いになるでしょうに。ただおっとりとしてお目にかかりなさいませ。右近《うこん》の君などには、事の次第を初めからお話しいたしましょう。」

と、無理にせき立てて、自分はこちらの襖《ふすま》のもとに来て、

乳母「右近の君にお話し申し上げとう存じます。」

と言いますので、右近が立って出て行きましたところ、

乳母「先ほどとてもおかしなことがございましたせいで、お熱を出してしまわれまして、本当に苦しそうにお見えになりますので、おいたわしく存じております。上（中の君）のお前でお慰め申していただきたいと存じまして。何の過《あやま》ちもありませんお体《からだ》ですのに、ひどく気に病んでつらくお思いのようでございますのも、少しでも男女の仲をご存じの方ならともかく、どうして平気でおられましょうかと、無理もないとおいたわしく拝見しております。」

しくなりにたれど、乳母、

「いと傍《かたは》ら痛し。事しもあり顔に思すらむを。ただおほどかにて見えたてまつりたまへ。右近の君などには、事の有様始めより語りはべらむ」

と、せめてそそのかしたてて、こなたの障子のもとにて、

「右近の君にもの聞こえさせむ」

と言へば、立ちて出でたれば、

「いとあやしくはべりつる事のなごりに、身も熱うなりたまひて、まめやかに苦しげに見えさせたまふを、いとほしく見はべる。御前にて慰めきこえさせたまへ、とてなむ。過ちもおはせぬ身を、いとつつましげに思ほしわびためるも、いささかにても世を知りたまへる人こそあれ、いかでかはと、ことわりにいとほしく見たてまつる」

と言って、女君を引き起こしてお前にお連れ申し上げます。
女君は、正気《しょうき》もなく、周囲の人がどう思っているかも恥ずかしいのですが、大層素直《すなお》でおっとりし過ぎておられる方ですので、押し出されるままに座っていらっしゃいます。額髪《ひたいがみ》などが涙にひどく濡れていますのを隠して、灯《ともしび》の方に背を向けていらっしゃるご様子は、上をまたとないお方と拝見している女房たちの目にも劣っているとも思われず、上品で美しく見えます。「宮がこのお方にご執心になったら、目に余る事態が起こるであろうよ。全くこれほどでなくてさえ、目新しい人に興味をもたれるご性格だから」と、右近《うこん》と少将の二人だけは、お前で恥じ入ってばかりもおられませんので、そう思って座っていました。
上はお話をとても親しみをこめてなさって、
中君「いつもとは違って気づまりな所などとお思いにならないで下さい。姉君がお亡くなりになった後《あと》は、忘れる時もなく悲しく、残されたわが身も恨めしく、またとない悲しい気持ちで過ごして参りましたが、姉君にとても

とて、ひき起こして参らせたてまつる。

我にもあらず、人の思ふらむことも恥づかしけれど、いとやはらかにおほどき過ぎたまへる君にて、押し出でられてゐたまへり。額髪などのいたう濡れたるをもて隠して、灯《ひ》の方に背きたまへるさま、上をたぐひなく見たてまつるに、け劣るとも見えず、あてにをかし。これに思しつきなば、めざましげなることはありなむかし、いとかからぬをだに、めづらしき人をかしうしたまふ御心を、と二人ばかりぞ、御前にてえ恥ぢあへたまはねば、見ゐたりける。

物語いとなつかしくしたまひて、

「例ならずつつましき所など、な思ひなしたまひそ。故姫君のおはせずなりにし後、忘るる世なくいみじく、身も恨めしく、たぐひなき心地して過ぐすに、いとよく思ひよそへ

よく似ていらっしゃるお姿を拝見しますと、慰められる気持ちがして胸が一ぱいになります。親身《しんみ》に思ってくれる人もいない私《わたくし》にとって、昔の姉君と同じお心のように思って下さいましたら、本当に嬉しく存じます。」

などとお話しになりますが、女君はひどく気が引けて、また田舎育ちの心には、お答え申し上げようもありませんので、

浮舟「長年遥か遠くからばかりお思い申し上げておりましたのに、こうしてお目にかかりますのは、何もかも慰められるような気持ちがいたしまして。」

とだけ、とても若々しい声でおっしゃいます。

[三〇] 中の君、浮舟を慰める　女房たち、昨夜のことを憶測

上（中の君）は絵などをお取り出させになって、右近《うこん》に詞《ことば》書《が》きを読ませてご覧になりますと、女君（浮舟）は向かい合って恥じらってばかりもおいでになれず、熱心にご覧になっていらっしゃいます、その灯影《ほかげ》に照らされたお姿は、全くここがと見られる欠点もなく、繊細《せんさい》で美しいご様子です。額のあたりや目元がほんのりと薫るような感じがして、まこ

られたまふ御さまを見れば、慰む心地してあはれになむ。思ふ人もなき身に、昔の御心ざしのやうに思ほさば、いとうれしくなむ」

など語らひたまへど、いとものつつましくて、また鄙びたる心に、答へきこえむこともなくて、

「年ごろ、いと遥かにのみ思ひきこえさせしに、かう見たてまつりはべるは、何ごとも慰む心地しはべりてなむ」

とばかりいと若びたる声にて言ふ。

絵など取り出でさせて、右近に詞読ませて見たまふに、向ひてもの恥ぢもえしあへたまはず、心に入れて見たまへる灯影《ほかげ》、さらにここと見ゆるところなく、こまかにをかしげなり。額つきまみの薫りたる心地して、いとおほどかなるあてさは、ただそれとのみ思ひ出

とにおっとりとした上品さは、ただ亡き姉君（大君《おおいきみ》）そのままだと思い出されますので、上は絵には殊にお目もおとめになりませんで、「本当にしみじみと懐かしいお顔立ちだこと。どうしてこうまでもよく似ているのであろうか。亡き父君に大層よくお似申したのであろうよ。亡き姉君は父宮の御方に、私《わたくし》は母上の方に似申していると、老女たちも言っていたそうだ。なるほど、似ている人というのは格別懐かしいものなのだった」とお思い比べになりますと、思わず涙ぐまれて妹君をご覧になっていらっしゃいます。

「姉上はこの上なく上品で気高くいらっしゃいますものの、優《やさ》しくもの柔らかで、それが欠点と思われるほどに、なよなよと折れんばかりのご様子でいらっしゃった。この妹はまだ物腰が物馴れないで、何かにつけて気恥ずかしくばかり思っているせいか、見栄えのする優雅さは劣っている。もう少し重々しい感じさえ身につけたら、大将殿（薫）がお世話なさるにしても、決して見苦しいことはあるまい」などと、つい姉らしいお気持ちでお心遣いをなさっていらっしゃいます。

でらるれば、絵は殊に目もとどめたまはで、いとあはれなる人の容貌《かたち》かな、いかでかうしもありけるにかあらむ。故宮にいとよく似たてまつりたるなめりかし。故姫君は宮の御方ざまに、我は母上に似たてまつりたるとこそは、古人ども言ふなりしか。げに似たる人はいみじきものなりけり、と思し比ぶるに、涙ぐみて見たまふ。

かれは、限りなくあてに気高きものから、なつかしうなよよかに、かたはなるまで、なよなよとたわみたるさまのしたまへりしにこそ。これは、まだ、もてなしのうひうひしげに、よろづの事をつつましうのみ思ひたるけにや、見どころ多かるなまめかしさぞ劣りたる。ゆゑゆゑしきけはひだにもてつけたらば、大将の見たまはむにも、さらにかたはなるまじ、など、このかみ心に思ひあつかはれたまふ。

お話しなどなさって、お二人は明け方になってからお寝《やす》みになります。妹君をお側《そば》にお寝かせになって、亡き父宮の御事や長年のお暮らしぶりなど、全部ではありませんがお話しになります。女君は父宮のことが大層知りたくて、お目にかからずになってしまいましたことを、とても残念で悲しいと思っていました。

昨夜の事情を知る女房たちは、

女房「どうだったのでしょうね。ほんとにかわいらしいご様子ですのに。上がどんなに大切にお思いでもかいのあることでしょうか。お気の毒に。」

と言いますと、右近《うこん》は、

右近「そんな事はないでしょう。あの乳母《めのと》が私《わたくし》を座らせて夢中に語り訴えた様子では、何もなかったと言っておりました。宮様（匂宮）も、『逢ひても逢はぬ（逢っても契らなかった気持ちだ）』といったような趣で、歌を口ずさんでいらっしゃいました。」

女房「さあ、どうかしら。わざとかも知れません、それは

物語などしたまひて、暁方になりてぞ寝たまふ。かたはらに臥せたまひて、故宮の御事ども、年ごろおはせし御ありさまなど、まほならねど語りたまふ。いとゆかしう、見たてまつらずなりにけるをいと口惜しう悲し、と思ひたり。

昨夜の心知りの人々は、

「いかなりつらむな、いとらうたげなる御さまを。いみじう思すとも、かひあるべきことかは。いとほし」

と言へば、右近ぞ、

「さもあらじ。かの御乳母の、ひき据ゑて、すずろに語り愁へし気色、もて離れてぞ言ひし。宮も、逢ひても逢はぬやうなる心ばへにこそうちうそぶき口ずさびたまひしか」。

「いさや、ことさらにもやあ

逢ひても逢はぬ　「臥すほどもなくて明けぬる夏の夜は逢ひても逢はぬ心地こそすれ」（源氏釈）。

分かりませんよ。」

右近「でも、昨夜の宮の灯影《ほかげ》がとてもおっとりしていましたのも、何かあったお顔にはお見えになりませんでしたが。」

などと、ひそひそ話をして気の毒がっています。

〔三二〕中将の君、事情を知って浮舟を二条院から連れ出す

乳母《めのと》は車を頼んで常陸《ひたち》の守《かみ》の邸《やしき》へ戻りました。北の方（中将の君）にこれこれと報告しますと、胸もつぶれるほど驚いて、「女房たちも怪《け》しからぬように言いもし思いもしているであろう。上（中の君）もどうお思いになられることか。こうした筋の嫉妬は貴い身分の人も変わりはないものだ」と、自分の経験から落ちついてはいられない気持ちになって、夕方二条院へ参上しました。
宮がご不在ですので、気がねもなくて、
中将君「不思議なほど心幼く見えます娘を、こちらに伺わせておいて、安心だとお頼み申しておきながら、鼬《いたち》が近くにおりますような不安な気持ちがいたしますので、意

鼬が近くにおりますような 不安で落ちつかないことの例え。

らむ、そは知らずかし」

「昨夜《よべ》の灯影《ほかげ》のいとおほどかなりしも、事あり顔には見えたまはざりしを」

などうちささめきていとほしがる。

乳母、車請ひて、常陸殿へ去《い》ぬ。北の方にかうかうと言へば、胸つぶれ騒ぎて、人もけしからぬさまに言ひ思ふらむ。正身《さうじみ》もいかが思すべき。かかる筋のもの憎みは、あて人もなきものなり、とおのが心ならひに、あわたたしく思ひなりて、夕つ方参りぬ。

宮おはしまさねば心やすくて、

「あやしく心幼げなる人を参らせおきて、うしろやすくは頼みきこえさせながら、鼬《いたち》の侍らむやうなる心地のしは

地悪な家の者たちに憎まれたり恨まれたりしております。」
と申し上げます。上は、
中君「そう言われるほど幼《おさな》げではないようです。心配そうに疑っていらっしゃるご様子が気になりますこと。」
とおっしゃってお笑いになりますのが、こちらが気後《きおく》れするほど美しいお目元を見ますにつけ、気が咎《とが》めて恥ずかしく思われます。上がどのようにお思いなのかと気になりますので、母君はとても昨夜《ゆうべ》のことを口に出しては申し出せません。
中将君「娘がこうしてこちらにお仕えすれば、長年の願いが叶う心地がして、人が漏《も》れ聞きましても体裁《ていさい》がよく、面目の立つことと存じますが、それでもやはり遠慮すべきでございました。深い山になどという初めの考えは、変えるべきではございませんでしたのに。」
と言って泣くのも本当にお気の毒で、
中君「ここでは何事がご心配に思われるのでしょうか。とにもかくにも私《わたくし》がよそよそしく放っておき申しました

べれば、よからぬものどもに、憎み恨みられはべる」

と聞こゆ。

「いとさ言ふばかりの幼げさにはあらざめるを。うしろめたげに気色ばみたる御まかげこそわづらはしけれ」

とて笑ひたまへるが、心恥づかしげなる御まみを見るも、心の鬼に恥づかしくぞおぼゆる。いかに思すらむ、と思へば、えもうち出できこえず。

「かくてさぶらひたまはば、年ごろの願ひの満つ心地して、人の漏り聞きはべらむもめやすく、面だたしきことになむ思ひたまふるを、さすがにつつましきことになむはべりける。深き山の本意は、みさをになむはべるべきを」

とてうち泣くもいとほしくて、

「ここは、何ごとかうしろめたくおぼえたまふべき。とても

困ったお方 匂宮のこと。

お見捨てになれない絆 自分が中の君の母の姪に当たることをいう。

のならともかく、失礼なことをする困ったお方が時々お出でになるようですけれど、そのような事情は皆承知しているようですから、気をつけて具合の悪いようにはお取り扱い申すまいと思っておりますのに、どのようにご推量なさっておられるのでしょうか。」

とおっしゃいます。

中将君「決してご親切なお心を分け隔てがあるなどと思い申し上げてはおりません。お恥ずかしいことにお許しのいただけなかった父宮（八の宮）の筋については、何をとやかく申し上げましょうか。それとは別にお見捨てになれない絆《きずな》もございます、それをすがり所としてお頼み申すのでございます。」

などと懇《ねんご》ろに申し上げて、

中将君「明日《あす》明後日《あさつて》は、きびしい物忌みでございますので、しっかり行なえる場所で過ごしましてから、またこちらに伺わせましょう。」

と申し上げて、娘を連れて行きます。上は「お気の毒で不本

かくても、うとうとしく思ひ放ちきこえばこそあらめ、けしからずだちてよからぬ人の時時ものしたまふめれど、その心をみな人見知りためれば、心づかひして、便なうはもてなしきこえじ、と思ふを、いかに推しはかりたまふにか」

とのたまふ。

「さらに御心をば隔てありても思ひきこえさせはべらず。かたはらいたうゆるしなかりし筋は、何にかかけても聞こえさせはべらむ。その方ならで、思しはなつまじき綱もはべるをなむ、とらへどころに頼みきこえさする」

など、おろかならず聞こえて、

「明日明後日、固き物忌にはべるを、おほぞうならぬ所にて過ぐして、またも参らせはべらむ」

と聞こえていざなふ。いとほしく

意なこと」とお思いになりますが、お引き留《とど》めになることもお出来になれません。

母君は、思いもかけない不祥事に気も動転していましたので、ろくにご挨拶も申し上げずに、お邸《やしき》を出て来てしまいました。実はこのような時の方違《かたたが》え所と考えて、小さい家を用意していたのでした。三条辺《あた》りでしゃれた家ですが、まだ造りかけの所ですので、しっかりした家内の設備もしておりませんでした。

中将君「ああ、あなたのお身一つを何かにつけて悩み申しているのですよ。思うにまかせぬこの世には、とても生きていけないものだったのですね。私《わたくし》だけでしたらただひたすら、身分が低く人並みでなくても、ただそうした境遇に埋もれて過ごしもしましょうが、この上（中の君）とのご縁は、つらく思い申し上げたあたりですから、こちらがお親しみ申して不都合なことでも生じましたら、ひどく世間のもの笑いになるでしょう。どうしようもあ

本意なきわざかなと思せど、えとどめたまはず。

あさましうかたはなることにおどろき騒ぎたれば、をさをさものも聞こえで出でぬ。かやうの方違《かたたが》へ所と思ひて、小さき家設けたりけり。三条わたりに、ざればみたるが、まだ造りさしたる所なれば、はかばかしきしつらひもせでなむありける。

「あはれ、この御身一つをよろづにもて悩みきこゆるかな。心に叶はぬ世にはあり経《ふ》まじきものにこそありけれ。自らばかりはただひたぶるに品々しからず人げなう、ただささる方にはひ籠りて過ぐしつべし、この御ゆかりは、心憂しと思ひきこえしあたりを睦びきこゆるに、便なきことも出で来なばいと人笑へなるべし。あ

［三二］　中将の君、浮舟を三条の小家に移す

方違え所　方角を忌んで、一時別の方角へ行く所。

りません。粗末な所でも、ここを誰にも知らせず、そっと隠れておいでなさい。いずれ自然に何とかしてさし上げましょう。」

と言い置いて自分は帰ろうとします。女君（浮舟）は泣き出して、この世に生きているのも肩身の狭い身なのだと、思い沈んでいらっしゃいますご様子が、実にいたわしく思われます。母君もまた、ましてもったいなく惜しい気がしますので、何とかさし障りがなく、望み通りの結婚をさせてやりたいと思い、こうした不祥事につけて、人にも軽々しく思われたり噂《うわさ》をされたりするのが不安なのでした。

　母君は、思慮に欠ける人ではありませんが、何となく怒りっぽく、自分勝手な所が多少あるのでした。あの常陸《ひたち》の守《かみ》の邸《やしき》にも、女君を隠しておく事も出来たのですが、そのように忍ばせておくのを不憫《ふびん》に思って、このように取り扱ったのですが、長年側《そば》を離れず朝晩顔を合わせて来ましたので、お互いに心細く耐えがたいことと思っています。

中将君「この家はまだこのように粗《あら》造りで不用心の所のよ

ぢきなし。異やうなりとも、ここを人にも知らせず忍びておはせよ。自づからともかくも仕うまつりてむ」

と言ひおきて、みづからは帰りなむとす。君は、うち泣きて、世にあらむこととところせげなる身と思ひ屈したまへるさまいとあはれなり。親、はた、まして、あたらしく惜しければ、つつがなくて思ふごと見なさむと思ひ、さるかたはらいたきことにつけて、人にもあはあはしく思はれ言はれむがやすからぬなりけり。

　心地なくなどはあらぬ人の、なま腹立ちやすく、思ひのままにぞすこしありける。かの家にも隠ろへては据ゑたりぬべけれど、しか隠ろへたらむをいとほしと思ひて、かくあつかふに、年ごろかたはら避らず、明け暮れ見ならひて、かたみに心細くわりなし、と思へり。

「ここは、まだかくあばれて、

うです。そのつもりでお気をつけなさい。あちらこちらの部屋にある調度などを取り寄せてお使いなさい。宿直《とのい》の者のことなども言い置いてありますが、それも大変心配ですけれど、あちらの家で腹を立てて恨んでおいでなのがとてもつらいので。」

と、泣きながら帰って行きます。

危げなる所なめり。さる心したまへ。曹司曹司にある者ども召し出でて使ひたまへ。宿直人《とのゐびと》のことなど言ひおきてはべるも、いとうしろめたけれど、かしこに腹立ち恨みらるるがいと苦しければ」

と、うち泣きて帰る。

〔三三〕 中将の君、左近の少将を覗き見て歌を詠《よ》み交《か》わす

婿《むこ》の少将のお世話を、守《かみ》はまたとなく大事なものと思って仕度をしますのに、北の方が見苦しい事に一緒になって世話をしないと恨んでいるのでした。母君は大層情《なさ》けなく、この人（左近の少将）のせいでこうした面倒なことも起きたのだと、類《たぐ》いなく大切に思う女君がこんな有様ですので、つくづく情けなくて、少将の面倒はほとんど見ません。あの宮（匂宮）のお前でひどくみすぼらしく見えましたので、大いに軽蔑してしまいましたから、秘蔵の婿君として大切に世話をしようなどと思ったことはやめてしまいました。「この家ではどう見えるだろう。まだくつろいだ姿は見ていないが」と思って、

少将のあつかひを、守は、またなきものに思ひいそぎて、もろ心に、さまあしく、営まずと怨ずるなりけり。いと心憂く、この人によりかかる紛れどももあるぞかしと、またなく思ふ方のことのかかれば、つらく心憂くて、をさをさ見入れず。かの宮の御前にていと人げなく見えしに、多く思ひおとしてければ、私ものに思ひかしづかましを、など思ひしことはやみにたり。ここにてはいかが見ゆらむ、まだうちとけたるさま見ぬに、

事だに惜しき
「移ろはむことだに惜しき秋萩を折れぬばかりも置ける露かな」（拾遺・秋　伊勢）。

少将がのんびりなさっている昼頃、こちらに来て物陰から覗きます。白い綾織の着馴れた単衣《ひとえ》に、流行色の艶《つや》なども美しく打ち出した袿《うちき》を着て、端《はし》近くで植え込みを眺めようと座っています姿は、「どこが劣っているのか、大層美しいようだ」と思われます。娘はまだ一人前ではなく、屈託《くったく》もない様子で側《そば》に寄り臥していました。宮の上（中の君）が宮様と並んでおられたご様子を思い出しますと、「取るに足りない二人の姿よ」と思われます。前にいる女房たちに何か冗談を言ってくつろいでいる少将の姿は、全く宮のお邸《やしき》で見たように、見栄えのしない体裁《ていさい》の悪い男にも見えませんので、「あの宮邸にいたのは別の少将だったのか」と思いました、その折も折、言うではありませんか。

少将「兵部卿《ひょうぶきょう》の宮（匂宮）のお邸の萩は、やはり格別に風《ふ》情《ぜい》があったことだなあ。どうしてあのような種類があったのだろう。同じ萩の枝でも、枝ぶりなど実に優美なこと。先日参上したが、宮がお出かけになる時だったので折ることが出来なかった。「事だに惜しき（衰えていくこ

と思ひて、のどかにゐたまへる昼つ方、こなたに渡りて物よりのぞく。白き綾のなつかしげなるに、今様色の擣目《うちめ》などもきよらなるを着て、端の方に前栽見るとてゐたるは、いづこかは劣る、いときよげなめるは、と見ゆ。むすめ、いとまだ片なりに、何心もなきさまにて添ひ臥したり。宮の上の並びておはせし御さまどもの思ひ出づれば、口惜しのさまどもや、と見ゆ。前なる御達にものなど言ひ戯れて、うちとけたるは、いと、見しやうににほひなく人わろげにも見えぬを、かの宮なりしは、異少将なりけり、と思ふ、をりしも言ふことよ。

「兵部卿宮の萩のなほことにおもしろくもあるかな。いかでさる種ありけむ。同じ枝ざしなどのいと艶なるこそ。一日参りて、出でたまふほどなりしかば、え折らずなりにき。

とさえ惜しい)」と、宮が口ずさんでおられたのを、若い女房たちに見せてやることができたら。」

と言って、自分も歌を詠《よ》んで座っています。

中将君「いやもう、この人の心根の卑《いや》しさを思うと、人並《な》みとも思われないし、宮のお前での見劣りぶりは全く格別だったのに、まあ、何を言っているのか。」

と、思わず呟《つぶや》かれますが、全く無教養な様子ではさすがになさそうですので、どう言うかと思って試しに、

中将君 しめ結ひし小萩が上もまよはぬにいかなる露に
　移る下葉ぞ
　(しめを結った小萩の上葉は風に乱れないのに、どんな露に
　色が変わる下葉なのでしょうか。)

と詠みますと、少将は気の毒に思って、

少将「宮城野の小萩がもとと知らませば露も心をわかず
　ぞあらまし
　(宮城野の小萩と知っていたなら、露は分け隔てしなかった
　でしょうに、――八の宮の娘と知っていたら心変わりはし

ことだに惜しき、と宮のうち誦じたまへりしを、若き人たちに見せたらましかば」

とて、我も歌詠みゐたり。

「いでや、心ばせのほどを思へば、人ともおぼえず、出で消えはいとこよなかりけるに。何ごと言ひゐたるぞ」

と呟かるれど、いと心地なげなるさまは、さすがにしたらねば、いかが言ふとて、試みに、

しめ結ひし小萩が上もまよ
はぬにいかなる露に移る下
葉ぞ

とあるに、いとほしくおぼえて、

「宮城野の小萩がもとと知
らませば露も心をわかずぞ
あらまし

しめ結ひし
「小萩」は浮舟、「露」は常陸の守の娘。「小萩が上」と「下葉」を対照。

宮城野の
「宮城野」に皇族の意をひびかす。「露」に「つゆ」(少しも)を掛ける。

ませんでした。）

何とかわたし自身申し開きをしたいものです」

と返歌をしたのでした。

［三四］ 中将の君、浮舟の将来を思い悩み、薫を思う

少将が亡き八の宮の御事を聞いているらしいと思いますと、母君はますます娘をどうかして上（中の君）と同じようにとばかり考えてお世話をしています。それにつけても、わけもなく大将殿（薫）のお姿やお顔が恋しく目の前に浮かびます。同じようにすばらしいと拝見しましたけれど、宮様（匂宮）は関係ないお方でいらっしゃって、心にも留まりません。娘を侮《あなど》って押し入《い》って来られた事を思いますのも悔《くや》しいことです。「この大将の君は、さすがに娘をお求めになるお気持ちはおありになりながら、突然に言い寄ったりなさらず、何気《なにげ》ない顔をしておられる所はたいしたものだ。何かにつけて思い出されるのだから、若い娘はましてこのように思い出し申しているのだろう。わが婿《むこ》にしようとこんな憎らしい人を考えていたのは、息苦しいことに違いなかったのだ」など、

憎らしい人 かつて婿にと考えていた少将のこと。

いかでみづから聞こえさせあきらめむ」

と言ひたり。

故宮の御こと聞きたるなめり、と思ふに、いとど、いかで人とひとしく、とのみ思ひあつかはる。あいなう、大将殿の御さま容貌《かたち》ぞ、恋しう面影に見ゆる。同じうめでたしと見たてまつりしかど、宮は思ひ離れたまひて、心もとまらず。侮りて押し入りたまへりけるを思ふもねたし。この君は、さすがに、尋ね思す心ばへのありながら、うちつけにも言ひかけたまはず、つれなし顔なるしもこそいたけれ、よろづにつけて思ひ出でらるれば、若き人はまして、かくや思ひ出できこえたまふらむ。わがものにせむと、かく憎き人を思ひけむこそ、見苦しきことなべかりけれ、など、

お世話申し上げておられるお方　薫が妻として迎えているお方、今上帝の女二の宮。

ただ女君のことが心にかかってもの思いばかりされて、あれやこれやとさまざまによかれと思う将来の生活を思い続けてみますが、その実現はとても難《むずか》しいことです。

「貴いご身分といい、ご風格といい、それにお世話申し上げておられるお方はもう少し貴くていらっしゃる、そんなお方がどれほどの女性だったらお心をお留めになるのだろう。世間の人々の有様を見聞きすると、優劣というものは賤しいか貴いかという身分によって、容姿も性格も決まるものなのだった。自分の子供たちを見ると、この女君に比べられる子がいるであろうか。少将をこの家の中ではまたとない者に思っていても、宮（匂宮）に見比べ申し上げた時は全く情《なさ》けなかったことでも推察される。今上帝のご寵愛の姫君をいただいているようなお方の目からご覧になったら、本当にひどく恥ずかしく気後《おく》れするに違いないことなのだ」と思いますと、母君はただむやみに心も上《うわ》の空になってしまうのでした。

［三五］　浮舟、三条の小家でもの思いに沈み、母君と歌を贈答

三条の仮住まいは所在なくて、庭の草もうっとうしい感じ

ただ心にかかりて、ながめのみせられて、とてやかくてやと、よろづによからむあらましごとを思ひつづくるに、いと難し。

やむごとなき御身のほど御もてなし、見たてまつりたまへらむ人は、いま少しなのめならず、いかばかりにてかは心を留めたまはむ。世の人の有様を見聞くに、劣り勝り、賤しう貴《あて》なる品に従ひて、容貌《かたち》も心もあるべきものなりけり。わが子どもを見るにこの君に似るべきやはある。少将をこの家の内にまたなきものに思へども、宮に見比べたてまつりしは、いとも口惜しかりしに推しはからる。当代の御かしづき娘を得たてまつりたまへらむ人の御目移しには、いともいとも恥づかしく、つつましかるべきものかな、と思ふに、すずろに心地もあくがれにけり。

旅の宿はつれづれにて、庭の草

がします上に、賎しい東国訛《なま》りの男たちばかりが出入りするだけで、慰めに見るような植え込みの花もありません。雑然としていて晴れ晴れしない気分で明かし暮らしていますと、女君は宮の上（中の君）のご様子を思い出しますにつけ、若い心には恋しく思われるのでした。不都合なお振る舞いをなさった宮のご様子も、さすがに思い出されて、あれは何事だったのだろう。大層いろいろと優《やさ》しくおっしゃっておいでだった。後《あと》に残ったよい匂いの御移り香も、まだ残っている気がして、それとともに恐ろしかった記憶も自《おの》ずと思い出されて来るのでした。

母君は、「たつや遅き（三条の家を出るのも遅い）」とばかり、家に帰りますとすぐに、まことにしみじみとした手紙を書いておよこしになります。「母君が並々でなくご心配下さっているようなのに、そのかいもなくご面倒をおかけしていること」と、女君は思わず泣かれて、

中将君どんなに所在なくお馴れにならない気持ちがなさっていることでしょう。しばらく我慢なさってお過ご

たつや遅き
「春霞立つや遅きと山河の岩間をくぐる音聞こゆなり」（和泉式部集）。

もいぶせき心地するに、賎しき東国声《あづまごゑ》したる者どもばかりのみ出で入り、慰めに見るべき前栽の花もなし。うちあばれて、はればれしからで明かし暮らすに、宮の上の御有様思ひ出づるに、若い心地に恋しかりけり。あやにくだちたまへりし人の御けはひも、さすがに思ひ出でられて、何事にかありけむ、いと多くあはれげにのたまひしかな、なごりをかしかりし御移り香も、まだ残りたる心地して、恐ろしかりしも思ひ出でらる。

母君、たつやと、いとあはれなる文を書きておこせたまふ。おろかならず心苦しう思ひあつかひたまふめるに、かひなうもてあつかはれたてまつること、とうち泣かれて、

いかにつれづれに見ならはぬ心地したまふらむ。しばし忍

び過ぐしたまへ
とある返り事に、
つれづれは何か。心やすくて
なむ。
ひたぶるに嬉しからまし世
の中にあらぬところと思は
ましかば
と、幼げに言ひたるを見るままに、ほろほろとうち泣きて、かうまどはしはふるるやうにもてなすことと、いみじければ、
憂き世にはあらぬところを
求めても君が盛りを見るよ
しもがな
と、なほなほしきことどもを言ひかはしてなむ、心のべける。

し下さい。
とあります母君のお手紙のご返事に、
浮舟 どうして所在ない事がありましょう。気楽にしております。
ひたぶるに嬉しからまし世の中にあらぬところと思は
ましかば
（ひとえに嬉しいことでしょう。もしここがつらい世を離れた住まいと思うことができれば。）
と、幼げに言って来ましたのを見るままに、母君はほろほろと泣いて、このように途方にくれてさすらうような目に合わせることよと、たまらなく悲しくなって、
中将君 憂き世にはあらぬところを求めても君が盛りを
見るよしもがな
（このいやな世ではない別な世界を探してでも、あなたの幸せに栄える時を見たいものです。）
と、平凡な歌を詠《よ》み交《か》わして、母と娘は心を慰め合ったのでした。

ひたぶるに 「ましかば…まし」の反実仮想の倒置。「世の中にあらぬところ」は三条の小家をさす。

憂き世には 「君が盛り」は浮舟の幸せをいう。

［三六］ 薫、宇治を訪れ、完成した御堂を見る その様子

あの大将殿（薫）は、例によって秋の深くなっていく頃、習慣になってしまったことで、明け方の寝覚めのたびに亡き姫君（大君）が忘れられず、しみじみ悲しくばかり思われますので、宇治の御堂が完成したとお聞きになりますと、ご自身で宇治にお出かけになりました。

しばらくご覧になりませんでしたので、山の紅葉《もみじ》も珍しくお感じになります。取りこわした寝殿《しんでん》は、今度はとても晴れやかに建てられてあります。昔実に質素に聖《ひじり》のようにお住まいでしたのを思い出されますと、亡き八の宮のことも恋しく思われて、様子が変わってしまったのも残念に思われるほどで、いつもよりもの思いに耽っていらっしゃいます。

もとのお住まいの御設備はまことに荘厳な感じで、もう片側の方を姫君向けに細《こま》やかに整《ととの》えるなど、一様ではありませんでしたが、網代《あじろ》屏風や何やかやの粗末なものなどは、あちらの御堂の僧坊の調度として殊更にお置かせになりました。山里にふさわしい調度類をわざわざお造らせになって、あま

かの大将殿は、例の、秋深くなりゆくころ、ならひにしことなれば、寝ざめ寝ざめにもの忘れせず、あはれにのみおぼえたまひければ、宇治の御堂造りはてつと聞きたまふに、みづからおはしましたり。

久しう見たまはざりつるに、山の紅葉も珍らしうおぼゆ。こぼちし寝殿、こたみはいと晴々しう造りなしたり。昔、いと事そぎて聖だちたまへりし住まひを思ひ出づるに、故宮も恋しうおぼえたまひて、さまかへてけるも口惜しきまで、常よりもながめたまふ。

もとありし御しつらひはいと尊げにて、いま片つ方を女しく細かになど一方ならざりしを、網代屏風、何かの荒々しきなどは、かの御堂の僧坊の具に殊更になさせたまへり。山里めきたる具どもを、

り簡素にはせず、とても美しく格式あるように整えられました。

［三七］薫、弁の尼に浮舟への仲介を依頼して宇治を去る

大将は、遣水《やりみず》のほとりの岩に腰をおかけになって、すぐにもお立ちになれず、

薫 絶え果てぬ清水になどかなき人の面影をだにとどめざりけむ

（絶えることのないこの清水に、どうして亡き方々は面影だけでもとどめて下さらなかったのだろう。）

涙を拭いながら弁《べん》の尼の部屋の方にお立ち寄りになりますと、弁は大層悲しいとお姿を拝見して、ただもう顔をゆがめて泣き顔になっています。大将は長押《なげし》に軽くお座りになって、御簾《みす》の端《はし》を引き開《あ》けてお話しになります。弁は几帳《きちょう》に身を隠して座っておりました。

話のついでに大将が、

薫「あの女《ひと》（浮舟）は先頃宮邸におられると聞きましたが、さすがにきまりが悪く思われて訪ねてもいないのです。

絶え果てぬ 「なき人」は亡き八の宮や大君。

ことさらにせさせたまひて、いたうも事そがず、いと清げにゆゑゆゑしくしつらはれたり。

遣水のほとりなる岩にゐたまひて、とみにも立たれず、

絶え果てぬ清水になどかなき人の面影をだにとどめざりけむ

涙を拭ひつつ、弁の尼君の方に立ち寄りたまへれば、いと悲しと見たてまつるにただひそみにひそむ。長押《なげし》にかりそめにゐたまひて、簾のつま引き上げて物語したまふ。几帳に隠ろへてゐたり。

言のついでに、

「かの人は、先つころ宮にと聞きしを、さすがにうひうひ

やはりあなたの方からわたしの気持ちをよくお伝え下さい。」

とおっしゃいますと、
弁「先日あちらの母君からお手紙がございました。物忌みの方違《かたたが》へということであちこちに移り歩いているようです。最近も粗末な小家に身を隠しておいでのようですのもお気の毒で、『宇治がもう少し近い所でしたらそちらにも移して安心していられるのですが、険《けわ》しい山道に容易に決心がつきませんで』と書いてございました。」

と申し上げます。

薫「人々がそんなに恐ろしく思う山道に、わたしこそが昔に変わらずやって来るのです。どれほどの深い契りかと思うと感慨無量です。」

とおっしゃって、いつものように涙ぐんでいらっしゃいます。

薫「それならばその気のおけない所に手紙を出して下さい。あなた自身があちらにお出《い》でになりませんか。」

とおっしゃいますので、

しくおぼえてこそ、訪れ寄らね。なほこれより伝へはてたまへ」

とのたまへば、

「一日、かの母君の文はべりき。忌違《いみたが》ふとて、ここかしこになむあくがれたまふめる、このごろもあやしき小家に隠ろへものしたまふめるも心苦しく、すこし近きほどならましかば、そこにも渡して心やすかるべきを、荒ましき山道に、たはやすくもえ思ひたたでなむ、とはべりし」

と聞こゆ。

「人々のかく恐ろしくすめる道に、まろこそ旧《ふ》りがたく分け来れ。何ばかりの契りにか、と思ふは、あはれになむ」

とて、例の、涙ぐみたまへり。

「さらば、その心やすからむ所に、消息したまへ。みづからやは、かしこに出でたまはぬ」

愛宕の聖　愛宕山は京都市の西北端にある山で、修験道の聖地。そこにこもる聖として、古注釈は空也上人を当てる。

弁「お言葉をお伝えいたしますのはたやすうございます。でも今更に京を見ますことは気が進みませんで、宮様（中の君）のお邸《やしき》にさえ参りませんのに。」

と申し上げます。

薫「なぜですか。あれこれと人が聞き伝えるのならばともかく、愛宕《あたご》の聖《ひじり》でさえ、時によっては山を下《お》りないことがありましょうか。深い誓いを破って人の願いを満たして下さることこそ貴いことでしょう。」

とおっしゃいますので、

弁「私《わたくし》はその聖のように人をお救いする徳もございませんのに。聞き苦しい噂《うわさ》が立ったら大変でございます。」

と困っている様子ですが、

薫「やはりよい機会のようですから。」

と、大将はいつになく無理強《じ》いをなさって、

薫「明後日《あさって》あたりに車をさし向けましょう。その仮住まいの場所を調べておいて下さい。決して馬鹿らしい過《あやま》ちはしないつもりですから。」

とのたまへば、

「仰せ言を伝へはべらむことはやすし。今さらに京を見はべらむことはものうくて。宮にだにえ参らぬを」

と聞こゆ。

「などてか。ともかくも人の聞き伝へばこそあらめ、愛宕《あたご》の聖だに、時に従ひては出でずやはありける。深き契りを破りて、人の願ひを満てたまはむこそ尊からめ」

とのたまへば、

「人済《わた》すこともはべらぬに。聞きにくきこともこそ出でまうで来れ」

と、苦しげに思ひたれど、

「なほよきをりなるを」

と、例ならず強ひて、

「明後日《あさて》ばかり車奉らむ。その旅の所、尋ねおきたまへ。ゆめ、をこがましうひがわざすまじくを」

と、ほほ笑《え》んでおっしゃいますので、弁《べん》は面倒になって、「どうお考えになってのことなのだろう」と思いますが、「浅はかで軽々しくないご性格だから、自然とご自分のためにも外聞などはお憚《はばか》りになるだろう」と思って、

弁「それでは承知いたしました。そちらのお邸《やしき》の近くでございます。先方にお手紙などをお遣わし下さい。わざわざさし出がましく気をきかしているように思われますのも、今更に伊賀《いが》のたうめでもあるまいと憚られまして。」

と申し上げます。

薫「手紙は容易なことですが、世間の噂《うわさ》は全く困ることですから、『右大将は常陸《ひたち》の守《かみ》の娘に言い寄っているそうだ』などと取り沙汰するでしょうよ。その守の主はひどく荒っぽい人のようです。」

とおっしゃいますので、弁は笑って、大将をお気の毒に思っています。

暗くなりましたので、大将は宇治をお出ましになります。

伊賀のたうめ　散佚物語中の人物。「たうめ」は老女。言葉を巧みに弄する仲人のことらしい。

と、ほほ笑みてのたまへば、わづらはしく、いかに思すことならむ、と思へど、奥なくあはあはしからぬ御心ざまなれば、おのづからわが御ためにも、人聞きなどはつつみたまふらむ、と思ひて、

「さらば承りぬ。近きほどにこそ。御文などを見せさせたまへかし。ふりはへ、さかしらめきて、心しらひのやうに思はれはべらむも、今さらに伊賀たうめにやとつつましくてなむ」

と聞こゆ。

「文はやすかるべきを、人のもの言ひいとうたてあるものなれば。右大将は、常陸守のむすめをなむよばふなるなども、とりなしてんをや。その守の主、いと荒々しげなめり」

とのたまへば、うち笑ひて、いとほし、と思ふ。

暗うなれば出でたまふ。下草の

下草の風情《ふぜい》のある花々や紅葉《もみじ》などをお折らせになって、宮（女二の宮）にご覧にお入れになります。宮はご降嫁のかいがあったようにお過ごしでいらっしゃるようですが、大将は畏《おそ》れ敬うというお扱いで、あまり打ち解け申し上げていないようです。父帝《ちちみかど》から世間の親のように入道の宮（女三の宮）にもお頼み申されますので、本当に貴い妻としてはこの上なくお思い申し上げていらっしゃいます。父帝からも入道の宮からも大切にお扱い申されておられる宮への御奉仕の上に、厄介な私的な恋心が加わりましたのも、大将には苦しいことなのでした。

をかしき花ども、紅葉など折らせたまひて、宮に御覧ぜさせたまふ。かひなからずおはしぬべけれど、かしこまりおきたるさまにて、いたうも馴れきこえたまはずぞあめる。内裏《うち》より、ただの親めきて、入道の宮にも聞こえたまへば、いとやむごとなき方は限りなく思ひきこえたまへり。こなたかなたとかしづききこえたまふ宮仕に添へて、むつかしき私心の添ひたるも、苦しかりけり。

［三八］弁の尼、京に出て三条の浮舟の隠れ家を訪れる

お約束なさいました日の早朝に、大将は気心の知れた下級の従者一人に、顔が知られていない牛飼童《うしかいわらわ》を選び出して、宇治にお遣わしになります。

薫「荘園《しょうえん》の者どもで田舎びた者を呼び出してお供をさせなさい。」

とおっしゃいます。必ず京に出て来るようにおっしゃいまし

のたまひしまだつとめて、睦ましく思す下臈侍《げらふさぶらひ》一人、顔知らぬ牛飼つくり出でて遣はす。

「庄《さう》の者どもの田舎びたる召し出でつつ、つけよ」

とのたまふ。必ず出づべくのたま

たので、弁《べん》はまことに気後《おく》れして心苦しいのですけれど、化粧をし身繕《づくろ》いをして車に乗りました。

野山の景色を見るにつけても、昔からの過ぎ去った事どもが思い出されて、もの思いに耽って、日が暮れてから三条に着きました。

まことに閑散として人目もない所ですので、車を引き入れて、

弁「これこれで参上いたしました。」

と案内の男に言わせますと、初瀬詣《はつせもう》での時お供をしていた若い女房が出て来て、車から弁を下《お》ろします。

女君（浮舟）は、粗末な家でぼんやりと思い暮らし明かしていました所に、昔物語もできそうな人が訪ねて来ましたので、嬉しくてお呼び入れになって、父上と申し上げたお方のお側《そば》に仕えていた人と思いますと親しく思われるのでありましょう。弁は、

弁「なつかしくて、人知れずお目にかかりましてからは、思い出し申さない折とてはないのですが、この世をこう

へりければ、いとつつましく苦しけれど、うちけさうじつくろひて乗りぬ。

野山のけしきを見るにつけても、いにしへよりの古事ども思ひ出でられて、ながめ暮らしてなむ来着きける。

いとつれづれに人目も見えぬ所なれば、引き入れて、

「かくなむ参り来つる」

と、しるべの男して言はせたれば、初瀬の供にありし若人出で来て下ろす。

あやしき所をながめ暮らし明かすに、昔語もしつべき人の来たれば、うれしくて呼び入れたまひて。親と聞こえける人の御あたりの人と思ふに、睦ましきなるべし。

「あはれに、人知れず、見たてまつりし後よりは、思ひ出できこえぬをりなけれど、世の

して思い捨てました身で、あの宮様のお邸《やしき》にさえ参上いたしませんのに、この大将殿（薫）が不思議なほどご熱心におっしゃいましたので、心を奮い起こしまして。」と申し上げます。女君（浮舟）も乳母《めのと》もご立派だと拝見申し上げていましたお方のことですので、お忘れにならずおっしゃって下さるのも身にしみてありがたく思われるのですが、急にこのように計画しておられようとは思いも寄りません。

［三九］薫、三条の隠れ家を訪問　浮舟と一夜を語らう

宵が過ぎる頃に、

「宇治から使いが参りました。」

と言って、門をそっと叩きます。人々は大将殿のお使いなのだろうと思いますが、弁《べん》が門を開《あ》けさせましたところ、車を引き入れるようです。変だと思っていますと、

薫「尼君にお目にかかりたい。」

と言って、宇治の近くの荘園《しょうえん》の管理人の名を名告《なの》らせましたので、弁は戸口に座ったままで出て来ました。雨が少し降っている所に、風は実に冷たく吹きこんで、言いようもない香

中かばかり思ひたまへ棄てたる身にて、かの宮にだに参りはべらぬを、この大将殿の、あやしきまでのたまはせしかば、思うたまへおこしてなむ」と聞こゆ。君も乳母も、めでたしと見おききこえてし人の御さまなれば、忘れぬさまにのたまふもあはれなれど、にはかにかく思したばかるらむとは思ひも寄らず。

宵うち過ぐるほどに、

「宇治より人参れり」

とて、門忍びやかにうちたたく。さにやあらむ、と思へど、弁開けさせたれば、車をぞ引き入るなる。あやし、と思ふに、

「尼君に対面たまはらむ」

とて、この近き御庄の預りの名のりをせさせたまへれば、戸口にゐざり出でたり。雨すこしうちそそくに、風はいと冷やかに吹き入り

りが漂って来ますので、大将殿のお越しだったのだと、誰も誰も胸をときめかさずにはいられない御様子がすばらしいので、お迎えの用意もなく、みすぼらしい上にまだ考えてもいない時でしたので、人々はあわてて、

女房「どういう事なのでしょう。」

と言い合っています。大将は、

薫「気のおけない所で、この幾月も胸に思い余っていた事も申し上げようと思いまして。」

と、お取り次がせになりました。

どうご返事申し上げたらよいかと、女君はお困りにお思いでいらっしゃいますので、乳母《めのと》は見かねて、

乳母「こうしてお越しになれましたのを、立ったままお帰し申し上げるのでしょうか。あちらの常陸殿《ひたちどの》の家にこれこれとこっそりお知らせ申しましょう。近い所ですから。」

と言います。弁《べん》は、

弁「気がきかないこと。どうしてその必要がありましょ

て、言ひ知らずかをり来れば、かうなりけりと、誰も誰も心ときめきしぬべき御けはひをかしければ、用意もなくあやしきに、まだ思ひあへぬほどなれば、心騒ぎて、

「いかなることにかあらむ」

と言ひあへり。

「心やすき所にて、月ごろの思ひあまることも聞こえさせむとてなむ」

と言はせたまへり。

いかに聞こゆべきことにかと、君は苦しげに思ひてゐたまへれば、乳母見苦しがりて、

「しかおはしましたらむを、立ちながらや帰したてまつりたまはむ。かの殿にこそ、かくなむ、と忍びて聞こえめ。近きほどなれば」

と言ふ。

「うひうひしく。などてかさ

う。お若い者同士がお話しなさるからといって、すぐに深い仲になるわけでもありませんのに。大将殿は不思議なほどお心が穏やかで思慮深いお方ですから、まさかお許しがないのに馴れ馴れしいことはなさらないでしょう。」

などと言っていますうちに、雨がしだいに強く降って来ますので空は真暗です。宿直人《とのいびと》の変に訛《なま》った声の者が夜回りをして、

宿直人「お邸《やしき》の東南の隅の崩れの所がひどく危険だ。このお客人の御車を入れるなら引き入れて御門を閉めよ。こういうお方のお供は気がきかないものよ。」

などと言い合っていますのも、大将殿は気味が悪く聞き馴れない気がなさいます。「佐野のわたりに家もあらなくに（雨やどりの家もないのに）」などとお口ずさみになって、田舎びた縁の端《はし》の方に座っていらっしゃいます。

薫さしとむる葎《むぐら》やしげき東屋《あづまや》のあまりほどふる雨《あま》そそきかな

（戸口を閉ざす葎が生い茂っているのだろうか。あまり長い

はあらむ。若き御どちもの聞こえたまはむは、ふとしもしみつくべくもあらぬを。あやしきまで、心のどかにもの深うおはする君なれば、よも人のゆるしなくて、うちとけたまはじ」

など言ふほど、雨やや降り来れば、空はいと暗し。宿直人《とのゐびと》のあやしき声したる、夜行《やぎやう》うちして、

「家の辰巳《たつみ》の隅のくづれいと危し。この、人の御車入るべくは、引き入れて御門鎖してよ。かかる、人の供人こそ、心はうたてあれ」

など言ひあへるも、むくむくしく聞きならはぬ心地したまふ。「佐野のわたりに家もあらなくに」などロずさびて、里びたる簀子《すのこ》の端つ方にゐたまへり。

さしとむる葎《むぐら》やしげき東屋《あづまや》
のあまりほどふる雨《あま》そそき
かな

佐野のわたりに
「苦しくも降り来る雨が三輪の崎さのの渡りに家もあらなくに」（万葉・巻三　長奥麿《ながのおきまろ》）。

さしとむる
「あまり」は軒のこと。「あまりほどふる」に掛ける。「ふる」は「経る」「降る」を掛ける。巻名の由来になった歌。

間待たされる雨だれのひどい中に。）

と、雨の雫《しずく》を打ち払われた風に漂う薫りが、まことに異常なまでにかぐわしいので、東国の田舎人たちもさぞ驚いたことでしょう。

あれこれと言い逃《のが》れるすべもありませんので、南の廂《ひさし》にご座所を用意して、大将殿をお入れ申し上げます。女君が気軽にお会いになさいませんのを、女房たちが廂のもとまで押し出しました。遣戸《やりど》とかいうものを閉めて、ほんの少し開《あ》けてありますので、

薫「飛騨《ひだ》の工匠《たくみ》までが恨めしい隔ての戸ですね。こうした戸の外にはまだ座ったこともありません。」

とお訴えになって、どうなさったのでしょうか、中にお入《はい》りになってしまいました。あの亡き姫君（大君《おおいきみ》）の身代わりにという願いもお口になさらず、ただ、

薫「思いもかけない物蔭からお見かけして以来、無性《むしょう》に恋しいのです。そうなるべきご縁があるのでしょうか、不思議なほどお慕い申しているのです。」

とうち払ひたまへる追風、いとかたはなるまで東国の里人も驚きぬべし。

とざまかうざまに聞こえのがれむ方なければ、南の廂に御座ひきつくろひて、入れたてまつる。心やすくしも対面したまはぬを、これかれ押し出でたり。遣戸といふもの鎖して、いささか開けたれば、

「飛騨《ひだ》の工匠《たくみ》も恨めしき隔てかな。かかる物の外には、まだゐならはず」

と愁へたまひて、いかがしたまひけむ、入りたまひぬ。かの人形《ひとがた》の願ひものたまはで、ただ、

「おぼえなきもののはさまより見しより、すずろに恋しきこと。さるべきにやあらむ、あやしきまでぞ思ひきこゆる」

飛騨の工匠 絵師の百済川成《くだらのかわなり》が、堂に入ろうとすると、どの戸も閉じてしまい困らせた、という（今昔物語集巻二十四第五話）。

とてもお話しなさったようです。女君のご様子はとてもかわいらしくおっとりとなさっていますので、見劣りすることもなく、大将は心からいとおしいとお思いになるのでした。

[四〇] 翌朝、薫、浮舟を伴って三条の隠れ家を出る

程もなく夜が明けてしまった気がしますのに、鶏《とり》の声などはせず、大路近い所で、間延びした声で何やら聞いたこともない物の名を呼び立てて、寄り集まって行くのなどが聞こえます。このような夜明け方に見ますと、物を頭に載せた者が、鬼のように見えるものだとお聞きになるにつけても、こうした蓬生《よもぎう》の粗末な家での外泊には馴れていらっしゃらないお気持ちも、興味深くお感じになるのでした。宿直人《とのいびと》も門を開《あ》けて出て行く音がします。それぞれが宿舎に入《はい》って寝たりしますのをお聞きになって、大将は人をお呼びになり、車を妻戸にお寄せさせになります。女君を抱き上げて車にお乗せになりました。誰も誰もこれはどうしたことと、思いがけない出来事に慌てて、

女房「九月でもございましたのに。困ったことですよ。一

とぞ語らひたまふべき。人のさまいとらうたげにおほどきたれば、見劣りもせず、いとあはれと思しけり。

ほどもなう明けぬる心地するに、鶏《とり》などは鳴かで、大路近き所に、おぼとれたる声して、いかにとか聞きも知らぬ名のりをして、うち群れて行くなどぞ聞こゆる。かやうの朝ぼらけに見れば、物戴きたる者の鬼のやうなるぞかし、と聞きたまふも、かかる蓬のまろ寝にならひたまはぬ心地もをかしくもありけり。宿直人《とのゐびと》も門開けて出づる音す。おのおの入りて臥しなどするを聞きたまひて、人召して、車、妻戸に寄せさせたまふ。かき抱きて乗せたまひつ。誰も誰も、あやしう、あへなきことを思ひ騒ぎて、

「九月にもありけるを。心憂の

九月でも… 九月は季の果てで、結婚を忌むと考えられていた。

体どうしたことでしょう。」
と嘆きますので、尼君も何ともお気の毒で、思いの外《ほか》の成り行きですけれど、
弁「自《おの》ずと何かお考えがおありのことでしょう。ご心配にはお思いなさいますな。九月は明日が節分《せつぶん》と聞きました。」
と言って慰めます。今日は十三日なのでした。
尼君は、
弁「今回はお供出来ません。宮の上（中の君）がお聞きになることもありましょうに。こっそり行き帰りしますのも、まことに具合の悪いことでして。」
と申し上げますが、大将は早々にこの事を宮の上にお聞かせ申し上げますのも気恥ずかしくお思いになって、
薫「それは後《あと》からでもお詫びなさって下さい。あちらでも案内がなくては頼りない所ですから。」
と強いておっしゃいます。
薫「誰か一人お供すべきですよ。」

節分 季節の移り変わる時。立春・立夏・立秋・立冬の前日。

わざや。いかにしつることぞ」

と嘆けば、尼君もいとほしく、思ひの外なる事どもなれど、

「おのづから思すやうあらむ。うしろめたうな思ひたまひそ。九月は明日《あす》こそ節分と聞きしか」

と言ひ慰む。今日は十三日なりけり。

尼君、

「こたみはえ参らじ。宮の上聞こしめさむこともあるに。忍びて行き帰りはべらむも、いとうたてなむ」

と聞こゆれど、まだきこのことを聞かせたてまつらむも心恥づかしくおぼえたまひて、

「それは後にも罪さり申したまひてむ。かしこもしるべなくては、たづきなき所を」

と責めてのたまふ。

「人一人やはべるべき」

とおっしゃいますので、尼君はこの女君に付き添っている侍《じ》従《じゅう》と共に車に乗りました。乳母《めのと》や尼君のお供をしていた女《め》の童《わらわ》なども後《あと》に残されて、まことに不可解な気持ちでいるのでした。

近い所かと思いましたが、宇治へおいでになるのでした。牛なども途中で取り替えるように用意をなさっていたのでした。賀茂の河原を過ぎ法性寺《ほうしょうじ》のあたりにいらっしゃる時分に、夜もすっかり明けてしまいました。若い侍従は、ほんのかすかに大将を拝見して、すばらしいお方と感激して、無性《むしょう》にお慕い申し上げていますので、世間への憚《はばか》りも忘れています。女君はあまりの思いがけない成り行きに、何も分からずうつ伏せになっておりますのを、大将は、

薫「大きな石のあるあたりはつらいものだから。」

とおっしゃってお抱きになりました。薄物の細長を車の中の隔てに垂らしてありますので、華やかにさし出した朝日の光に透《す》けていますのを、尼君はまことにきまり悪く思いますに

［四二］宇治への車中、薫、浮舟をいたわり、弁と共に故大君を思う

法性寺 藤原忠平が延長三年（九二五）に九条河原に創建した寺。

とのたまへば、この君に添ひたる侍従と乗りぬ。乳母、尼君の供なりし童などもおくれて、いとあやしき心地してゐたり。

近きほどにや、と思へば、宇治へおはするなりけり。牛などひきかふべき心まうけしたまへりけり。河原過ぎ、法性寺《ほふさうじ》のわたりおはしますに、夜は明けはてぬ。若き人はいとほのかに見たてまつりて、めできこえて、すずろに恋ひたてまつるに、世の中のつつましさもおぼえず。君ぞ、いとあさましきにものもおぼえで、うつぶし臥したるを、

「石高きわたりは苦しきものを」

とて、抱きたまへり。薄物の細長を車の中にひき隔てたれば、はなやかにさし出でたる朝日影に、尼

つけても、「亡き姫君（大君《おおいきみ》）のお供をしてこのように拝見したかったものを、長生きをすると思いがけない目を見ることよ」と悲しくなって、こらえようとしますがつい顔をゆがめて泣きますのを、侍従《じじゅう》は本当に憎らしく、ご縁の初めに尼姿で同乗しているのさえ縁起が悪いと思いますのに、何でこうして涙ぐんでばかりいるのかと、憎くも愚《おろ》かしくも思っています。年寄りという者はむやみに涙もろいものなのだと、深い事情も知らずいい加減に考えているのでした。

大将の君も、目の前にいる人（浮舟）は憎からず思いますものの、空の様子につけても過ぎた日の恋しさがつのって、山深く入《はい》るにつれて、心の内にも霧が一面に立ちこめる気がなさいます。ぼんやりともの思いに沈んで寄り添っていますお袖が、女君のそれと重なったまま、長く車の外に垂れていましたのが川霧に濡れて、お召し物が紅《くれない》ですので、御直衣《なおし》の薄藍色《うすあいいろ》が不吉なほどに色変わりしていますのを、急な坂の上でお気づきになって、車の中へお引き入れになります。

薫　形見《かたみ》ぞと見るにつけては朝露のところせきまで濡る

形見ぞと
「形見」は亡き大君の形見。「露」に涙をひびかす。

君はいとはしたなくおぼゆるにつけて、故姫君の御供にこそかやうにても見たてまつりつべかりしか、ありふれば思ひかけぬ事をも見るかな、と悲しうおぼえて、包むとすれどうちひそみつつ泣くを、侍従はいと憎く、ものの始めにかたち異にて乗り添ひたるをだに思ふに、なぞかくいやめなると、憎くをこにも思ふ。老いたる者はすずろに涙もろにあるものぞと、おろそかにうち思ふなりけり。

君も、見る人は憎からねど、空のけしきにつけても、来し方の恋しさまさりて、山深く入るままにも、霧たちわたる心地したまふ。うちながめて寄りゐたまへる袖の、重なりながら長やかに出でたりけるが、川霧に濡れて、御衣の紅なるに、御直衣の花のおどろおどろしう移りたるを、おとしがけの高き所に見つけて、ひき入れたまふ。

形見《かたみ》ぞと見るにつけては朝

る袖かな
（この人を亡き人の形見と見るにつけて、あたり一面朝露が置くように、絞るばかりに涙で濡れるわたしの袖よ。）

と、思わず独り口ずさまれますのを聞いて、いよいよ絞るばかりに尼君の袖も涙に濡れますのを、若い侍従《じじゅう》は、何とも分からない見苦しい有様よと、嬉しいはずの道行きにひどく不愉快なことが加わった気分がします。

尼君がいかにもこらえきれないように鼻をすすりますのを、大将はお聞きになって、ご自分もそっと鼻をかんで、女君がこの様子をどう思っているのかとかわいそうですので、

薫「長い間この山道を何度も行き来したことを思うと、何となくしみじみした思いになるのですよ。あなたも少しお起きになって、この山の景色をご覧なさい。すっかりふさぎこんでいましたね。」

と強《し》いてお起こしになりますと、ほどよく顔をさし隠して、遠慮がちに外を見やっていらっしゃる目元などは、全くよく亡き人（大君《おおいきみ》）が思い出されますが、素直《すなお》であまりにおっと

露のところせきまで濡るる
袖かな

と、心にもあらず独りごちたまふを聞きて、いとどしぼるばかり尼君の袖も泣き濡らすを、若き人、あやしう見苦しき世かな、心ゆく道にいとむつかしきこと添ひたる心地す。

忍びがたげなる鼻すすりを聞きたまひて、我も忍びやかにうちかみて、いかが思ふらむといとほしければ、

「あまたの年ごろ、この道を行きかふたび重なるを思ふに、そこはかとなくものあはれなるかな。すこし起き上りて、この山の色も見たまへ。いと埋れたりや」

と、強ひてかき起こしたまへば、をかしきほどにさし隠して、つつましげに見出だしたるまみなどは、

りし過ぎていますのが、何とも心もとないように思われます。「あのお方も、本当にとても子供じみた所がおありだったが、心遣いは浅くはおいでではなかったことよ」と、今なおやり場のない悲しさは、果てしない空にも満ち広がるばかりのようです。

宇治にお着きになって、大将は「ああ、亡き姫君の魂《たましい》はここに宿ってご覧になっていらっしゃるのだろうか。誰のせいでこのわけもなくさまよい歩くのか、あの方以外の誰のせいでもないのに」とお思い続けになって、車を下《お》りてからは少し心遣いをなさって女君の側《そば》をお立ち退《の》きになりました。

女君は、母君が心配なさる事などまことに嘆かわしく思いますが、大将が優雅なご様子で心をこめてしみじみとお話しなさいますので、慰められて車を下りました。尼君はわざとそこでは下りませんで、車を廊《ろう》に寄せますので、「特に気を遣うような住まいでもないのに、心遣いが過ぎることよ」と大将はご覧になります。

やり場のない悲しさは…　「わが恋はむなしき空に満ちぬらし思ひやれども行く方もなし」（古今・恋一　読人しらず）。

［四二］　宇治に到着　浮舟、不安な身の上を思う

いとよく思ひ出でらるれど、おいらかに、あまりおほどき過ぎたるぞ、心もとなかめる。いといたう児めいたるものから、用意の浅からずものしたまひしはやと、なほ、行く方なき悲しさは、むなしき空にも満ちぬべかめり。

おはし着きて、あはれ亡き魂《たま》や宿りて見たまふらむ、誰によりてかくすずろにまどひ歩くものにもあらなくに、と思ひつづけたまひて、下りてはすこし心しらひて立ち去りたまへり。

女は、母君の思ひたまはむことなど、いと嘆かしけれど、艶なるさまに、心深くあはれに語らひたまふに、思ひ慰めて下りぬ。尼君はことさらに下りで廊にぞ寄するを、わざと思ふべき住まひにもあらぬを、用意こそあまりなれ、と見たまふ。

御荘園《しょうえん》から例によって人々が騒がしいまでに参集して来ます。女君のお食膳は尼君の方からさし上げます。道中は木々がうっそうとしていましたけれど、ここの様子は実に晴れやかです。川の景色も山の色も、引き立て合うような造作《ぞうさく》に目をやって、女君は日頃のふさいだ心も癒《い》やされる気がしますが、大将がどうお扱いになるおつもりかと、不安で落ち着かないお気持ちになります。

大将は京にお手紙をお書きになります。

薫まだ完成していない仏のお飾りなどをそのままにしておりましたので、今日は日柄もよろしかったものですから、急いでこちらへ参りましたが、気分が優《すぐ》れません上に物忌《ものい》みであったことを思い出しまして、今日明日《あす》はこちらで慎《つつし》むことにいたします。

などと、母宮（女三の宮）にも姫宮（女二の宮）にもお便りをなさいます。

御庄より、例の、人々騒がしきまで参り集まる。女の御台は、尼君の方よりまゐる。道はしげかりつれど、このありさまはいとはればれし。川のけしきも山の色も、もてはやしたるつくりざまを見出だして、日ごろのいぶせさ慰みぬる心地すれど、いかにもてないたまはむとするにかと、浮きてあやしうおぼゆ。

殿は京に御文書きたまふ。

まだなりあはぬ仏の御飾など見たまへおきて、今日よろしき日なりければ、急ぎものしはべりて、乱り心地の悩ましきに、物忌なりけるを思ひたまへ出でてなむ。今日明日ここにてつつしみはべるべき。

など、母宮にも姫宮にも聞こえたまふ。

［四三］　薫、今後の浮舟の処遇をいろいろと思案する

くつろいでいらっしゃる大将のお姿は、また一段とすばら

うちとけたる御有様、いま少し

しくて、部屋に入《はい》って来られるのも気後《おく》れがしますけれど、女君は身を隠すわけにもいかず座っていらっしゃいます。女君のお召し物など色様々によかれと思って仕立てて重ねておりますが、少し田舎びた所も交《ま》じっているのを見ますと、亡き人（大君《おおいきみ》）が大層柔らかく馴染《なじ》んだお姿が上品で優美であったことばかりが思い出さないではおられません。女君の髪の裾の美しさなどは、繊細で気品があって、宮（女二の宮）の御髪《みぐし》のまことにお見事であるのにも劣ることはないであろうとご覧になります。その一方で、「この人をどうお扱いしてさし上げたらよいであろうか。今すぐに仰々しくあの京の邸《やしき》に迎えて住まわせるのも外聞がよくないであろう。そうかといって、大ぜいいる女房たちと同列にして、いい加減に仕えさせるのは不本意なことだろう。しばらくは宇治に隠しておこう」とお思いになりますにつけても、逢わなければ寂しいに違いないと、いとおしくお思いになりますので、心をこめてお話し合いになって日をお暮らしになります。亡き八の宮の御事もお口に出されて、思い出話を興味深くこまごまと

をかしくて入りおはしたるも恥づかしけれど、もて隠すべくもあらでゐたまへり。女の御装束など、色々によくと思ひてし重ねたれど、少し田舎びたる事もうちまじりてぞ。昔のいと萎えばみたりし御姿の、あてになまめかしかりしのみ思ひ出でられて。髪の裾のをかしげさなどは、こまごまとあてなり、宮の御髪のいみじくめでたきにも劣るまじかりけり、と見たまふ。かつは、この人をいかにもてなしてあらせむとすらむ。ただ今、ものものしげにてかの宮に迎へ据ゑむも音聞き便なかるべし。さりとてこれかれある列《つら》にて、おほぞうにまじらはせむは本意なからむ。しばしここに隠してあらむ、と思ふも、見ずはさうざうしかるべくあはれにおぼえたまへば、おろかならず語らひ暮らしたまふ。故宮の御事ものたまひ出でて、昔物語をかしうこまやかに言ひ戯れたま

冗談を交《まじ》えてお話しになりますが、女君はただひどく遠慮がちでひたすら恥じらっておりますのを、もの足りなくお思いになります。「しかし、間違ってもこのように頼りないのは実に結構なことだ。教えながらでも面倒をみよう。田舎びた風流心を身につけていて品がなく軽薄だったりしたら、そんな身代わりはいらないだろう」と、お考え直しになります。

［四四］薫、琴を調べ、浮舟にも教えようとする

大将（薫）は、以前ここにありました琴《きん》や箏《そう》の琴《こと》をお取り寄せになって、「こうしたことはやはりなおのこと出来まい」と残念ですので、一人でお弾きになって、「八の宮が亡くなられて以来、ここでこうした楽器に随分長いこと手を触れなかったことよ」と、ご自分でも珍しいお気持ちになられて、大層懐かしくお弾きすさびになりながら、思いに耽っていらっしゃいますと、日がさし出て来ました。「八の宮の御琴の音《ね》は大げさではなくて、実に趣深くしみじみとお弾きになっていたことだ」とお思い出しになって、

薫「昔、どなたもみなこちらにおられた頃に、あなたも

へど、ただいとつつましげにてひたみちに恥ぢたるを、さうざうしう思す。「あやまりてかうも心もとなきはいとよし。教へつつも見てむ。田舎びたるざれ心もてつけて、品々しからず、はやりかならましかばしも形代不用ならまし」と思ひなほしたまふ。

ここにありける琴箏の琴召し出でて、かかること、はた、ましてえせじかし、と口惜しければ、独り調べて、宮亡せたまひて後、ここにてかかるものにいと久しう手触れざりつかしと、めづらしく我ながらおぼえて、いとなつかしくまさぐりつつながめたまふに、月さし出でぬ。宮の御琴の音のおどろおどろしくはあらで、いとをかしくあはれに弾きたまひしはや、と思し出でて、

「昔、誰も誰もおはせし世に、

ここでお育ちになっていたら、もう少し感慨深いでしょうに。亡《な》き宮のご様子は他人のわたしでさえもしみじみと恋しく思い出されます。どうしてそんな東国で長い間お暮らしだったのですか。」

とおっしゃいますと、女君は大層恥ずかしくて、白い扇《おうぎ》を手まさぐりしながら物に寄り臥していらっしゃいますその横顔は、どこまでも色白で、優雅な額髪の間の面差《おもざ》しなど、亡き姫君がまことによく思い出さずにはおられませんので、大将は感慨も無量です。「ましてこうした音楽の嗜《たしな》みもふさわしく教えたいものだ」とお思いになって、

薫「この東琴《あずまごと》は少し手にされたことはありましたか。「あわれわが妻」という名の琴《こと》は、いくら何でも馴染《なじ》んでおられたでしょう。」

などとお尋ねになります。

浮舟「そのような大和言葉さえ不似合いな暮らしでしたので。ましてこれは。」

とお答えになりますその様子は、ひどく見苦しく気がきかな

ここに生ひ出でたまへらましかば、いますこしあはれはまさりなまし。親王《みこ》の御ありさまは、よその人だにあはれに恋しくこそ思ひ出でられたまへ。などて、さる所には年ごろ経たまひしぞ」

とのたまへば、いと恥づかしくて、白き扇をまさぐりつつ添ひ臥したるかたはらめ、いと隈なう白うて、なまめいたる額髪の隙など、いとよく思ひ出でられてあはれなり。まいて、かやうのこともつきなからず教へなさばや、と思して、

「これはすこしほのめかいたまひたりや。あはれ、わがつまといふ琴は、さりとも手ならしたまひけむ」

など問ひたまふ。

「その大和言葉だに、つきなくならひにければ、ましてこれは」

と言ふ、いとかたはに心おくれた

東琴
和琴《わごん》（六弦）のこと。大和琴とも。

あわれわが妻
「わが妻」「あがつま」から「あづま」（東琴）をひびかせる。

大和言葉さえ
東琴を大和琴ということからの連想。大和言葉は和歌のこと。

い人とは見えません。ここに住まわせておいたのでは思うままに通《かよ》って来られないことをお考えになりますと、今からつらく思われますのは、並々のご愛情ではないのでしょう。琴《こと》は押しやって、「楚《そ》王《おう》の台の上の夜の琴《きん》の声」と朗詠なさいますのも、あの弓ばかり引く環境に馴染《なじ》んで来ましたので、全くすばらしく申し分ないと侍従《じじゅう》も聞いて座っていました。とはいえ扇《おうぎ》の色にも心をとめなければならない閨《ねや》の故事を知りませんので、ひたすらお褒《ほ》め申していますのは愚《おろ》かな事であるようですよ。「事もあろうに、妙なことを口にしてしまったものよ」と大将はお思いになっています。

弁《べん》の尼君の方からくだものをさし上げました。箱の蓋に紅葉《もみじ》や蔦《つた》などを折り敷いて、風流に盛り合わせて、下に敷いた紙に筆太《ふでぶと》に何か書いてありますのが、明るい月の光にふと見えましたので、大将が目をお留めになるご様子は、くだものを早く欲しがっているかのように見えるのでした。

弁　やどり木は色かはりぬる秋なれど昔おぼえて澄める

楚王の台の上の夜の琴の声　「班女ガ閨ノ中ノ秋ノ扇ノ色　楚王ガ台ノ上ノ夜ノ琴ノ声」（和漢朗詠集上・雪　尊敬《そんぎょう》）。

扇の色にも心をとめなければならない…　前の詩の前句。漢の成帝の愛妃班婕妤《はんしょうじょ》が帝寵を奪われ、夏の白絹の扇が秋に捨てられたのに身を喩えた故事。

［四五］　薫、弁の尼と昔を思い、感慨深く歌を詠み交わす

やどり木は　「色かはりぬる」は、大君が浮舟に替ったことをいう。「澄める」に「住める」を掛ける。

りとは見えず。ここに置きて、え思ふままにも来ざらむことを思すが、今より苦しきは、なのめには思さぬなるべし。琴は押しやりて、「楚《そ》王《わう》の台の上の夜の琴の声」と誦じたまへるも、かの弓をのみ引くあたりにならひて、いとめでたく思ふやうなりと、侍従も聞きゐたりけり。さるは、扇の色も心おきつべき閨《ねや》のいにしへをば知らねば、ひとへにめできこゆるぞ、おくれたるなめるかし。事こそあれ、あやしくも言ひつるかな、と思す。

尼君の方よりくだものまゐれり。箱の蓋に、紅葉蔦など折り敷きて、ゆゑなからず取りまぜて、敷きたる紙に、ふつつかに書きたるもの、隈なき月にふと見ゆれば、目とどめたまふほどに、くだもの急ぎにぞ見えける。

やどり木は色かはりぬる秋

月かな

（宿木は紅葉して様変わりしてしまった秋ですが、昔を思い出させる月は以前と変わらずに澄み渡っています。）

と古めかしく書いてありますのを、大将はきまり悪くもしみじみ懐かしくもお思いになって、

薫　里の名も昔ながらに見し人の面がはりせるねやの月影

（宇治という憂き里の名も昔のままなのに、閨《ねや》で月明かりに見る人は、昔の面影と違うことです。）

特に返歌というわけではなくお詠《よ》みになりますのを、侍従《じじゅう》が弁《べん》の尼君に伝えたということです。

なれど昔おぼえて澄める月
かな

と古めかしく書きたるを、恥づかしくもあはれにも思されて、

里の名も昔ながらに見し人の面がはりせるねやの月影

わざと返り事とはなくてのたまふ、侍従なむ伝へけるとぞ。

里の名も　「里の名」は宇治という「憂し」にひびく名。「面がはりせる」は、昔の大君と違う浮舟のこと。

付録　『源氏物語』をより深く知るために

『源氏物語』における古物語の型

『源氏物語』は、言うまでもなく日本の誇る世界の古典として有名で、あまりにも孤高を絶していますので、ともすると物語史の中では特別に突然変異的に出た傑作と思われがちですが、決してそうではありません。多くの物語が世に出た古代物語史の中で、生まれるべくして生まれた大作であると考えるのが妥当だと思われます。

今改めて物語史の中に『源氏物語』を置いてみますと、『源氏物語』といえどもさまざまな形でそれまでの物語の影響を蒙っていることが知られます。

その一つとして、ここでは古物語の型に注目してみたいと思います。

一　蛍の光で美女を見る

『源氏物語』の第二十五巻「蛍」の巻（本書第五冊所収）に、次のような優雅な場面があります。

姫君は、東面にひき入りて大殿籠《おほとのごも》りにけるを、……すべり出でて、母屋《もや》の際《きは》なる御几帳《みきちやう》のもとに、かたはら臥したまへる。……寄りたまひて、御几帳の帷子《かたびら》を一《ひと》重《へ》うちかけたまふにあはせて、さと光るもの、紙燭《しそく》をさし出でたるかとあきれたり。蛍を薄きかたに、この夕つ方いと多く包みおきて、光を包み隠したまへりけるを、さりげなくとかくひきつくらふやうにて、にはかにかく掲焉《けちえん》に光れるに、あさましくて、扇をさし隠したまへるかたはら目、いとをかしげなり。（蛍）

玉鬘に思いを寄せている兵部卿の宮に、源氏が趣向をこらして、蛍の光で姫君の容姿を見せようとした場面です。

夕方、蛍を薄い帷子にたくさん包んでおいて、それを几帳の蔭にいる玉鬘に向かって急に放ったので、あたりは明るく照らされ、思わず扇で顔をかくした玉鬘の横顔がまことに美しい、とあります。思いがけず蛍の光でほのかですが玉鬘の容姿を見ることができた兵部卿の宮は、ますます恋心をつのらせます。このことから兵部卿の宮は蛍の宮と呼ばれるようになります。

このような、美女の姿を蛍の光で見るという優雅な場面について、さすが紫式部の女性らしい見事な趣向だと称賛する人も少なくないようですが、実はこのような美女を蛍の光で見るという趣向は『源氏物語』だけのものではありません。同様な趣向は『源氏』以前の男性の作である『うつほ物語』にもあるのです。

……仲忠の朝臣は、承りはべる心ありて、水のほとり草のわたりに歩きて、多くの蛍を捕らえて、朝服の袖に包みて持て参りて、暗き所に立ちて、この蛍を包みながらうそぶく時に、上いととく御覧じつけて、直衣の御袖に移し取りて、包み隠して持て寄りたまひて、尚侍《ないしのかみ》の候ひたまふ几帳の帷子《かたびら》をうちかけたまひて、ものなどのたまふに、あの尚侍のほど近きにこの蛍をさし寄せて、包みながらうそぶきたまへば、さる薄物の御直衣に、そこら包まれたれば残るところなく見ゆる時に、……（内侍のかみ）

右は、仲忠の母の尚侍（俊蔭の娘）の美しい容姿を、想いを寄せている朱雀帝が蛍の光で見る場面で、美女を蛍の光で見るという趣向は『源氏物語』と同じです。そこで『源氏物語』はこの『うつほ物語』の趣向を模倣したものと言う人もいますが、それも当たってはいないようです。

もう少し物語史に目を向けてみますと、何と『伊勢物語』にも蛍の光で女を見ようとした場面があるのです。

天の下の色好み源の至といふ人、これもものの見るに、この車を女車と見て寄り来て、とかくなまめく間に、かの至、蛍をとりて女の車に入れたりけるを、車なりける人、「この蛍の灯す火にや見ゆらむ、灯し消ちなむずる」とて、乗れる男のよめる、……（三十九段）

天下の色好み源至が蛍を女車の中に入れたという場面ですが、女車には他の男も同車していたのでしょうか、その男が歌を詠《よ》んでいます。場面も事情も大分違ってはいますが、とにかく蛍の光で女を見るという趣向は認めてもよいでしょう。

このように見て来ますと、蛍の光で女を見るという優雅な趣向は、決して紫式部の独創ではなく、『源氏物語』以前の僅かしか残っていない物語の中の『うつほ物語』や『伊勢物語』にも見出だされるのですから、これは単に前の趣向を模倣したと解するよりも、そのような優雅な趣向が、物語の一つの型となっていたものと考えるべきかと思われます。

『源氏物語』以前に世に出た物語は、現在その名が知られているものだけでも三十余りもあるのですから、それ以外の全く散佚してしまった物語も含めて多くの物語の中には、おそらくこのような趣向を用いた物語もいくつかはあったと思われます。AがBを模倣したと考えるよりも、同様な趣向が物語の型としてそれぞれの物語に応じて変化をもって取り入れられていると考える方が妥当ではないでしょうか。「蛍」の巻の美女を蛍で見るという優雅な趣向も、そのような物語の型の一つと認められるのです。

二　美女をめぐる多くの男たち

『源氏物語』の「玉鬘」の巻から「真木柱」の巻までの十帖（本書第四冊・第五冊所収）は、古来一括して「玉鬘十帖」と呼ばれている巻々です。その主要なテーマの一つは、新造の六条院に新しく迎え入れた美姫玉鬘をめぐって、多くの貴公子たちが思いを寄せるという求婚物語で、ことに「初音」の巻から「野分」の巻までは、源氏三十六歳の春から冬までの季節の推移とともに、玉鬘をめぐっての恋愛物語が展開していきます。

玉鬘に懸想する男君たちは、蛍兵部卿の宮、夕霧、柏木、鬚黒、左兵衛の督、それに養父の源氏までが加わって、大ぜいの人たちが登場します。

このような一人の女性を大ぜいの男たちが求める恋愛形式は、遡れば祭の夜などに多くの男女が集まり歌を詠《よ》み合う古代の歌垣《うたがき》の場に求められるかと思われますが、やがて自ずとその中の村長《むらおさ》の娘などに男たちが求婚する形となったものと思われます。

このような女一人に複数の男たちが求婚する恋愛物語は、現存最古の物語である『竹取物語』に見られます。

『竹取物語』は、竹中から生まれた美姫かくや姫が、石作《いしづくり》の皇子、車持《くらもち》の皇子、右大臣阿部御主人《みうし》、大納言大伴御行《みゆき》、中納言石上麿足《いそのかみまろたり》の五人の貴公子に求婚され、最後には帝《みかど》までが入内《じゅだい》を促しますが、そのいずれにも従わず昇天してしまうという物語ですが、ここにははっきりと美女一人に大ぜいの男たちが求婚するという、前の玉鬘の求婚物語と同じ形が認められます。

『源氏物語』以前の二十巻の長編『うつほ物語』は、秘琴伝授の物語とあて宮をめぐる求婚物語の二つが物語の主題と認められますが、その主題の一つであるあて宮求婚物語は、権勢家源正頼の九女あて宮という絶世の美女をめぐって、東宮をはじめ、兵部卿の宮、秘琴伝授の主人公藤原仲忠、その父の兼雅、紀伊吹上のご落胤源涼、平中納言正明、実兄の源仲澄、源実忠、良岑行政、源仲頼、学生藤原季英、それに上野の宮、三春高基、滋野真菅のいわゆる三奇人までも加わって、実に十数人の男たちが求婚者として登場するという、スケールの大きい恋愛物語です。その結末は、あて宮が東宮に入内して、懸想人たちはみな失恋の憂き目を見ることになりますが、この『竹取物語』のかぐや姫と五人の貴公子を倍増したような規模の大きい『うつほ物語』のあて宮求婚物語も、美女一人に複数の男たちが求婚するという基本の形は同じで、このような形をもった恋愛物語は、散佚した多くの物語の中にも必ずや存在したものと考えられます。

したがってこのような恋愛物語の形も、古代物語の一つの型と認めてよいでしょう。前述の「玉鬘十帖」の玉鬘求婚物語にも、この型が認められるということです。

三　貴公子の朗詠

『紫式部日記』寛弘五年七月頃の記事に、次のような興味深い場面があります。

しめやかなる夕暮に、宰相の君と二人物語してゐたるに、殿の三位の君、簾のつま引き開けてゐたまふ。年のほどよりはいとおとなしく心にくきさまして、「人はなほ心ばへこそ難きものなれ」など、世の物語しめじめとしておはするけはひ、をさなしと人のあなづりきこゆるこそ悪しけれと恥づかしげに見ゆ。うちとけぬほどにて、「おほかる野辺に」とうち誦《ず》じて立ちたまひしさまこそ、物語に褒めたるをとこの心地しはべりしか。

静かな夕暮れ、紫式部が親しい宰相の君と局で世間話をしていたところ、そこへ道長の長男頼通が来て、十七歳にしては大人ぶって女性の話などをして、あまり長居もせずに「多かる野辺に」と口ずさんで立ち去ったというのですが、この頼通の動作を式部は「物語に褒めたるをとこの心地しはべりしか」と記しています。つまりこの頼通がその場にふさわしい古歌を吟誦しながら去っていくさまを、物語に理想的に書かれた男のようだと見ているのです。

貴公子がその場にふさわしい古歌や詩の一句を吟誦する状景は、その若く美しい面ざし、優雅な立ち居振る舞い、美事な衣装、漂う芳香などに加えて、教養の高さと朗詠という声の美しさまでもが加わった、まさに視覚、嗅覚、聴覚の全てに理想的な姿態というべきでしょう。殿（道長）の若君（頼通）の目前の振る舞いが、まさにその理想的な貴公子の姿態だと見て、式部は思わず「物語に褒めたる男の心地」と賛美したのでした。

式部が理想的な男の姿態だとする貴公子の朗詠場面は、『源氏物語』には次のように描かれています。

白き御衣どもを着たまひて、花をまさぐりたまひつつ、友待つ雪のほのかに残れる上に、うち散り添ふ空をながめたまへり。鶯の若やかに近き紅梅の末にうち鳴きたるに、「袖こそ匂へ」と花をひき隠して御簾押しあけてながめたまへるさま、ゆめにもかかる人の親にて重き位と見えたまはず、若うなまめかしき御さまなり。（若菜上）

源氏が白いお召し物を着て梅の花をもてあそびながら雪の散らつく空をながめていると、鶯が近くの紅梅で鳴いたので、「折りつれば袖こそ匂へ梅の花ありとやここに鶯の鳴く」（古今集）の一句を吟誦し、花を隠して御簾を押し開けてながめている、その様子はゆめゆめ人の親であり、准太上天皇という重い位の人とは見えず、若々しく優美なお姿だ、と絶賛しています。

白き御衣、白梅、雪と、清浄な白を基調とした中に、ほのかに咲く紅梅に鳴く鶯、その機を逃さず古歌の一句を吟誦する源氏の優艶な姿は、まさに物語の男の理想像です。

大将、……少し端近く出でたまへるに、雪のやうやう積もるが星の光におぼおぼしきを、闇はあやなしとおぼゆる匂ひありさまにて、「衣片敷き今宵もや」とうち誦じたまへるも、はかなきことを口ずさびにのたまへるも、あやしくあはれなる気色そへる人ざまにて、いとものの深げなり。（浮舟）

薫が積もった雪が星の光にぼんやりと見える中、「闇はあやなし」（闇は道理に合わない）の歌さながらに芳香を漂わせて、「衣片敷き今宵もや」と吟誦している様子を、不思議なほどにしみじみとした風情《ふぜい》が添った人柄で、まことに奥ゆかしい感じだと評しています。これも「物語に褒めたる男」のさまというべきでしょう。

月のいとはなやかにさし出でたるに、今宵は十五夜なりけりと思し出でて、殿上の御遊び恋しく、所々ながめたまふらむかしと思ひやりたまふにつけても、月の顔のみまもられたまふ。「二千里外故人の心」と誦《ず》じたまへる、例の涙もとどめられず。（須磨）

須磨の源氏が、十五夜の月を眺めて宮中の月の宴を思い出し、「二千里外故人の心」と吟誦し涙ぐむ場面です。『白氏文集』の月下に二千里の彼方の旧友を思う名句を口ずさみながら感慨に沈んでいる源氏の姿と心が、この名句の吟誦で一きわ浮かび上って来るといえるでしょう。

以上のほかにも『源氏物語』には、源氏や夕霧や薫などの貴公子が、漢詩や古歌の一句を朗詠したり吟誦したりする場面がしばしば見られますが、このように、顔立ちもよく優雅な衣装に芳香をたきしめた魅力的な姿に加えて、更に教養の高さと声のすばらしさを加えた理想的な貴公子像は、やはり「物語に褒めたる男」の典型として、物語の型と考えることができるでしょう。

四　落魄の美女を訪ねる貴公子

「帚木」の巻の、いわゆる「雨夜の品定め」の中で、一座をリードしている左馬《さま》の頭《かみ》が、次のようなことを言っています。

さて世にありと人に知られず、寂しくあばれたらむ葎《むぐら》の門《かど》に、思ひの外にらうたげならむ人の閉ぢられたらむこそ、限りなくめづらしくはおぼえめ。いかではたかかりけむと、思ふより違へることなむ、あやしく心とまるわざなる。（帚木）

世間の人にも知られず寂しく荒れはてた家に、思いがけずかわいい女がいるのは、まことに心惹かれることだ、と言うのです。

この左馬の頭の言葉は、今まで高貴な女性ばかりに関心のあった源氏にとって予想もしないことで、以後の源氏の女への興味の対象は、上流以外の女性にも向けられるようになります。

源氏が夕顔のような五条の巷《ちまた》の女性に興味を抱いたのも、

かの下《しも》が下と人の思ひ捨てし住まひなれど、その下にも思ひの外に口惜しからぬを見つけたらば、とめづらかに思ほすなりけり。（夕顔）

とありますように、下の階級と人が思い捨てたような住まいの中にも、予想外によい女性を見つけたらば、と思ってのことでした。

また、末摘花を訪れた折にも、

昔物語にもあはれなることどもありけれなど思ひ続けても、ものや言ひ寄らましと思せど……（末摘花）

というように、故常陸の宮の姫君が侘び住まいをしていると聞いて、昔物語の同じような例を思い出して興味を覚えたのでした。

また、「橋姫」の巻で、薫が宇治の大君《おおいきみ》・中の君姉妹のくつろいだ姿を初めて垣間《かいま》見た場面は、次のように記されています。

あなたに通ふべかめる透垣《すいがい》の戸を少し押し開けて見たまへば、月をかしきほどに霧り渡れるをながめつつ、簾《すだれ》を短く巻き上げて人々ゐたり。……内なる人、一人は柱に少しゐ隠れて、琵琶《びわ》を前に置きて撥《ばち》を手《た》まさぐりにしつつゐたるに、雲隠れたりつる月のにはかにいと明《あ》かくさし出でたれば、「扇ならでこれしても月は招きつべかりけり」とて、さしのぞきたる顔、いみじくらうたげににほやかなるべし。添ひ臥したる人は、琴の上に傾きかかりて、「入日を返す撥こそありけれ。さま異にも思ひ及びたまふ御心かな」とてうち笑ひたるけはひ、いま少し重りかによしづきたり。「及ばずともこれも月に離るるものかは」など、はかなきことをうちとけのたまひかはしたるけはひども、さらによそに思ひやりしには似ず、いとあはれになつかしうをかし。昔物語などに語り伝へて若き女房などの読むをも聞くに、かならずかやうのことを言ひたる、さしもあらざりけむと憎く推しはからるるを、げにあはれなるものの隈ありぬべき世なりけりと心移りぬべし。

（橋姫）

父の八の宮が山寺に籠っている間、宇治の山荘では姉妹の姫君がくつろいで琵琶や琴を弾いていました。その音に誘われて薫がその様子を覗き見た場面です。霧がかった月が明るく出たのを、扇でなくて琵琶の撥で月を招くことができたと言う中の君に、入日を返す撥は聞いたことがあるけれど、月を招くなど風変わりなことを思われたのですね、と姉妹はたわいもない会話を交わしています。その様子を垣間見た薫は、よそながら予想していたのとは違って、実にしみじみと親しみを感じて興をそそられます。そして今まで昔物語を若い女房などが読むのを聞いていると、必ず荒れた宿に美しい姫君がいるというような話が出てくるのを、そんなことはあるまいと反撥していたのだが、本当にそのようなしみじみとした人目につかないことがありうる世の中だったのだと、改めて思ったのでした。

ここでは、昔物語によく出て来る荒れた宿に美しい姫君がいるという話を、薫が一度否定した上で、改めて今垣間《かいま》見ている現実の光景がまさにその通りだ、と肯定した形になっており、結果として現実を強調しています。昔物語に語られた通りの物語の型を目前に見た薫の感動は、「心移りぬべし」とあるように、やがてこの宇治の姫君たちに心惹かれることになるのです。

以上のように、荒廃した住まいに美しい女性が落魄の生活を送っており、そこに偶然貴公子が訪れたり垣間見たりするという話型は、『源氏物語』だけではなく、例えば『うつほ物語』「俊蔭」の巻にも、時の太政大臣の四男若小君が、父母に死別して零落した俊蔭の娘の侘び住まいを訪れる場面などに見られますので、古物語の型として認めてよいと思われます。

以上、『源氏物語』に見られる幾つかの物語の型と思われるものを指摘しました。『源氏物語』の作者は、ほかならぬ熱心な物語読者でもあったでしょうから、自らの物語の執筆に当たっては、それらの古物語によく用いられている場面を、効果的に取り入れたものと思われます。しかも「橋姫」の巻で薫が宇治の姉妹を垣間《かいま》見た場面のように、落魄の美女を訪れる貴公子という典型的な古物語の型に依りながらも、それをそのまま用いず、それを一度否定した上で肯定するという手法で、その型をより有効に用いているなど、この作者特有の工夫も見られて興味深いことです。

なお、物語の型を話題にする場合、当然のことながら古来指摘されている説話の型、例えば末子繁栄譚（兄弟の中で末子が栄えるという型）、継母継子譚（継子いじめの型）、神仏霊験譚（神仏の霊験で願いが叶うという型）などにも言及すべきかと思われますが、それらについては又の機会に考えてみたいと思います。

参考　系図・図録

源氏物語主要人物系図

＊第三部（匂宮〜夢浮橋）

（▲…既に故人である人物　△…途中で亡くなる人物）

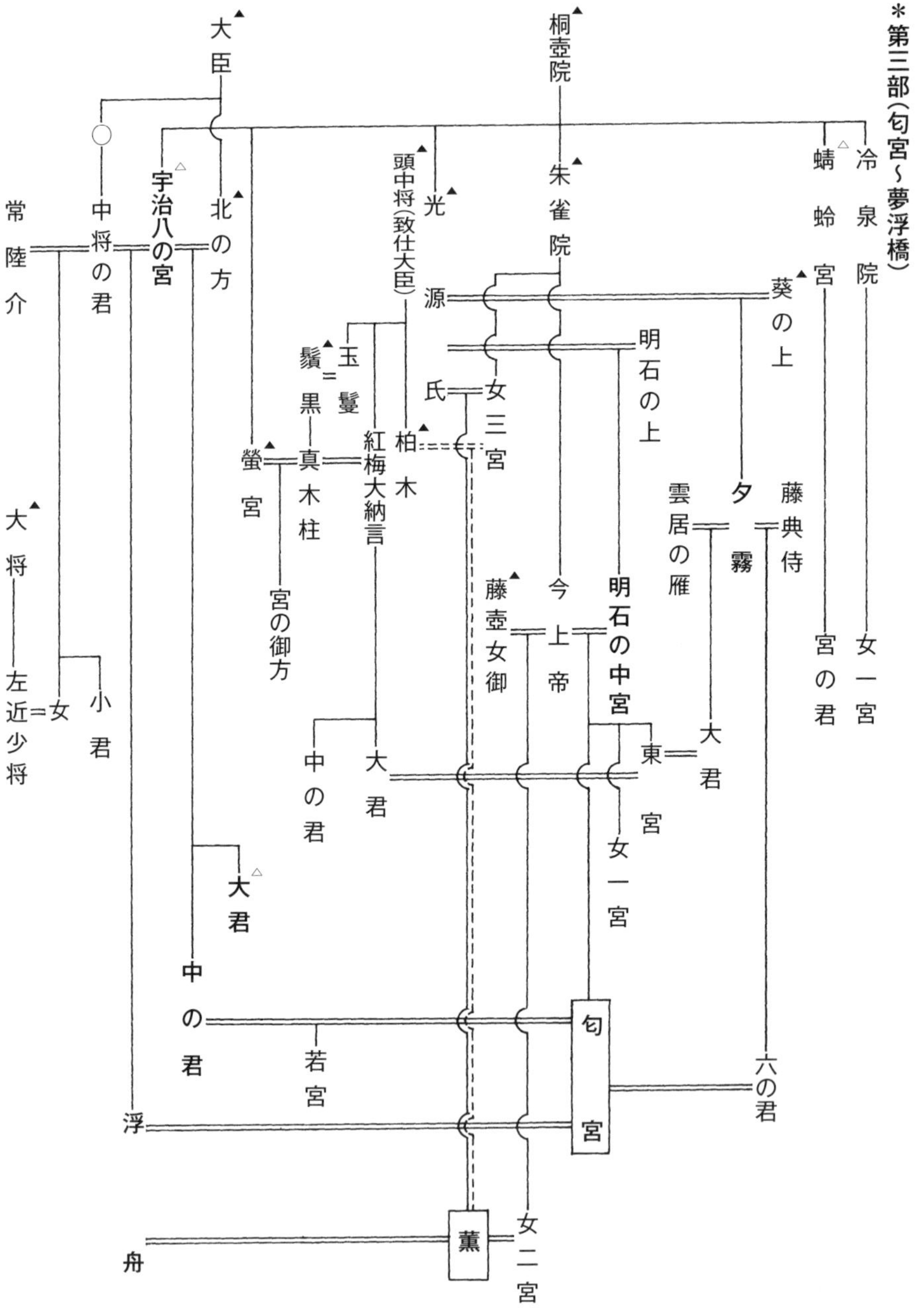

平安京条坊図

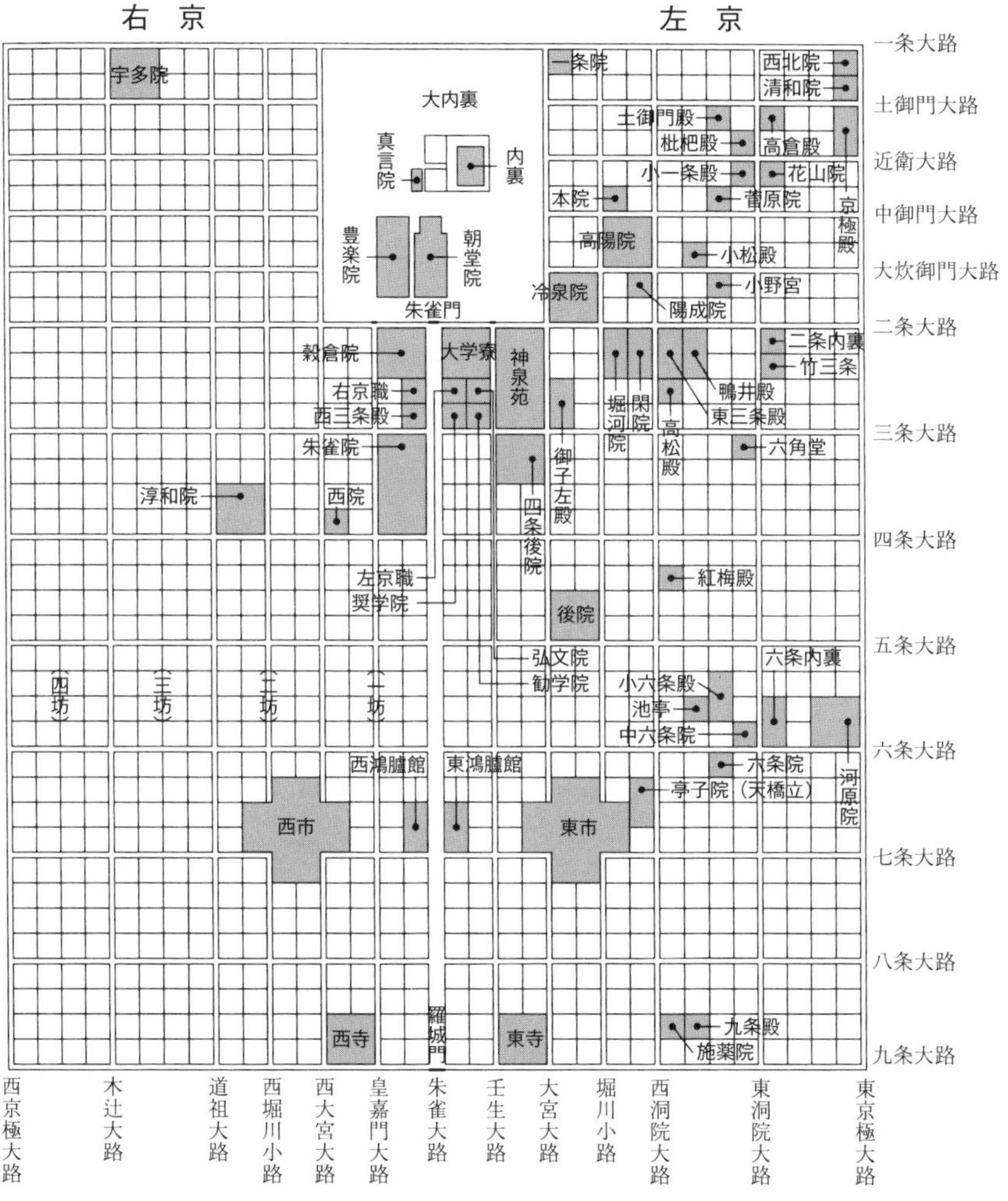

『京城略図』(故実叢書)を参考に作成

大内裏図

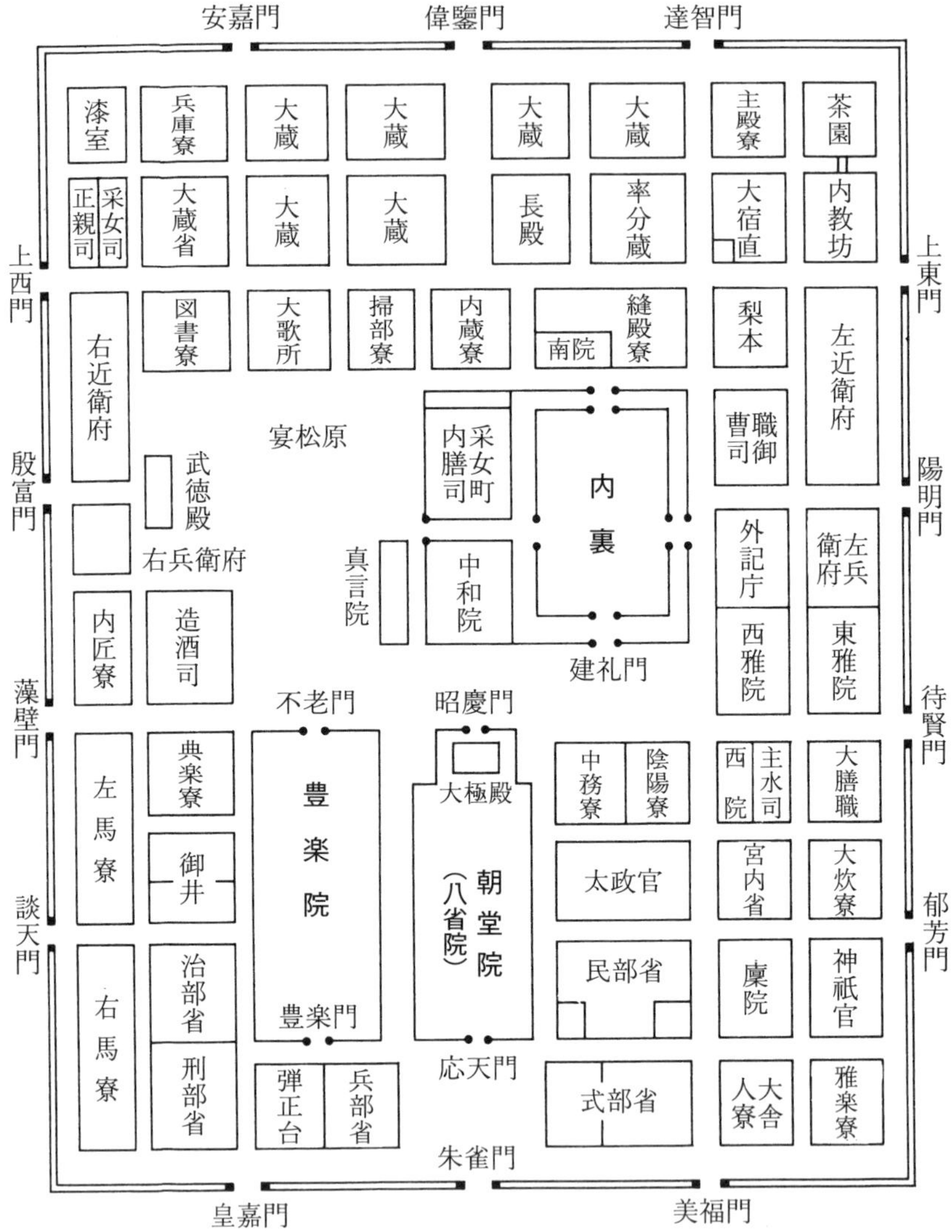

安嘉門
偉鑒門
達智門
漆室
兵庫寮
大蔵
大蔵
大蔵
大蔵
主殿寮
茶園
采女司
正親司
大蔵省
大蔵
大蔵
長殿
率分蔵
大宿直
内教坊
上西門
上東門
右近衛府
図書寮
大歌所
掃部寮
内蔵寮
縫殿寮
南院
梨本
左近衛府
宴松原
采女町
内膳司
内裏
職御曹司
殷富門
武徳殿
陽明門
右兵衛府
真言院
中和院
外記庁
左兵衛府
内匠寮
造酒司
建礼門
西雅院
東雅院
藻壁門
不老門
昭慶門
待賢門
典楽寮
豊楽院
大極殿
朝堂院
（八省院）
中務寮
陰陽寮
主水司
西院
大膳職
左馬寮
御井
太政官
宮内省
大炊寮
談天門
郁芳門
民部省
廩院
神祇官
右馬寮
治部省
刑部省
豊楽門
応天門
弾正台
兵部省
式部省
大舎人寮
雅楽寮
朱雀門
皇嘉門
美福門

内裏図

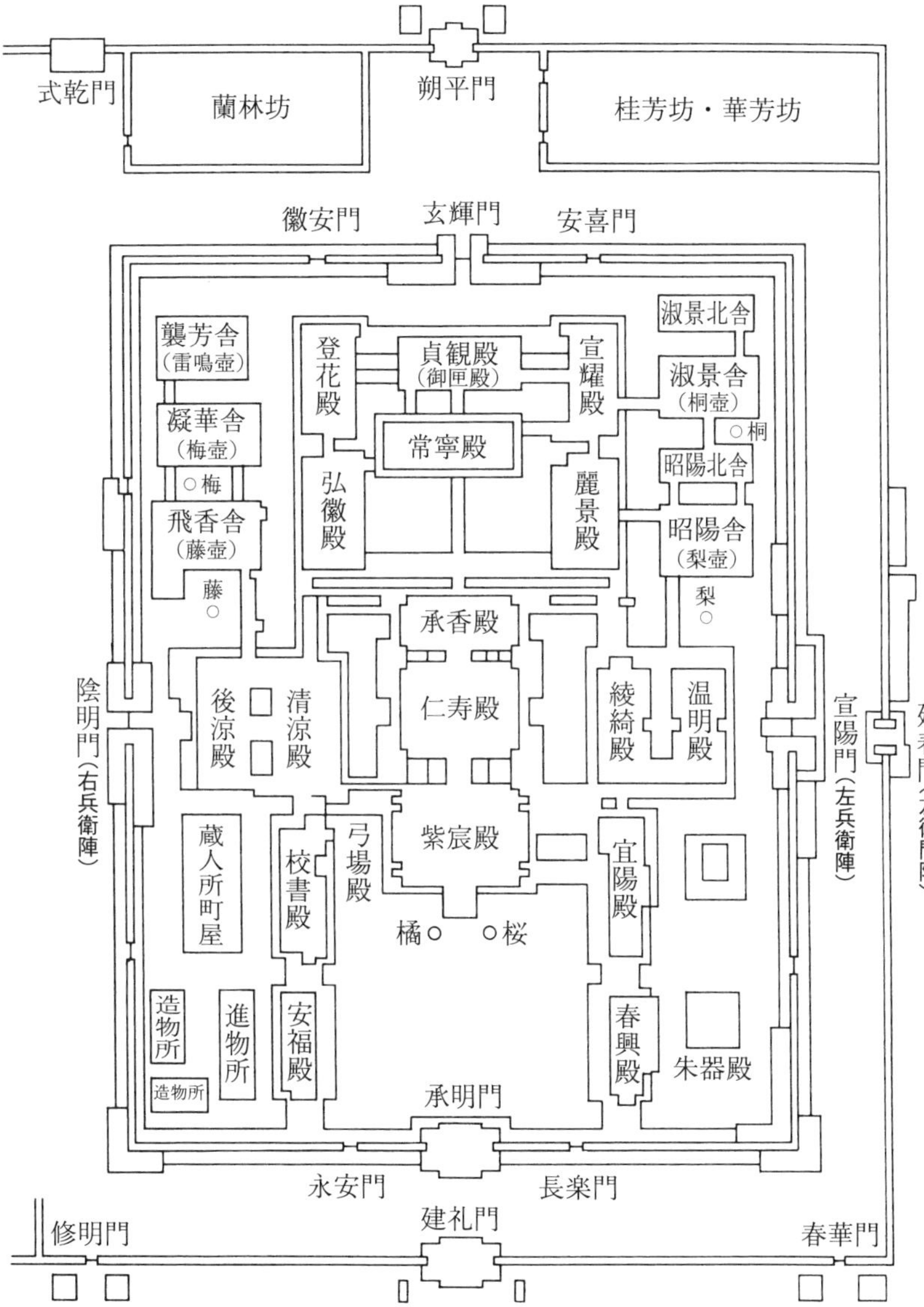

＊承香殿より北、後宮七殿五舎

清涼殿図

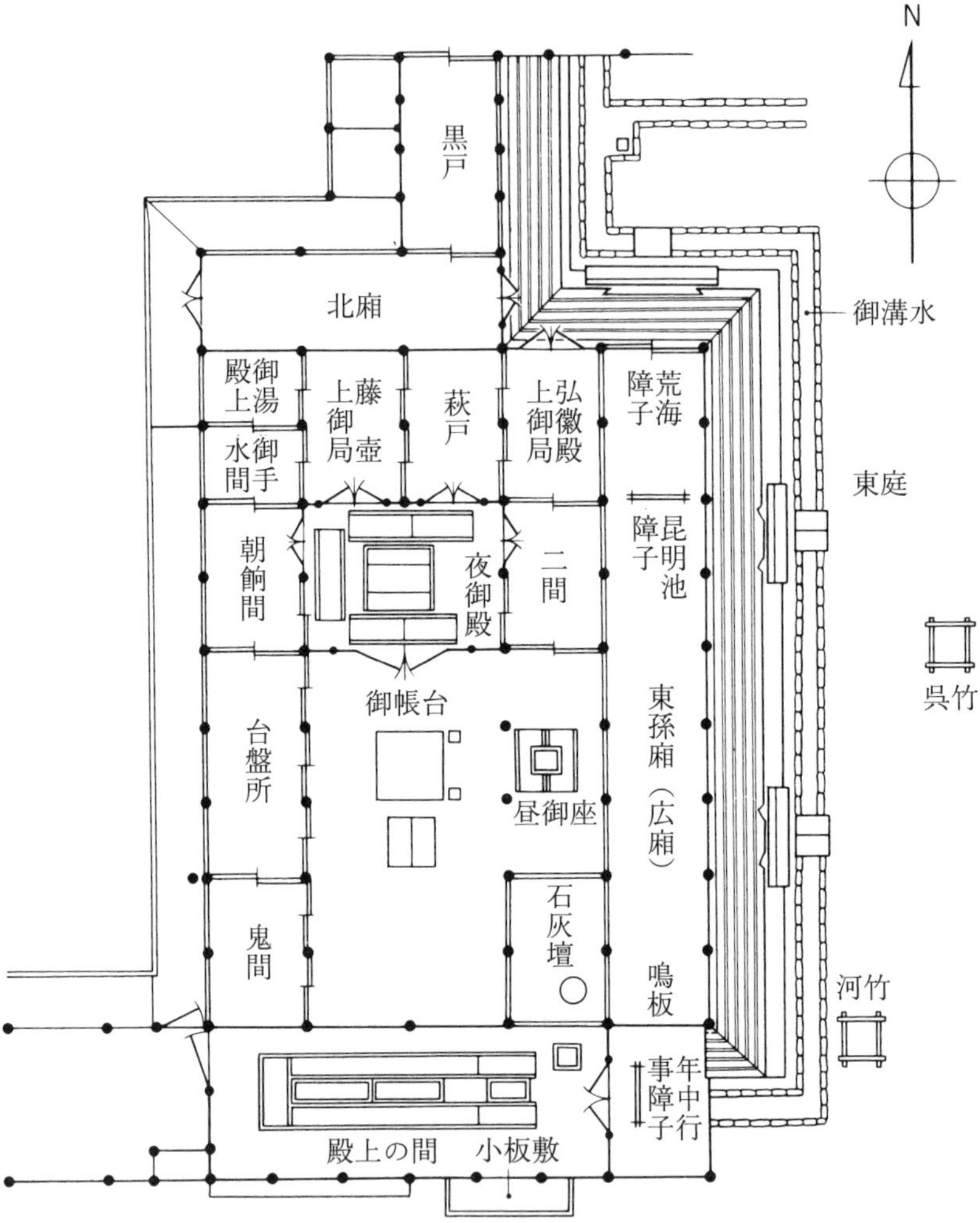
N
黒戸
北廂
御溝水
御湯殿上
藤壺上御局
萩戸
弘徽殿上御局
荒海障子
東庭
御手水間
昆明池障子
朝餉間
夜御殿
二間
呉竹
御帳台
台盤所
東孫廂（広廂）
昼御座
石灰壇
鬼間
鳴板
河竹
年中行事障子
殿上の間
小板敷

平面図

寝殿造図

西対
渡殿
寝殿
東対
透渡殿
遣水
西釣殿
西中門
東中門
池
中島

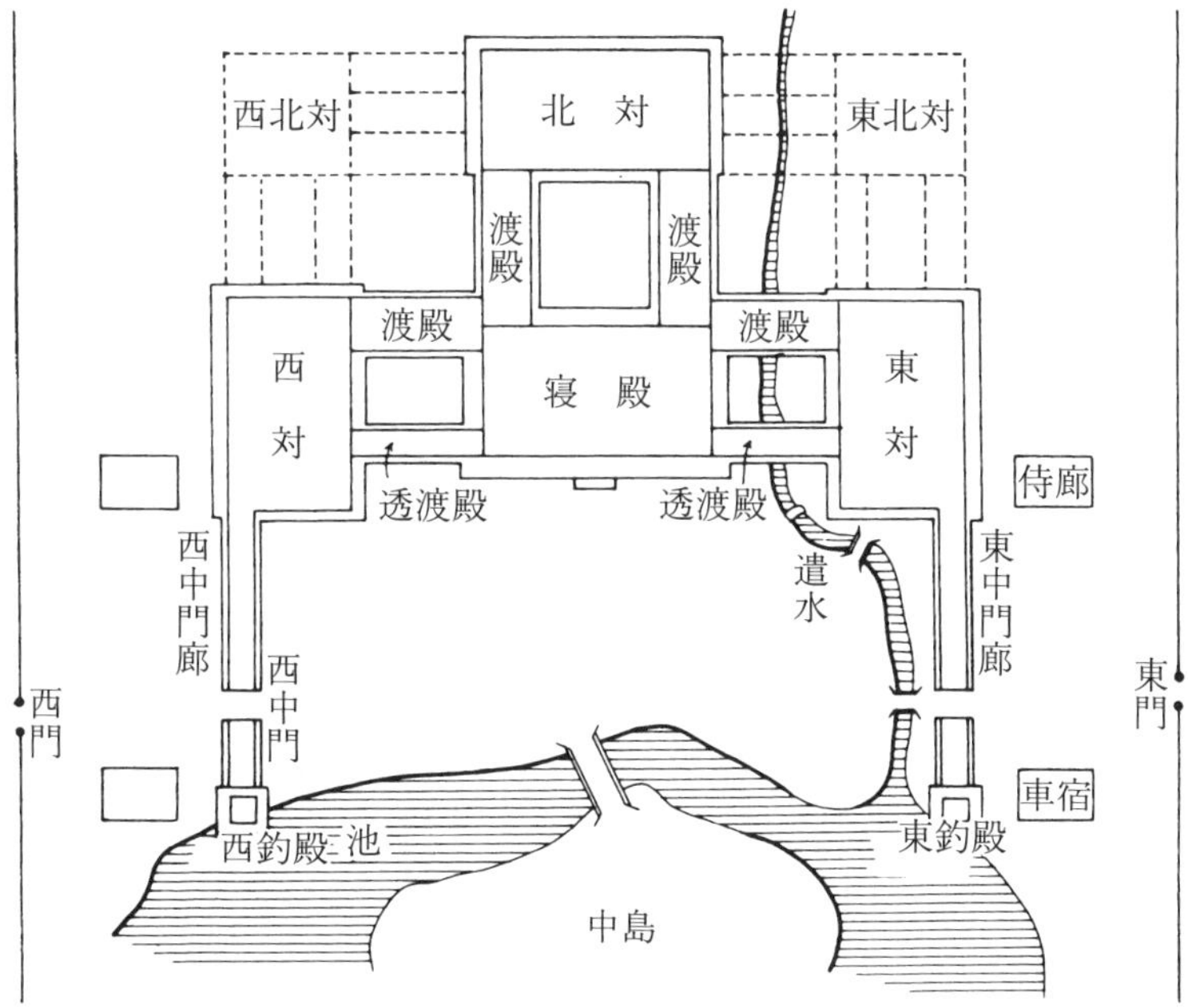
西北対
北対
東北対
渡殿
渡殿
渡殿
渡殿
西対
寝殿
東対
透渡殿
透渡殿
侍廊
西中門廊
遣水
東中門廊
西門
西中門
東門
車宿
西釣殿
池
東釣殿
中島

平面図

貴族の生活――容儀と疾病

［容儀］

(A) 整容

(1) **化粧**（顔づくり）

白粉《おしろい》をぬり、紅《べに》をさし、引眉《ひきまゆ》をし、歯黒《はぐろめ》をつける。

白粉は糯米の粉で、水銀を入れる「はらや」と、鉛を酢で蒸して製する「はふに」がある。白粉は女子に限らず男子も用いた。紅は唇にぬる口紅と、顔や頬にぬる面紅がある。紅藍の花弁をしぼり、これに梅酢を加えて真紅になったものを乾して紅皿に入れて用いた。「常夏」の巻に近江の君の顔づくりが「紅といふものいと赤らかにかいつけて、髪梳りつくろひたまへる」と見える。引眉は眉を抜いた後に眉墨を引いて眉を作ること。歯黒は鉄を酒に浸して酸化させた液（鉄《か》漿《ね》）を用いて歯を染める。『紫式部日記』に「歯黒つけなどはかなきつくろひどもす」とある。また紫の君は二条院に引き取られた後に歯黒や引眉をしている。「歯黒もまだしかりけるをひきつくろはせたまへば、眉のけざやかになりたるもうつくしうきよらなり」（「末摘花」）。

(2) **沐浴**（もくよく）・**湯浴み**（ゆあみ）

現代のように湯槽に体を沈めることはしない。沐浴は湯や水で体を浄める除厄の行事で、月に二三度日を選んで行われる。湯浴みはそれより気軽に数日ごとに身体を浄めた。湯屋、湯殿と呼ばれる板敷の間で行ない、湯屋には湯を入れた湯槽を運びこみ、盥《たらい》に湯を汲み入れて身体にかけた。「帚木」の巻に「下に湯に下りて只今参らむと侍り」とあるのは、侍女の中将の君が湯屋に湯浴みに行っていたことである。

沐浴後は「ゆかたびら」（後世の「ゆかた」）という単衣を着る。宮中で浴室に奉仕する女房は湯巻きを着用した。湯具には、盥に湯や水を入れるための半挿《はんぞう》という容器や、湯もじ（腰にまとう布）、手巾《たなごい》（洗面に用いる布、後世の手拭）、風呂敷（上り湯に敷く布）などを用いた。

(3) **洗顔**

現代のように朝起きて顔を洗うほかに、化粧をする時やおとす時など、日に何度も顔を洗う必要があった。「浮舟」の巻では、匂宮が朝の洗顔を侍女の右近だけでなく浮舟にも手伝うように言っている。「御手水などまゐりたるさまは例のようなれど、まかなひめざましう思されて、『そこに洗はせたまはば』とのたまふ。」

(4) **洗髪**

髪は当時の女性の容姿の美しさを代表するものであるから、豊かで長い髪を美しく保つことは大切なことであった。

それ故、事に際し特別に化粧する時や、平常時でも時折洗髪を行なったが、女性の魂を洗うという俗信もあって、洗髪には月や日を選んだ。「東屋」の巻には浮舟の洗髪について「御方をも頭洗はせ取りつくろひて見るに」と見えている。

また長く多い髪を洗うには、河原などの戸外でする時もあり、その折は半裸になるので軟障《ぜじょう》や幔幕などで囲って行なった。洗髪後の髪を乾かすのも大変で、濡れた髪は重いので横になって乾かした。「東屋」の巻には浮舟の洗髪後について「いと多かる御髪なれば、とみにも乾しやらず、起きゐたまへるも苦し。」と見えている。

洗髪のことは「ゆする」ともいい、「東屋」の巻に「女君は御ゆするの程なりけり。」「ゆするの名残にや、心地もなやましくて」とあるのも、浮舟の洗髪のことである。

(5) 薫香

香をたきしめるのも大切な美容の一つで、貴族の身だしなみでもあった。

香の種類のうち、主なものには、沈《じん》香、丁子《ちょうじ》香、薫陸《くんろく》香、貝《ばい》香、白檀《びゃくだん》香、麝《ざ》香などがある。これらを適当に和合し練り

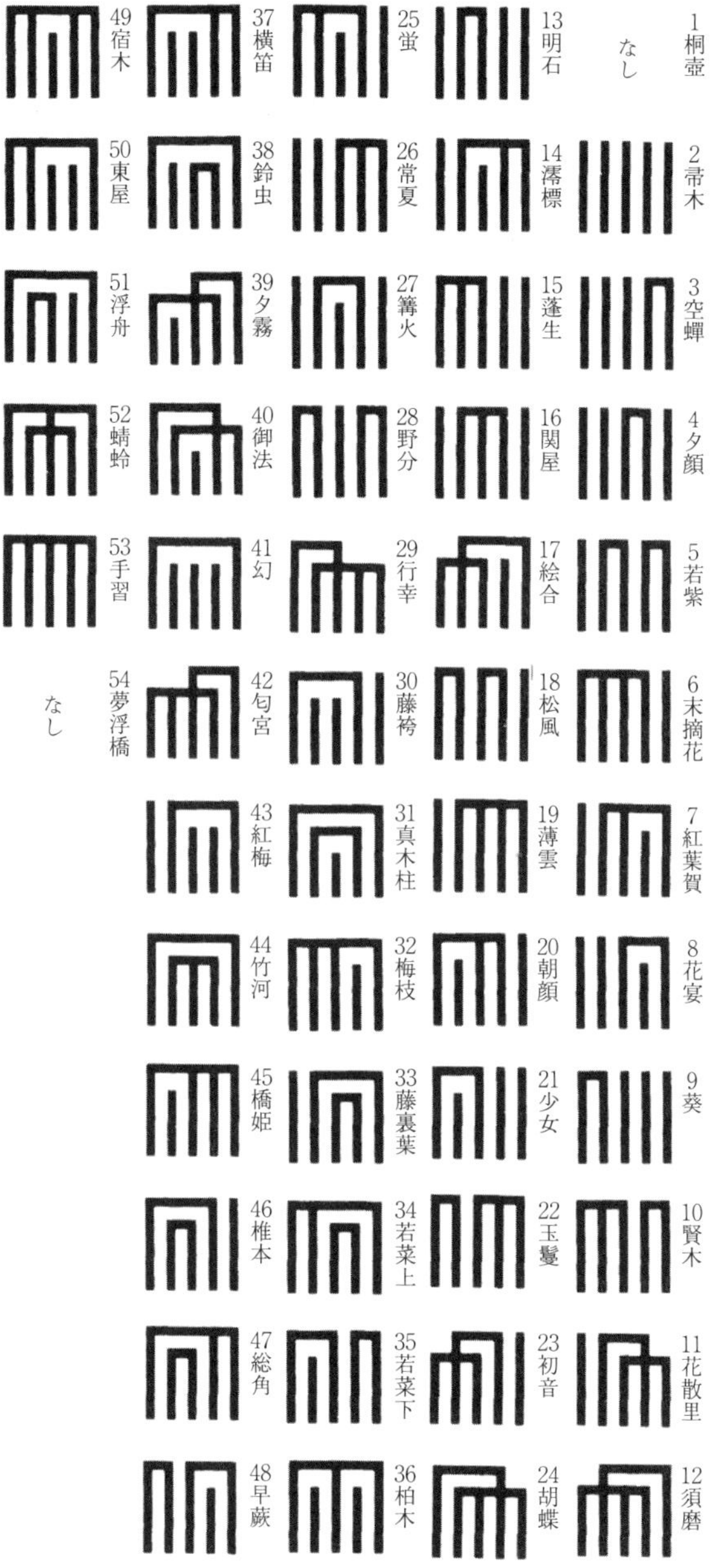

源氏香

合わせて用いる。香をたきしめるには火取《ひとり》（香炉）を用いる。内側の炉に香をたき、上に伏籠《ふせご》をかぶせ、その上に衣をかけて香を移す。

たきしめる香は季節に適したものが選ばれ、香の調合は個人の趣向により異なっていた。したがって薫りで主を知ったり、薫りの紛れで人違いをして悲劇を起こす場合もあった。

なお源氏香は江戸時代の初期に作られた組香の一種で、五種の香の組み合わせについて五本の縦線を用いて五十二通りの組み合わせを示した図形である。（前ページ「源氏香」図参照）

(B) 頭髪

(1) 髪

髪は当時の女性の美しさを象徴する大切なもので、豊かで長い髪がよしとされた。村上帝の女御の宣耀殿芳子は、寝殿の階下から牛車に乗っても、髪の末はまだ母屋の柱のもとにあったといい、髪の一筋を陸奥紙に置くと真黒になって隙間もなかったという逸話がある（「大鏡」師尹伝）。

紫の上の髪も美しく、「御法」の巻の死後の様子も、「御髪《みぐし》のただうちやられたまへるほど、こちたくけうらにて、つゆばかり乱れたるけしきもなうつやつやとうつくしげなるさまぞ限りなき。」と記されている。また「若菜上」巻には女三の宮の髪を「糸をよりかけたるやうになびきて」とあり、「手習」の巻では浮舟の髪を「五重の扇を広げたるやうに」と記している。

(2) 角髪（みずら）

もとは上代の男子の成年の髪形で、髪を中央から左右に分け、それぞれ耳のあたりで輪のように束ねた形が、平安時代以後少年の髪形となった。「桐壺」の巻に、「角髪結ひたまへる面《つら》つき、顔のにほひ、さま変へたまはむこと惜しげなり。」

髪

角髪

と、光源氏の元服前の童姿を記述する。また「澪標」の巻には、源氏の住吉詣での行列の童随身を、「角髪結ひて紫裾濃の元結なまめかしう」と記している。

(3) 振分髪（ふりわけがみ）

幼少の男女の髪形で、髪を左右に分けて垂らし肩のあたりで切り揃える。「若菜上」巻には鬚黒の二人の子の様子を「振《ふり》分髪《わけがみ》の何心なき直衣《なほし》姿どもにておはす。」と記している。「若紫」の巻で源氏が垣間《かいま》見た紫の君の髪を「髪は扇を広げたるやうにはらはらとして」と記しているのも振分髪であろう。

この髪形は尼のように肩のあたりで切り揃えるので、「薄雲」の巻では明石の姫君の髪について「この春より生ふす御髪、尼削ぎのほどにて、ゆらゆらとめでたく」と見えている。

(4) 尼削ぎ（あまそぎ）

長い髪を背中のあたりで切り揃えた尼の髪形。浮舟は尼君の留守に僧都に頼んで尼姿になるが、「几帳の帷子《かたびら》の綻《ほころ》びより御髪をかき出だしたまへるが、いとあたらしくをかしげなるになむ、しばし鋏をもてやすらひける。」（「手習」）とあって顔を見せずに豊富な髪を几帳の綻び（一部分縫い合わせないであいている所）からかき出して切らせている。その美事な髪を切るのはいかにも惜しく、僧都は鋏を持ったまましばらく躊躇せざるをえない。劇的な尼削ぎの場面である。

(5) 髪上げ（かみあげ）

童髪の振分髪は、成人すると大人の髪形に結い上げ、元結《もとゆい》を結び釵子《さいし》をさした。大人の女房も、陪膳や儀式などで盛装

耳挟み

尼削ぎ

振分髪

する時は髪上げをする。『紫式部日記』には「女房八人一つ色にさうぞきて髪上げ白き元結して」「その日の髪上げうるはしき姿、唐絵《からゑ》ををかしげにかきたるやうなり」などと産《うぶ》養《やしない》の儀や五十日《いか》の祝に参加する女房の髪上げ姿が多数見える。また「梅枝」の巻には明石の姫君の裳着に「御髪上げの内侍などもやがてこなたに参れり」とあって、髪上げの役を内侍司の女官が行なったらしい。

(6) 耳挟み（みみはさみ）

女性の垂れ下った額髪を、邪魔にならないように耳の後ろに挟むことで、かいがいしく働いたりする時にする。「帚木」の巻の雨夜の品定めで、左馬の頭が実直な女を「まめまめしき筋を立てて、耳挟みがちに美相なき家刀自の」と語っている。また「横笛」の巻で雲居の雁が、夜急に泣き出した子供をあやす場面にも、「上も御殿油取り寄せさせたまひて、耳挟みしてそくりつくろひて抱きてゐたまへり」とある。

(7) 額髪（ひたいがみ）

前髪を二つに分けて額から左右の頬にかけて垂らし肩のあたりで切り揃えた髪形。この額髪で女が顔をあらわに見せないようにする時もある。「若紫」の巻の紫の君の新枕の翌日場面には「汗におし浸して額髪もいたう濡れたまへり」とある。また「総角」の巻に「後手は知らず顔に、額髪を引きかけつつ色どりたる顔づくりして」とあるのは、わが身の衰えを感じた大君の様子である。

(8) 鬘（かずら）

髪の不足を補うための付け髪で、「かもじ」ともいう。「初音」の巻で源氏は花散里の髪の衰えが目立つのを「葡萄鬘《えびかづら》してぞつくろひたまふべき」と思っている。「蓬生」の巻では、末摘花が別れて行く侍従に、贈り物として自分の豊かな髪で作った鬘を与えている。「わが御髪の落ちたりけるを取り集

額髪

一本結

めて鬘にしたまへるが九尺余ばかりにていときよらなるを」。

(9) **一本結**（ひともとゆい）**一本髪**（ひともとがみ）

子供や大人の小者などがする庶民の髪形で、長い髪を後ろに垂らしてうなじのあたりの一ケ所で結び束ねる。『源氏物語』には用例が見えないが、絵巻などには多く描かれている。

［疾病］

平安時代の貴族の生活様式は、医学的に非衛生、不健康なものが多く、人々は一般に虚弱で神経質であった。加えて仏教や陰陽道の加持祈禱の盛行が医療より優先されたため、人々は現実的には多くの疾患に悩まされた。

(1) 病気一般

『枕草子』の「病は」の段（一八三段）に、「病は、胸、もののの怪《け》、脚《あし》の気《け》、はてはただそこはかとなくてもの食はぬここち。」とあって、当時は物の怪や食欲不振までが病気と思われていたのは興味深い。

当時は病気のことを「邪気（ざけ）」「乱心地（みだりごこち）」「悩み」「患ひ（わずらい）」「病ひ（やまい）」「あつしさ」「薬」などと言った。病気にかかることは「患ふ（わずらう）」「悩む」「あつしくなる」「おこる」「病む」などと言い、病気が治ることは「おこたる」と言った。病人は「病者（びょうざ・ぼうざ）」、「病人（やまうど）」などと呼んだ。これらは『源氏物語』の多くの場面に次のように見えている。

◦年頃常のあつしさになりたまへれば、（桐壺の更衣の病気）「桐壺」。

◦日頃重く悩みたまふと聞き渡りつれども、例もあつしうのみ聞き侍りつるならひに、（一条御息所の病気）「夕霧」。

◦紫の上いたうわづらひたまひし御心地の後、いとあつしくなりたまひて、そこはかとなく悩み渡りたまふこと久しくなりぬ。（紫の上の病気）「御法」。

◦朱雀院の御薬のこと、なほ平ぎはてたまはぬにより、（朱雀院の病気）「若菜上」。

◦ばうざのことを思ひたまへあつかひはべる。（惟光の母の病気）「夕顔」。

◦いとうたて、乱り心地の悪しうはべれば、うつふし伏してはべるなり。（物の怪に遭った右近の気持ち）「夕顔」。

◦いと重くわずらひたまへれど、ことなる名残り残らずおこたるさまに見えたまふ。（源氏の病気）「夕顔」。

◦悩ましげにおはしますと侍りつれば、……いかやうなる御悩みにか。（匂宮の病気）「浮舟」。

(2) 発熱

病気には多く発熱が伴うが、そのさまは「熱し」「温《ぬる》む」などと見える。

「夕顔」の巻で、夕顔の頓死の衝撃を受けた源氏は、「御頭《ぐし》も痛く身も熱き心地していと苦しく」と、頭痛発熱をしている。また「若菜下」巻では、発熱した紫の上を、「探りたてまつりたまへばいと熱くおはすれば」「御身も温《ぬる》みて」と記しており、「総角」の巻では重態の大君の病状について「御頭など少し熱くぞおはします」とある。また「手習」の巻には浮舟の熱が下がったさまを、「温《ぬる》みなどしたまへることは冷めたまひて」と記している。

(3) 眼の病気

当時の生活、ことに偏食、夜遊び、照明不備などの原因で、近視、弱視の類はかなり多かったと思われる。それ以外の眼の疾患としては、「明石」の巻に「故院睨みたまひしに見合せたまふと見しけにや、御目わづらひたまひて堪え難う悩みたまふ」と、朱雀院の眼病が見える。また『大鏡』には、三条天皇や藤原隆家の眼病のことが見える。

(4) 歯の病気

虫歯が多く、「賢木」の巻に、「東宮御歯の少し朽ちて口の内黒みて笑みたまへる」とあるのは、愛嬌のある虫歯である。「総角」の巻に「弁の歯はうちすきて」とあるのは、年老いて歯が抜けているのであろう。『枕草子』の「病は」の段には、「歯をいみじう病みて、額髪もしとどに泣き濡らし、乱れかかるも知らず、面もいと赤くておさへてゐたる」と、虫歯の痛みに堪えかねている女の様子が具体的に記されている。

(5) 胸の病気

『枕草子』「病は」の段には「病は胸。」と真先に挙げていて、当時胸部を病んでいた者はかなり多かったらしいが、実際には結核性疾患から単なる悩みが高じた胸の病いまでさまざまであった。

「若菜下」巻に、「夜更けて大殿籠りぬる暁方より御胸を悩みたまふ」「胸は時々おこりつつわづらひたまふさま、堪え難く苦しげなり」と見えるのは紫の上の胸の病いで、遂にはこれが命取りになってしまう。「橋姫」の巻には女三の宮のもとにいた小侍従という女房が、胸を病んで亡くなったと記されている。悲惨なのは『栄花物語』「鳥辺野」の巻に見える淑景舎女御（原子）の最期で、「御鼻口より血あえさせたまひて、ただにはかに失せ給へり」とある咯血頓死は、結核性疾患であろうか。

(6) 腹の病気

腹痛や下痢が多い。「空蝉」の巻に「一昨日より腹を病みていとわりなければ」「あな腹々」などは腹痛であろう。『落窪物語』の典薬助という老人も、夜板敷の上で冷えて「腹ごぼごぼと鳴れば」「しゐてこぼめきてびちびちと聞こゆる」（巻二）とあるのは下痢である。『栄花物語』「浦々の別れ」の巻には、承香殿の女御（元子）が水を産んだということが見えるが、これは妊娠の破水ではなく、腹水病であろう。

(7) 瘧病（わらわやみ）

「おこり」「えやみ」とも言い、幼若年者に多い熱病で、周期的に熱が上下する病気。『和名抄』には「熱寒並作、二日一発之病也」とあって、二日に一度の発作が起こるとある。

「若紫」の巻で源氏はこの病気の加持のために北山の聖のもとを訪れ、紫の君と運命的な出会いをする。「瘧病にわづらひたまひて、よろづにまじなひ加持などまゐらせたまへど、しるしなくてあまたたびおこりたまひければ」（若紫）。また朧月夜はこの病気で里下がりをした際に、源氏と密通した。「瘧病に久しうなやみたまひて、まじなひなども心安くせむとてなりけり」（賢木）。なお現在三日熱と称されるいわゆる「マラリヤ」がこれかといわれるが、「若紫」の桜の季節にはその原因となるハマダラ蚊はまだ発生しないので不審である。

(8) 風病（ふびょう）

「風邪（かぜ）」「乱風邪（みだりかぜ）」とも言い、通常は現在のいわゆる風邪（感冒）のこととするが異説もある。

丹波康頼の『医心方』によれば、風毒の犯しによる疾病はすべて風病であって、頭痛、四肢疼痛、発音・運動・精神障碍などの症状をあわせ持つ病状を称している。このうち神経系の症状は現代の中風であり、他は風邪の主要症状である。

「帚木」の巻で、藤式部の丞が語る博士の娘は、手紙に「日ごろ風病《ふびやう》重きに堪えかねて、極熱の草薬（大蒜）を服して」と書いている。また「若菜上」巻に「今日の雪にいとど御かぜ加はりてかき乱り悩ましくおぼさるれど」とあるのは朱雀院の風邪、「浮舟」の巻に「御風邪よくつくろはせたまへ」とあるのは、薫が匂宮の風邪を見舞った言葉である。

(9) 脚病（かくびょう）・脚の気（あしのけ）

「かくびょう」「あしのけ」のほかに、乱脚病（みだりかくびょう）、乱脚（みだりあし）とも言う。現今の脚気《かっけ》と考えられる。当時の栄養価の低い食生活や偏食が主因であろう。

「若菜上」巻に、「春の頃ほひより例よりも患ひはべるみだりかくびやうといふもの、所せく起こり患ひはべりて」とあるのは夕霧の脚病、「夕霧」の巻では落葉の宮が「あしのけの上がりたる心地す」と言っている。また「椎本」の巻にも、薫が宇治と京を頻繁に行き来することについて、「御中道の程乱りあしこそ痛からめ」と言っている。なお『うつほ物語』の一大権勢家源正頼も、脚病が持病であった。

(10) 咳病（しわぶきやみ）

咳病は、咳と頭痛が主症状で、現今の気管支炎に相当する。「夕顔」の巻では、見舞いに来た頭の中将に源氏が、「この暁よりしはぶきやみにやはべらむ、頭いと痛くて苦しくはべれば」と言っている。

(11) 哯吐（つだみ）

小児が乳を吐くことで、「横笛」の巻では、夕霧の子が夜中につだみをして、母の雲居の雁や乳母が大騒ぎをしている。「この君いたく泣きたまひてつだみなどしたまへば、乳母起き騒ぎ、上も御殿油近く取り寄せさせたまひて、耳はさみしてそそくりつくろひて抱きたまへり。」

(12) 年の積り（としのつもり）

病気ではないが、老齢のために病みがちになるさまで、老衰病とでもいえるものである。「行幸」の巻で、年老いた大宮（頭の中将や葵の上の母）を源氏が見舞った際に、「年の積りの病を思ひたまへつつ日頃になりぬるを」と見える。

(13) 月経

これも病気ではないが、女流文学の中には「けがれ」「さはり」などと多く見られる。月経は「穢《けが》れ」と呼ばれるように、その期間中は社寺への参詣などを避けるのがならわしであった。「浮舟」の巻に「よべより穢れさせたまひて」とあるのは、浮舟が月のさわりという口実で、右近が母の物詣での迎えを断わったものである。男性の作品とされる『うつほ物語』にも、若小君と契った後の俊蔭の娘について嫗が、「いつよりか御けがれはやみたまひし」(「俊蔭」)と聞いている。

⒁ 物の怪(もののけ)

これも病気ではないが、当時の人々の精神的な悩みを支配する大きな存在として看過できない。

物の怪は、生霊・死霊などの怨霊で、当時は病気もこの怨霊のしわざと考えられ、修法や加持祈禱で調伏することが行なわれた。物の怪は繊細で神経質な感情が、恐怖や苛責に悩まされる一種の精神病と言ってよい。特に男の愛を待ち望む女の慕情や怨みや嫉妬や焦りなどの感情が、交錯しうっ積して精神の変調をきたし、妊娠や出産など肉体的に抵抗力の弱まった時に、幻視・幻聴などの錯覚を生じることが多かった。『源氏物語』でも、正妻葵の上、愛妻紫の上などの他界は六条の御息所の怨霊が主因であった。「葵」の巻では、葵の上の出産に際して、物の怪が修法によって正体を現わして名のりをしたり、安産を口惜しがったりしている。女三の宮の出家も六条の御息所の物の怪のしわざであった。夕顔の頓死は、荒廃した邸に住む物の怪のしわざであり、浮舟の入水も物の怪が原因であった。その他『源氏物語』には物の怪の用例は非常に多い。

⒂ その他

その他『源氏物語』には見えないが、当時の文学作品にはさまざまな病気が出て来る。いちいちの例文は省略するが、「ものやみ」(神経衰弱・ノイローゼ)『伊勢物語』、「寸白」(蛔虫などの寄生虫病)『今昔物語』、「にきみ」(『和名抄』によれば「瘤」、『医心方』によれば「にきび」)『栄花物語』、「つはり」(妊娠期のつわり)『落窪物語』、「黄ばむ病」(黄疸)『増鏡』、「おろす」(堕胎)『栄花物語』、「もがさ」(天然痘)『栄花物語』など。なお『和名抄』の巻三第四十「病類」には、当時の六十余種の病気が挙げられている。

[参考文献]

源順『和名類聚抄』

丹波康頼『医心方』

『病草子』

富士川游『日本医学史』『日本疾病史』

服部敏良『平安時代医学の研究』など。

(源氏香の図は『新装版常用源氏物語要覧』(武蔵野書院、二〇〇七年)、髪・尼削ぎ・耳挟み・額髪の図は『じっくり見たい源氏物語絵巻』(小学館、二〇〇五年)、角髪の図は『石山寺蔵四百画面　源氏物語画帖』(勉誠出版、二〇〇五年)、振分髪・一本結の図は『フルカラー　見る・知る・読む　源氏物語』(勉誠出版、二〇一三年)による。)

主要登場人物解説（五十音順）

葵《あおい》の上《うえ》　左大臣の娘、母は桐壺帝の娘大宮、頭の中将と同腹。源氏元服の際、添臥《そいぶし》の妻となるが、夫婦仲は不和が続く。結婚九年目にして源氏の子を身籠るが、葵祭での車争いがもとで六条の御息所の生霊に悩まされ、嫡子夕霧を出産後、急逝する。詠歌なし。

明石《あかし》の上《うえ》　明石の入道・尼君の一人娘。須磨・明石流謫中の源氏と結ばれ、将来今上帝の中宮となる娘を出産する。娘を紫の上の養女として手放すなど、その低い出自ゆえの苦悩を経験するが、つねに謙抑な態度で身を処し、六条院西北の冬の町で確固たる地位を築いていく。詠歌二二首。

明石《あかし》の中宮《ちゅうぐう》　源氏と明石の上の娘、匂宮や女一の宮らの母。后がねとしては母方の出自が低いため、幼時に紫の上の養女となる。十一歳で東宮に入内し、東宮即位後は彼女が生んだ第一皇子が立坊し、自身もやがて中宮となる。通常、明石の中宮と称するが、物語では彼女に対し「明石」の語は一切用いられていない。詠歌四首。

明石《あかし》の入道《にゅうどう》　大臣の家に生まれるが、都での出世を断念し志願して播磨の守となり、そのまま明石に土着する。一人娘の明石の上が自家の繁栄をもたらすという霊夢を信じて住吉の神に願をかけ、娘を流謫中の源氏と結婚させる。夢と住吉信仰に一族再興を賭けた一徹な老人。詠歌五首。

秋好中宮《あきこのむちゅうぐう》　故前坊と六条の御息所の娘。朱雀帝治世の間、斎宮《さいぐう》をつとめる。帰京後まもなく母と死別するが、源氏の養女として冷泉帝に入内、やがて中宮となり、六条院西南の秋の町を里邸とする。「秋好」の名は、紫の上との春秋優劣論で秋を支持したことによる。詠歌七首。

朝顔《あさがお》の斎院《さいいん》　桃園式部卿《ももぞのしきぶきょう》の宮《みや》の娘、源氏のいとこにあたる。早くから源氏に思慕され、歌を詠み交わす間柄となるが、桐壺院崩御とともに賀茂の斎院となる。斎院退下後、源氏の執拗な求愛を受け、源氏を憎からず思いながらも、結局その恋情に応えることなく終わる。詠歌七首。

一条《いちじょう》の御息所《みやすどころ》　朱雀院の更衣、女二の宮（落葉の宮）の母。物の怪加持のため小野に移り、夕霧と落葉の宮の情事を知り、夕霧への後朝《きぬぎぬ》の文にみずから代って返事を書くが、その夜夕霧は訪れず、心痛のうちに命を終わる。詠歌三首。

浮《うき》　舟《ふね》　宇治の八の宮とその召人《めしうど》の中将の君の娘、大君や中の君の異母妹。受領の後妻となった母に伴われ東国で育つ。上京後、大君の面影を伝える容姿ゆえに薫の愛を受け、宇治に移り住むが、匂宮とも契りを交わす仲となり、二人のはざまに立つ苦悩から入水を決意する。失踪後、横川の僧都・小野の尼の一行に助けられ小野に身を寄せ、ついに出家を遂げる。やがて生存を知った薫の使者として弟の小君《こぎみ》が来訪するが、面会を拒む。詠歌二六首。

浮舟《うきふね》の母《はは》→中将の君

右《う》近《こん》 夕顔の乳母子。夕顔の死後源氏に引き取られ、玉鬘と出会う。以後玉鬘付きの侍女となる。

宇《う》治《じ》の大君《おおいきみ》→大君

宇《う》治《じ》の中《なか》の君《きみ》→中の君

宇《う》治《じ》の八《はち》の宮《みや》→八の宮

右大臣《うだいじん》 弘徽殿の女御や朧月夜などの父。朱雀院の外祖父として権勢を誇り、太政大臣になったが、都に異変が続いた年に亡くなる。せっかちでゆったりしたところのない性格で、左大臣とは対照的であった。

空《うつ》蟬《せみ》 衛門《えもん》の督《かみ》の娘。老齢の伊予《いよ》の介《すけ》の後妻となる。継子の紀伊守《きのかみ》の邸で、方違《かたたが》えに訪れた源氏と一夜の契りを結ぶが、以後は拒み通す。「空蟬」とは蟬の抜け殻のように薄衣のみを残し源氏の闖入《ちんにゅう》から逃れたことによる呼称。夫の死後、継子の懸想を避けて出家し、二条東院に引き取られ源氏の庇護を受ける。詠歌七首。

近江《おうみ》の君《きみ》 頭の中将の娘。近江で成長の後、玉鬘の六条院入りに刺激され外腹《ほかばら》の娘を捜す父に引き取られる。異母姉の弘徽殿《こきでん》の女御《にょうご》のもとに身柄を託されるが、田舎育ちのため数々の醜態を演じ愚弄される。物語中もっとも滑稽な人物の一人。詠歌二首。

王命婦《おうみょうぶ》 藤壺中宮付きの女房。源氏と藤壺の忍び逢いの手引きをする。藤壺の出家に行を共にする。詠歌三首。

大《おおい》君《ぎみ》 宇治の八の宮の長女。薫に好意を持ちながら、軽率な結婚を戒めた父の遺言や自らの年齢などを慮り、その求婚を拒否し妹の中の君に縁づかせようとはかる。結局、中の君は匂宮と結ばれるが、その不如意な夫婦仲に一層結婚拒否の決意を固くするとともに、匂宮に絶望し、心痛のあまり病臥し二十六歳の若さで死ぬ。詠歌一三首。

落葉《おちば》の宮《みや》 朱雀院の第二皇女。女三の宮を望む柏木に降嫁《こうか》するが、更衣腹ゆえに軽んじられる。柏木の死後、夕霧の求婚を受け、そこに生じた誤解ゆえの心痛から母が病死したため夕霧に心を閉ざすが、結局結婚を強いられる。「落葉」とは母が劣り腹であることを諷した柏木の歌に基づく呼称。詠歌一〇首。

小野《おの》の妹尼《いもうとあま》 横川の僧都の妹。宇治で助けた浮舟を、亡き娘の再来と信じて愛情を注ぎ、浮舟を元の娘婿の中将に縁づけようとする。詠歌七首。

朧月夜《おぼろづきよ》の君《きみ》 右大臣の六女、弘徽殿の大后の妹。后がねであったが、源氏と逢瀬を持ち、そのため尚侍《ないしのかみ》として朱雀帝に出仕する。以後も帝寵を受けながら源氏と密会を続け、やがて露見し、源氏の須磨退居の一因となる。朱雀帝出家の後、源氏と再会し、数年を経て尼となる。詠歌九首。

女一《おんないち》の宮《みや》 今上帝第一皇女、母は明石の中宮、匂宮の同母姉。匂宮と並んで紫の上に格別愛され、六条院東南の春の町に住む。薫と匂宮の密かな憧憬の対象となる。詠歌なし。

女五《おんなご》の宮《みや》 桐壺帝・大宮・桃園宮などと同腹。桃園邸に住み、朝顔の姫君と関係をもつことから源氏とも親しい。

女三《おんなさん》の宮《みや》 朱雀院の第三皇女、母は藤壺中宮の異母妹の藤壺の女御。父院の出家にあたって特別の配慮を受け源氏に降《こう》嫁《か》するが、その未熟な人となりが、彼女に藤壺中宮の面影を求める源氏を失望させる。降嫁七年後、以前からの懸想人柏木に迫られ密通し、不義の子薫を出産、ほどなく出家する。詠歌七首。

薫《かおる》　源氏の末子として成育するが、実は柏木と女三の宮の不義密通の子。生来、体に芳香を持ち、匂宮と並ぶ当代随一の貴公子としてもてはやされながら、自己の出生に疑いを持ち若年の頃より道心を抱く。法《のり》の友として親交をもった宇治の八の宮のもとで、弁の尼から出生の真相を知らされる一方、大君、中の君、浮舟など、八の宮家の姉妹相手に恋愛遍歴を重ね、いずれも成就せず憂悶を強いられる。今上帝の女二の宮を正妻とする。詠歌五七首。

柏木《かしわぎ》　頭の中将の嫡男。はじめ玉鬘の懸想人として登場、後に朱雀院の女三の宮に懸想する。女三の宮が源氏に降嫁した後も、その姉の落葉の宮を妻とするものの、なお恋情を断ち切れず遂に密通する。まもなく源氏にその秘事を知られ、罪障感と恐怖感にさいなまされて病に倒れ夭逝する。詠歌一五首。

桐壺院《きりつぼいん》　源氏の父帝。桐壺の更衣を溺愛し、その早世により深い悲嘆に沈むが、その後入内した更衣に生き写しの藤壺に厚い君寵を注ぐ。また、更衣の遺した皇子を鍾愛し、将来を慮り、臣籍に下し源氏とする。崩御後も、源氏の須磨流謫時には夢に現れ須磨を去るように諭す。詠歌四首。

桐壺《きりつぼ》**の更衣**《こうい》　源氏の母。父按察《あぜち》大納言と早くに死に別れ、その遺志を継ぐ母北の方の尽力で桐壺帝に入内し、並ぶ者なき帝寵を得る。源氏を出産するが、他の妃たちの嫉妬・迫害を受け、心労のあまり若くして病死する。詠歌一首。

今上帝《きんじょうてい》　朱雀院の皇子。母は右大臣（鬚黒の父）の娘承香殿の女御。十三歳で元服、その年明石の女御が入内。冷泉院に次いで即位。女二の宮を薫に与え、匂宮を東宮にと考える。詠歌二首。

雲居《くもい》**の雁**《かり》　頭の中将の娘。幼時に父母が離別したため、祖母大宮のもとで養育される。そこで共に成長した夕霧とやがて相思相愛の仲となり、一時は父により引き裂かれるが、後に結婚する。夫婦仲は久しく円満であったが、夕霧が落葉の宮に耽溺した際には激怒し実家にひきあげるという騒動を起こす。詠歌七首。

源《げん》**の典侍**《ないしのすけ》　五十代半ばを過ぎながら、一向にあだ心の衰えない好色の老女。源氏・頭の中将と滑稽な三角関係を形成し、源氏と共寝しているところへ頭の中将が侵入するという笑劇的場面もある。後に尼となり、朝顔の斎院の父の桃園邸に身を寄せる。詠歌六首。

紅梅大納言《こうばいだいなごん》　頭の中将の次男、柏木の同母弟。幼少より美声の誉れ高く、しばしば唱歌の場面が描かれる。柏木亡き後、家督を継ぐが、源氏一族の繁栄に気圧《けお》され気味の自家の現状をめぐり苦慮し、大君《おおいぎみ》を東宮に奉る。故蛍宮の未亡人真《ま》木柱《きばしら》を後妻とする。詠歌五首。

弘徽殿《こきでん》の大后《おおぎさき》（弘徽殿《こきでん》の女御《にょうご》）　右大臣の娘で、桐壺帝女御、朱雀院の母。帝が桐壺の更衣を溺愛したため、これを激しく嫉妬し迫害する。更衣の遺児で政敵左大臣の婿となった源氏に対しても憎悪の念を抱き、妹の朧月夜との情事露見に際しては、源氏追放の画策をめぐらす。桐壺帝の寵厚い藤壺とも対立するなど、一貫して敵役であり続ける。詠歌なし。

小《こ》　君《ぎみ》　空蟬の弟。源氏と空蟬の仲を取りもつ。後に右衛門の佐となり叙爵。

五節《ごせち》の君《きみ》→筑紫の五節

惟《これ》　光《みつ》　源氏の乳母子《めのとご》で、もっとも信頼厚い家司《けいし》。源氏の忍び歩きには常に同行し、須磨流謫にも付き従うなど、長く主人と苦楽を共にし、参議にまで栄達する。娘の藤典侍《とうのないしのすけ》は夕霧の妻となり五人の子を産む。詠歌二首。

左《さ》大臣《だいじん》　頭の中将や葵の上の父。桐壺帝の治世において弘徽殿の女御の父右大臣と天下の権勢を二分する人物。娘の葵の上を源氏と結婚させ、その不実な態度にも常に真摯な保護者として振舞う。右大臣専制時代に一旦辞任するが、冷泉帝の即位に伴い摂政太政大臣となる。詠歌なし。

式部卿《しきぶきょう》の宮《みや》　先帝《せんだい》の后腹の皇子で、藤壺中宮の同母兄、紫の上の父。はじめ兵部卿《ひょうぶきょう》の宮《みや》として登場する。北の方に憚り外腹《ほかばら》の紫の上に対し冷淡に振る舞い、源氏の不遇時代にはほとんど交際を絶ったため源氏の不興を買う。後年鬚黒《ひげぐろ》と玉鬘《たまかずら》が結婚すると、鬚黒に嫁いでいた長女を自邸に引き取ってしまう。性急で日和見《ひよりみ》的な性格の持ち主。詠歌なし。

少納言《しょうなごん》の乳母《めのと》　紫の上の乳母。紫の上が二条院に引き取られて以後も忠実に仕える。源氏からも信頼され、須磨に赴く時は財産の管理を任される。詠歌一首。

末摘花《すえつむはな》　故常陸《ひたち》の宮《みや》の娘。大《た》輔《ゆう》の命婦《みょうぶ》の仲介で源氏と契るが、その醜貌と古風で機転のきかぬ言動が源氏を失望させる。源氏の流謫中は貧窮の中で帰京を待ち続け、やがて二条東院に迎えられる。「末摘花」とは紅花のことで、彼女の赤い鼻を諷した源氏の歌に基づく呼称である。詠歌六首。

朱《す》雀院《ざくいん》　桐壺帝の第一皇子、母は弘徽殿の大后。即位後は柔和な性格から母や右大臣一派の専制をゆるし、心ならずも源氏追放を容認する。三年後、夢で亡き父院に叱責されたことから遂に源氏召還を決行し、ほどなく退位する。初老に及ぶ頃、愛娘女三の宮を源氏に託し出家し、その後、薫を出産した宮を見舞い、自らの手で落飾させる。詠歌八首。

大弐《だいに》の乳母《めのと》　源氏の第一の乳母、惟光の母。五条に住む。この乳母の病気見舞いの時に源氏は夕顔を知った。

玉《たま》　鬘《かずら》　頭の中将と夕顔の娘。母の死後、その乳母夫婦に伴われ筑紫《つくし》に下り、そこで成長する。土豪大夫監《たゆうのげん》からの強引な求婚を避けて再び上京し、初瀬《はつせ》参詣の折、偶然にも亡母夕顔ゆかりの源氏の侍女右《う》近《こん》と邂逅《かいこう》し、やがて源氏の娘として六条院に迎えられる。多くの求婚者を惹き付け源氏からも懸想されるが、最終的には鬚黒《ひげぐろ》と結ばれる。鬚黒死後、姫君らの将来に苦慮する。詠歌二〇首。

中《ちゅう》　将《じょう》　小野の妹尼の夭折した娘の婿。義母の意向もあって小野の浮舟に懸想し、彼女が出家に踏み切るきっかけをつくる。その人物造型には、薫の雛形的性格が顕著に認められる。詠歌八首。

中将《ちゅうじょう》の君《きみ》　浮舟の母、八の宮の北の方の姪。八の宮に仕え召人として情を受け、浮舟を生んだ後、受領（常陸《ひたち》の介《すけ》）の後妻となり浮舟とともに東国に下る。浮舟の良縁を願い、左近の少将との縁組みに失敗するや、中の君を頼る。浮舟が薫の愛を受けた後も、匂宮との密通事件など思いもよらず、ひたすら薫に重んじられることだけを望む。詠歌二首。

中納言《ちゅうなごん》の君《きみ》　左大臣邸の女房。源氏に愛された召人。なお同名の者に、藤壺中宮の女房、朧月夜尚侍の女房。弘徽殿の女御の女房などがいる。

筑紫《つくし》の五節《ごせち》　大宰《だざい》の大弐《だいに》の娘。五節の舞姫に選ばれ、それをきっかけに源氏と逢瀬を持ったと思われるが、それらの経緯は描かれていない。作中では、源氏の回想に現れるか、時折歌を詠み交わすだけの存在である。詠歌三首。

頭《とう》の中将《ちゅうじょう》　左大臣家の嫡男、葵の上の同母兄。源氏の好敵手であり親友である。後年、冷泉帝の后争いや雲居の雁の結婚問題をめぐって源氏と対立するが、玉鬘に対する源氏の配慮ある処遇などがきっかけで徐々に和解に向かう。太政大臣にまで栄進し、子女にも恵まれるが、晩年に嫡子柏木に先立たれ大きな傷手を負う。詠歌一六首。

時《とき》　方《かた》　匂宮の乳母子。匂宮の忠実な家人。匂宮と浮舟の逢瀬に奔走。五位蔵人で出雲権守。

中《なか》の君《きみ》　宇治の八の宮の次女、大君の同母妹。薫の画策により匂宮と結ばれる。大君の死後、二条院に迎えられて出産し安定を得る一方、姉の面影を追慕する薫のあやにくな懸想に悩まされ、これを避けるべく異母妹浮舟の存在を薫に告げる。詠歌一九首。

匂《におう》　宮《みや》　今上帝第三皇子、母は明石の中宮。紫の上に格別愛されて二条院を伝領する。薫と張り合い薫物《たきもの》に凝り、薫とは対照的に情熱的・行動的な人物。薫の手引きにより宇治の中の君と結ばれ、大君の死後、二条院に迎え取り夫婦仲は次第に安定に向かう。一方、夕霧の六の君と結婚し、生来の色好みから浮舟とも契りを結ぶ。詠歌二四首。

軒端《のきば》の荻《おぎ》　伊予の介の先妻の娘、紀伊の守の妹。空蟬を求めて忍んできた源氏に人違いされ、契りを結ぶ。以後、源氏を慕い続け、蔵人の少将と結婚する。詠歌一首。

八《はち》の宮《みや》　桐壺院第八皇子、宇治の姫君たちの父。右大臣一派により冷泉立坊の阻止が画策された際、立坊候補として利用されたが失敗し、権勢が源氏方に移って後は長く不遇が続く。宇治に隠棲して仏道修行に励み俗聖《ぞくひじり》とよばれる。男手ひとつで大君・中の君を育て、法《のり》の友として信頼する薫に二人の娘の後見を託し、姫君達には軽率な結婚を戒めて死去する。詠歌五首。

花散里《はなちるさと》　桐壺院の麗景殿《れいけいでん》の女御《にょうご》の妹。容色には恵まれないが、人格円満で家事にすぐれ、源氏の愛を得る。二条東院を経て六条院東北の夏の町に迎えられ、夕霧や玉鬘の後見を委ねられる。詠歌六首。

光源氏《ひかるげんじ》　桐壺院第二皇子、母は桐壺の更衣。生来の比類なき美貌と万能の資質を有する。更衣腹である上に早くに後見を亡くしたゆえ、父帝に深く愛されながらも臣籍に降下する。元服とともに左大臣家の葵の上と結婚するが、母に似る藤壺への叶わぬ想いを心に秘め、数多く恋愛遍歴を重ねる。北山で藤壺に生き写しの少女紫の君を発見し、理想の妻に育てあげるべく二条院に引き取る一方、藤壺とも密通し、葵の上と死別後には紫の上と新枕を交わす。右大臣家の朧月夜との密会露見がもとで須磨・明石に沈淪するが、数年後帰京し、以後は着実に栄進し准太上天皇にまで至る。他方、宏壮な六条院を造営し多くの妻妾達を住まわせ、私生活の領域でも無類の栄華を築く。藤壺との密通の男子は即位して冷泉帝《れいぜいてい》となり、流謫時代に結ばれた明石の上所生の姫は東宮に入内、葵の上腹の嫡子夕霧も順調な官途をたどる。しかしこのような栄華も、四十歳の年、朱雀院の娘女三の宮が降嫁するに及んで崩壊に向かう。最愛の紫の上との関係に齟齬が生じた上に、女三の宮は柏木と密通し、罪の子薫を出産してしまう。そして紫の上に先立たれるに至って遂に出家を決意する。その後、嵯峨に数年隠棲し、五十余歳でその生涯を閉じたと思われる。詠歌二二一首。

鬚黒《ひげぐろ》の前《さき》の北《きた》の方《かた》　式部卿の宮の長女。紫の上の姉。鬚黒との間に真木柱、藤中納言、弟の君などを生む。鬚黒の玉鬘への懸想から、夫婦仲は冷え、ヒステリー症状を起こすことも多く、鬚黒が玉鬘のもとへ出かける支度の最中に香炉の灰をあびせかけたりする。父宮のもとへ引き取られるが、数年後に離別する。詠歌一首。

鬚黒《ひげぐろ》の大将《だいしょう》　大臣の家柄の出で、今上帝の母承香殿《じょうきょうでん》の女御《にょうご》の兄。長年連れ添った北の方がありながら玉鬘《たまかずら》に懸想し、大方の予想を裏切ってこれを我がものとし、北の方は実家に去る。今上帝即位後に摂関の地位に着くが、早逝し、その後家運は傾く。詠歌四首。

藤壺《ふじつぼ》の中宮《ちゅうぐう》　先帝《せんだい》の后腹内親王、紫の上の父式部卿《しきぶきょう》の宮《みや》の同母妹。桐壺の更衣に酷似するゆえ、桐壺帝に懇願され入内し寵愛を受ける。一方、源氏に恋慕され密通し不義の子冷《れい》泉《ぜい》帝を生むが、ことは露見せず中宮に冊立される。桐壺帝崩御後の右大臣一派専横の下、立坊した皇子の安泰をはかり出家し、東宮即位後は女院として源氏と協力しその後見に尽くす。三十七歳で崩御。詠歌一二首。

弁《べん》の尼《あま》　宇治の八の宮の北の方の従姉妹、柏木の乳母子《めのとご》。柏木に仕えた後、九州に流浪し、上京後は八の宮家に仕える。薫に出生の秘密を告げる一方、薫と大君の仲を取り持とうとする。出家後、浮舟と薫を仲介する役目も果たす。詠歌四首。

蛍兵部卿《ほたるひょうぶきょう》の宮《みや》（蛍《ほたる》の宮《みや》）　桐壺院の皇子、源氏の特に親しい弟。遊芸に秀でた風流人で、玉鬘や女三の宮に熱心に求婚するが叶わず、後に真木柱《まきばしら》と結婚する。「蛍の宮」とは蛍の光で玉鬘の姿を見たことからの命名。詠歌一〇首。

真木柱《まきばしら》　鬚黒《ひげぐろ》の長女。父と玉鬘の結婚に際し母に伴われ外祖父式部卿《しきぶきょう》の宮《みや》邸に移る。この時住み慣れた家の真木の柱に歌を書き残したことから「真木柱」と呼称される。後に蛍の宮と結婚、死別して紅梅大納言と再婚する。詠歌一首。

紫《むらさき》の上《うえ》　式部卿《しきぶきょう》の宮《みや》の娘、藤壺のゆかり（姪）で容貌も似通う。母を早くに亡くし祖母により育てられる。十歳ばかりの頃、北山で源氏に見出だされ、やがて二条院に引き取られる。成人後は源氏の最愛の妻の座に据えられ六条院東南の春の町に幸福に暮らすが、生涯源氏との間に子をなさなかった。後年、朱雀院の娘女三の宮の降嫁により、抛り所のない自己の立場を痛感し出家を願うが許されず、数年にわたる病臥の末、俗体のまま逝去する。詠歌二三首。

夕《ゆう》　顔《がお》　三位の中将の娘。頭の中将に愛されて玉鬘《たまかずら》を生むが、北の方の迫害にあって行方をくらます。五条の寓居で偶然源氏と知り合い、互いに素姓を隠したまま逢瀬を重ねるが、廃院に連れ出された際、物《もの》の怪《け》に襲われて頓死する。詠歌六首。

夕《ゆう》　霧《ぎり》　源氏の嫡男、母は葵の上。出生の際母を亡くし祖母大宮に育てられる。元服時には六位に留められ大学に入学するが、その後着実に昇進し、一時仲を裂かれていた雲居《くもい》の雁《かり》との恋も成就する。後年、落葉《おちば》の宮《みや》との結婚をめぐって雲居の雁と一悶着となるものの、有能な官吏・誠実な家庭人として声望を得、源氏死後も六条院を統率して一族を繁栄に導く。詠歌三九首。

横《よ》川《かわ》の僧都《そうず》　比叡山横川の高徳の僧。入水を決意して失踪した浮舟を救助し、妹の小野の僧庵にかくまう。やがて浮舟の懇願を受け出家させるが、ほどなく薫の縁者であることを知り後悔したりもする。詠歌なし。

良《よし》　清《きよ》　播磨の守の子で源氏の侍臣。北山で明石の上の噂話をする。須磨へも同行。官位は少納言、衛門の佐から近江の守兼左中弁に進み、五節の姫君に娘をさし出している。

麗景殿《れいけいでん》の女御《にょうご》　桐壺帝の女御。花散里の姉。院の崩御後は源氏を頼みに暮らす。詠歌一首。

冷泉院《れいぜいいん》　源氏と藤壺の不義の子。桐壺帝の第十皇子として育ち、帝位に即く。母藤壺の崩御に際し、夜居《よい》の僧から出生の秘密を知らされ驚愕し、源氏に譲位しようとするが、固辞されて帝位に留まる。退位後は薫をわが子のように寵遇し、秋好中宮への寵愛もより深める一方で、玉鬘の大君も参院させる。詠歌八首。

六条《ろくじょう》の御息所《みやすどころ》　大臣家の娘、秋好中宮の母。東宮に入内して女子を生むが未亡人となり、やがて年下の源氏を通わせるに至る。容色教養ともに抜群であり気位も高い。葵祭での車争いが原因で心ならずも生霊となって葵の上を取り殺し、これを源氏に知られたことを悟り絶望し、斎宮となった娘に付き添い伊勢に下る。帰京後ほどなく娘の後事を源氏に託して病死するが、死後もなお死霊となって紫の上や女三の宮にとり憑く。詠歌一一首。

訳者略歴

中野幸一（なかの・こういち）

早稲田大学名誉教授。文学博士。専攻は平安文学。2011年瑞宝中綬章受章。

主な編著書に『物語文学論攷』（教育出版センター、1971年）、『うつほ物語の研究』（武蔵野書院、1981年）、『奈良絵本絵巻集』全12別巻3（早稲田大学出版部、1987〜1989年）、『常用源氏物語要覧』（武蔵野書院、1995年）、『源氏物語の享受資料―調査と発掘』（武蔵野書院、1997年）、『源氏物語古註釈叢刊』全10巻（武蔵野書院、1997〜2010年）、『九曜文庫蔵源氏物語享受資料影印叢書』全12巻（勉誠出版、2008〜2009年）、『平安文学の交響―享受・摂取・翻訳』（勉誠出版、2012年）、『フルカラー見る・知る・読む　源氏物語』（勉誠出版、2013年）、『ちりめん本影印集成　日本昔噺輯篇』（共編、勉誠出版、2014年）などがある。

正訳《せいやく》　源氏物語《げんじものがたり》　本文対照《ほんもんたいしょう》　第九冊

早蕨／宿木／東屋

訳者　中野幸一

発行者　池嶋洋次

発行所　勉誠出版㈱

〒101-0051　東京都千代田区神田神保町三―一〇―二

電話　〇三―五二一五―九〇二一㈹

二〇一七年四月二十五日　初版発行

組版・印刷　精興社

製本　大口製本

装幀　志岐デザイン事務所　萩原睦　山本嗣也

ISBN978-4-585-29579-2　C0393